Défier l'avenir

Également par Keira Andrews en Français

Vaincre les ténèbres
Combattre la marée
Défier l'avenir

Vaillant en mouvement
À cœur vaillant

Rumspringa interdit
Un nouveau départ
Trouver son chez-soi
Le voeu de Noël

Rivalité sur glace

Kidnappé par un pirate

Passion en arctique

Lune de miel en solitaire

Transfert à Ottawa

Par-delà l'océan

Un pur joyeux Noël
Un daddy pour Noël
Un faux petit ami pour Noël
Huit nuits en Décembre
Quand l'amour brille de mille feux…
Au pied du sapin
Si ce n'est qu'un rêve

Défier l'avenir

Keira Andrews

Dédicaces

Pour chaque lecteur qui a patiemment attendu la fin du voyage de Parker et Adam.

Merci de les aimer si fidèlement.

Remerciements

Un immense merci à Angela, Anita, Kathleen, Lori et Mia qui m'ont apporté une aide inestimable afin que ce livre soit le meilleur possible. Je n'y serais pas non plus arrivée sans l'amitié et les encouragements de Leta Blake.

Note de l'autrice

L'Île du Salut et autres localisations sont fictionnelles. Elles n'existent sur aucune carte.

Chapitre 1

LE NAVIRE PÉNÉTRA frauduleusement dans le monde de Parker sans aucun avertissement ni aucune hospitalité, quasiment dissimulé par le brouillard de ce début de matinée.

Nu sur la côte est de l'île du Salut, Parker frissonna alors qu'une autre vague froide fouettait ses genoux. Il plissa les yeux, bien que le soleil levant soit caché derrière un mur de nuages. Le bateau ayant gâché sa nage matinale était de loin le plus gros qu'il avait vu depuis qu'un ancien navire de patrouille des gardes-côtes, transportant des familles affamées et désespérées, était arrivé sur l'île un an auparavant.

Merde, cela faisait peut-être deux ans. Le temps ne s'écoulait plus comme avant. Du moins, pas dans l'esprit de Parker.

La chair de poule monta sur ses bras alors qu'il regardait le bateau gris qui se fondait presque dans le ciel acier, comme s'il souhaitait disparaître. C'était sans doute un vaisseau de pêche commerciale. Un chalutier. Sauf qu'il avait visiblement un gréement courant avec une grand-voile et un foc. Parker n'avait jamais vu un tel hybride.

Il ferma les yeux.

Il les rouvrit.

Le bateau était toujours là.

Il ferma une nouvelle fois les yeux.

Parker donnait un cours sur les nœuds nautiques après le petit déjeuner. Il devait ensuite arracher les mauvaises herbes dans le jardin du sud de l'île. Adam et lui se retrouveraient pour le déjeuner, avant de repartir travailler dans le jardin, qu'il pleuve ou qu'il fasse soleil – cette seconde option semblant improbable.

Puis ce serait soirée tacos, la préférée de Parker, surtout depuis que l'équipe chargée des produits laitiers avait commencé à fabriquer de la crème aigre. Mon Dieu, comme cette crème lui avait manqué. Elle était épaisse, acidulée et rendait la soirée tacos encore meilleure.

Adam avait publié le planning des séances de cinéma d'après dîner pour la semaine, mais Parker n'y avait pas même jeté un coup d'œil. Il aimait être surpris. Il avait émis quelques suppositions quant au film que son petit ami choisirait pour la soirée tacos, sachant que leur bibliothèque de DVD et Blu-ray était impressionnante, bien qu'elle reste limitée. Adam avait insisté sur le fait que *Fast and Furious* n'avait aucun rapport avec les tacos – ce qui était techniquement vrai –, mais Parker savait que l'ambiance du film était appropriée.

Il ouvrit les yeux.

Ce bateau pouvait aller *se faire foutre*.

Un craquement résonna au milieu du feuillage et Parker s'autorisa à sourire. Son cœur enfla alors qu'il attendait qu'Adam surgisse du chemin envahi de mauvaises herbes menant à un passage étroit couvert de sable granuleux et rocailleux. Tous les autres nageaient sur les plages ouest et sud, plus douces pour les plantes de pied et bien plus grandes pour permettre aux familles de s'étaler.

Parker battit en retraite sur la minuscule plage – *sa* plage – et enfila son pantalon, ses pieds mouillés s'enfonçant dans le sable froid et un caillou appuyant sur son talon. Ce mois de février – leur troisième sur l'île – avait été étonnamment gris, mais dans son enfance, il nageait à Cape Cod au printemps, quand l'Atlantique se « tonifiait », comme sa mère l'avait formulé.

L'île du Salut était plus au nord que Miami et les Bahamas. Néanmoins, même quand l'eau était particulièrement fraîche,

Parker nageait. Il avait appris à connaître les courants et les marées et restait très proche de la côte. La majeure partie du temps, le soleil réchauffait son visage et séchait sa peau alors qu'il s'asseyait en tailleur sur un rocher plat et effectuait les exercices de méditation que Connie lui avait enseignés.

La méditation n'aurait aucun effet sur lui ce matin.

Adam jaillit entre les branches croisées des cassiers qui bourgeonneraient bientôt à nouveau, avec des fleurs jaunes floconneuses dégageant l'odeur de bonbons au raisin. Il était encore nu et murmurait dans son sommeil lorsque Parker l'avait laissé, après un long baiser sur sa joue rêche et barbue. Au moins, il avait enfilé un jean avant de traverser le village.

— Je sais, dit Parker en désignant l'horizon. Personne ne l'a remarqué avant, même avec une vision hypergéniale de loup-garou ? Il devait naviguer à demi caché.

Adam tendit la main vers son petit ami et l'examina à la recherche de blessures, rituel pour lequel ce dernier ne protestait plus.

— Si tu le dis, Capitaine, dit Adam.

— Tu te souviens… C'est parce que la Terre est incurvée et que tu ne peux en voir que le sommet. Le navire voguait peut-être toute lumière éteinte, s'ils veulent être furtifs. Ou alors, l'équipe de surveillance a été distraite.

Son ventre s'emplit d'acide à l'idée d'avoir été aussi surpris aussi facilement qu'en cet autre jour, des années auparavant, sur le *Bella Luna*. Il s'était montré si stupide.

— Apparemment, l'équipe de pêche a contacté Connie par radio, il y a quelques heures, quand ils ont repéré le bateau.

— Ils ont pu se parler ? C'est une bonne chose.

Les interférences de signal sur la radio étaient de plus en plus fréquentes, ces derniers temps, et personne ne comprenait pourquoi. Leur meilleure hypothèse était une cause environnementale, même si, une fois encore, c'était un mystère. Ce n'était pas comme s'ils pouvaient simplement chercher une réponse sur Google.

— Elle n'a pas ressenti le besoin de réveiller tout le monde si tôt, expliqua Adam. Et on ne sait pas s'ils veulent être furtifs.

Il passa une main sur l'ecchymose noircissant l'épaule de Parker, là où il s'était pris une balle de baseball qu'il n'avait pas réussi à rattraper. Adam l'embrassa tendrement.

Ce putain de nouveau bateau et les soucis qu'il apportait probablement ne lui donnaient aucune raison de se réjouir, mais Parker s'autorisa à sourire à nouveau et à s'imprégner de l'amour d'Adam, qui lui donnait la même impression que le soleil transperçant les nuages. Il appuya sa joue contre celle de son homme et frotta leurs barbes l'une contre l'autre.

Bon, *d'accord*, les poils de Parker n'étaient pas vraiment une *barbe*, mais à vingt et un ans, il arrivait enfin à en faire pousser une quantité raisonnable. Ils avaient tous les deux laissé leurs cheveux pousser pendant l'hiver et devaient se les faire couper. Pour l'instant, Parker adorait plonger ses doigts dans les mèches épaisses et soyeuses d'Adam.

— Je vais bien, dit Parker. Personne n'a eu le temps de me kidnapper sur ma plage secrète.

Adam le serra contre lui et glissa les mains de haut en bas sur les flancs nus de son petit ami, ainsi que sur ses fesses couvertes de coton.

— Elle n'est pas secrète. Le chemin pour l'atteindre est juste emmerdant.

— C'est ce qui la rend secrète. Ce n'est pas comme si nous avions vraiment des secrets, ici, mais au moins, tout le monde nage sur les plages plus faciles d'accès.

— Tu aimes complexifier les choses.

Adam prit une profonde inspiration et Parker leva le bras pour que son homme puisse nicher son visage contre lui, précisément comme il aimait le faire.

— J'aimerais que tu ne nages pas seul, marmonna Adam contre son aisselle.

— Je vais bien, lui répéta Parker.

Il savait que lors de nombreuses matinées, Adam se tapissait derrière les arbres pour le surveiller. Toutefois, le loup-garou comprenait que son petit ami avait besoin de ce rituel et qu'il devait l'accomplir seul.

À contrecœur, Parker gigota dans les bras d'Adam afin de pouvoir observer l'océan.

— Une communication radio a été établie avec les salopards qui gâchent notre soirée tacos ?

— Je n'en suis pas sûr. Et nous ne savons pas si ce sont des « salopards ». Ils seront peut-être de nouveaux amis.

— Hmm.

Il était vrai que la plupart des gens qui avaient trouvé leur chemin jusqu'à l'île du Salut souhaitaient simplement trouver un refuge. Une maison. La plupart étaient des loups-garous qui leur avaient déjà rendu visite au fil des années. Enfin, il y avait eu quelques exceptions notables. Toute la zénitude du monde ne changerait pas l'attitude suspicieuse caractéristique de Parker.

Il avait un million de questions, mais Adam n'aurait pas de réponses. Il les laissa donc couver un moment. Il s'était servi de la méditation pour laisser ce genre de choses bouillonner plutôt que bouillir. Le degré de ses succès avait été varié.

Un éclat rouge sur ses doigts attira son regard.

— Mec !

Parker pivota et inspecta la peau d'Adam avant de repérer une grande entaille sur son épaule, juste avant qu'elle guérisse et disparaisse.

— Fais attention avec les cassiers. Les feuilles sont coupantes.

Adam haussa dédaigneusement les épaules.

— C'est déjà guéri.

— Oui, mais elles t'ont quand même fait mal.

Le fait qu'Adam se soit précipité parce qu'il s'inquiétait pour lui était à la fois merveilleux et source de culpabilité. Parker l'attira donc pour un long baiser avant de soupirer.

— J'ai vraiment hâte de commencer la soirée tacos.

— Moi aussi. Et pour le film, je pensais à…

Il appuya un doigt sur les lèvres légèrement gercées d'Adam.

— Pas de spoilers.

Avec un tendre sourire, Adam lui serra la main et l'embrassa sur la paume.

Parker enfila ensuite son haut à manches longues avant qu'ils rejoignent rapidement le village. Les feuilles, les brindilles et les cailloux s'enfonçaient dans ses pieds nus, mais il les remarquait à peine, désormais. Lors de belles journées d'été, quand Adam et lui faisaient un tour avec le *Bella*, le pont poli paraissait luxueux sous ses plantes calleuses.

Dans la clairière, où se trouvaient les principaux bâtiments du village, ils passèrent devant l'école, un ensemble de plusieurs bâtisses de plain-pied en bois, disposées autour d'une aire de jeu herbeuse. L'une des nouveaux arrivants, venue après Adam et Parker, était charpentier. Alejandra avait bâti une cage à écureuil impressionnante, un tape-cul et une balançoire pour les petits. Au lieu de grouiller de vie et de rire, ces jeux étaient désormais déserts à cause de ce navire mystérieux.

Parker prit une profonde inspiration pendant quatre secondes avant de la retenir quatre autres secondes et d'expirer pour les quatre suivantes. Il attendit quatre battements de cœur avant de recommencer le même processus. Connie appelait ça « la respiration en boîte » et elle disait l'avoir appris sur YouTube à l'époque où Internet existait.

Mon Dieu, comme Internet lui manquait.

La cloche avait été sauvée d'un ancien navire, et lors des matinées ordinaires, elle sonnait deux fois, cinq minutes avant le début des cours, puis une fois au début des cours. Actuellement, Kenny, qui avait été l'un des premiers à les accueillir sur l'île du Salut, tirait régulièrement sur la corde, faisant sonner consécutivement la cloche cinq fois. Il y eut ensuite une pause et elle sonna cinq fois de plus.

Adam grimaça lorsqu'ils s'approchèrent et Parker imagina que le bruit métallique était assourdissant pour les loups-garous qui n'en avaient pas besoin pour savoir que quelque chose n'allait pas. Même pour les humains ordinaires, comme Parker et Kenny, la cloche était impossible à ignorer.

— Tu l'as vu ? demanda Kenny.

Il avait une bonne vingtaine d'années, était chinois et avait grandi à Orlando. Il avait été l'un des premiers humains à rejoindre l'île du Salut une fois que le monde avait plongé dans l'enfer. Mince et avec des cheveux courts, Kenny travaillait comme assistant pour Connie.

Parker hocha la tête alors qu'ils passaient devant lui.

— Je crois que c'est un chalutier.

Les chemins en terre tassée du village zigzaguaient autour de plusieurs bâtiments bas, y compris le nouvel hôpital rénové qui avait récemment été peint en blanc. L'île du Salut rappelait à Parker le Camp Weepecket, où il était allé deux semaines chaque mois d'août jusqu'au lycée.

Connie devait attendre tout le monde dans le mess, dont le cadre en bois avait été décoré d'une nouvelle couche de rouge. Cette pièce était le cœur du village et sa taille avait doublé depuis l'arrivée de Parker et Adam.

Le toit était voûté. La cuisine et le buffet de style cafétéria luisaient grâce à des finitions en acier inoxydable recyclé. Les tables étaient un mélange de petits ronds et de longs rectangles, qui avaient été plus faciles à créer, surtout avant qu'ils aient un charpentier sur l'île.

Le long mess possédait une scène surélevée à l'une de ses extrémités. Alejandra l'avait construite devant le mur blanc et lisse sur lequel ils projetaient des films. Elle avait proposé de créer une chaise que Connie utiliserait lorsqu'elle monterait sur scène pour s'adresser à eux, mais cette dernière avait refusé en disant que cela ressemblerait bien trop à un trône.

Elle se tenait effectivement sur la scène, attendant qu'ils entrent, et elle portait l'un de ses chandails confortables, celui-ci étant orné de fleurs roses dans un vase jaune. Elle avait un teint mat et ses cheveux gris étaient toujours coiffés dans le même carré commode que lorsque Parker l'avait rencontrée. Elle était petite, rondouillarde et portait des tennis plutôt que ses Birkenstocks.

Pour un loup-garou alpha qui déchirait, elle ressemblait étonnamment à une grand-mère qui passait son temps à jouer au bingo, à préparer des cookies et peut-être à faire du patchwork — ou peu importait ce que faisaient les mamies à l'époque précédant l'arrivée des monstres impitoyables.

Craig leur fit signe de les rejoindre à l'extrémité d'un banc où Lilly et lui avaient apparemment été sur le point de prendre leur petit déjeuner. Ils étaient tous les deux Afro-Américains et, à onze ans, Lilly était devenue grande et mince. Elle avait tiré ses cheveux bouclés en arrière avec un bandeau et portait son pantacourt habituel avec des baskets et un T-shirt.

Parker s'assit à ses côtés et accepta le muffin à la banane qu'elle fit glisser dans sa direction.

— Où est Jacob ? demanda-t-il en mangeant une bouchée.

Craig soupira.

— Il est parti tôt, ce matin, avec ses nouveaux amis.

Sa coupe afro était coupée court et du gris tachetait ses tempes.

— C'est bien, répondit Adam. Au moins, il ne fait pas la grasse matinée et ne loupe pas les cours.

— Non, mais il sentait suspicieusement la…

Craig jeta un coup d'œil à Lilly, qui mélangeait son porridge, et il fit ensuite semblant d'inhaler un joint.

— Il a seize ans, lui fit remarquer Parker. Ça pourrait être pire.

Tout pourrait dégénérer à cause de ceux qui se trouvent dans ce nouveau navire.

Personne ne rit de sa plaisanterie.

Parker croisa le regard de Bethany, assise à côté de Damian, autour de l'une des plus petites tables, et il vit que leurs doigts étaient entrelacés. Un nouveau tatouage dessiné à la main remontait sur son poignet – une guirlande de pâquerettes qui semblait bien trop innocente pour elle, selon Parker.

Elle lui lança un sourire tendu alors qu'il la dévisageait. Elle releva brièvement ses lèvres roses, la teinte de son rouge à lèvres assortie à ses longs cheveux roux et sa peau pâle. Parker ne lui sourit pas en retour. Il ne lui souriait jamais. Pas à elle. Mais il pouvait la voir sans penser à ce qu'il s'était passé, en général. Il la tolérait et vivait en paix la plupart du temps, même si jamais, il ne souhaiterait qu'ils deviennent amis.

Aujourd'hui n'était pas l'un de ces jours.

Et si les gens de ce nouveau bateau étaient comme l'ancien équipage de Bethany ? Même si des années s'étaient écoulées, la terreur à l'idée d'être impuissant, seul et nu alors qu'on lui volait ses affaires, qu'on le frappait et qu'on le menaçait, faisait toujours suer Parker et lui donnait mal au ventre.

Bethany avait prétendument tué plus tard l'homme qui avait blessé Parker, mais le monde devait être rempli de personnes comme lui. Des salauds dangereux et des monstres impitoyables, voilà tout ce qui restait probablement sur le continent. Il était certain que Parker ne quitterait jamais l'île du Salut pour le découvrir.

Il jeta un coup d'œil à sa tribu dans le mess. Son cœur se gonfla d'amour et d'une envie impérieuse de protéger sa communauté. Peu importait qui se trouvait sur ce nouveau navire, il vaudrait mieux qu'ils n'essaient pas de chercher des ennuis sur l'île du Salut, autrement Parker le leur ferait regretter.

Admettons, il n'avait aucune arme, comme elles étaient sous

scellé et que seules Connie et sa fille Theresa y avaient accès. Toutefois, Parker n'avait pas besoin de revolver. Il avait Adam et savait, sans l'ombre d'un doute, que celui-ci le protégerait, ainsi que leur maison, avec toute la force qu'il possédait.

Et il en avait beaucoup.

Parker passa lentement sa main sur le jean d'Adam au niveau de sa cuisse, pensant à quel point il était fort, courageux et sexy. Et il se rappelait comme il avait été chanceux de se disputer avec Adam à propos de sa stupide note quand le monde avait explosé et plongé dans le chaos sans prévenir.

Adam haussa un sourcil comme pour lui demander silencieusement : *ici ? Maintenant ? Vraiment ?*

Parker haussa les épaules et baissa la main pour glisser les doigts sur la couture du jean de son homme en répondant sans un mot : *partout. Toujours.*

Adam entrelaça leurs doigts et décala fermement la main de son petit ami vers le banc, entre eux. Il la serra affectueusement.

Parker se pencha et murmura à peine, sachant qu'il l'entendait avec ses super sens lupins.

— À quoi t'attends-tu quand tu es torse nu ? le taquina-t-il.

Adam leva les yeux au ciel et lui chuchota à l'oreille, son souffle chaud et chatouilleur.

— Je suis régulièrement torse nu. Tout comme la moitié de l'île.

C'était véridique. Certains loups-garous portaient aussi peu de vêtements que possible. Certains humains, également, bien que Parker préfère porter un haut comme la crème solaire était une ressource limitée et qu'il avait toujours été pâle et enclin aux coups de soleil.

— Oui, mais...

Parker refoula le reste de sa plaisanterie.

Connie dut émettre un petit bruit. Si elle n'émettait ne serait-ce qu'un petit soupir, tous les loups-garous des alentours se taisaient et l'observaient en retenant leur souffle. Les humains avaient appris à reconnaître ce signe, mis à part quelques adolescents qui riaient et chahutaient ensemble au fond du mess jusqu'à ce que leurs parents les obligent vivement à se taire.

Jacob était avec eux, les mains dans les poches, et il était avachi contre le mur. Ses cheveux bruns retombaient devant son œil. Sa peau était aussi pâle que celle de Parker, mais elle était rougie par de l'acné. Parker le montra à Craig, qui se détendit visiblement alors que le silence s'abattait sur les citoyens de l'île du Salut.

La population s'élevait à plus de cinq cents personnes, à présent, et, honnêtement, Parker avait l'impression qu'ils étaient bien assez. Il avait du mal à comprendre pourquoi Connie insistait et transmettait encore leur message à la radio, invitant ainsi des inconnus à tout déranger. À présent, il était probable que le message atteigne peu de personnes, à cause de la détérioration des signaux radio.

Connie les gratifia tous d'un sourire adorable et Parker soupira longuement. Même s'il n'était pas un loup et n'était donc pas affecté sur le plan biologique, la présence apaisante de l'alpha le tranquillisait tout de même. C'était peut-être aussi à cause de sa ressemblance avec une grand-mère ? Même si la sienne n'avait pas du tout ressemblé à Connie. La mère de son père était décédée avant sa naissance et pour être honnête, celle de sa mère était assez garce, la plupart du temps.

Elle lui avait tout de même transmis le fait d'apprécier les petits moments de la vie et, sincèrement, cela était devenu bien plus facile après un genre d'apocalypse zombie. Il serra les doigts d'Adam.

— Bonjour à tous. Je sais que certains d'entre vous ont remarqué le bateau, à l'est de notre île, déclara Connie.

Des murmures alarmés résonnèrent dans le mess. Il était encore tôt, beaucoup d'habitants n'étaient donc pas encore au courant.

La voix de Connie demeura calme et basse. Elle ne criait jamais et pourtant, elle était capable d'atteindre tout le monde sans effort.

— Nous avons contacté les nouveaux venus par radio. Ils nous ont affirmé qu'ils aimeraient discuter. Nous les accueillerons sur l'île dans la matinée, dès qu'une équipe partira pour approuver leur arrivée.

Parker gigota sur le banc et tendit les jambes, croisant ses chevilles dans un sens, puis dans l'autre. Il replia ensuite ses jambes sous la table. Et les tendit à nouveau. Adam lui caressa l'index avec son pouce.

— Combien sont-ils ? demanda Damian.

Connie regarda sa fille, Teresa, qui s'était levée du banc le plus proche de la scène. Elle coinça derrière son oreille une longue mèche de cheveux bruns qui s'était échappée de sa queue de cheval.

— Ils disent qu'ils sont douze. Je le confirmerai, tout comme les autres informations qu'on nous a fournies. Quelqu'un aimerait se porter volontaire pour m'accompagner ?

Adam leva brusquement la main. Évidemment. Parker ravala une vague d'inquiétude et siffla malicieusement :

— Fayot.

Si Connie ou Theresa demandaient un coup de main, Adam était constamment en première ligne.

Parker savait pourquoi celui-ci mourait d'envie d'avoir leur attention. Ses parents et ses sœurs avaient connu une mort tragique lorsqu'il était enfant et il était resté seul pendant des années. Il avait grandement envie d'avoir une connexion familiale, et même s'il existait de nombreux loups-garous sur l'île du Salut, Connie et Theresa étaient spéciales pour lui.

Parker détestait l'idée que son petit ami se rapproche des potentiels salopards sur ce bateau, mais il n'en dit pas un mot. Une des nouvelles venues, du nom de Yolanda, s'était aussi portée volontaire. Il y aurait donc au moins une humaine dans le comité d'accueil. Connie et Theresa pensaient qu'il était important que les humains sachent que leur opinion comptait *et patati et patata*.

Honnêtement, il était plus qu'heureux de laisser les loups-garous prendre les décisions difficiles et protéger les humains avec leurs super pouvoirs lupins. Surtout qu'ils étaient immunisés face au virus qui avait transformé la majeure partie du monde en zombies. Bien qu'il soit impossible d'en être convaincu à cent pour cent, ils l'avaient entendu dire de plusieurs loups-garous ayant débarqué sur l'île.

Parker compta jusqu'à quatre en inspirant, dessinant la boîte sur un tableau noir apparaissant dans son esprit tandis qu'il accomplissait ce cycle respiratoire. La technique de visualisation du tableau noir l'aidait parfois à bloquer les souvenirs d'Adam, impuissant et souffrant dans le laboratoire au sous-sol des Pins, pendant que ce taré de scientifique coupait des morceaux de sa chair pour son expérience.

Aujourd'hui n'était pas l'un de ces jours.

— Je vais bien, murmura Adam en caressant le pouce de Parker.

— Sois juste sceptique, d'accord ? Même pessimiste. Aide-moi à me canaliser.

Adam ricana.

— Je le ferai.

L'île était sûre. Cependant, à moins que Parker tienne le gouvernail, il détestait qu'Adam aille où que ce soit. Ce dernier ne s'était rendu qu'une seule fois sur le continent pour chercher des provisions, peu après leur installation sur l'île. Parker en avait vomi, tant il s'était inquiété.

Son petit ami n'était plus jamais reparti.

Il n'y avait pas eu de fouilles sur le continent depuis un bon moment, à présent, vraisemblablement car les conserves de nourriture, les médicaments et tout ce qui aurait pu être utile étaient désormais en rupture de stock permanente. Parker s'éclipsait toujours, quand une équipe de fouilles revenait. Il n'avait pas envie de savoir ce qu'il se passait là-bas.

Une fois que Connie leur eut demandé de vaquer à leur journée comme d'ordinaire, elle quitta la scène. Les conversations reprirent et le cliquètement des couverts sur les assiettes mit les nerfs de Parker à rude épreuve. Adam l'embrassa tendrement et chuchota ensuite :

— À bientôt.

Parker s'agrippa tant à sa main qu'un humain en aurait souffert. Adam se contenta de l'embrasser une fois de plus et son petit ami le relâcha donc sans le regarder partir. Il récupéra le muffin à la banane, se rappelant que traîner Adam jusque chez eux et l'enfermer à l'intérieur n'était pas une option.

— À ton avis, qui sont-ils ? demanda Jacob sans préambule en se laissant tomber sur le banc.

— Aucune idée, marmonna Parker. Mais j'aimerais qu'ils restent loin de notre île.

Jacob éclata de rire.

— Pour quelqu'un qui était déterminé à ne pas venir ici, il est clair que cet endroit te donne la gaule.

— Ton *langage*, s'il te plaît, siffla Craig en le fusillant du regard.

Il observa ensuite Lilly, qui leva artistiquement les yeux au ciel.

— J'espère qu'ils sont cool, répondit Jacob en ignorant son père. Pas comme les autres nouveaux.

— Je pensais que vous vous entendiez tous bien, souligna Craig en figeant sa cuillère de porridge à mi-chemin de sa bouche.

Jacob haussa les épaules. À seize ans, il avait grandi et n'était plus aussi maigrichon, mais il s'affalait comme si c'était un boulot rémunéré.

— Ils sont sympas, j'imagine. Ben couche avec Jessica du bloc F.

Ah. Parker donna un coup d'épaule à Jacob.

— Tu peux trouver mieux que Ben, de toute façon.

— Vraiment ? marmonna le jeune homme avant de partir rejoindre la file pour les œufs brouillés et les lentilles.

— Il aimait bien Ben, annonça Lilly.

Sans déconner, songea Parker.

— Oui. Ça craint pour lui, répondit-il à voix haute.

Craig soupira.

— Les rencontres amoureuses sont limitées.

— Avec qui je vais sortir ? se demanda Lilly en épluchant une orange fraîchement cueillie dans le bosquet que le père de Connie avait planté des décennies auparavant.

— Qui tu veux, tant que cette personne est assez bien pour toi, lui expliqua Craig.

— Attention, spoiler : ton père ne pensera jamais que quelqu'un est assez bien pour toi, fit mine de chuchoter Parker à la petite fille.

Elle gloussa.

— Et cette personne devra aussi répondre à mes critères exigeants, ajouta-t-il. Ça ne sera pas une mince affaire.

Parker mangea un quartier d'orange que Lilly lui donna. Il plaisanta, la taquina et fit comme s'il ne comptait pas chaque nanoseconde jusqu'au retour d'Adam en toute sécurité.

Chapitre 2

— DES LOUPS, murmura Theresa alors que le bateau à moteur s'approchait du chalutier-slash-navire.

Les poils d'Adam se hérissèrent. Il l'avait également perçu, bien qu'il n'ait rien dit au cas où il se tromperait.

— Tu penses qu'ils sont au courant pour nous ? Peuvent-ils le deviner avec le message ? s'enquit-il.

Le message radio que Connie avait enregistré pour accueillir tout le monde sur l'île du Salut s'était gravé dans l'âme d'Adam à l'instant où il l'avait entendu, bien qu'il ait été incapable de comprendre pourquoi. Il n'avait jamais rencontré d'alpha auparavant – du moins, à sa connaissance.

— C'est possible, répondit Theresa, dont les mains étaient fermement posées sur le volant du bateau, au centre de la console, et dont le regard se durcissait à l'approche du navire.

Damian était assis devant, avec Adam et Yolanda, sur les sièges rembourrés à la poupe. Étant donné que les nouveaux arrivants présentaient une menace, ils se servaient de leur précieux gazole pour faire avancer le bateau à moteur, au cas où une retraite rapide serait nécessaire.

— Quoi ? demanda Yolanda en criant plus fort que le moteur.

Il s'agissait d'une Afro-Américaine qui avait un large sourire et des cheveux courts. Elle portait un gilet de sauvetage tape-à-l'œil et son genou se cognait contre celui d'Adam dans cet espace restreint.

Yolanda avait levé les yeux au ciel quand Adam, Damian et Theresa avaient rejeté sa suggestion de gilet de sauvetage. Adam admettait volontiers qu'il était difficile d'avoir l'air d'un gros dur avec une veste orange fluorescente. Il regrettait déjà son choix de chemise à carreaux au-dessus de son jean. Il aurait dû prendre sa veste en cuir.

Theresa éleva la voix.

— Il y a des loups-garous sur le bateau.

Yolanda se crispa.

— Est-ce que, euh, des loups que tu ne connaissais pas sont déjà arrivés avant ?

Elle faisait partie des humains plus âgés et appartenait à un groupe du Tennessee arrivé quatre mois auparavant sur un voilier surchargé qui avait à peine survécu au voyage dans le Gulf Stream. Elle avait appris l'existence des loups-garous presque sans sourciller une fois que Connie avait jugé son groupe digne de confiance.

— Enfin, à part ceux d'entre vous qui étaient là avant que la fin du monde commence, ajouta-t-elle.

— Ce n'est pas arrivé aussi souvent qu'on pourrait s'y attendre. Nous étions une population minuscule, comparés aux humains, auparavant. La plupart des meutes s'étaient éparpillées au vent, dans le monde moderne. Elles grandissaient isolées, comme Adam, uniquement au sein de leur famille proche.

Theresa avait resserré sa queue de cheval avant de se mettre à la barre et son attention était entièrement focalisée sur le navire ennemi.

Pas ennemi. Arrête ça.

Adam avait beau adorer Parker, son pessimisme tendait à la paranoïa depuis qu'ils s'étaient installés sur l'île du Salut. Il avait été catégoriquement opposé à l'idée d'aller sur une île, mais maintenant qu'ils savaient qu'elle était sûre, toute personne extérieure était une menace.

Ce qui était effectivement le cas, potentiellement. Adam devait tout de même demeurer optimiste. La plupart des gens étaient bons et faisaient de leur mieux. Il devait le croire. Si ce n'était pas le cas, il s'occuperait d'eux. Si l'un d'entre eux essayait de faire du mal à son peuple – à Parker –, ce serait la dernière erreur que cette personne commettrait de sa vie.

Yolanda observa nerveusement le navire.

— Comment savons-nous s'ils sont bons comme vous autres ?

— Nous ne le savons pas, répondit Damian.

Il s'agissait d'un loup latino, qui avait une petite cinquantaine d'années et des bras musclés pouvant casser des noix, pour citer Parker.

— Ça veut dire qu'ils sont *méchants* ? demanda-t-elle dans un murmure.

L'image du sourire accueillant et étincelant de Ramon apparut dans l'esprit d'Adam. Tout comme le souvenir de sa poignée de main forte et rassurante et du moment où il s'était réveillé, drogué et impuissant, au sous-sol du laboratoire des Pins. Adam s'était fait berner. Cela lui rappela donc que Parker n'avait pas tort de se méfier des nouveaux venus.

Damian haussa les épaules.

— Les loups-garous sont comme les gens. Il y a des gentils, des méchants et des entre-deux. Nous espérons le meilleur et restons en alerte.

Yolanda jeta un coup d'œil à Adam et il lui lança ce qu'il espérait être un sourire réconfortant. Les lèvres de la femme se relevèrent brièvement et son cœur tambourina alors qu'elle jouait avec la fermeture de son gilet de sauvetage.

Des nuages bas et gris pesaient lourdement dans le ciel, annonçant une pluie menaçante. La meute – Adam vit en un instant qu'il s'agissait effectivement d'une meute – attendait sur le pont du chalutier qui mesurait environ trente mètres. Plusieurs pneus en caoutchouc pendaient sur les flancs du navire pour éviter tout dégât lors de la mise à quai. Le pont était une structure en forme de boîte, avec des fenêtres donnant sur la poupe. Il était écrit *6008* à la peinture noire sur la coque, ainsi que le nom de *Diana* et le port d'attache : *Plymouth*.

Les onze loups sur le pont étaient de tailles, formes et ethnicités variées. L'un d'eux était vraisemblablement sur la passerelle et Adam voyait une ombre derrière le panneau en verre. Un autre se tenait devant la meute, les jambes largement écartées. Adam sut instantanément qu'il était l'alpha. Il aurait eu envie d'avoir sa caméra pour documenter la rencontre. Il filmait souvent l'île du Salut, mais ce n'était pas approprié pour accueillir des nouveaux venus.

Faisant un peu moins d'un mètre quatre-vingt, l'homme asiatique qui devait avoir une trentaine d'années portait des bottes de cow-boy, un jean et une veste en cuir. Il avait de longs cheveux bruns, des muscles impressionnants et une barbe. Il aurait semblé bien plus à sa place sur une moto ou même sur un cheval plutôt que sur un chalutier modifié.

— Bienvenue, dit Theresa après avoir coupé le moteur du hors-bord.

Elle maintenait ses distances tout en essayant de faire croire que ce n'était pas le cas.

— Nous sommes ravis de vous rencontrer. Je suis Theresa. Damian, Yolanda ainsi qu'Adam m'accompagnent.

L'alpha acquiesça sans sourire.

— Je m'appelle Sean.

Il parlait avec un accent britannique prononcé et distingué qui détonait avec son aura féroce.

Le cœur d'Adam loupa un battement et il observa les autres personnes à bord. Y avait-il des humains ? Ce bateau pouvait-il réellement venir du Royaume-Uni ? Le frère de Parker pouvait-il se trouver parmi eux ? Les chances étaient infimes, mais ce n'était pas impossible…

— Vous n'êtes pas l'alpha, dit Sean à Theresa.

— Ma mère l'est.

Cette déclaration fit apparaître un sourire fantomatique sur les lèvres de l'homme.

— Ma mère l'était aussi.

Lorsque le silence se prolongea, Damian demanda :

— D'où venez-vous ?

— D'ici et là… De l'autre côté de l'Atlantique, concéda-t-il dans le silence.

— Quelle est votre situation ? s'enquit Theresa.

— Tout dépend à qui vous le demandez.

Adam ravala une vague d'agacement après cette réponse obscure. Les yeux de Sean étaient tachetés d'or, comme ceux de tous les loups-garous, et son regard était intense.

Une part d'Adam avait envie de baisser les yeux, en signe de déférence, mais Connie était son alpha. La présence de Sean réchauffait tout de même sa peau et l'oppressait. Il s'agissait là d'une attirance étrange. Elle n'était pas sexuelle, mais restait tout de même puissante. Il imagina Sean se transformer entièrement et il fut momentanément frappé par la jalousie.

Adam adorait Connie, mais ses réponses à ses questions quant à sa transformation complète en loup étaient si vagues qu'elles en étaient frustrantes, car elle, elle arrivait à le faire. Elle ne mutait pas souvent et il ne l'avait aperçue qu'une seule fois sous sa véritable forme. La plupart du temps, il n'avait pas besoin d'y penser, mais quelque chose chez Sean le poussa immédiatement à y réfléchir.

Il se reconcentra sur l'instant qui se déroulait devant lui.

— Puis-je débarquer ?

La question, posée avec l'accent anglais de Sean, était incongrûment polie, étant donné l'aura qui l'entourait.

— Bien sûr, répondit Theresa avec un sourire mesuré. Vous êtes tous les bienvenus.

— Il n'y aura que moi, pour l'instant, dit Sean.

Il hocha la tête vers une femme d'origine sud-asiatique qui portait également une veste en jean. Ses cheveux bruns étaient courts et un anneau doré luisait sur son nez. Adam imaginait sans peine qu'elle avait des tatouages.

Sean se retourna, et après quelques instants lors desquels les deux groupes se dévisagèrent, il demanda :

— Devrais-je y aller à la nage ?

Theresa sembla reprendre ses esprits avant de rire avec un soupçon de nervosité qu'Adam n'aurait jamais cru entendre dans sa voix.

— Bien sûr que non, dit-elle en reprenant le volant et en réduisant la distance avec le *Diana.*

Yolanda lança un regard inquiet à Adam. Il allait tendre la main pour serrer son bras et la rassurer quand Sean atterrit entre eux sur le pont dans un bruit sourd maîtrisé. Adam observa le *Diana* en clignant des yeux. Le bateau se profilait au-dessus d'eux au niveau de l'ancre, maintenant qu'ils étaient plus proches.

— Waouh, s'exclama Yolanda depuis son siège en observant l'homme, bouche bée. Vous volez ?

Elle se pinça ensuite les lèvres comme si elle était gênée.

Sean lui tendit la main avec un sourire sournois.

— Je ne bondis que depuis les grands immeubles.

Elle lui prit la main en riant nerveusement. Se levant, Adam lui tendit aussi la main. La poigne chaude de cet homme irradiait de confiance et de pouvoir. Adam garda résolument la tête relevée sans montrer le même respect qu'il le ferait avec Connie.

Après de nouvelles poignées de main, Theresa guida le bateau vers leur île à toute allure. Le vent fouettait leurs visages et Yolanda se frottait les bras, froissant son chemisier rouge. Damian et Sean avaient une conversation à voix basse, près de la proue, et Adam les espionnait. Avec le bruit du moteur, Yolanda ne les entendait pas.

— Combien d'ordz ? demanda Sean.

Comme Damian fronçait les sourcils, l'homme ajouta :

— Des humains normaux. Des ordinaires.

Adam n'avait jamais entendu ce terme par le passé et ça ne

ressemblait nullement à un compliment. Il prit une profonde inspiration par le nez, s'agrippant à la corde de la bouée de sauvetage qui pendait près de sa jambe. Le bateau sauta au-dessus des vagues et retomba dans de petites claques sèches. Adam essuya l'eau salée qui avait éclaboussé sa mâchoire crispée.

Damian répondit prudemment qu'ils étaient environ moitié-moitié, mais le regard perçant de Sean s'était focalisé sur Adam. Celui-ci le dévisagea en retour, refusant de céder d'un pouce. Si cet homme avait les mêmes conceptions que Ramon sur la pureté des lignées de loups-garous, ils auraient un problème.

Cela faisait trois ans qu'Adam et Parker s'étaient échappés des Pins – depuis que Parker l'avait quasiment porté pour le mettre en sécurité. Adam visualisait encore Ramon sous sa forme métamorphosée – mais pas en loup complètement formé – en train de les pourchasser sur ces deux voies de bitume, ses dents dévoilées avec un enthousiasme féroce.

Sean se retourna vers Damian.

— Pourquoi autant ?

— Je suis certain que notre alpha sera ravie de vous en parler.

— Très bien, répondit Sean en haussant négligemment les épaules.

— Je suppose que vous avez entendu notre message, ajouta Damian après quelques instants. Tout le monde est le bienvenu, ici, sur l'île du Salut.

— Hmm. Tant que les ordz restent dans le rang.

Adam grinça des dents et observa l'océan noir infini. Si cette meute pensait que les humains valaient moins qu'eux… s'ils pensaient que *Parker* valait moins qu'eux…

— Pourquoi cela vous met-il en colère ? demanda Sean.

Dans le silence qui régnait, le rugissement du moteur mis à part, Adam se retourna et découvrit que les yeux tachetés d'or de Sean étaient rivés sur lui depuis la proue. À côté d'Adam, Yolanda les observait tour à tour, clairement confuse. Teresa restait concentrée sur l'eau alors qu'elle les menait jusque chez eux. Mais bien sûr, elle les écoutait.

Damian répondit d'un ton glacial.

— Adam et moi sommes tous les deux amoureux d'humains.

— Ah, répondit Sean en levant brièvement les mains. Toutes mes excuses. Au Royaume-Uni, ces temps-ci, ce serait un peu un scénario à la Roméo et Juliette.

— Les humains et les loups se battent ? demanda promptement Theresa.

— Certains, répondit Sean.

Alors que la fille de l'alpha tirait sur l'accélérateur comme ils entraient dans le port et que le moteur commençait à fredonner doucement, il ajouta :

— Peu de temps après le changement, beaucoup d'entre nous ont arrêté de se cacher dans l'ombre. Quelques ord…

Son regard dériva vers Yolanda.

— Quelques humains… s'y sont opposés.

— Sûrement les plus stupides, répondit-elle. Vous êtes tous forts et organisés. Ceux qui ne veulent pas raccrocher leur wagon à ce guide-là doivent faire examiner leur cerveau.

Elle ricana.

— Comment avez-vous appelé ça ? Le changement ? Ça me semble pas mal. Des bouffées de chaleur, des esprits embrumés et des monstres impitoyables qui voulaient nous attraper.

Sean rit et ils soufflèrent tous tandis que la tension se dissipait. Lorsqu'ils débarquèrent, Adam sauta du bateau tant l'envie de voir Parker le démangeait. Le malaise régnait sur l'île, ce que Sean percevrait également.

Au milieu de ce nuage d'angoisse, provoqué à la fois par les loups et les humains, celle de Parker paraissait vive et proche, comme un doigt qui s'enfoncerait dans les reins d'Adam.

Sean ne trahit aucune émotion quand il tendit une main à Yolanda pour l'aider à descendre sur les planches de bois usées.

— Désolé, dit Adam en se précipitant vers elle.

Néanmoins, il était trop tard et Yolanda le chassa d'un geste de la main.

— Je ne suis pas en sucre, mon chou.

Theresa attacha méthodiquement les cordes.

— Comme vous le voyez, nous avons quelques bateaux qui ont des utilités diverses.

Elle le guida sur la jetée d'un pas flânant et Adam manqua de lui marcher sur les talons. Il ralentit le pas alors qu'ils passaient devant des rangées de bateaux amarrés en train de tanguer.

La coque du *Bella Luna* avait été sérieusement abîmée lors de cette journée horrible où Parker avait été attaqué, mais ils l'avaient repeinte. Elle était sûre et imposante. Le cœur d'Adam s'emplit d'affection.

Parker et lui avaient tant partagé sur ce navire. Il était vraiment impeccable, grâce à Parker qui avait poli le moindre centimètre à la main. N'importe qui comprendrait le soin et l'amour qui lui était apporté grâce à son pont brillant.

En particulier maintenant, comme Parker était à bord et polissait la rampe argentée.

— Oh, salut ! lança-t-il d'une voix horriblement nonchalante qui ne bernait certainement personne.

Il sauta sur le quai, les pieds nus, et commença à avancer vers eux. Adam percevait presque sa sueur très amère provoquée par son inquiétude, qu'il distinguait de celle engendrée par le sexe, par les exercices physiques ou par la bonne vieille chaleur.

— Salut, Parker, lui répondit Theresa avec un sourire mitigé.

Heureusement, elle ne lui demanda pas pourquoi il n'était pas en train de donner son cours.

Adam comprenait pourquoi son petit ami avait été incapable de se concentrer sur autre chose avant son retour sain et sauf. Ses mains le démangeaient tant il avait envie de le toucher et le soulagement le submergea quand Parker tendit le bras vers lui.

Leurs doigts s'entremêlèrent comme ils l'avaient fait des milliers de fois, chauds et rassurants. Il saisit la bouche de Parker dans un bref baiser avant de se tourner vers Sean.

— Voici Parker Osborne.

Les noms de famille semblaient superflus, à présent. Pourtant, il ressentait le besoin d'être formel, avec un alpha.

— Salut, mec.

Parker tendit la main, bien qu'Adam imagine qu'il préférerait adresser un doigt d'honneur à la personne qui avait interrompu sa routine apaisante.

— Bonjour, répondit Sean en saisissant naturellement la main de Parker. Je suis incroyablement ravi de vous rencontrer.

Incroyablement semblait un peu exagéré. Adam glissa donc un bras autour des épaules de son homme.

Le regard de Parker était rivé sur le nouveau venu.

— Vous venez d'Angleterre ?

— Oui, répondit-il simplement.

— Comme vous le voyez, nous avons une flotte composée de bateaux de taille différente, répéta Theresa qui attirait sans effort l'attention de tout le monde et continuait d'avancer.

Adam embrassa son petit ami sur la tempe. Il aurait aimé chasser tout son stress d'un baiser. Parker s'agrippa à sa taille alors qu'ils marchaient côte à côte. Sean écouta Theresa et hocha occasionnellement la tête pendant qu'elle expliquait leur système agricole, qui avait doublé de taille depuis l'arrivée d'Adam et Parker.

— Damian, peux-tu parler à Sean de notre énergie solaire hors réseau ? demanda-t-elle.

Il s'exécuta, parlant avec des phrases courtes et distraites. La journée devenait humide. La moiteur ne faisait qu'accentuer la tension écœurante. Ils passèrent devant des villageois qui firent semblant de ne pas regarder Sean, et d'autres qui l'observèrent ouvertement. Alors que Theresa menait le nouvel arrivant dans le bureau de Connie, Adam s'esquiva et prit la main de Parker pour se diriger vers leur cabane. Ils avaient besoin de se retrouver et de respirer.

Parker planta ses talons dans le sol et tira de l'autre côté.

Adam fronça les sourcils.

— Connie ne nous laissera pas assister à la réunion. Je sais que tu veux en apprendre plus sur l'Angleterre, mais…

— Non, c'est faux ! dit Parker dont les narines se dilataient. Je n'ai jamais dit ça. Ne rejette pas la faute sur moi.

— D'accord.

Il caressa les articulations de Parker avec son pouce.

— Désolé.

Honnêtement, il aurait préféré que Parker soit impatient d'avoir des nouvelles du Royaume-Uni. Il parlait encore de son frère, Eric, de temps à autre, mais il refusait d'avoir l'espoir que celui-ci soit en vie. Il ne voulait pas spéculer sur ce qu'il se passait en dehors de l'île du Salut.

Parker hocha la tête, acceptant son excuse.

— Il faut que je nage.

— Je peux venir ?

— Oui, si tu entres dans l'eau.

Adam accepta. Ils longèrent le village vers le chemin. Parker n'aimait pas quand Adam le regardait nager depuis le rivage, mais s'il l'observait en étant dans l'eau, ça ne le dérangeait pas. Ce dernier ne faisait pas comme s'il comprenait la différence, pour son petit ami. Il y avait une différence et voilà tout ce qui comptait.

Des brindilles craquelèrent sous leurs pieds, et un oiseau pépia dans les branches. Une fauvette, peut-être ? Un troglodyte ? Il devrait suivre un autre cours d'observation d'oiseaux avec Edwin, un ancien professeur d'Orlando qui adorait partager son savoir.

Le *Diana* apparut dans leur champ de vision, toujours ancré au loin, même s'il s'était rapproché. La meute de Sean penserait probablement qu'il était absurde de perdre du temps à identifier le chant d'un oiseau. Adam imaginait leur jugement, même s'il n'avait parlé à aucun d'eux, pour l'instant.

Il se pencha pour détacher ses bottes lorsqu'ils arrivèrent en lisière de forêt. Parker se déshabilla en un clin d'œil, progressant déjà dans l'eau boueuse avant même qu'Adam ait commencé à déboutonner sa chemise à carreaux. Il s'arrêta pour regarder et admirer l'absence d'hésitation de Parker quand il avait confiance dans sa décision. Quand il n'était pas figé par la peur.

Il ne trempait jamais un seul orteil et ne se plaignait jamais que l'eau soit froide. Il n'y allait jamais par à-coups, il ne reculait jamais, il n'agitait pas les mains et n'hésitait pas non plus. Parker se contentait d'avancer dans l'eau, au-delà des vagues se brisant sur le rivage, et il plongeait dès que la profondeur était suffisante.

Attendant qu'il remonte à la surface, Adam sourit et se détendit.

Toutefois, Parker demeura agité. Il effectua des longueurs comme s'il se trouvait dans une piscine. Habituellement, il alternait les types de nage et le tempo à chaque aller-retour –, nage libre, dos crawlé, nage indienne. Mais pas aujourd'hui. Aujourd'hui, il ne faisait que forcer ses mouvements dans l'eau, agitant ses pieds avec des gestes nerveux. Ses bras découpaient les vagues dans un crawl déterminé.

Restant hors de son chemin encore quelques instants, Adam rebondit avec la houle sous le ciel gris. La nage indienne était sa préférée et il compta dix mouvements sur la droite, puis dix sur la gauche. Les leçons de nage de son père avaient encore un écho distant.

— *Choisis la pomme et mets-la dans le panier.*

Il tendit la main au-dessus de sa tête, gardant le bras droit sous l'eau. Il récupéra la pomme imaginaire avant de lever sa main gauche afin que les deux se croisent au niveau de son abdomen. Au même moment, il battit des jambes, l'une vers l'avant, l'autre vers l'arrière, puis il les rapprocha. Il pouvait nager bien plus vite, s'il le souhaitait, mais il était satisfait.

Le *Diana* se profilait dans sa vision périphérique. La meute de Sean était-elle en train de les observer, en ce moment ? Qui étaient-ils et que voulaient-ils ?

Il n'arrivait pas à garder son calme. Surtout pas avec Parker qui battait l'eau comme s'il passait les essais olympiques dans le but désespéré d'intégrer l'équipe nationale.

Un souvenir dans lequel il faisait la ola avec Tina lors du match des Giants résonna dans son cœur. Ils riaient et partageaient des nachos couverts de fromage industriel et gluant, jaune orangé, ainsi que des canettes de Bud horriblement chères. Il n'était pas particulièrement fan de sport, mais les stades de baseball, les cacahuètes et la bière lui manquaient.

Et bien sûr, Tina aussi, la seule amie qu'il s'était faite à l'âge adulte. La douleur de sa perte s'était atténuée, mais ne disparaîtrait jamais. Il le savait, depuis la mort de sa famille. À présent, il avait Parker, ce qui ne serait jamais arrivé si le monde était resté le même. Il avait Craig, Lilly et Jacob, Connie, Theresa et les habitants de l'île du Salut.

Parfois, il trouvait cela anormal d'avoir tant gagné avec la perte de la civilisation.

Tous les deux demeurèrent agités, après être revenus sur la plage. Adam se dirigea vers les rochers et se rendit compte qu'ils n'avaient pas de serviettes. Parker enfila ses vêtements sans prendre la peine d'essayer de se sécher. Sa respiration était toujours difficile.

— Prêt pour le déjeuner ? demanda Adam bien qu'il soit trop tôt.

Parker secoua la tête, propulsant des gouttelettes. Il vibrait sous le coup d'une énergie refoulée.

— J'ai besoin de toi. De toi, tout entier.

En guise de réponse, Adam abandonna sa chemise et souleva

son petit ami, sa langue déjà dans la bouche de ce dernier. Parker enroula les jambes autour de la taille de son homme et l'embrassa désespérément, s'agrippant à sa peau nue et mouillée.

Adam souhaitait le prendre contre un arbre, mais il ne pouvait risquer de le blesser. À travers la forêt, il porta Parker dans un élan rapide, zigzaguant jusqu'à leur chalet tout en évitant qu'ils soient vus. Il ne le reposa pas avant qu'ils soient dans leur chambre.

Adam avait fait le lit, ce matin, bordant parfaitement les draps jaunes et le duvet blanc. Nu en un clin d'œil, Parker rampa de l'autre côté du lit et tendit la main vers la lampe de chevet. Adam sut sans regarder qu'il s'agissait de ce qu'ils appelaient un « jour du ruban bleu ».

Les liens étaient bleu ciel, ce qui était sans doute une couleur incongrue pour un bâillon, mais ce n'était pas comme s'ils pouvaient passer dans une mercerie pour avoir d'autres options. Theresa le leur avait offert sans un soupçon d'embarras, peu de temps après leur arrivée sur l'île du Salut.

Elle avait expliqué qu'elle cousait constamment pendant son temps libre et qu'elle avait créé un bon nombre « d'aides pour l'intimité », comme elle l'avait formulé. Étant donné l'ouïe accrue des loups sur l'île, ce cadeau était considéré comme une politesse pour une « activité » particulièrement bruyante.

Parker agita impatiemment le bâillon en direction d'Adam. Il aurait pu le nouer autour de son crâne, mais Adam s'en occupait toujours. S'agenouillant derrière son petit ami, il positionna la petite balle en caoutchouc noir. Son membre gonfla alors que Parker ouvrait la bouche pour lui.

La balle était collée à des attaches couvertes de soie. Le bleu était complémentaire avec les yeux marron de Parker et ses quelques taches de rousseur.

— Si beau, murmura Adam, même si son homme versait impatiemment du lubrifiant sur ses doigts avant même que le bâillon soit attaché.

Parker se doigta et laissa échapper un gémissement étouffé par le bâillon. À genoux, il se pencha sur sa main gauche et enfonça son majeur dans son anus. Son désir était éhonté. Lorsqu'Adam le regarda, sa bouche s'assécha et son sexe palpita.

Il gonfla d'abord les oreillers sous le ventre de Parker et le poussa dans un vif mouvement pour que ses fesses soient en l'air et ses épaules sur le lit. Parker empoigna les draps, ses doigts recouverts de lubrifiant.

Se penchant, Adam lui murmura à l'oreille.

— Tu veux de moi ?

Parker gigota, son dos mouillé déjà chaud sous le torse d'Adam. Il marmonna et son petit ami aurait su ce pour quoi il le suppliait, même s'il était sourd.

— *Toi, tout entier.*

Tout comme ils n'utilisaient pas toujours le bâillon, Adam ne se transformait pas toujours pendant les ébats – cela dépendait de son humeur. Aujourd'hui, son loup hurlait et jouait des griffes pour être libéré, mais il s'obligea à respirer.

Ses lèvres sur la colonne vertébrale de Parker, il se caressa et se décalotta. Tenant sa longueur, il appuya son gland contre la fente, puis l'anus de son petit ami qui gémissait joliment.

— Tu veux que je prenne ton petit trou serré ?

Parker grommela, frustré, et Adam fut obligé de rire.

— Tu es si mignon, quand tu me supplies de te donner ma queue. Tu me supplierais, si tu le pouvais, hein ?

Acquiesçant désespérément, Parker tourna sa joue droite contre le matelas. Le bâillon-boule n'était pas immense, mais il était suffisant pour qu'il se sente opprimé. La première fois qu'ils l'avaient utilisé, Adam s'était inquiété et avait lutté contre une certaine culpabilité. Ces ébats avaient été frustrants et insatisfaisants pour eux deux, même s'ils avaient joui.

Désormais, il savait qu'il ne faisait pas de mal à son homme – que son habituel flot de paroles referait aisément son apparition.

Après son crawl furieux, il devait être fatigué. Il avait besoin de libérer la peur et le chagrin qui restaient à distance, la majeure partie du temps sur l'île du Salut, tels des points à l'horizon. Mais pas aujourd'hui.

— Je te tiens, murmura Adam.

Il s'inséra en Parker et ravala un gémissement à cause de la chaleur étroite qui l'enveloppait.

Parker se crispa et cambra les hanches vers l'arrière.

— Tu en veux plus ?

Le champ de vision d'Adam se teinta de jaune tandis que son torse s'élevait et retombait plus vite.

— *Hmm*, gémit Parker avant de tendre la main en arrière pour s'agripper à la cuisse d'Adam.

Contrôler sa transformation s'était parfois avéré difficile avant l'île du Salut. Désormais, il pouvait se métamorphoser à sa guise. Un feu le transperça. Ses ongles posés sur les hanches de Parker se muèrent en griffes, ses poils s'épaissirent sur toute sa peau et son membre gonfla dans le corps de son amant.

Le cri de Parker, quand son homme l'étira presque jusqu'au point de rupture, aurait pu faire écho sur toute l'île sans la présence du bâillon. Il était incroyablement serré autour de la verge d'Adam.

— *Merde, Seigneur, Parker*, marmonna difficilement Adam à cause de ses crocs tout en le pénétrant avec de petits mouvements puissants.

Ce serait déjà suffisant de voir Parker avec les genoux écartés, les fesses en l'air fendues en deux par sa verge. Mais entendre ses cris, ressentir sa chaleur et savoir qu'il acceptait la véritable nature d'Adam était chaque fois comme un cadeau. Il y avait en plus sa façon de se soumettre, quand Adam s'enfonçait en lui et lui agrippait les poignets pour tirer fermement sur ses bras afin qu'il soit complètement à sa merci. Ses griffes transperçaient quasiment sa peau sensible.

— Si je me transformais en loup, tu me laisserais te baiser comme ça, hein ? lança Adam.

Il s'était habitué à parler quand ses crocs étaient sortis.

Parker hocha la tête, son visage collé contre la soie bleue.

— Tu me laisserais te pénétrer, déposer mon odeur contre ta peau si profondément qu'elle ne partirait jamais ?

La joue contre le lit, Parker gémit en rythme tout en sursautant à chaque coup de reins.

— *Oui, oui, oui, oui.*

— Inutile de t'inquiéter, je prendrai soin de toi. Je te tiens.

Se penchant et se retirant quasiment, Adam lécha la colonne vertébrale de Parker. Sa sueur salée devenait presque sucrée quand il s'approchait de l'orgasme. Adam s'enfonça ensuite brusquement jusqu'à la garde et son petit ami hurla autour du bâillon.

Adam relâcha l'un des poignets de Parker, même si celui-ci ne bougea pas le bras. Leur peau claquait l'une contre l'autre. Ils grognaient tous les deux et Adam serra lâchement le poing autour de la verge de son partenaire, ses griffes à quelques millimètres de la catastrophe.

Parker ne tressaillit nullement. Il ne fit que gémir, geindre et supplier alors que les larmes lui montaient aux yeux.

Parfois, Adam le faisait attendre, jouissait en lui et le retournait pour lui faire une fellation, pour le taquiner et le coincer jusqu'à ce que Parker remplisse sa bouche de semence sucrée.

Aujourd'hui, Adam devrait être en lui quand il se lâcherait. Son homme gigota sur son sexe et de la salive coula sur son menton. Son visage était rouge et ses cris déchiraient sa gorge. Il se crispa, ayant terriblement besoin de jouir. Adam le caressa au-delà de son point de jouissance habituel.

Il devait l'aider. Il contracta ses muscles, ayant désespérément envie de donner à Parker ce dont il avait besoin. Le brouillard doré devant ses yeux s'intensifia et il grogna.

Le cri de Parker résonna dans la poitrine d'Adam et ce dernier jura que sa verge avait encore grossi dans l'anus de son partenaire. Parker jouit, haleta autour du bâillon et se resserra autour de la longueur de son petit ami.

Adam eut l'impression d'être un ballon ayant explosé à cause d'un excès d'air. Il explosa et déversa sa semence en lui, un feu brûlant de plaisir coulant dans ses veines. La tête en arrière, il hurla avant de pouvoir s'en empêcher.

Il pinça les lèvres et retomba sur Parker en reprenant sa forme humaine. Il n'avait jamais été aussi proche d'une transformation complète. Il libéra l'attache en soie et sortit la boule de la bouche de Parker, s'attendant à un déluge de questions ou d'exclamations.

Son amant se contenta de haleter, les yeux écarquillés, et il tourna la tête pour le dévisager. Lui-même sans voix, Adam poussa un doigt dans l'orifice enflé de son homme afin de maintenir sa semence laiteuse à l'intérieur. S'agenouillant, il se pencha et embrassa tendrement Parker, léchant lentement l'intérieur de sa bouche. Ils devaient se nettoyer, mais Adam ne pouvait cesser de le toucher.

Après quelques minutes, Parker s'allongea sur le dos et son petit ami s'étendit à ses côtés pour lui caresser le torse de sa paume. Il appréciait la rugosité des poils contre sa main et l'élévation ainsi que la retombée de la respiration de Parker en train de ralentir.

— C'était… waouh, marmonna ce dernier.

Adam retint son souffle, les doigts écartés entre les tétons de son homme.

— Trop ?

— Jamais.

Il le déclara si simplement, si honnêtement, qu'Adam l'aima plus que jamais. Chaque jour, il l'aimait un peu plus.

Comme toujours, Parker retrouva ses mots.

— Qui sont-ils ? Sont-ils tous britanniques ?

— Je n'en suis pas certain. C'est une meute.

— De combien ? Ce sont surtout des loups ?

— Ce ne sont *que* des loups, apparemment. Douze.

Le cœur de Parker palpita.

— Il n'y a pas du tout d'humains ? C'est nouveau.

— Hmm.

— À ton avis, qu'est-ce que ça signifie ? Est-ce que ça veut dire quelque chose ? Ce sont des trouducs comme Ramon ?

— Je n'espère pas. Je n'en sais rien.

Il tenta de penser à ce qu'il pourrait dire à Parker.

— Il a dit qu'en Angleterre…

— Je ne veux pas le savoir. Je ne veux pas que l'Angleterre existe.

Adam brossa en arrière les cheveux mouillés de Parker.

— Tu ne le penses pas.

— Si ! dit-il avant de souffler. Enfin, je ne souhaite pas que tout le monde soit mort, là-bas. C'est juste que je ne veux pas savoir. Je ne peux pas avoir d'espoir. Parce qu'il est impossible que je revoie Eric. Tu le sais, je le sais, l'univers le sait.

Adam ne pouvait le contredire. Il était extrêmement improbable qu'Eric soit encore en vie. Même s'il était vivant, Parker ne reverrait certainement jamais son frère. Mais tout de même, maintenant qu'un bateau était arrivé du Royaume-Uni, ne voulait-il pas poser davantage de questions ?

Comme s'il lisait dans les pensées d'Adam, Parker déclara :

— Je veux que le reste du monde disparaisse. Nous sommes en sécurité, ici, dans notre bulle. Nous avons de la nourriture, des médicaments, de l'électricité et les meilleurs ébats de la planète. Nous n'avons pas besoin de quoi que ce soit ou de qui que ce soit. J'aimerais que tout ça s'en aille pour toujours. J'aimerais que le monde nous laisse un peu tranquilles, bordel.

Ils étaient de corvée de jardinage, mais Adam pressa leur bouche l'une contre l'autre et embrassa lentement Parker jusqu'à ce que le pouls de ce dernier soit régulier et qu'il s'endorme, en sécurité dans ses rêves et dans ses bras. Du moins, pour l'instant.

Et Adam ferait n'importe quoi pour que cela continue ainsi.

Chapitre 3

L A SOIRÉE TACOS ne fut pas la même, comme les nouveaux venus attirèrent l'attention de tout le monde, mais la crème aigre fut tout de même merveilleuse.

Parker savoura sa dernière bouchée de mérou, coriandre, sauce, haricots et crème aigre onctueuse, acide et parfaite. L'enveloppe des tacos était faite de laitue, comme il était bien plus facile d'utiliser de la salade plutôt que leur récolte de maïs pour faire des tortillas, mais il ne fallait pas faire la fine bouche.

Profite des petits plaisirs, bon sang.

Adam installa le projecteur et Parker s'excusa auprès de Lilly et Craig, qui étaient en grande conversation avec Yolanda à propos de… À vrai dire, il n'en avait aucune idée. Son regard ne cessait de se poser sur les nouveaux venus, assis les uns à côté des autres sur l'un des longs bancs, avec Connie, Theresa et quelques autres habitants. Ils paraissaient tendus et Adam jugea que c'était parfaitement raisonnable.

Après tout, ils étaient en infériorité numérique. S'ils étaient en mission furtive pour perturber l'île du Salut, ils échoueraient. Parker se le rappela alors qu'il passait les bras autour d'Adam par-derrière, frottant son menton contre la chemise en douce flanelle.

— Salut, dit Adam en griffonnant dans son carnet.

Parker regarda par-dessus son bras, ce qui exigea quelques manœuvres, étant donné qu'il avait des muscles imposants.

— *Ana* ? Je n'ai jamais entendu parler de ce film-là.

Il adorait que certains films de cette collection soient encore nouveaux pour lui. Un jour, ils seraient à court de nouveautés. Mais pas aujourd'hui.

— C'est un film indépendant classique de 2002 sur le passage à l'âge adulte d'une Américano-Mexicaine. La performance d'America Ferrera est remarquable. Et je croyais que tu ne voulais pas de spoilers ?

— C'est presque l'heure du film. C'est la première projection ?

Parker frotta sa joue contre l'épaule d'Adam. Au lieu de la flanelle, il imagina un cuir froid sous sa peau, ses bras se verrouillant autour de la taille d'Adam alors qu'ils traversaient le pays à toute vitesse, comme pendant les premières semaines du virus.

Désormais, ils avaient le ventre plein et étaient entourés par le brouhaha des conversations entre les membres de leur communauté. Ils étaient heureux et en sécurité, et ils ne monteraient plus jamais Mariah sur une étendue d'asphalte déserte et infinie.

Il savait que rouler librement sur une grande route manquait à Adam. Cela manquerait peut-être aussi à Parker si l'idée de retourner sur le continent ne rendait pas sa peau moite.

— Quoi ? demanda Adam en se tournant à moitié et en lui passant une main sur les cheveux.

— Rien. C'est quoi le film familial ?

Adam se retourna vers son carnet.

— *Spy Kids*, à la demande populaire.

Il se pencha et nota quelques mots.

— C'est la troisième fois en trois mois.

Il était adorable qu'Adam garde soigneusement un carnet de bord avec les dates et les films diffusés. S'ils étaient encore dans l'ancien temps, il aurait indubitablement eu une feuille de calcul.

Alors qu'Adam finissait de tout préparer, son petit ami resta collé à lui comme une bernacle. Adam ne s'en plaignit pas, car il était le meilleur. Parfois, après un ébat particulièrement intense, Parker avait besoin de prolonger cette proximité. S'il serrait les fesses, il le sentait encore en lui.

Ce dernier tourna la tête afin de se blottir contre la joue de Parker et de chuchoter.

— Je sais.

— Merde, je l'ai dit à voix haute ?

Il était donc clairement fidèle à lui-même.

— Non, mais je peux lire dans tes pensées.

Il termina de vérifier les réglages du projecteur.

Un silence soudain s'abattit dans le mess et Parker regarda autour de lui, confus. Sean se tenait à côté de sa table et bientôt, tous les yeux furent rivés sur lui. Avait-il fait un subtil bruit de loup-garou, comme Connie le faisait ? Était-ce un truc d'alpha ?

— Merci à vous tous pour votre accueil d'aujourd'hui, annonça-t-il d'une belle voix de ténor avec son accent chic.

Il avait retiré sa veste en cuir. Sa chemise noire collait à des muscles bien dessinés. Un jean sombre moulait ses cuisses fermes et, curieusement, les bottes de cow-boy ne dénotaient pas.

— Nous n'avons pas mangé une aussi bonne nourriture depuis très longtemps. Et maintenant, nous allons regarder un film ? C'est bien plus que ce que nous aurions pu imaginer.

— Nous sommes ravis de vous recevoir. Asseyez-vous et détendez-vous, répondit Connie.

Sean s'exécuta, mais la plupart des yeux restèrent focalisés sur lui, naturellement.

— Waouh, murmura Parker.

— De quoi, waouh ? demanda Adam en levant les yeux.

— Mec, allez. Tu peux l'avouer. Il est canon.

— … Je peux ?

Parker s'esclaffa.

— Ça t'aidera, si je dis qu'il est objectivement canon ?

— Pas vraiment.

Adam glissa un bras autour des épaules de son petit ami et le rapprocha de lui.

Gloussant, Parker chuchota contre le cou de son homme.

— Ne t'inquiète pas. Tu es le seul bon gros méchant loup que je désire.

— C'est bien vrai.

Il saisit les lèvres de Parker l'espace d'un instant.

— Je crois que notre opinion, selon laquelle Sean est canon, est partagée.

Parker suivit son regard vers Jacob, assis avec les nouveaux enfants autour d'une table ronde. Il observait attentivement Sean.

— Ah, ouais, tu n'as pas besoin d'être un loup-garou pour comprendre que Jacob bande. J'imagine qu'il a enfin remplacé cette affection pour moi, dit Parker avant d'abandonner ce ton plaisantin. Le pauvre gamin. J'aimerais qu'il ait plus de choix pour ses relations amoureuses. Ou même qu'il ait *un* choix, en fait.

— C'est l'une des raisons pour lesquelles c'est une bonne chose qu'il y ait de nouveaux venus.

— C'est vrai, concéda Parker. Mais ils restent en sursis jusqu'à ce que je sois convaincu qu'ils ne complotent pas pour nous renverser.

Il récupéra le stylo d'Adam et le fit tourner entre ses doigts.

— C'est étrange d'avoir une autre meute, ici. Je suis surpris que ça ait pris si longtemps avant qu'une autre se pointe.

— Hmm. S'il y a bien une chose que les loups-garous comprennent, c'est la prudence.

— Mais vous êtes tous bien plus forts que nous. Et vous êtes immunisés contre la majeure partie des virus humains.

Il laissa tomber le stylo, le récupéra et recommença à le faire tourbillonner.

— Par le passé, nous étions en position d'immense infériorité numérique. Peut-être que maintenant, après quelques années du Nouveau Monde, nous allons voir d'autres meutes surgir des ombres.

Le Nouveau Monde. Mon Dieu, Parker détestait qu'on le lui rappelle.

— J'imagine.

— Sean a mentionné que c'était arrivé en Angleterre. Les loups-garous ne se cachent plus et certains humains n'aiment pas ça.

Parker serra ses doigts autour du stylo.

— Sérieusement ? Comme si nous n'avions pas déjà suffisamment d'inquiétudes avec les monstres ? s'étonna-t-il en élevant la voix. Sans parler de l'effondrement des infrastructures et de la société ? On ne peut pas tous s'entendre ?

— Hé, hé, murmura Adam en lui caressant le dos. Ici, on s'entend bien. Il n'y a pas de quoi t'inquiéter.

Soupirant, Parker hocha la tête. Les lumières s'estompèrent et Adam récupéra gentiment son stylo. Lors du premier film, il sortit sa caméra et filma quelques minutes toutes les personnes qui regardaient l'écran – ou le mur, en l'occurrence. Parker suivit le regard de la caméra. Des enfants rirent aux blagues qu'ils avaient déjà entendues précédemment, la lumière éclairant leurs visages joyeux. La nourriture réconfortante était digne d'un cinéma.

Parker tenta de chasser Sean et les nouveaux venus de son esprit, mais franchement, pourquoi venaient-ils d'*Angleterre* parmi tous les autres pays ? Il pensait sincèrement ce qu'il avait dit à Adam – il ne voulait rien savoir. Quel intérêt ?

Bien sûr, en réalité, bien qu'il ait été honnête, il mourait aussi d'envie d'en savoir plus. Le monde extérieur était terrifiant, mais il n'arrivait pas à faire taire les *et si…*

Une fois les films terminés, Adam et lui rendirent les DVD à la bibliothèque, un chalet dans lequel chaque pièce – même la salle de bain – débordait d'étagères accueillant des livres, des films, des CD et des vinyles. Adam avait catalogué chaque média en utilisant la classification décimale de Dewey, ce qui était si ringard et sexy.

Tandis que celui-ci notait les films qu'ils rendaient, Parker déambula dans l'ancienne chambre qui abritait aujourd'hui les CD. Il faisait sombre, mais il voyait devant lui grâce à la lumière de la lune qui filtrait par la fenêtre. Il glissa les doigts sur les rangées de boîtes à bijoux.

Il s'était débarrassé de tous ces CD, des années auparavant, quand le streaming était arrivé, mais son père avait insisté pour garder une immense collection. Parker et Eric avaient ri et levé les yeux au ciel en lui disant qu'Internet avait tout changé.

Mon Dieu, comme Internait lui manquait *terriblement*.

— J'ai dit *non*.

Figé près de la grande collection de musique folk, *Le best-of des meilleures chansons* de Gordon Lightfoot sous la pulpe de ses doigts, Parker tendit l'oreille pour entendre ce qu'il se passait. La voix d'homme avait parlé avec un accent anglais.

Une femme répondit, mais Parker ne distingua aucun mot. Il s'approcha de la fenêtre sur la pointe des pieds. Sous les arbres, au niveau du chemin ombragé éclairé par des panneaux à énergie lunaire, il voyait deux personnes : Sean et l'une des nouvelles arrivantes, une femme avec un piercing au nez et un regard féroce. Celle qu'Adam avait semblé désigner comme l'adjointe de l'alpha.

— Si nous leur disons… commença-t-il.

— *Non* !

Ce fut un grognement, cette fois-ci, et le cœur de Parker accéléra.

Bien sûr, ils l'entendirent grâce à leurs sens de loup-garou et leurs yeux dorés le localisèrent au niveau de la fenêtre.

— Euh, salut ! dit-il en agitant la main comme un crétin. Désolé. Je ne voulais pas…

Il recula contre Adam, ce qui le fit hurler. Tout se passait *merveilleusement* bien.

Ils sortirent pour faire face aux conséquences de leurs actes. Adam tenait la main moite de Parker, parce qu'il était le meilleur petit ami de l'histoire des petits amis. Sean et la femme attendirent, visiblement crispés. Cette dernière croisait fermement les bras. Sean sembla se détendre quand il vit Adam. Parker ne sut quoi en penser.

— Bonsoir, déclara Adam avec aisance.

— Je suis désolé de vous avoir interrompus, ajouta Parker. J'ai entendu un bruit. Je n'avais pas compris ce que c'était.

Sean sourit et sa voix fut aussi confiante que celle d'Adam.

— Aucun problème. Nous aurions dû nous rendre compte que vous étiez là. Nous avons été trop distraits. La journée a été chargée.

— Je n'ai rien entendu, si ça peut vous rassurer, dit Parker.

— Excusez-moi, comment vous appelez-vous ? demanda Adam à la femme.

— Gemma, répondit-elle avec ce même genre d'accent britannique chic que Sean.

Elle sourit une nanoseconde.

Adam et Parker se présentèrent avant de leur souhaiter une bonne nuit et d'emprunter le chemin qui repartait vers leur chalet.

— Alors, qu'est-ce que tu as entendu ? chuchota Adam.

— Pas grand-chose, dit Parker avant de lui transmettre le peu qu'il savait. À ton avis, qu'est-ce que ça veut dire ?

— Rien. Ça ne nous regarde pas.

— À moins qu'ils mijotent quelque chose. Dans ce cas-là, ça nous regarde à mille pour cent.

— Ne cherche pas les ennuis.

— *Moi* ? Jamais.

Adam gloussa.

— Bien sûr que non, chéri.

De fortes voix transpercèrent la paix familière des cigales qui chantaient dans l'obscurité.

— Il y a école, demain, déclara fermement Craig.

Parker soupira alors qu'ils tournaient au coin et tombaient sur Craig et Jacob devant leur chalet. Craig se tenait droit, sur la première marche de la petite véranda, et son fils le fusillait du regard depuis le chemin.

Ce dernier éclata de rire.

— Laisse-moi tranquille. Pourquoi je dois aller à l'école, déjà ? Conneries. Vous faites tous comme si le monde était encore normal alors que ça ne sera plus jamais le cas. Quel intérêt ?

Craig parla calmement, sa voix basse retentissant.

— L'intérêt, c'est que cette vie est tout ce que nous avons. Nous savons tous que le monde extérieur est merdique. N'est-ce pas, Parker ?

Craig jurait si peu souvent que l'intéressé n'eut pas envie de répondre.

— Euh, oui.

Son estomac gargouilla à cause d'une remontée acide. Il détestait ça.

Jacob leva les yeux au ciel quand son père ajouta :

— Nous devrions faire en sorte que nos vies sur l'île soient les meilleures possibles, les plus normales possibles. Parce que c'est tout ce que nous avons, J, conclut-il en levant les mains.

— D'accord. Et les adolescents normaux ont le droit de sortir avec leurs amis.

— À vingt-deux heures, un soir où il y a école le lendemain ? demanda Craig d'un air suspicieux.

— Pourquoi pas ? Je ne suis pas fatigué.

— C'est parce que tu dormirais jusqu'à midi si je te laissais faire, marmonna Craig.

Parker voulait le contredire en disant que faire la grasse matinée *était* normal pour les adolescents, mais selon lui, Craig n'apprécierait pas son intervention. Depuis quand se sentait-il bien plus âgé que des adolescents ? C'était pourtant le cas. Mon Dieu, il se sentait vraiment, vraiment plus vieux.

— Je ne suis pas fatigué non plus, intervint-il. Adam va pioncer. Tu veux me tenir compagnie, Jacob ?

Adam bâilla à point nommé – meilleur petit ami du monde – et Jacob accepta à contrecœur de marcher aux côtés de Parker. Ils tournèrent vers un chemin qui traversait un champ de pommes de terre. Les épaules relâchées, Jacob plongea les mains dans les poches de son pull à capuche.

— Je comprends pourquoi tu es frustré, dit enfin Parker.

De la vapeur sortit quasiment des oreilles du jeune homme.

— Il ne comprend rien.

— Ce n'est pas juste.

Parker s'obligea à prendre une inspiration et à bloquer le flot de paroles qu'il était à deux doigts de libérer. Il devait progresser prudemment.

— Nous sommes amis, n'est-ce pas ?

— Oui, marmonna Jacob avant de soupirer bruyamment. Je suis désolé. Je sais que je me comporte comme un trouduc. C'est juste que je déteste parfois vivre ici.

Parker en fut abasourdi. L'île du Salut était le *meilleur* des endroits.

— Mais nous avons tant de chance d'être ici. C'est bien mieux que l'alternative.

— Comment peux-tu le savoir ?

— Euh, je me souviens de ce qu'il a fallu faire pour arriver ici.

Jacob donna un coup de pied dans un caillou.

— Au moins, on avait… la liberté.

— La liberté de connaître une mort horrible ?

Dès que ces mots furent prononcés, il les regretta.

L'histoire de ma vie.

Jacob continua d'avancer en silence et Parker ajouta rapidement :

— Je suis désolé. Ce n'est pas ce que je voulais…

Il plissa les yeux en regardant Jacob et le col de son pull à capuche.

— Où est ton collier ?

La délicate colombe en argent que la mère de Jacob, Abby, lui avait laissée n'était pas autour de sa gorge.

Jacob rougit.

— Chris a dit que c'était trop féminin. Il a probablement raison.

Respire profondément. Respire profondément !

— Chris, c'est l'un des nouveaux gamins qui sont arrivés avec le groupe de Yolanda ?

Quand Jacob acquiesça, Parker poursuivit.

— Il a tort. Et quelle importance si c'est féminin ? Nous vivons au cœur d'une apocalypse zombie. Avons-nous vraiment besoin de contrôler les bijoux des autres en fonction des stéréotypes de genres ?

Jacob sourit.

— J'imagine que non.

— Clairement pas. Tu devrais porter ce collier. Si tu en as envie. C'est à toi de voir. Ta mère…

La voix de Parker se brisa à cause d'une soudaine vague d'émotions qui lui entravait la gorge. Le souvenir du sang d'Abby pulsant entre ses doigts désespérés, alors qu'elle haletait et mourait ne le quitterait jamais, *jamais*, mais la plupart du temps, il restait discret, comme s'il était écrit en petits caractères.

D'ordinaire, il n'était pas en majuscules et en gras avec des points d'exclamation comme actuellement.

— Tu crois qu'elle voudrait que je le porte ? chuchota Jacob.

Parker s'éclaircit la voix.

— Je pense qu'elle dirait que c'est à toi de voir. Et que tu devrais écouter Craig et ne pas rester dehors, tard le soir, avec des crétins comme Chris.

Il obtint au moins un rire en retour.

— Oui, probablement.

Une fine silhouette apparut devant eux. Le fils de Theresa, Devon, les salua d'une petite voix en leur adressant en signe de la main. Il avait quinze ans et ne semblait pas faire partie de la famille royale lupine avec ses boucles dorées et son corps élancé. Il avait rapidement grandi, récemment, et Parker fut surpris de se rendre compte que Devon et Jacob étaient aussi grands que lui.

— Que fais-tu ici ? demanda sèchement Jacob sans un sourire.

L'intéressé haussa les épaules.

— Je venais seulement voir la fête de Chris.

— Ta mère ne va pas se mettre en colère ? demanda Jacob en jetant un coup d'œil suspicieux à Devon. Ou alors tu espionnes encore pour elle et ta grand-mère ?

— Non ! rétorqua Devon d'une voix brisée. C'était il y a deux ans. J'étais un gamin. Je ne savais rien.

— Si tu le dis, marmonna Jacob.

— Laisse-le tranquille, lui intima Parker. Nous avons tous merdé. Demande-moi comment je le sais.

Les garçons rirent de sa blague, heureusement. Les mains dans les poches de son jean moulant, Devon dit à Jacob :

— Je me disais bien que tu serais là.

Hmm. Il pouvait peut-être vivre une relation amoureuse avec quelqu'un, après tout ?

Jacob sembla sincèrement confus.

— Quelle importance pour toi, si je suis là ?

Parker intervint brusquement pour sauver Devon, qui ne savait visiblement pas quoi faire face à l'ignorance de Jacob.

— La fête est sympa ?

Jacob ricana.

— Là, tu parles comme un flic des stups.

— La fête n'est clairement pas sympa, répondit Devon. Ils vont renverser des vaches.

— Oh, hors de question ! s'exclama Parker. C'est cruel.

Il plissa les yeux en direction du chemin d'où venait le fils de l'alpha.

— Ils sont encore là-bas ? Je vais leur refaire le portrait.

— Inutile.

Les yeux de Devon s'illuminèrent d'une teinte dorée dans la

nuit et il grogna avant de sourire comme l'un de ces petits chérubins de la Saint-Valentin.

— Les gens oublient que je suis un loup-garou.

Parker leva la main pour taper dans la sienne.

— J'adore ton style.

Le jeune homme baissa la tête. Il était peut-être même en train de rougir.

— Merci.

— C'est cool que tu lui aies tenu tête, dit Jacob à Devon avant de s'adresser à Parker. Je ne veux toujours pas rentrer chez moi. On peut continuer à marcher ?

— Oui, carrément, dit-il avant de faire un signe en direction de l'autre adolescent. À moins que vous souhaitiez plutôt passer du temps ensemble.

Jacob fronça les sourcils et avant qu'il puisse dire quoi que ce soit, le fils de l'alpha avait déjà commencé à marcher.

— Je dois rentrer. Je suis de corvée au mess, tôt, demain matin. À plus !

Parker et Jacob continuèrent de marcher et le premier fit de son mieux pour avoir l'air nonchalant.

— Devon est assez cool.

— Hein ? Pour un gamin agaçant, oui, j'imagine.

— Pourquoi est-il agaçant ?

— Il veut toujours nous coller aux basques quand on fait des trucs.

Jacob donna un coup de pied dans un autre caillou alors qu'ils s'approchaient du pâturage. Heureusement, toutes les vaches étaient debout et aucun crétin n'était visible.

— Il n'a qu'un an de moins que toi. Je sais, je sais, à ton âge on a l'impression que c'est une éternité, releva Parker avant de grimacer. Mon Dieu, je parle comme mes parents. Bon, je ne veux pas que tu…

Il s'arrêta.

— Tu as vu ça ?

Jacob plissa les yeux en observant les arbres en bordure du pâturage.

— Quoi ? Oh, merde !

Un loup aux poils noirs courait le long des arbres. Des vaches meuglèrent et frappèrent leurs sabots contre le sol, mais le loup ne s'approcha pas de la clôture. Il disparut dans la forêt et les bovins s'apaisèrent. Les cigales recommencèrent à chanter et c'était comme si cet immense loup n'avait jamais existé.

Parker avait appris, après son arrivée sur l'île du Salut, que *merde alors*, les loups-garous étaient immenses quand ils se transformaient totalement. Il avait vu des loups ordinaires au zoo, une fois, et il était certain que dans ses souvenirs, ils étaient d'une taille moyenne.

— J'imagine que quelqu'un a besoin de dépenser son énergie, constata Jacob. Ce n'était pas Adam, hein ?

— Non.

Parker ne mentionna pas qu'Adam ignorait comment se transformer totalement. Ce n'était pas un *secret*, mais il savait que son petit ami complexait à cause de ça.

— Viens. Rentrons.

Le chemin vers les chalets serpentait au milieu de la forêt et il n'était pas éclairé par les lampes à énergie lunaire jusque-là. Néanmoins, l'éclat de la véritable lune était largement suffisant pour apercevoir l'homme totalement nu devant eux.

Sean se retourna et Jacob sembla s'étouffer aux côtés de Parker. Ce dernier sourit, ignorant le fait que le nouveau venu laissait son immense verge pendre ainsi.

— Bonsoir ! lui lança Parker. Vous, euh, vous avez besoin de quelque chose ?

C'était quoi ce délire ? La meute de Sean était-elle composée de nudistes ?

— Je crains de m'être perdu. Je suis parti faire un tour et je ne trouve plus où j'ai laissé mes vêtements.

Jacob restait silencieux, luttant probablement contre la plus grande érection de toute sa vie. Gardant les yeux levés, Parker répondit :

— C'était vous, en loup ? J'imagine que vous aviez besoin de vous dégourdir les jambes après le voyage. Vous êtes venus tout droit d'Angleterre ?

Pourquoi ai-je posé cette question ?

— Nous sommes descendus du Canada. Nous voyageons depuis un moment. Mais oui, ça fait bien longtemps que je n'ai pas pu courir librement.

Le torse de Sean était lisse et musclé, et il le grattait paresseusement.

C'est totalement normal, d'avoir une conversation avec un mec à poil.

— Je vais vous aider à chercher, déclara-t-il.

Sean lui sourit. Des fossettes apparurent sur ses joues et ses dents étincelèrent.

— Merci bien.

— À vrai dire, Jacob doit rentrer chez lui, intervint Parker.

Effectivement, la situation n'était certainement pas appropriée.

— Je suis sûr que vous trouverez vos affaires demain matin.

— J'ai besoin de mes bottes, dit Sean alors que son sourire disparaissait. Ce n'est rien. Je vais continuer à chercher.

— Nous allons vous aider. Ce n'est que de la politesse, répéta Jacob en fusillant Parker du regard. Monsieur, euh, nouveau loup-garou, euh, notre invité.

— Appelez-moi Sean.

— Sean, répéta Jacob d'une voix essoufflée.

— Très bien, trouvons ces vêtements ! dit Parker en frappant dans ses mains. Avez-vous pris l'autre chemin qui part du village vers le sud-est ?

Il s'avéra que, oui, il avait emprunté ce chemin. Une fois qu'ils eurent longé le village – Sean marchant à leurs côtés, son sexe immense se balançant comme si c'était parfaitement normal –, ils trouvèrent ses vêtements bien pliés sur un rocher.

— J'imagine que ce n'est pas comme Hulk et que vous ne portez plus votre pantalon, dit Parker comme un idiot. Quand vous vous transformez totalement, je veux dire.

Sean haussa un sourcil.

— N'avez-vous pas vu Adam se transformer ?

— Oh, si, c'est juste que… c'était une blague.

Bien que d'autres loups sur l'île se métamorphosent entièrement, Parker n'en avait jamais été témoin. Il avait toujours cru que c'était un genre d'événement privé. Mais pas pour la meute de Sean, apparemment.

— Ah.

Les bottes de cow-boy noires étaient posées l'une à côté de l'autre. Sean les récupéra et glissa les mains sur le cuir.

— Vous ne ressemblez pas à un cow-boy qui aime vivre à la campagne, constata Parker alors que Sean enfilait son jean, Dieu merci, et mettait les mains dans ses poches.

Apparemment, il ne portait pas de sous-vêtements. Jacob observait chacun de ses mouvements de façon si flagrante que Parker lui donna enfin un coup de coude.

Les lèvres de Sean tressaillirent.

— Ce n'est pas le cas. C'était un cadeau.

Il n'en dit pas plus. Parker hocha donc la tête.

— Cool. Vous pouvez retrouver le chemin jusqu'à votre chalet ?

Avant que Jacob ne propose de le lui montrer, Parker le poussa dans la direction opposée.

— Bonne soirée.

— Ça devrait aller. Merci, Parker. Jacob. Je vous remercie pour votre aide.

Parker le gratifia d'un salut militaire.

— Aucun problème.

Il guida Jacob loin de là.

— Waouh, chuchota l'adolescent. C'était… Il est…

— Oui, il l'est.

Le pauvre gamin n'avait pas de porno comme Parker, à son âge. Il ne pouvait lui en vouloir d'apprécier la vue. Ils arrivèrent enfin devant le chalet de Craig, composé de trois chambres.

— Maintenant, va te coucher. Tu as été suffisamment excité pour la journée.

— Tu penses qu'ils se baladent tous nus, comme ça ? Ça ne semblait pas lui poser de problème. J'imagine que si je ressemblais à ça, ça ne me dérangerait pas non plus.

Parker rit.

— Ce n'est pas faux. Allez, fais-moi un câlin.

Il écarta les bras.

Jacob l'étreignit.

— Pourquoi es-tu mon ami même quand je suis un salopard ?

— Nous sommes ta famille.

Aucune question ne se posait à ce sujet.

Avec un sourire larmoyant, Jacob rentra chez lui. Parker retourna dans son chalet, sachant qu'Adam l'attendrait, comme toujours.

Chapitre 4

— QUE DISENT-ILS ?

Adam suivit le regard focalisé de Parker, de l'autre côté de l'orangeraie, là où Jacob se tenait sur le barreau central d'une échelle. Il passa le sac en coton qu'il portait à Sean, qui vida les oranges dans un cageot à ses pieds.

L'alpha portait toujours ses bottes de cow-boy, même si le temps s'était subitement réchauffé lors des deux semaines qui s'étaient écoulées depuis son arrivée et celle de sa meute. Son T-shirt rouge pendait depuis la poche arrière de son jean.

— Et pourquoi ne porte-t-il pas de haut ? marmonna Parker en essuyant la sueur sur son front avec son avant-bras avant de remettre sa casquette des Marlins.

S'agenouillant dans la terre, à l'ombre d'un arbre, il détacha une orange qui pendait sur une branche basse.

— Je ne porte pas de haut, lui rappela Adam.

— C'est différent.

— En quoi c'est différent ?

Parker agita une main en direction de Sean et Jacob.

— C'est inapproprié !

Adam releva ses lunettes de soleil.

— Porterais-tu un haut sous cette chaleur si tu ne prenais pas si facilement des coups de soleil ?

— Ce n'est pas la question ! s'emporta-t-il. Je ne suis pas l'objet de l'affection de Jacob. Sean ne devrait pas jouer avec lui.

— Nous ignorons s'il joue un jeu.

Adam détacha une orange et la plaça dans leur cageot. Il observa tout de même les deux hommes d'un peu plus près. Jacob et Sean faisaient visiblement la même chose que Bethany, qui était sur une échelle au niveau d'un autre arbre, pendant que Yolanda la sécurisait.

— Eh bien, si tu enclenchais tes pouvoirs de loups et que tu écoutais ce dont ils parlent…

— *Non*. Tu connais les règles. *Ça*, ce serait inapproprié.

Parker leva les yeux au ciel et retira une nouvelle fois sa casquette. Il grimaça en voyant l'intérieur trempé de sueur.

— C'est pour ça que tu étais un si bon assistant du prof. Tu étais toujours à cheval sur tes principes.

Gloussant, Adam passa une main sur les cheveux mouillés et décoiffés de son petit ami.

— Si tu avais vraiment regardé le film assigné, je sais que tu aurais écrit une dissertation brillante.

— Évidemment.

Parker s'appuya contre la jambe d'Adam et glissa une main sur son genou nu ainsi que sur son mollet dépassant de son short. Ni l'un ni l'autre ne portait de chaussures. Adam tendit ses orteils dans la terre.

L'espace d'une minute, ils se contentèrent de se caresser. Les souvenirs de l'époque où ils étaient sur le campus à Stanford auraient pu être des scènes des DVD visionnés sur l'île. Adam se les rejouait dans son esprit – comme la suffisance de Parker quand il était entré dans le bureau d'Adam pour exiger une meilleure note. Comme ses soupirs indignés quand il avait refusé de la changer. Comme son cul ferme et sexy qu'Adam avait vraiment essayé de ne pas apprécier quand il était sorti telle une furie.

Bien sûr, les souvenirs devinrent presque instantanément horribles. Des montages sanglants emplis de morts et de terreur. Le sanglot de soulagement de Parker quand il était revenu le chercher dans le chaos restait opiniâtrement dans l'esprit d'Adam. Tout comme la pression des doigts de son petit ami s'enfonçant dans sa peau alors qu'il s'accrochait à lui comme si sa vie en dépendait, sur la selle de Mariah, alors qu'ils se hâtaient de se mettre en sécurité.

La sécurité avait toujours été fugace, incertaine, jusqu'à l'île du Salut. Adam tenta de ne pas penser au fait que cela pouvait changer très rapidement. S'il pouvait se rendre sur le continent et constater par lui-même l'état du monde – ou du moins, de la côte floridienne –, il ne paraîtrait peut-être pas aussi menaçant. Adam *saurait* ce qu'il s'y passait.

Toutefois, il se rappelait son retour de l'unique voyage de fouilles qu'il avait effectué après son arrivée sur l'île du Salut. Il avait trouvé Parker, recroquevillé sur le sol de la salle de bain, avec des hémorragies pétéchiales autour des yeux tant ses vomissements avaient été violents. Ces petits points de sang sous sa peau avaient ressemblé à des coups de couteaux aiguisés dans le ventre d'Adam.

Il restait donc ici. Les voyages de fouilles s'étaient achevés quand les provisions avaient toutes été volées. Le monde restait inconnu, au-delà des bribes d'informations çà et là. Connie leur rapportait ses conversations occasionnelles avec de lointains survivants, même s'ils étaient moins nombreux qu'Adam l'aurait cru. Il devait exister d'autres communautés comme la leur, mais il s'avérait que la plupart étaient devenues insulaires.

Il se demandait si les Pins, dans le Colorado, existaient encore ou si la ville avait été infestée. Le Dr Yamaguchi conduisait-il toujours ses expériences pour créer un vaccin ? Ses cobayes loups-garous étaient-ils volontaires ? Ou les Pins avaient-ils plongé dans le chaos ?

Cela aurait probablement dû déranger Adam davantage… ce que Yamaguchi lui avait fait. Il se rappela le moment où il s'était réveillé, impuissant, mais ne se souvenait pas des morceaux de chair qu'on lui arrachait. Au fil du temps, le souvenir écrasant qui lui restait était le soulagement et sa gratitude envers Parker, qui lui avait sauvé la vie.

En revanche, son petit ami se souvenait de tout. Il avait été le témoin de tout ça. Lorsqu'il se réveillait, agité et en pleurs à cause de ses cauchemars, Adam ne pouvait que le serrer contre lui.

— Nous devrions sortir Mariah, parfois, déclara doucement Parker. Pour lui donner un peu d'amour.

Adam ne montra nullement sa surprise. Il avait fidèlement maintenu sa moto en état avec l'aide de Barry, un vieux loup-garou qui avait créé la centrale solaire de l'île. Ils l'avaient transformée pour qu'elle puisse fonctionner sur batterie solaire. Elle n'était pas aussi puissante qu'avec de la bonne vieille essence, mais ce qu'on ne disait jamais, dans les films de zombies, c'était que la majorité de l'essence ordinaire était inutilisable et polluée après un an. Le gazole tenait plus longtemps et l'île possédait des stabilisants. Néanmoins, sur le long terme, le solaire était une meilleure option.

Il la faisait occasionnellement rouler sur le chemin longeant le pâturage afin que Mariah ne rouille pas. Mais Parker avait toujours refusé, avec un excès de nonchalance, les propositions de balade. Adam avait beau être heureux pour la sécurité et la communauté trouvées sur cette île, le vent sur son visage et les cuisses de Parker enroulées autour de ses hanches alors qu'ils roulaient à toute vitesse sur la route lui manquait, de temps à autre.

Se penchant, Adam embrassa le crâne de Parker tout en inhalant son parfum.

— Mec, je suis vraiment dégueu, là. Cette humidité me tue.

— Hmm, répondit son petit ami en inspirant plus profondément.

— Je n'ai vraiment pas envie que Jacob soit blessé. Pourquoi ne remarque-t-il pas que Devon est à fond sur lui ?

— Parce qu'il est jeune et que Sean est un fantasme excitant.

— Oui. Le voir nu n'a clairement pas aidé.

Adam se redressa.

— De quoi parles-tu ?

Sean avait-il réellement dépassé les bornes ?

Parker se crispa, l'espace d'une seconde, et il laissa retomber sa main posée sur la jambe d'Adam. Il mit sa casquette et saisit ensuite une autre orange.

— Oh, rien. Tu peux me passer l'eau ?

La bouteille était bel et bien à portée de main de Parker, mais Adam la lui tendit.

— Que s'est-il passé ?

— Ce n'est rien d'important, sérieusement.

Il avala une gorgée d'eau avant de se pencher plus près d'une orange.

— Hmm. Non, celle-ci peut attendre encore quelques jours. Bon sang, le jus d'orange frais et pressé me manque. Je sais que c'est du gâchis, de faire du jus avec autant d'oranges, maintenant, mais tu te souviens comme c'était agréable, de boire un verre de jus d'orange tout juste pressé, pendant un brunch ?

— Plus tu refuses de me répondre, plus le problème s'aggrave.

Parker soupira.

— La première nuit où Sean et sa meute étaient présents. Jacob et moi, nous l'avons vu courir près du pâturage.

— Nu ?

Bien que certains loups-garous soient souvent torse nu sur l'île, ne pas porter de pantalon était certainement mal perçu.

— Oui, mais tu sais. Il avait de la fourrure.

Parker détacha une orange de l'arbre. Il haussa ensuite les épaules.

— Il était complètement transformé en loup. Et après ça, il n'était plus animal, mais il était cul nu. Jacob s'est rincé l'œil.

À quoi ressemblait sa fourrure ?

Adam jeta un coup d'œil à Sean, tentant de l'imaginer. Il s'était souvent demandé à quoi ressemblerait la sienne. Celle de sa mère avait été d'un brun sombre et celle de son père avait été de couleur fauve. La sienne serait-elle un mélange des deux ? Ou serait-elle brune comme ses propres poils ?

Son torse s'était douloureusement comprimé. Il soupira.

— Pourquoi ne me l'as-tu pas dit ?

— Ce n'est rien d'important.

Les yeux de Parker étaient rivés sur la bouteille d'eau alors qu'il jouait avec le bouchon.

Adam fut obligé de faire les cent pas, la frustration qui couvait se mettant rapidement à bouillir.

— Arrête de dire ça quand nous savons tous les deux que c'est faux.

— *Merde*, marmonna Parker. Je sais. Je suis désolé.

— Alors pourquoi ne me l'as-tu pas dit ?

Il n'avait pas voulu que sa voix *tonne*, mais il fut immédiatement conscient des regards posés sur lui.

— Tout va bien, lança Parker en se levant et en affichant un sourire feint.

Yolanda fronçait tout de même les sourcils.

— Tu en es sûr ?

— Oui. Je me comportais comme un con et Adam me l'a reproché.

Il fit un signe de la main en direction de Jacob et Sean.

— Demande à Jacob. Je peux être con, parfois.

— Moi aussi, répondit Adam.

Sa peau le picotait tant il était embarrassé. L'adolescent rit, mais Sean se contenta de les regarder avec son habituelle expression insondable d'alpha.

— Comme nous tous, ajouta Bethany en relevant ses lunettes de soleil sur sa tête et en tendant la main vers une orange sur une haute branche, en se tenant presque au sommet de son échelle.

Une part de lui appréciait leur compréhension tandis qu'une autre avait envie de grogner que Bethany avait fait bien pire que ça, par le passé. Adam n'accepterait jamais de faire du mal à des innocents comme elle l'avait fait lorsque son ancien équipage avait attaqué Parker et Dieu seul savait qui d'autre.

Cette vieille colère et cette culpabilité écœurante remontèrent à la surface telles un tsunami et Adam fut obligé de s'éloigner. Bethany avait eu une seconde chance et il savait qu'elle le méritait. Pourtant, le fait de n'avoir pas été présent quand Parker avait eu besoin de lui *rugissait* en lui. Son petit ami racontait quelque chose aux autres, mais lui n'arrivait pas à se concentrer. Il se baissa derrière les rangées de l'orangeraie et avança vers la centrale solaire.

Même avec ses lunettes, l'éclat du soleil sur les panneaux se profilant au-dessus de lui l'obligea à plisser les yeux. Derrière lui, les pas de Parker se rapprochaient rapidement.

— Au cas où tu te demanderais pourquoi je ne te l'ai pas dit, c'est exactement pour cette raison !

Un agacement nouveau le consuma et Adam tourna brusquement les talons.

— Conneries.

— Non, ce ne sont pas des conneries.

Parker se plaça face à lui, les épaules redressées et les mains sur les hanches.

— Bon, d'accord, oui, je comprends pourquoi tu es en colère, là. Et j'en suis désolé. Mais ta manière de crier, là-bas ? C'est pour ça que je ne te l'ai pas dit. Parce que ça te met en colère. Je ne veux pas que tu souffres. Tu le nieras. Tu t'apprêtes d'ailleurs à le faire en cette seconde même !

Adam ferma brusquement sa mâchoire.

— Tu vas dire que ça ne te dérange pas, que ce n'est rien d'important, et que tu ne veux pas dépasser les bornes en posant trop de questions à Connie. Tu hausseras les épaules et changeras de sujet. Oui, je me rends compte que je viens de faire la même chose. Je n'ai jamais dit que je n'étais pas hypocrite.

Adam éclata de rire malgré lui. Il retira ses lunettes de soleil et se frotta le visage.

— Ce n'est pas…

Le fait qu'il soit si difficile d'en parler ne faisait que confirmer l'argument de Parker.

Ce dernier se retrouva subitement devant lui et passa les bras autour de la taille d'Adam, ses doigts chauds écartés sur le dos nu de son petit ami.

— Chéri, ce n'est pas grave si ça te dérange. Je me souviens t'avoir suggéré que nous essayions de comprendre comment te transformer entièrement. Je comprends pourquoi tu as plus ou moins lâché l'affaire. On avait beaucoup d'autres conneries à gérer. Comme une apocalypse zombie.

— Ça prend trop de temps.

Adam glissa les mains rythmiquement sur le corps de Parker, décrivant des cercles sur ses épaules.

— Moins depuis qu'on est sur l'île. Ça fait trois ans. Nous vivons dans une communauté de loups-garous. Il n'y a pas mieux que le présent pour creuser un peu plus.

Il avait raison, pourtant le nœud dans l'estomac d'Adam ne se détendit nullement.

— Tu vois, après tu fais cette tête-là.

Parker glissa un pouce sur le front de son homme.

— Oh, merde, mes mains sont sales.

Il frotta plus ardemment la peau d'Adam.

Riant, celui-ci lui attrapa la main et embrassa ses articulations couvertes de terre.

— Ce n'est pas grave. J'ignore de quoi j'ai peur.

Parker se pinça les lèvres.

— Je vais me montrer généreux et ne pas te contredire à ce sujet.

Il attira la tête d'Adam vers lui pour l'embrasser.

— Je déteste que ça te rende aussi nerveux.

— Je vais bien, dit-il en poussant légèrement le nez de Parker.

— Nous pourrions sortir le bateau. Pour évacuer le stress.

Son cœur enfla à cette idée et le désir fleurit en lui comme des pétales s'ouvrant au soleil. Cette envie était plus douce que le feu ardent qui brûlait lorsqu'il s'envoyait en l'air avec son homme, mais il n'en était pas moins profond.

Les doigts de Parker dansaient dans le creux de ses reins et s'apprêtaient à passer sous sa ceinture…

— Il faut qu'on finisse notre service à l'orangeraie, s'obligea à dire Adam.

Parker grogna, mais retira ensuite ses mains.

— Tu vois ? Tu es à cheval sur tes principes.

— Je te donnerai peut-être un A pour ton travail, tout à l'heure.

Il passa un bras autour des épaules de Parker alors qu'ils repartaient vers leur arbre.

— Pas un A+ ? C'est violent !

Parker lui donna un coup de coude dans les côtes.

Cet après-midi-là, pendant que son homme enseignait la navigation marine aux collégiens, Adam flâna jusqu'à la plage ouest. Le sable était un peu plus doux, là-bas, et c'était à cet endroit que nageaient la plupart des insulaires.

Il sortit sa caméra de la poche de son short et zooma sur Connie, au bord de l'eau. Les vagues s'écrasaient sur ses mollets nus. Ses Birkenstocks étaient à l'abri, un peu plus haut sur la plage, et elle portait un pantacourt. Visiblement, elle ne semblait pas se préoccuper des ourlets mouillés.

— Salut, dit-elle après une minute, sans regarder dans sa direction.

Il avait su qu'elle aurait conscience de sa présence – bien évidemment –, mais le visage d'Adam se réchauffa tout de même alors qu'il stabilisait la caméra et se rapprochait d'elle.

— Quelques paroles sages ?

Souriant, Connie tourna la tête pour regarder directement l'objectif de la caméra, même si elle était à près de six mètres. Son

T-shirt rose déclarait : *si l'opportunité ne toque pas, construisez une porte.* Elle baissa les yeux.

— En plus de ça ?

— Bien sûr. On n'a jamais trop de sagesse.

Il se rapprocha de son visage rond et ridé.

— Ne laisse jamais passer l'opportunité de tremper tes orteils dans l'océan.

Adam appuya sur « stop » et rangea sa caméra dans sa poche. Ses pieds étaient déjà nus. Il avança donc directement alors qu'une autre vague s'écrasait sur le rivage, l'enfonçant jusqu'aux chevilles dans le sable mouillé.

— N'est-ce pas la meilleure des sensations ? demanda Connie. Je sais que Parker serait d'accord. Ce garçon adore l'océan.

— C'est vrai.

— Tout va bien, entre vous deux ?

— Absolument. C'était une dispute stupide.

Peut-être que stupide n'était pas le bon mot, mais il ne souhaitait pas se lancer là-dedans avec Connie. Bien que Parker ait probablement raison. Adam devrait d'ailleurs poser plus de questions à l'alpha. Avant qu'elle ne puisse creuser plus profondément au sujet de Parker, il demanda :

— Que penses-tu de Sean et de sa meute ?

— Ils sont intéressants.

Son regard restait rivé sur l'horizon où le ciel bleu rencontrait l'eau. Ils n'étaient séparés que par une infime ligne blanche qui les différentiait.

— Qu'en penses-tu, toi ?

— Parker ne lui fait pas confiance. Il ne leur fait pas confiance.

— Avec tout le respect que je lui dois, Parker a du mal à faire confiance aux autres. Et c'est justifié.

Elle serra affectueusement le poignet d'Adam.

— Je ne lui en veux pas. Mais je t'ai demandé ce que *toi*, tu en pensais.

— Honnêtement, je n'en sais rien. Sean s'est montré respectueux.

Il n'avait pas mentionné que l'homme s'était retrouvé nu devant un adolescent. Toutefois, il accordait à Sean le bénéfice du doute et lui concédait que cela avait été accidentel.

— Il est travailleur. Il n'est pas particulièrement amical. Il est réservé.

— Je suis d'accord. Ça pourrait être un truc de Britannique.

— Possible.

Adam étira ses orteils dans le sable mouillé.

— T'a-t-il dit autre chose, sur la vie là-bas ? Il a mentionné que des humains et des loups-garous se battaient ?

Connie hocha maussadement la tête.

— Il existe des conflits entre meutes, là-bas, également.

— Pourquoi n'avons-nous pas entendu parler d'une telle chose sur le continent ? Je sais que la radio n'est plus fiable, mais Yolanda et son groupe n'étaient pas au courant pour les loups-garous jusqu'à leur arrivée, ici.

— L'Angleterre est minuscule, en comparaison. Ça représente quoi, deux ou trois pour cent de la superficie des États-Unis ? Il est donc logique que les conflits soient arrivés rapidement là-bas.

— C'est vrai.

— Certains loups pensent que les humains devraient être assujettis. Il existe des rumeurs de traitement cruel sur des humains. Voire pire.

Adam déglutit péniblement. Combien de temps pourrait-il protéger Parker s'ils en arrivaient là ? Ou Lilly, Jacob et Craig ? Yolanda et tant d'autres ?

— Parker a raison, dit-il. Comme si nous n'avions pas déjà suffisamment de pain sur la planche avec les monstres et la fin du monde telle que nous le connaissons.

Connie sourit sans avoir l'air amusée.

— Tu peux *presque* comprendre d'où venaient les Zacharies.

S'ils existent. Mon père voyait souvent le pire des humains dans son travail. En général, les gens extrêmement riches ne montent pas les échelons en étant gentils et corrects.

Mettant de côté la question des Zacharies – sujet pour lequel ils étaient loin d'avoir des réponses – Adam demanda :

— Comment ton père a-t-il réussi ? Je ne dis pas qu'il était méchant et incorrect, ajouta-t-il rapidement.

Les yeux de Connie se plissèrent lorsqu'elle sourit sincèrement.

— Il était gentil, même s'il savait se montrer impitoyable quand c'était nécessaire. Il avait de la chance. Il a créé le bon produit au bon moment et est devenu milliardaire.

— Tu as dit que tu étais devenue l'alpha à sa mort. Tu as pris le contrôle de l'entreprise, aussi ?

Connie gloussa.

— Oh, mon Dieu, non merci. Les salles du conseil n'étaient pas pour moi. J'ai laissé ça à Edward. Mon mari... Le père de Theresa.

— Tu n'as jamais parlé de lui, avant.

Adam tenta d'ignorer le frisson d'excitation qui le traversait à l'idée que Connie lui fasse confiance en partageant une information privée avec lui.

— Je n'en ai jamais parlé, non. Edward était humain. La plus grande déception de ma vie, dit-elle avant de ricaner. Non pas *parce qu'*il était humain, qu'on soit clairs là-dessus. Quand je regarde en arrière, je ne comprends pas ce à quoi je pensais. C'est quoi, l'adage ? Le cœur a ses raisons ? Laisse-moi te dire quelque chose, le cœur n'est pas toujours le couteau le plus aiguisé du tiroir.

Adam sourit brièvement.

— Il a accepté que tu sois un loup ?

— Oh, oui, et il savait que tout enfant né d'un loup-garou serait loup-garou également. Honnêtement, avec l'argent de mon père, il m'aurait épousé même si nous étions des lutins à trois yeux avec des queues de canasson, affirma-t-elle en regardant l'horizon. Il commençait à passer trop de temps dans ces salles du conseil et dans les clubs privés avec les riches et les horribles. Il s'est déconnecté de la meute. De moi, de Theresa. Je lui ai finalement demandé de choisir entre nous et ses potes milliardaires. Il a fait le mauvais choix et en a payé le prix.

Adam imagina Parker lui susurrer à l'oreille avec enthousiasme : *est-ce qu'elle l'a tué ? Est-ce qu'elle a engagé un tueur à gages ? Un loup-garou assassin ?*

— Je ne l'ai pas liquidé, si c'est ce que tu crois, lui dit Connie comme si elle lisait dans ses pensées. Papa m'avait prévenue à son sujet, quand nous nous sommes mariés, mais comme je l'ai mentionné, j'étais jeune et affreusement idiote. Pourtant, mon père ne lui a jamais fait complètement confiance, donc même quand Edward est devenu PDG de l'entreprise, notre contrat prénuptial était blindé. Oh, le bazar que j'ai mis quand j'ai refusé de le signer. Mais j'ai fini par le faire, merci mon Dieu.

— Alors, tu as divorcé ?

— Oui, et Edward n'a rien obtenu. Il a tourné le dos à Theresa. Il n'a même jamais rencontré Devon avant sa mort. Quel homme stupide. Tant pis pour lui. Nous étions bien mieux sans lui.

— Tu es sûre de ne pas l'avoir liquidé ? plaisanta Adam.

Il fut soulagé quand le rire authentique de Connie tonitrua.

— C'est un crash d'avion qui l'a tué. L'un de ses potes PDG avait obtenu son permis de pilote, mais il n'aurait pas dû voler sans instructeur. Il est entré dans ce qu'ils appellent une « spirale cimetière ». Il n'avait pas le droit de voler si la visibilité était mauvaise, mais les règles n'étaient pas faites pour les abrutis comme eux.

Elle grimaça.

— Je dois avoir l'air cruelle.

— Non.

Adam posa une main sur son épaule et fut apaisé quand elle leva ses doigts afin de serrer les siens.

— Pour que tu lui tournes le dos, Edward avait dû le mériter.

— Quand même. C'est méchant. Et on devrait être gentil. J'ai un T-shirt qui le dit.

Elle lui tapota la main et il relâcha son épaule.

Adam visualisait ce haut qui était violet et orné de bourdons jaunes. De l'eau fraîche balaya leurs chevilles, créant de nouveaux motifs dans le sable. Connie attendait-elle qu'il reprenne la parole ? Elle était si à l'aise dans le silence.

Il sourit, pensant comme Parker deviendrait anxieux s'il était à leurs côtés. Ses mots s'aligneraient pour chuter finalement de sa langue. Parker et lui partageaient aussi des moments de silence, parfois, mais avec d'autres personnes, son petit ami trouvait cela presque impossible.

— Je ne t'ai vue qu'une seule fois sous ta véritable forme, laissa échapper Adam comme s'il imitait son homme.

Connie réfléchit si longuement qu'Adam s'apprêtait à s'excuser de s'être montré indiscret.

— C'est intéressant. La façon dont tu le formules. Pourquoi être un loup est plus « vrai » que ton côté humain ?

— Oh. Euh… Je ne sais pas. J'ai toujours vu les choses de cette façon, c'est tout.

— Même si la plupart d'entre nous passent la majorité de nos journées ainsi ? dit-elle en les montrant tour à tour. Pas de griffes. Pas de crocs. Ne sommes-nous pas aussi humains que n'importe qui ?

— Si, j'imagine. J'aimerais seulement avoir la capacité de me transformer entièrement. D'avoir le contrôle.

Le front de Connie se plissa.

— Qui dit que ce n'est pas le cas ?

— Mes parents nous ont avertis de ne pas essayer de le faire avant que ce soit véritablement le moment. Ils nous ont dit que ça pouvait être dangereux de perdre le contrôle.

— Hmm. Eh bien, ils n'avaient pas tort.

Connie se pencha et récupéra une pierre alors qu'une vague reculait.

— Mais tu es adulte, maintenant.

Elle tordit son poignet et la pierre tomba dans l'eau, disparaissant sous la surface.

— Alors pourquoi ne me dis-tu pas ce que j'ai besoin de savoir ?

— Je suis désolée, mon chou. Sincèrement, je ne voulais pas être mystérieuse.

Adam ne put s'empêcher de hausser un sourcil, sceptique. Heureusement, Connie éclata d'un rire sincère qui éclaira son visage.

— Très bien, tu as vu clair dans mon jeu. Les alphas adorent être mystérieux. Ça fait partie de notre aura.

Il sourit.

— Tu es très douée pour ça.

Connie lui prit la main, et une vague de chaleur le traversa.

— À vrai dire, tu te transformeras complètement quand ce sera le bon moment. Quand tu en auras besoin. Arrête d'essayer de forcer la chose. Laisse-toi faire quand tu seras prêt.

— Je suis prêt depuis aussi longtemps que je m'en souviens !

Il s'éclaircit la gorge et baissa la voix.

— Je ne peux pas m'imaginer être plus prêt que ça.

— Je comprends. Viens là, maintenant.

Elle l'attira près de lui et l'enveloppa dans une étreinte à l'odeur de cannelle. Se baissant, Adam l'enlaça, reconnaissant. Malgré sa frustration persistante, le réconfort qui irradiait d'elle lui donnait l'impression de redevenir le petit garçon innocent qu'il avait été si longtemps auparavant.

Un groupe de jeunes enfants arriva pour leur leçon de natation et Adam retourna dans son chalet. Il s'arrêta brusquement en prenant un virage sur le chemin et en remarquant Sean qui attendait sous le porche.

L'homme était assis sur la première marche, toujours torse nu, et il portait son jean ainsi que ses bottes de cow-boy. Il s'amusait à faire sauter une pièce. Adam se rendit compte brusquement qu'il n'avait pas vu de monnaie depuis des années.

Sans lever les yeux, Sean dit :

— J'espère que ça ne vous dérange pas que je passe vous voir.

Les alphas adoraient effectivement se montrer mystérieux.

— Bien sûr que non. Puis-je vous offrir à boire ?

Il l'observa de plus près et vit que la pièce valait vingt-cinq cents en dollars américains, ce qu'il trouva étrange étant donné que Sean venait du Royaume-Uni et du Canada. Enfin, il aurait pu la récupérer n'importe où.

Les lèvres pulpeuses de Sean tressaillirent.

— C'est si civilisé, ici. Je demanderais bien du thé, mais j'ai commis cette erreur par le passé, en Amérique. Je prendrai la même chose que vous.

Adam entra, soulagé quand Sean n'essaya pas de s'inviter à l'intérieur. Parker n'aimerait certainement pas cela, ce qui était plutôt justifié. Adam servit deux verres d'eau, avec le pichet qui se trouvait dans son mini-frigo, et il sourit en voyant la note griffonnée que Parker avait affichée sur la porte grâce à un aimant de la NASA représentant une navette spatiale.

GML,

Tu me mettras la tête à l'envers, tout à l'heure ?

P

Adam n'aurait jamais cru qu'il se sentirait autant aimé en étant qualifié de « grand méchant loup », mais Parker accomplissait cet exploit.

Dehors, il s'assit à côté de Sean sur le porche. Pas trop près, mais pas trop loin non plus. Il ne devait pas donner l'impression d'être intimidé.

Sean avait apparemment rangé la pièce dans sa poche.

— Je comprends que vous n'arrivez pas à vous transformer complètement, dit-il après avoir bu une gorgée d'eau.

Adam serra vivement son verre, ses doigts glissant sur la condensation. Les arbres anciens les abritaient du soleil impitoyable, mais il était impossible d'échapper à l'humidité.

— Vous n'auriez pas dû écouter ma conversation avec Parker. C'est la règle, ici.

Sean leva une main.

— Toutes mes excuses. Il y a tant de règles. Je n'ai pas l'habitude d'écouter aux portes, mais votre dispute était assez tapageuse.

Adam acquiesça pour le reconnaître.

— Je l'admets, je suis perplexe en pensant que vous n'avez pas encore complété cette étape. C'est vital. Vous devez ressentir cette absence. Ce vide douloureux.

— Je n'irais pas jusque-là.

Oui, il y avait une douleur, mais un *vide* ?

Sean ne le contredit nullement.

— Votre meute ne vous l'a jamais appris ?

— Je n'ai pas grandi avec une meute. Seulement avec ma famille proche. Ils ont tous été tués lors d'un accident, quand j'étais jeune.

— J'en suis désolé, murmura Sean.

Un instant, il posa sa paume sur l'épaule nue d'Adam.

L'envie n'était pas aussi forte qu'avec Connie, mais Adam eut tout de même envie de s'appuyer contre la main de l'alpha. La culpabilité le consuma chaudement, même s'il se rappela que ça n'avait rien de sexuel. Néanmoins, aux yeux de Parker, cela ne paraîtrait pas aussi innocent que la connexion entre Connie et Sean – ce qui se comprenait aisément.

Non pas qu'il ait une quelconque raison de penser que Sean le draguait. Il ne l'avait touché qu'une seconde et désormais, il le regardait simplement en patientant.

Adam s'éclaircit la voix.

— Je n'ai même jamais parlé à un autre loup-garou jusqu'à ce que Parker et moi arrivions ici.

Sean écarquilla les yeux.

— Et c'était… ?

— Il y a trois ans.

— Seigneur. Vous avez vécu la majeure partie de votre vie sans meute ? Sans aucun loup ?

Adam acquiesça et avala une gorgée d'eau.

— C'est monstrueux. Vous avez dû vous sentir incroyablement isolé. Seul. C'est une chose de sortir avec un ord', mais vivre totalement parmi les humains sans avoir de meute ? C'est inimaginable.

— N'appelez pas Parker ainsi.

— Je ne voulais pas vous vexer.

Adam le fusilla du regard.

Sean gloussa.

— Très bien. Je m'excuse sincèrement. Je n'ai pas l'habitude de me retrouver au milieu de tant d'ord… d'humains ordinaires.

— Vous avez un problème avec ça ? demanda Adam, la mâchoire serrée.

L'homme sembla y réfléchir.

— Non. Simplement, ça ne se passait pas comme ça dans ma meute. J'ignore si c'était une bonne chose ou non.

— Votre meute doit être plus grande que le groupe avec qui vous êtes venu ici ?

— Oh, oui. Bien plus grande. Je devais m'assurer que tout le monde serait en sécurité et bien installé avant de pouvoir effectuer le voyage avec quelques personnes sélectionnées.

En sécurité. Encore cette expression. Adam et Parker étaient en sécurité et bien installés, mais pour combien de temps ?

— Pourquoi… avez-vous entrepris ce voyage ?

— Bonjour ! lança joyeusement Theresa en arrivant dans leur champ de vision avec Devon sur ses talons. Il fait chaud, hein ?

— *Maman*, marmonna l'adolescent.

— Quoi ? dit Theresa en essuyant la sueur sous sa queue de cheval. Es-tu en train de dire que la température n'est pas caniculaire ?

Devon leva les yeux au ciel.

— Je veux dire que tout le monde a extrêmement conscience de la chaleur qu'il fait.

L'ignorant, Theresa s'adressa à Sean.

— Je ne crois pas que vous ayez officiellement rencontré mon fils, Devon.

— Je ne crois pas, en effet.

Avec un sourire charmant, Sean se leva et tendit une main.

— C'est un plaisir.

— Euh. Ouais.

Devon semblait réticent à l'idée de serrer la main de Sean, mais il s'exécuta.

— Jacob dit que vous êtes cool.

— Ah bon ? J'en suis flatté.

— Quiconque peut impressionner Jacob est un bon élément pour notre communauté, remarqua Theresa. On se voit au dîner.

Lorsqu'ils furent partis, Sean demanda :

— Vous étiez là avec Parker, quand tout a changé ?

— Non. Nous étions à Stanford. Près de San Francisco.

L'homme se rapprocha, ses yeux marron focalisés sur lui.

— Vous avez traversé le pays ?

— Oui.

— Qu'avez-vous vu ?

Adam fronça les sourcils.

— Le chaos. La mort. Des monstres partout. Je veux parler des personnes contaminées. J'imagine que c'était pareil au Royaume-

Uni ?

— Oui. C'est toujours le cas.

Il sirota son eau, bien que le mouvement semble forcé.

— Avez-vous vu des avions ?

— Des avions ? Militaires, vous voulez dire ? Non. Un hélicoptère ou deux au début de la crise, je crois. Voilà tout. Si c'était du terrorisme, ils savaient ce qu'ils faisaient. Ou peut-être qu'ils ne le savaient pas, parce que je ne suis pas certain que ce soit la Terre dont les Zacharies voulaient hériter.

Sean se gratta paresseusement la nuque.

— Vous aussi, vous avez entendu cette rumeur ? J'ignore si je la crois. J'imagine que ça n'a plus d'importance au point où l'on en est.

— Pas vraiment. Même s'ils étaient réels, combien en restent-ils, à présent ?

— J'imagine qu'on ne le saura jamais.

Le regard de Sean était devenu distant. Il recommença à jeter rythmiquement la pièce de monnaie.

Adam sentit Parker approcher avant même de l'entendre. Il résista à l'envie de chasser cet alpha. Pourtant, il ne se passait rien de mal. Après tout, Parker avait apparemment vu Sean nu, il n'avait donc aucune raison d'être jaloux.

L'homme serra ensuite l'épaule nue d'Adam et celui-ci aurait pu jurer qu'il l'avait fait exactement au moment où Parker les verrait.

— Une fois encore, je suis navré d'avoir espionné votre conversation. Mais si vous avez des questions, vous pouvez venir me voir.

Adam acquiesça sèchement et Sean se leva alors que Parker criait bien trop fort :

— Salut ! Quoi de neuf ?

Un sourire tendu et rudimentaire fendit son visage.

— Je fais juste une pause, déclara aisément Sean avant de vider son verre qu'il donna ensuite à Adam.

— Je vous remercie pour votre hospitalité.

Il sourit à Parker avant de partir d'un pas flânant.

— Que voulait-il ? chuchota Parker.

— Je n'en sais rien.

C'était la vérité.

— Peu importe ce qu'il voulait, je parie qu'il y aura une contrepartie.

Adam se leva et épousseta son short.

— Je suis d'accord.

Il attira son petit ami contre lui et l'embrassa longuement et lentement, tentant de ne pas penser au genre de réponses que Sean pourrait avoir et que Connie n'avait pas partagées avec lui.

Chapitre 5

— Il y est à nouveau.

Adam leva les yeux depuis le trou qui s'agrandissait dans le sol tout en jetant une autre pelletée de terre sur la pile déjà formée.

— Qui ?

Parker leva intérieurement les yeux au ciel. Il refoula une remarque, mais arrêta de faire les cent pas pour lancer un regard humiliant à son petit ami.

— Tu sais qui. Et tu sais où il est.

Recommençant à creuser, Adam dit alors la phrase la plus agaçante qu'il aurait pu prononcer.

— Ça ne nous regarde pas.

— *Ouais*, mais pourquoi Sean et Connie ont-ils tant de réunions secrètes ?

— Si elles étaient secrètes, elles ne t'obséderaient pas.

Le dos d'Adam se contracta alors qu'il creusait puissamment le trou.

Parker lança une orange d'une de ses mains vers l'autre.

— Au moins, on ne mourra pas du scorbut.

Adam cligna à peine des yeux après ce brusque changement de sujet.

— Non. On a toute la vitamine C qu'on pourrait ingurgiter, même plus.

Le regard de Parker se reporta sur le bureau de Connie, de l'autre côté de la zone commune dégagée, près du mess. Le bureau était un chalet d'une seule pièce dont la porte était ornée d'une pancarte multicolore annonçant *Essuyez vos pattes*. Parker devait admettre que c'était mignon.

— Si on se rapprochait un peu, tu pourrais…

— *Non*, répondit Adam en fusillant son petit ami du regard alors que ses narines se dilataient. Arrête. S'il te plaît.

Son expression s'adoucit.

— Pourquoi n'irais-tu pas nager ? lui demanda-t-il alors. Travaille sur tes exercices de méditation.

Lors du mois qui s'était écoulé depuis l'arrivée de Sean et des nouveaux venus, Parker avait été trop survolté pour ses nages matinales, la majeure partie du temps, et il était impossible qu'il puisse se concentrer suffisamment pour méditer. Et si tout dégénérait quand il n'était pas attentif à ce qu'il se passait ?

La meute de Sean avait emménagé dans les derniers chalets libres du Bloc C, à l'est de la zone-dortoir. Ils aidaient avec les corvées et se montraient polis. Ils posaient de nombreuses questions et ne faisaient pas de vagues. Bien que Parker ait remarqué qu'ils ne *répondaient* pas à beaucoup de questions en retour.

Ils effectuaient toujours des allers-retours jusqu'à leur bateau, qui avait jeté l'ancre en dehors du port. Selon Parker, il n'était pas trop gros pour se rapprocher un peu, mais ce n'était pas à lui de prendre cette décision. (Mais pourquoi restait-il si loin ?) Bien sûr, le navire avait été fouillé, par précaution, il n'y avait donc probablement aucune raison de s'inquiéter.

Probablement.

Il avait demandé à Connie si ces gens restaient pour de bon et elle lui avait donné l'une de ses réponses joyeuses et si vagues qu'elles en étaient agaçantes, tel que : *seul le temps nous le dira* ou encore *demain arrivera bien assez tôt*. Les alphas employaient-ils toujours des clichés ?

Elle avait également insisté pour que tout le monde accorde le bénéfice du doute aux nouveaux venus, ainsi que la chance de prouver leur valeur au travers de leurs actions et de leur comportement. Elle disait que l'île du Salut était un sanctuaire, bla, bla, bla.

Il aurait pu discuter davantage avec Sean pour en apprendre plus, mais… non. Bien que personne d'autre ne semble le remarquer, Parker voyait en cet homme quelque chose qui ne lui inspirait pas confiance. Bien sûr, quand il l'avait mentionné à Adam, ce dernier avait soupiré affectueusement et lui avait répliqué qu'il était paranoïaque.

Effectivement, mais ça ne signifiait pas pour autant que Sean ne leur chercherait pas d'ennuis.

— *Parker*, l'appela Adam en lui serrant la main.

— Hein ? dit l'intéressé en sursautant et en se reconcentrant. Ouais. Désolé. Je n'ai pas envie de nager. En plus, je suis en train de t'aider.

Adam jeta un coup d'œil au trou dans lequel il se tenait, enfoncé jusqu'à la taille. Il accueillerait un poteau du nouveau chalet dans lequel s'installerait un cabinet dentaire. Le dentiste était arrivé avec Yolanda et grâce à lui, ils avaient du pain sur la planche.

— C'est vrai, répondit sèchement Adam. Je ne pourrais pas y arriver sans toi.

L'un des nœuds serrés en Parker se relâcha.

— Je t'offre un soutien moral.

Alors qu'Adam ricanait et continuait à creuser, son petit ami recommença à faire les cent pas, acquiesçant et souriant à ceux qui passaient pour aller s'occuper de leurs corvées, comme si tout était normal.

— Comment ça fonctionne, d'abord ? demanda-t-il à Adam. Quand il y a deux meutes et deux alphas au même endroit.

— Je n'en ai aucune idée. Je n'ai pas grandi avec une meute, tu te souviens ?

— C'est vrai. Désolé.

Argh. Parker avait maintenant l'impression d'être un crétin.

— J'aimerais qu'ils s'en aillent et nous laissent tranquilles.

La pelle d'Adam griffa la terre dans un bruit rythmique.

— Ne vivons-nous pas en paix, actuellement ? Pourquoi Sean et sa meute sont-ils différents de Yolanda et son équipage ?

— La question est carrément justifiée. Je n'en sais rien. Ils sont différents, c'est tout. Je l'ai senti dès que j'ai vu leur bateau au large.

Il jeta son orange, d'un côté et de l'autre, d'un côté et de l'autre, d'un côté et de l'autre.

Adam planta sa pelle dans la terre et sauta hors du trou sans se servir de ses bras, ce qui était *torride*. Il posa une main sur la joue de Parker et obligea ainsi son petit ami à cesser de regarder le bureau de Connie.

— N'as-tu pas de mission, ce matin ?

— Hmm ? Si. Je dois faire la lessive. J'irai dans une seconde.

— Tu vas être en retard. Et ne vas-tu pas aider Craig à décorer pour la fête de Lilly ?

— Si, je vais y aller.

Comme Adam haussa un sourcil, Parker soupira.

— Je vais le faire. Je sais, je suis fou.

— Je n'aime pas ce mot. Tu es anxieux. Ce que je comprends tout à fait. Mais tu sais que tu te sentiras mieux si tu nages et que tu médites.

— Je sais, mais je n'ai pas le temps, là.

Il embrassa Adam et mit son orange dans sa poche.

— Je dois aller blanchir quelques draps.

Il s'échappa et son homme le laissa partir. Il savait qu'Adam avait raison, mais il était trop survolté. Il nagerait et méditerait demain. Il y avait tant de choses à faire.

Alors que Parker se hâtait de rejoindre le chalet de la blanchisserie pour remplir la vieille machine et nettoyer les draps de l'infirmerie, il passa devant le bureau de Connie et s'arrêta pour nouer les lacets de ses tennis usées. Il donnerait tout pour avoir l'ouïe supersonique d'un loup-garou.

ILS N'AVAIENT PAS de ballons ni de banderoles, mais Parker avait récolté des fleurs dans de multiples jardins — en demandant la permission — et il avait emprunté une impressionnante collection d'écharpes colorées pour draper les alentours. Elles appartenaient à une vieille louve-garou qui venait déjà sur l'île depuis des années, avant que le monde plonge dans l'enfer.

— Tu devrais vraiment demander à un loup-garou de baratter ce beurre, dit Parker à Craig qui se servait d'un vieux mixeur à manivelle dans la kitchenette au linoléum jaune pour transformer de la crème fraîche en beurre afin de faire du glaçage.

— La cuisine du mess n'a pas l'un de ces robots culinaires, comme celui que ma mère avait sur le comptoir et qu'elle a utilisé littéralement une seule fois ?

— Oui, mais je veux le préparer moi-même, dit Craig en essuyant la sueur sur son front.

Les batteurs cliquetèrent contre les parois du saladier en métal alors qu'il tournait la poignée.

— Ils ont préparé le gâteau pour moi, comme je n'ai pas de four, mais je baratte ce beurre, même si je dois en mourir.

Parker finit de décorer le salon, drapant des écharpes sur les vieilles aquarelles représentant le bord de mer, accrochées sur le lambris. Il n'y avait pas de salle à manger, mais ils pouvaient garder aisément le plat préféré de Lilly — des hot-dogs — sur leurs cuisses. Il leur fallait une autre chaise et il vérifia donc dans la chambre de Jacob, se souvenant qu'il y avait un bureau usé au coin.

La porte fermée s'ouvrit dans un grincement et Parker alluma la lumière au-dessus de sa tête. Le store était baissé, même s'ils étaient en pleine journée, et l'air miteux le fit éternuer. Le papier peint floral était presque couvert du sol au plafond de pubs et de photos découpés dans d'anciens magazines qui avaient dû se trouver à la bibliothèque de l'île. Même lors d'une apocalypse zombie, les adolescents souhaitaient se créer leur propre espace. C'était étrangement rassurant.

Comme nombre d'entre eux, Jacob ne possédait pas une immense garde-robe, mais curieusement, du linge sale était tout de même éparpillé sur le sol de sa chambre. Le duvet était froissé au bout du lit double et Parker le remit donc à sa place, pensant à sa mère qui lui reprochait sans cesse la « *zone désastreuse qu'il qualifiait de chambre* ».

— Jacob a besoin d'air frais, là-dedans ! cria Parker en tirant la chaise de bureau.

— Quoi ?

Le batteur continuait de cliqueter et de ronronner.

— Rien !

Répéter sa remarque lui donnerait l'impression d'être encore plus vieux qu'il ne l'était déjà.

Adam arriva avec le grill portable loué au mess. Lors du petit déjeuner, tout le monde avait chanté *Joyeux Anniversaire* à Lilly. Elle aurait pu avoir une grande fête, si elle l'avait souhaité, mais elle avait demandé un dîner en famille.

— C'est magnifique, dit Adam en embrassant Parker. Une idée pour le papier cadeau ?

Parker attrapa les écharpes qu'il avait gardées.

— Voilà.

Alors que Craig insultait les innovateurs dans sa barbe, sous le cliquètement du batteur, Adam sortit prudemment un bracelet en or de la poche de son short.

— Il appartenait à Theresa quand elle était petite, donc il devrait lui aller.

— Waouh. C'est généreux de sa part.

Parker enroula une écharpe rose autour de la bande dessinée de Super Lilly qu'il avait créée sur le thème d'une astronaute combattant le crime. Elle ne faisait que quelques pages, mais il avait travaillé dessus pendant des jours. Bien qu'il ne soit pas le meilleur artiste du monde, loin de là. Lilly ne semblait pas s'en préoccuper.

Il avait créé le personnage pour son premier anniversaire sur l'île et il espérait qu'elle n'était pas trop âgée pour ça, maintenant. Elle avait adoré l'incarnation de l'année dernière dans laquelle Super Lilly combattait des martiens dotés d'un seul œil, donc il croisait les doigts. Il avait décidé que l'histoire se déroulerait dans l'espace, comme la Terre était… problématique.

Craig cria sa victoire triomphante au-dessus de la crème devenue beurre, et ils applaudirent. Peu de temps après, Lilly franchit la porte, tout sourire, et ils jouèrent au Monopoly, assis en tailleur sur le sol du salon tout en attendant Jacob.

Et ils attendirent.

Et ils attendirent.

— Les cours sont finis depuis une heure.

Craig consulta sa montre et se leva avec un petit grognement, avant de marmonner dans sa barbe qu'il vieillissait.

— Je vais le chercher.

— Je peux y aller, proposa Adam.

— Non. Tu viens de tomber sur ma gare, dit Lilly en tendant sa paume. Paye, pigeon.

Parker siffla discrètement.

— Lilly sans-concession est dans la place.

Elle gloussa.

— Tu viens de faire une danse de la joie quand papa a fini en prison.

— Que puis-je dire ? Le capitalisme est une amante impitoyable.

Ils continuèrent de jouer et Adam tenta de s'attirer

l'indulgence de Parker quand son petit chapeau atterrit sur le Boulevard des Capucines. Son petit ami frisa sa moustache de vilain et le mit sur la paille tandis que Lilly riait, enchantée.

— Cette partie est complètement pétée, dit Parker avant de rire si fort que sa respiration devint sifflante. Merde. Je veux dire… pardon. Elle est complètement *folle*.

Lilly leva les yeux au ciel.

— Papa n'est pas là. Tu peux dire des gros mots. Ce ne sont que des mots, putain.

— Lilly ! s'exclamèrent Parker et Adam à l'unisson.

Ils s'esclaffèrent tous les trois.

Des pas résonnèrent sous le porche et Lilly sauta en s'exclamant :

— Je suis en train de gagner !

Son père revenait seul et le sourire de la petite s'estompa.

— Où est Jacob ?

— Je l'ignore, chérie.

Craig gardait une voix légère, mais l'estomac de Parker se crispa. *Merde.*

— Oh. D'accord.

Elle se rassit sur la moquette Vichy et ses épaules s'affaissèrent.

Ce fut au tour de Parker. Quand Lilly se tourna vers la porte, comme si elle pouvait invoquer Jacob, Parker truqua son lancer de dé afin de tomber sur sa propriété. Cela ne la fit sourire qu'un moment, mais ils finirent la partie en essayant de rester enthousiastes.

— Je suis sûr que Jacob est en route, dit Adam. Je vais lui donner un coup de main avec ce qui le retient.

— *Non.*

La mâchoire de Lilly était crispée. Parker n'était pas certain de l'avoir déjà entendue si déterminée. Adam, Craig et lui clignèrent des yeux en la regardant, tous surpris. Elle termina de ranger le plateau de jeu.

— S'il n'a pas envie de venir à ma fête d'anniversaire, je ne veux pas l'obliger.

Parker en avait mal à la tête. Ils préparèrent les hot-dogs et affichèrent de grands sourires. Après quelque temps, la petite fille sembla passer un bon moment. Adam la filma quand elle ouvrit ses cadeaux et souffla sur ses bougies. Elle étreignit fermement Parker après avoir déballé la bande dessinée, avec le nouveau bracelet sur son poignet fin.

— J'adore tous mes cadeaux, dit-elle. Même si je n'ai pas eu de chiot, encore une fois.

Craig gloussa.

— Tu sais que les chiens ne sont pas autorisés sur l'île.

— Je sais, marmonna-t-elle d'un air dramatique avant de répéter ce qu'elle avait entendu tel un perroquet. Ça peut être dangereux pour eux, parce qu'ils sont perturbés quand les gens se transforment en loup.

— Et tu ne voudrais pas qu'un chien tout mignon soit blessé par erreur en essayant de te protéger, ajouta Parker.

— Non.

Lilly jeta un coup d'œil à Adam.

— Mais tu es toujours *toi*, après être devenu entièrement un loup, non ? Tu peux toujours réfléchir ?

Il lui sourit gravement.

— D'après ce que j'en comprends, oui. Je ne me suis jamais transformé entièrement, alors je ne sais pas vraiment ce que c'est.

Parker voulait assurer à son petit ami que ce n'était pas grave, qu'il finirait par y arriver, et que ce n'était rien d'important, mais ne serait-ce pas agaçant et condescendant ?

— Hmm, répondit Lilly qui y songeait visiblement. Et je sais qu'ils disent que les chiens peuvent te donner le losange ?

Craig rit.

— Le *carré*, chérie. Les humains ne peuvent pas attraper la maladie de Carré, mais les loups-garous, si.

Il regarda Adam.

— Ça n'était pas très inquiétant, dans le monde d'avant, parce que peu de chiens erraient avec la maladie de Carré ou la rage, c'est ça ?

— C'est ça, répondit Adam. Mes parents s'en méfiaient beaucoup, quand j'étais enfant. C'est l'un de ces virus qui peuvent être fatals pour les vieux comme pour les jeunes. Maintenant, sans les vétérinaires, avec tant de personnes disparues, et avec tous les chiens qui rôdent, le risque est majoré. On m'a toujours appris à éviter les animaux sauvages et les chiens domestiques, quand je le pouvais, mais ce n'était pas une grande inquiétude, à l'époque.

Lilly soupira.

— On doit s'inquiéter de *tout*, maintenant.

Le cœur de Parker se comprima, quand il imagina ce que c'était de grandir dans ce Nouveau Monde terrifiant. Il lui sourit.

— Pas ici. Nous gardons les chiens à distance de l'île, et presto ! Il n'y a pas de quoi s'inquiéter.

Elle hocha la tête.

— Lola me manque toujours.

Craig l'embrassa sur le sommet du crâne.

— À moi aussi, mon cœur. Elle joue au Paradis et vole les chaussettes puantes dans les chaussures des anges, maintenant.

Lilly sembla y réfléchir.

— Les anges portent des chaussures et des chaussettes ? Ou juste des sandales dorées ?

— Tout ce que je sais, c'est qu'au Paradis, il y a des chaussettes puantes pour Lola, la rassura Craig.

Plus tard, alors que le soleil se couchait, Parker trouva les vaches debout dans le pâturage. Il se baladait seul, satisfait, sous le ciel rose qui l'éclairait légèrement. Pourquoi n'avait-il pas laissé Adam partir à la recherche de Jacob ? Avec sa vitesse de loup, son ouïe et son odorat, il l'aurait retrouvé en deux minutes.

— Parce que je suis obligé d'être têtu, marmonna Parker en

partant vers l'orangeraie.

Il avait un jour demandé à Theresa pourquoi elle laissait les ados se faufiler pour aller faire la fête quand ils pouvaient y introduire de l'alcool si aisément. Elle avait répondu que c'était une part normale de l'adolescence et qu'ils interviendraient uniquement si quelqu'un était en danger. Ce qui était logique, mais il avait l'impression d'être un salopard. Son premier instinct avait effectivement été de se montrer classiquement autoritaire, comme ses parents.

Des éclats de rire et des effluves de cannabis furent portés par le vent. Il plissa les yeux pour regarder derrière les orangers, en direction des silhouettes imposantes de la centrale solaire. Il avait essayé de fumer de l'herbe à quelques reprises, quand il était plus jeune, mais cela l'avait rendu paranoïaque. Il était clair qu'il n'avait pas besoin d'aide à ce niveau-là.

Ces petits salopards feraient mieux de ne pas grimper sur ces trucs pour perturber notre source d'électricité.

Parker avança, jetant un coup d'œil dans l'obscurité sous l'un des panneaux.

— Hé ! Jacob ?

Le leader boutonneux, Chris, se releva près du poteau contre lequel il était appuyé.

— Qu'est-ce que tu veux ?

— Tu as trois chances de deviner et les deux premières comptent pour du beurre.

— Jacob n'est pas là, l'informa l'une des filles.

Parker n'arrivait plus à retrouver son nom.

— Il est probablement en train de sucer la queue de son mec, ricana Chris.

Il portait une casquette à l'envers sur ses cheveux gras.

Parker soupira, les dents serrées, mais sa colère finit par s'apaiser. Jacob avait-il accordé une chance à Devon, après tout ?

— Où sont-ils ? Devon a un couvre-feu à respecter, aussi.

Il pouvait peut-être les aider à rentrer discrètement au village et leur trouver une excuse…

Chris ricana.

— Pas ce petit loser. Ce Britannique bizarre.

L'espace d'une seconde, Parker ne put que le dévisager, attendant que ses mots fassent sens.

— Il est canon, quand même, intervint une autre fille en passant un joint à Chris.

Parker se rappela que son nom devait être Heather.

— Peu importe, répondit Chris en ricanant avant de se tourner vers Parker. J'imagine que tu n'es pas le seul taré qui veut se taper un loup-garou.

Bien qu'une part de lui ait *vraiment* envie de le frapper au niveau des mollets et de lui dire d'aller se faire foutre, comme personne d'autre ne le ferait, Parker resta concentré.

— Tu parles de Sean ?

Sa gorge était douloureusement sèche.

— Oui, répondit Heather en se rapprochant, le visage pincé. J'ai vu Jacob sortir de son chalet, il y a quelques nuits. Je sais que j'aurais dû dire quelque chose, mais je ne voulais pas le fliquer.

Parker acquiesça.

— D'accord. Merci de m'en avoir informé ce soir.

Il s'éloigna, attendant d'être de retour dans la forêt pour se mettre à courir.

Il entra dans le bloc C à toute vitesse et Jacob se trouvait devant lui, sur le chemin, avec son jean baggy familier et un pull à capuche. Dans quel chalet se trouvait Sean ? Jacob y était-il retourné ? Parker aboya son nom.

Jacob tourna les talons en fronçant les sourcils.

— C'est quoi, ton problème ?

— Tu as sérieusement oublié l'anniversaire de Lilly ?

L'ado blêmit et écarquilla les yeux.

— Oh, merde. Quelle heure est-il ?

Il leva les yeux vers le ciel qui s'assombrissait, comme s'il ne le remarquait que maintenant.

— J'ai perdu la notion du temps. J'étais juste… merde. Je suis désolé !

— C'est à elle que tu dois le dire.

— Elle est soûlée ?

— Elle est *blessée*. Seigneur, elle a douze ans et tu ne pouvais pas te sortir les doigts du cul suffisamment longtemps pour venir à sa fête d'anniversaire ? On était seulement entre nous, donc tu étais un invité majeur sur la liste. Comment as-tu pu *oublier* ? Tu es trop vieux pour ce genre de conneries. Il est l'heure de te comporter comme un homme.

— Je suis désolé, d'accord ? répondit Jacob en se mettant sur la défensive. Je ne voulais pas oublier. Je vais y aller, là.

— Attends. Il faut qu'on parle.

Les traits de Jacob se durcirent.

— Pour que tu puisses continuer de me dire que je foire tout ? Crois-moi, je le sais.

— Non. Viens.

Parker l'éloigna des chalets, en direction de sa plage privée, tout en ignorant les coups d'œil curieux des passants. Les rumeurs fuseraient.

— Où allons-nous ? Aïe.

Jacob le suivit sur le chemin couvert de mauvaises herbes, écartant les branches.

Le cœur tambourinant, Parker tenta de reprendre ses esprits. Il avait envie de le dire à Craig et de laisser ce dernier assumer son rôle paternel, mais il était impossible que Jacob ait envie de lui parler de ça. Parker n'était pas *si* déconnecté de l'adolescence.

Une fois qu'ils furent arrivés sur le sable abrasif, Jacob tendit les mains.

— D'accord. Qu'est-ce que tu veux ?

— Je m'inquiète pour toi. Il faut qu'on parle de Sean.

Jacob cligna des yeux en jetant des coups d'œil nerveux autour de lui.

— Pourquoi ?

Il n'y avait aucune bonne manière de le demander. Parker dit donc simplement :

— Est-ce qu'il t'a touché ?

— *Quoi* ? J'aurais bien aimé. Ne sois pas fou.

Il tourna les talons.

Parker lui attrapa le bras avant de le relâcher rapidement.

— Attends. Parle-moi. S'il te plaît.

— Il n'y a rien à dire ! s'emporta Jacob, des postillons s'envolant de ses lèvres gercées. À moins que tu aies envie de te pencher sur la manière dont ma vie craint.

— Tu as de la nourriture et une maison et des gens qui t'aiment…

— Oui, mais ça craint quand même, d'accord ? Je déteste vivre ici.

Parker tenta de garder son calme.

— Tu te souviens de l'alternative ?

— Évidemment. Mais on ne sait pas à quoi ça ressemble, maintenant. Il pourrait y avoir des endroits meilleurs qu'ici. Mon père est peut-être encore en vie. C'est peut-être bien, là où il vit.

— Tu n'es pas sérieux.

Parker essaya de se souvenir des détails.

— Ne vivait-il pas dans la baie de San Francisco ?

— Si, à Oakland. Ma mère n'a même pas envisagé de le retrouver.

— Adam et moi venions de là-bas. Crois-moi, c'était vraiment très mauvais. Ta mère a tout fait pour te garder en sécurité. C'est tout ce qui comptait pour elle.

Des larmes montèrent aux yeux de Jacob alors qu'il contractait sa mâchoire boutonneuse.

— Conneries ! Elle ne m'aurait pas laissé si elle avait vraiment tenu à moi.

Parker déglutit difficilement.

— Tu sais que ce n'est pas vrai. Ce n'était pas sa faute.

Il entendait encore les monstres et leurs dents qui claquaient. Ce bruit horrible emplit si radicalement son esprit qu'il fut obligé de regarder derrière lui. Il n'y avait que l'ombre des arbres, même s'il visualisait encore le visage pâle d'Abby quand elle mourait. La terreur dans ses yeux n'était pas seulement pour elle, mais aussi pour le fils qu'elle abandonnait.

Parker fut obligé de s'éclaircir la voix.

— Je sais que c'est difficile, pour toi, de grandir ici. De grandir dans ce nouveau monde. Ce n'est pas comme ça que nous avions tous imaginé nos vies. Mais nous sommes en sécurité, ici. C'est ce qui compte.

— Ah bon ? s'exclama Jacob en s'essuyant furieusement les yeux. Sean dit...

Il s'interrompit.

— Quoi ? Que dit *Sean* ?

— Oublie. Tu le détestes, sans raison.

— J'ai de nombreuses raisons. Par exemple, que faisais-tu dans son chalet en pleine nuit ?

Jacob ricana, mais il regarda immédiatement ses pieds.

— De quoi tu parles ?

— Heather t'a vu en sortir discrètement. Que faisais-tu là-bas ? demanda Parker avant de s'efforcer de baisser la voix. S'il se passe quelque chose, tu peux me le dire.

— Oh, comme c'est généreux de ta part. Quelle importance, si j'étais chez lui ? Qui se préoccupe des règles ? Tu as le droit de baiser un loup-garou torride. Pourquoi moi, je ne le devrais pas ?

— Parce que tu es un enfant !

La colère et l'inquiétude bouillonnèrent dans les veines de Parker. Merde, était-ce vrai ? Sérieusement ?

— Je ne vais pas rester en retrait et ne rien faire pendant que tu prends des risques.

— Il y a une minute, tu me disais que j'étais trop vieux pour ça ! Et maintenant, je suis un abruti de gamin. Décide-toi !

— Tu vois ce que je veux dire. Dis-moi la vérité. Que faisais-tu dans son chalet ?

— Rien ! Je raconte des conneries, c'est tout. Tu crois qu'un mec canon comme lui voudrait de *moi* ? Genre.

Un pervers excité par le déséquilibre des pouvoirs ne s'intéressait pas au physique de son partenaire.

— Je sais que tu as peur et que tu es blessé, et peut-être embarrassé, mais tu peux tout me raconter, d'accord ?

— Il n'y a rien à dire. Je le jure.

Jacob se gratta ensuite l'oreille et le cœur de Parker plongea dans ses talons. Il mentait. Ce signe le trahissait toujours. Parker prit une profonde inspiration. Il ne s'y prenait pas bien. Il ne pouvait lui soutirer la vérité. Il devait se concentrer sur ce qu'il pouvait faire, actuellement.

— Oui, répondit Parker, nous vivons la chronologie la plus merdique que notre planète a jamais connue, même si, honnêtement, je pense que le Moyen-Âge n'était pas particulièrement amusant, si j'en crois ce qu'on en disait. Mais nous sommes ici et nous devons en tirer le meilleur parti. Nous vivons sur une belle île sécurisée. Tu dois adopter cette idée. Arrête de te battre contre tout.

— C'est fort de café, venant de toi. Tu n'as pas « adopté » Sean et sa meute. Tu détestes le changement. Mais moi, j'en ai besoin. Je ne peux pas rester planté là à ne rien foutre ! Mon Dieu, comme c'est ennuyant !

— L'ennui, c'est un privilège !

Parker inspira par le nez et souffla par la bouche en comptant dans sa tête.

— Il y a beaucoup de choses à faire ici. La survie, par exemple. Ce n'est pas la vie que nous avions imaginée, mais nous sommes *en sécurité*. Nous avons une famille. Une communauté. Lilly et ton père sont…

— Il n'est pas mon père ! J'en ai assez qu'il me dise quoi faire.

— Comment ça, je ne le suis pas ?

Parker et Jacob sursautèrent alors que Craig apparaissait, avançant vers eux.

— J'ai promis à ta mère que je prendrais soin de toi. Je sais que si elle était là, plutôt que moi, elle élèverait Lilly comme si elle l'avait portée. Je suis ton père, que tu le veuilles ou non. Maintenant, rentre à la maison. Il est l'heure de se coucher. Lilly s'est déjà endormie tant elle pleurait.

Les épaules de Jacob s'affaissèrent et la honte marqua les traits de son visage. Il regarda ses pieds.

— Je ne voulais vraiment pas oublier sa fête.

— Je sais, répondit doucement Craig. Tu pourras te rattraper auprès d'elle, demain.

Il hocha la tête en direction de Parker et celui-ci lui rendit son signe.

— Jacob, on discutera demain, nous aussi, d'accord ? lui dit-il alors que l'adolescent s'en allait avec Craig.

Jacob ne répondit pas.

Parker avança sur des chemins hasardeux, tentant de visualiser le tableau noir dans sa tête afin de dessiner à la craie sa respiration en boîte. C'était inutile. Son cerveau continuait de lui montrer l'image de Jacob se tirant l'oreille. À quel sujet mentait-il ? Que faisait-il dans le chalet de Sean ? À n'importe quel moment, mais surtout la nuit ?

Le geignement nasal de ce petit punk de Chris fit écho dans l'esprit de Parker.

Il est probablement en train de sucer la queue de son mec.

Anxieux et fébrile, Parker rôda autour des blocs de chalets et du village. Pourquoi personne d'autre ne pouvait le voir ? Pourquoi les gens étaient-ils encore éveillés, assis sous leurs porches ou en train de jouer au cornhole près du mess ?

Il se passe quelque chose. Je ne me trompe pas. Je le sais !

Son cœur tambourina. Son visage était rouge et couvert de sueur, alors même qu'un terrible frisson glacial s'enroulait autour de sa colonne vertébrale.

Le sang d'Abby ralentissait entre ses doigts, tandis que son cœur cessait de pomper. Elle refroidissait déjà quand il avait enveloppé son corps de plastique.

Parker était désormais en train de courir.

Il avait promis à Abby de protéger Jacob. Il ne pouvait la laisser tomber. Jacob cachait quelque chose, à propos de Sean. Que pouvait-il y avoir d'autre ? Peu importait, Parker n'allait pas rompre son serment.

Tandis qu'il atteignait le port, il remarqua Bethany près du quai. Un flot de souvenirs sur Petit Homme et son équipage de *La Belle Vie* eurent le même effet sur lui que des coups de poing et des claques. Ils le tiraillèrent avant que Parker ne puisse les repousser.

Les dents parfaites de Sean étincelaient sous la lumière de la lune alors qu'il parlait à Bethany et *waouh*, il portait un haut, pour une fois. Même une veste. Le cerveau bourdonnant de Parker étudia ces détails pendant qu'il parcourait la jetée, le bois usé faisant un bruit sourd sous ses tennis.

Il était si bruyant que Bethany se tourna vers lui en fronçant les sourcils.

— Parker ?

L'ignorant, il poussa le torse de Sean aussi fort que possible, le cuir s'avérant doux sous ses paumes. Sean ne bougea pas d'un pouce, évidemment, mais ses yeux scintillèrent d'une lueur dorée.

— Parker ! s'exclama Bethany.

— Reste loin de lui, putain ! hurla Parker sous le nez de Sean.

Il laissa retomber ses mains, car il avait l'impression d'être un gamin idiot poussant un mur de béton.

— De qui, précisément ? demanda Sean avec un calme exaspérant.

Bethany tira le bras de Parker.

— Que se passe-t-il ? souffla-t-elle. Tu as perdu la tête ?

Il se libéra de sa poigne.

— Ne te mêle pas de ça !

Elle recula, les yeux écarquillés, et le souvenir du jour où il avait brandi une arme dans sa direction, sur cette même jetée, ainsi que celui de son envie d'appuyer sur la détente le frappèrent avec force. La honte, la peur et la fureur s'enroulèrent autour de ses poumons.

Non. C'était pour Jacob. Il se reconcentra sur Sean, qui eut l'audace de *sourire*.

— Si ton petit ami veut que je l'aide avec sa transformation, ça ne te regarde pas.

Attendez, quoi ?

L'esprit de Parker se mit à tourbillonner, mais il se concentra. Il devait protéger Jacob. Il devait prendre soin de sa famille.

— Reste loin de Jacob.

Sean fronça les sourcils.

— Pourquoi ?

— Tu sais pourquoi.

— Je t'assure que non.

— Parce qu'il n'a que seize ans ! Il ne sait pas ce qu'il fait. Tu es un putain de pervers.

Sous l'apparence calme de Sean, il n'y avait pas de ridules, plutôt un tsunami. L'éclat doré de ses yeux scintilla, ses crocs sortirent brusquement, sa chevelure se gonfla et, merde alors, était-il plus grand ? L'air autour d'eux se chargea de danger et Parker fut incapable de respirer.

— Ferme-la, grogna Sean. Je t'interdis de me parler comme ça.

Les genoux de Parker tremblèrent, mais il tint ses positions.

— Oh, je m'autorise à le faire ! Tu crois que je ne te vois pas lui chuchoter à l'oreille ? Le pousser à te faire confiance ? Tu pourrais te taper presque n'importe quel adulte, ici, et pourtant tu traînes avec un gamin. C'est dégueulasse.

— Non mais tu as perdu la tête ? s'emporta Sean. Je me suis montré gentil avec un gamin qui se sent seul. Voilà tout.

— Ce n'est pas ce que j'ai entendu dire.

Il plissa ses yeux dorés.

— Qui t'a dit ça ?

Chris avait beau être une petite merde, Parker n'allait pas laisser Sean s'en prendre à lui.

— Ça n'a pas d'importance. Je sais qu'il était dans ton chalet, l'autre nuit.

Quelque chose vacilla sur le visage féroce de Sean.

— Il y a eu un quiproquo.

Vous voyez ? Seigneur, j'ai raison !

— Conneries !

Alors que Parker tendait les mains pour pousser Sean une nouvelle fois, il se retrouva soudain en l'air, appuyé contre le corps familier d'Adam.

— *Arrête*, lui ordonna son petit ami à l'oreille en le tirant vers l'arrière.

— Maîtrise ton ord' ! aboya Sean.

— Repose-moi !

Parker gigota dans les bras de son homme et lui donna ensuite un coup de coude.

Sean vibrait de fureur et ses crocs étaient dévoilés.

— S'il me reparle comme ça, je le ferai taire pour de bon.

Le grognement puissant d'Adam résonna contre le dos de Parker.

— Reste loin de lui.

— Je suis juste là ! leur fit remarquer Parker en luttant pour se libérer des barres d'acier qu'étaient les bras d'Adam.

Ses pieds ne touchaient toujours pas le sol. Alors que son petit ami se retournait et marchait en direction de la jetée, en continuant de le porter contre son torse comme il le ferait avec un gamin mal élevé, Parker découvrit que des dizaines de personnes les regardaient depuis le rivage.

L'humiliation le transperça et il supplia son homme.

— Repose-moi. S'il te plaît !

Adam s'exécuta immédiatement et passa un bras autour des épaules de Parker pour le maintenir debout alors qu'il titubait sur une planche mal fixée.

— Ça va, murmura-t-il avant de crier à quelqu'un d'autre. Tout va bien !

Connie et Theresa patientaient au bout de la jetée, et bien trop de gens s'attardaient là, loups-garous comme humains. Ils chuchotaient et regardaient Parker s'humilier. Gemma et le reste de la meute de Sean arrivèrent à toute vitesse, leurs crocs dévoilés.

Connie lança un regard glacial à Parker.

— Nous en discuterons demain matin.

— Quoi ? Je n'ai pas le droit de me battre ? Je ne l'ai pas menacé avec une arme.

Il devait arrêter de parler, mais sa bouche ne coopérait pas.

— C'est toi qui as laissé…

— *Parker* ! cria Adam en s'agrippant à lui. S'il te plaît.

— Je te verrai demain matin, ajouta Connie.

Elle échangea un regard avec Adam avant de hocher la tête.

Parker eut envie de protester, en disant qu'il n'était pas un enfant, mais il savait qu'il était en train de se comporter comme tel. Il eut envie de courir à nouveau, mais il ne donnerait pas cette satisfaction à Sean. Il avança sur le chemin menant à leur chalet, Adam sur ses talons.

La poignée de la porte d'entrée se coinçait, parfois, et alors que Parker s'agitait dessus, Adam lui murmura à l'oreille.

— Attends, laisse-moi…

— Non ! s'exclama-t-il avant de se figer. Je m'en occupe.

Il voyait bien qu'Adam avait envie de le réconforter, sa main toujours à moitié levée.

— Ne me touche pas, pour l'instant, s'il te plaît.

En agitant la poignée et en la poussant une dernière fois, il réussit à ouvrir la porte. Elle rebondit contre le mur dans un bruit sourd.

Tout se passait bien jusqu'à ce que Sean et sa meute se pointent. C'était exactement la raison pour laquelle il ne voulait plus accueillir de nouveaux venus. C'était la raison pour laquelle il souhaitait que le reste du monde reste loin d'ici, bordel.

<h1 style="text-align:center">Chapitre 6</h1>

PARKER ADORAIT GÉNÉRALEMENT le bruit de la pluie sur le toit de son chalet en bois, mais ce matin, il jura. Non pas à voix haute – il n'avait pas envie de réveiller Adam en se faufilant hors de la chambre, dans l'obscurité précédant le lever du soleil, même si son petit ami avait certainement perçu le mouvement. Adam laissa tout de même son homme marcher sur la pointe des pieds et fit comme s'il était furtif.

Tout ce qu'il avait dit et fait la nuit précédente se rejouait dans une boucle infinie. Il avait à peine dormi une heure, blotti loin d'Adam en laissant autant d'espace que possible entre eux. Parker se maudissait d'avoir perdu les pédales. De s'être humilié devant tout le monde.

Peu importait la vérité concernant Sean, il n'avait pas géré les choses comme il le fallait. Il était sorti de ses gonds plutôt que d'agir comme l'adulte qu'il était censé être. Son corps tout entier était au bord de la crise de nerfs. Voilà ce qui arrivait quand il ne prenait pas soin de lui et oubliait ses exercices de prises de conscience.

Une fine pluie ne l'arrêterait pas – bien qu'il soit déjà trempé en arrivant sur sa plage. Il plaça sa serviette mouillée sous une épaisse palmeraie, se débarrassa de son short et avança dans l'eau. Il marqua une pause pour laisser une vague se briser et passer à côté de lui. Les rouleaux n'étaient pas immenses, mais ils étaient assez gros pour le tremper s'il n'avait pas le bon timing.

Plongeant sous les vagues, il s'acclimata rapidement à la température et fit des longueurs d'un bout à l'autre de la plage, juste après le récif où il pouvait rapidement trouver un banc de sable sur lequel se tenir, si nécessaire. Il commençait toujours avec ses mouvements de nage libre les plus rapides, nageant vers le nord jusqu'à atteindre un palmier en particulier, celui dont le tronc était penché, et il reprenait le chemin inverse vers un affleurement rocheux.

Il passait ensuite à la brasse et la nage indienne. Il ne faisait pas de dos crawlé, car cela lui donnait le sentiment d'être vulnérable comme il ne voyait pas où il allait. Gamin, il adorait le dos crawlé et regardait le soleil estival ainsi que le ciel bleu au-dessus de Cape Code pendant qu'Eric lui hurlait de nager droit quand il déviait inévitablement de sa route.

Désormais, il avait besoin de voir exactement où il était et qui – ce qui – se trouvait autour de lui.

La routine l'apaisa. Il compta les longueurs et les cycles pendant ses brasses. Il ne pouvait complètement chasser de son esprit le bazar qu'il avait causé, mais au moins, il pouvait respirer. S'il se trompait à propos de Sean, il arrangerait les choses.

Il sut qu'Adam se tapissait dans un coin, lorsqu'il sortit de l'eau pour rejoindre sa serviette humide. Il était difficile de croire que les températures avaient été étouffantes, si récemment. La pluie avait cessé de tomber depuis un moment, mais le vent le fouettait et Parker frissonna, frottant son corps pour le sécher. Ou pour le rendre un peu plus sec, au moins. Le sable collait à sa peau et il aurait aimé que leur chalet soit plus proche de sa plage.

— Je vais bien, dit-il.

Adam sortit des feuillages, ne prêtant encore une fois aucune attention aux cassiers alors même qu'une traînée de sang apparaissait sur son bras, sous son T-shirt bleu délavé.

— Je sais, dit-il en jouant avec la caméra dans sa main et en l'éteignant.

Parker frotta l'entaille sur le bras de son homme jusqu'à ce qu'elle disparaisse sous sa paume. Adam le scruta de près.

— Merci, chuchota-t-il.

— Je sais que ça n'aide pas vraiment, dit Parker en laissant retomber sa main.

— Si, répondit son petit ami en scrutant son visage de ses yeux noisette particulièrement expressifs. Tu as froid.

Parker tenta d'endiguer un frisson.

— Je vais bien.

— Je peux ?

Adam leva les mains et son homme sut ce que cela signifiait.

— Je vais te mouiller et te couvrir de sable.

Pour autant, il ne lutta pas quand Adam l'attira contre lui en passant de grandes mains chaudes sur son dos et ses fesses.

— Je m'en moque.

Ne pas se réveiller enveloppé dans les bras d'Adam avait été désagréable. Parker fondit donc contre lui, soulagé. Ils devaient en discuter, mais pas dans la seconde.

— J'étais comment, dans l'eau ? demanda-t-il après quelques secondes de caresses apaisantes. Ton film aura beaucoup de scènes de nage. Les critiques se plaindront du rythme.

— Heureusement que Rotten Tomatoes n'existe plus. Et tu étais magnifique.

Il fut obligé de sourire.

— Merci. J'avais seulement besoin de nager et de méditer.

Il était heureux qu'Adam n'évoque pas pour l'instant le sujet tabou.

— Il fait frisquet, ce matin. Reviens méditer au chalet. Tu seras seul… Je vais assister à une réunion.

Se crispant à nouveau, Parker s'éloigna et enfila son short usé ainsi qu'un T-shirt.

— Une réunion, hein ? D'accord. Sur la manière de gérer ton *ord* ?

— *Non*. Allez. Tu sais que je ne te percevrai jamais de cette manière.

Parker soupira et croisa les bras avant de les décroiser.

— Je sais, mais il est clair que *Sean* me perçoit comme ça.

— Je me fiche de savoir ce que Sean pense.

Se souvenant de ce que ce dernier avait dit, sur l'aide que lui demandait Adam pour sa transformation, Parker ajouta :

— J'espère bien.

Ce n'était pas le moment de se pencher là-dessus. Il devait reprendre le contrôle et se calmer. Assis sur son rocher, il inspira à plusieurs reprises et croisa les jambes au niveau de ses chevilles.

Il laissa son esprit s'éparpiller et les mots se déverser.

— Une année, il faisait si froid le week-end du Memorial Day, à la fin du mois de mai, que mon père a dû me soudoyer pour que je saute du bateau afin qu'il puisse prendre nos photos annuelles.

— Il t'a payé combien ?

— Un dollar. Sale grippe-sou, lança Parker avant de rire légèrement. Tu connais l'adage qui dit que les plus riches sont les plus radins ? C'était tellement vrai, avec mon père. Enfin, mes parents me donnaient quand même beaucoup.

— Sur le plan matériel, le corrigea Adam avant de se positionner derrière lui et de passer une main chaude sur ses cheveux mouillés.

— Hmm.

Parker tira sur un fil de la serviette.

— Ils me manquent tellement, même s'ils se comportaient parfois comme des crétins. Comme tous les parents.

Il aurait dû gérer le bazar causé avec Jacob, mais son esprit ne voulait penser à rien d'autre. Naturellement, il ne pouvait se concentrer sur quelque chose d'agréable, comme le goût des oranges sucrées ou un baiser d'Adam.

— Évidemment qu'ils te manquent, murmura son petit ami.

— Eric ne voulait pas sauter, pour un dollar. Il a négocié jusqu'à dix balles avec mon père pendant que je pataugeais dans l'eau comme un crétin, expliqua-t-il avant de sourire. Mon frère était toujours un bon négociateur. S'il n'était pas devenu courtier en bourse, je suis sûr qu'il serait allé en fac de droit.

— Tu pourrais encore demander à Connie de lui transmettre un message, dit doucement Adam après quelques instants. Tu lui as demandé d'arrêter quelques semaines seulement après notre arrivée. Elle aurait accepté de continuer.

La poitrine de Parker se comprima et il lutta pour respirer malgré tout.

— Je sais, réussit-il à dire.

D'après ce qu'ils avaient appris grâce à leurs compagnons survivants et à une étrange conversation radio, la majorité des habitants de la Terre étaient morts ou infectés. Si Connie lançait un nouveau message à Eric et qu'il n'y avait pas de réponse, cela serait curieusement pire que de ne rien savoir. De cette manière, Parker pouvait fantasmer en se disant que son frère était en vie et qu'il allait bien, même peut-être très bien.

Peut-être qu'Eric avait trouvé l'amour, comme Parker. Il vivait potentiellement dans une communauté britannique quelconque et faisait pousser des fraises, transformait du lait en crème, engendrait des bébés potelés et était heureux. Pour ce que Parker en savait, ses parents avaient peut-être aussi survécu d'une manière ou d'une autre à l'enfer féroce de Boston et se pointeraient sur l'île du Salut afin de lui passer un savon parce qu'ils ne les avaient pas attendus à la maison du Cape de Chatham. Peut-être, un jour. Peut-être que le virus s'éteindrait et que les monstres disparaîtraient et…

Il inspira difficilement. Il ne pouvait s'autoriser à rêver que le monde redevienne normal, même une seule seconde. C'était impossible et c'était *le* fantasme qu'il ne pouvait absolument pas se permettre d'avoir.

Adam appuya ses lèvres contre le sommet de son crâne dans un tendre baiser, puis il glissa les mains sur ses épaules jusqu'à ce que la tension exacerbée se dissipe. Parker compta jusqu'à quatre tout en inspirant, pour suivre le premier côté de sa respiration en boîte. Il compléta le carré et s'imagina le dessiner sur son tableau noir mental, jusqu'à atteindre sa zone relaxante.

— On se voit plus tard, murmura Adam. Tout va bien.

L'estomac de Parker se comprima alors qu'il se souvenait avoir dit la même chose à Abby. Il lui avait menti.

— Parker ?

— Je vais bien. Je… réfléchis, c'est tout. Il faut que je m'arrête un moment.

Les lèvres d'Adam effleurèrent son crâne, puis son petit ami disparut. Les yeux toujours fermés, Parker médita et inspira par le nez avant de souffler doucement. Il devait faire cesser ce cycle vicieux. Il réfléchissait bien trop et pas assez, à la fois.

L'air était enrichi par l'odeur de terre et celle de l'eau de mer. Il tenta de se concentrer sur les odeurs…

Connie avait dit qu'ils discuteraient, mais elle viendrait le trouver quand elle le souhaiterait, n'est-ce pas ? Il était de service dans la cuisine après le petit déjeuner. On lui demanderait probablement de laver la vaisselle ou peut-être d'éplucher les pommes de terre, comme il ne savait pas du tout cuisiner…

Non. Arrête.

Reconcentrant son cerveau sur le tableau noir, il dessina une autre boîte. La craie s'effrita légèrement sur le tableau…

— Parker ?

Il sursauta en entendant la voix de Lilly et ouvrit les yeux avant de bondir. Elle se tenait en lisière du bois et portait toujours son pyjama à pois avec son bonnet de nuit en satin. Ses pieds nus s'enfonçaient dans le sable.

— Tu ne l'as pas vu ? demanda-t-elle d'une petite voix.

— Qui ? Ton papa ? Tu as fait un cauchemar, ma puce ?

Elle plissa les yeux tout en soupirant.

— *Non.* Je ne suis pas un bébé. Et papa dort encore.

— Alors qui…

Son estomac plongea dans ses talons.

— Quels ennuis s'est attirés Jacob, cette fois-ci ? demanda-t-il alors que la culpabilité s'insinuait en lui.

— Il s'est enfui.

Elle se mordit la lèvre et sortit un morceau de papier de sa poche avant de le tendre à Parker. La main de ce dernier trembla quand il s'en saisit.

Lil, s'il te plaît, ne sois pas en colère. Je suis vraiment, vraiment désolé d'avoir loupé ta fête et je suis désolé de ne pas t'avoir dit au revoir. Il est temps pour moi d'agir comme un homme. J'ai besoin de voir ce qu'il y a au-delà. Porte ça pour moi jusqu'à ce qu'on se revoie.

Je t'aime,
Jacob

Le cœur de Parker tambourina mollement alors que Lilly sortait solennellement de sa poche la colombe en argent sur une chaîne délicate.

Merde. Merde, merde, merde !

Voir l'expression qu'il avait employée écrite dans les gribouillis compacts de Jacob lui donna la nausée. *Agir comme un homme.*

Tout allait bien. Parker pouvait revenir en arrière. Cette situation restait à sa portée.

— Très bien. Nous sommes sur une île, donc ses options sont limitées.

— *Diana* est partie.

— Qui ?

À la seconde où il posa sa question, Parker se rendit compte, submergé par une puissante vague de terreur, que ce n'était pas *qui*, mais *quoi*, et que Sean était un putain de menteur.

Chapitre 7

— ILS SONT partis ? demanda Parker en surgissant dans le bureau de Connie. Sean et sa meute ? Tu les as laissés partir ?

— Parker !

Le visage d'Adam rougit alors qu'il sautait de sa chaise et entravait le chemin de son petit ami.

Qu'est-ce qui avait changé en vingt minutes ? Parker était calme, sur la plage, mais désormais, Adam entendait son cœur battre comme une batterie. L'odeur de sa fureur et… *oui*, celle de sa peur saisirent Adam.

Le regard de Parker se posa frénétiquement sur les occupants de la petite pièce, un groupe de huit loups-garous comprenant Adam, Connie, Theresa et Barry, l'ingénieur en énergie solaire, ainsi que sa femme Amanda.

La mâchoire de Parker se crispa.

— Seuls les loups ont le droit d'être là, hein ? Pas d'*ordz* ?

— Arrête, lui intima son petit ami.

Il se retourna vers Connie, qui était toujours assise derrière son bureau, une expression indéchiffrable se lisant sur son visage.

— Je suis désolé.

— Ne t'excuse pas à ma place !

Parker libéra son bras et Adam le laissa faire.

Il grinça des dents quand ses crocs transpercèrent ses gencives.

— Sean et sa meute sont partis. Je pensais que c'était ton souhait ! s'exclama-t-il en levant les mains et en les laissant retomber le long de ses flancs. Je ne sais pas quoi faire. Tu laisses ton anxiété te contrôler !

Il regretta ses paroles dès que ses mots lui échappèrent.

Parker sursauta, comme si Adam l'avait déjà frappé auparavant. Avant que ce dernier ne tente d'arranger les choses, son homme hurla :

— Je ne voulais pas que Sean emmène Jacob !

Un lourd silence pesant s'abattit. Alors qu'Adam tentait de comprendre le sens de ses mots, Connie se leva derrière son bureau.

— Que veux-tu dire ? s'enquit-elle d'une voix douce.

— C'est assez explicite, répliqua Parker.

Son visage se froissa et, lors d'un instant déchirant, Adam crut que son petit ami allait fondre en larmes. Il tendit la main vers lui, mais Parker lui échappa.

— Je n'aurais pas dû le confronter à propos de ce qu'il se passe entre Sean et lui, dit-il d'une voix rauque.

Theresa était plantée là, immobilisée par le choc, et elle dévisageait Parker.

— Les accusations que tu as formulées à l'encontre de Sean hier soir n'étaient pas fondées, dit-elle d'une voix basse et pressée.

Elle regarda sa mère.

— Tu as dit que l'imagination de Parker prenait le dessus, lui lança-t-elle.

— C'était le cas. C'est le cas, déclara Connie avec confiance, même si, pour la première fois depuis qu'Adam l'avait rencontrée, il remarquait un éclat de doute dans son regard.

De la bile lui remonta dans la gorge.

— Trouvez Jacob, et tout de suite, ordonna-t-elle. J'allais discuter avec lui ce matin, mais…

— C'est trop tard, insista Parker. Il a laissé un mot à Lilly.

— Il veut probablement juste se défouler, dit Theresa. Je demanderai à Devon…

— Il a laissé le collier de sa mère, ajouta Parker.

Adam prit une brusque inspiration. Avant qu'il puisse répondre, des pas arrivèrent à toute vitesse dans le bureau de Connie. Craig apparut dans l'embrasure de la porte, haletant et couvert de sueur. Il tenait un morceau de papier, presque totalement froissé dans sa main, et il criait quelque chose en lien avec Jacob.

Adam se décala vers son petit ami, mais celui-ci croisa fermement les bras en secouant la tête. Parker avait beau avoir envie que son homme le prenne dans ses bras, l'embrasse, le serre contre lui et lui dise qu'il était désolé et qu'il s'était trompé, il ne bougea pas.

Connie envoya deux des loups-garous qui s'étaient entassés dans son bureau pour la réunion à la recherche de Jacob, et un autre devait contacter immédiatement le *Diana* par radio.

— Pourquoi nous as-tu fait venir ici, ce matin ? demanda Adam à Connie.

Toujours derrière son bureau, elle saisit sa tasse décorée des mots « Meilleure Mamie du monde ».

— Je voulais discuter d'une expédition avec un petit groupe de confiance avant d'en parler à tout le monde.

Malgré tout le reste, le cœur d'Adam bondit dans sa poitrine. Il avait suffisamment prouvé qu'il était digne de confiance pour être inclus ? Beaucoup d'autres loups-garous se trouvaient sur l'île et pourtant, c'était à *lui* qu'on avait accordé ce privilège ? Où était Damian ?

Connie tenait la tasse, mais elle ne but rien. Elle finit par la reposer. La chaude euphorie d'Adam se dissipa. Il ne l'avait jamais vue si hésitante.

— Le but est d'établir une communauté jumelée sur le continent, expliqua-t-elle enfin. Cette île est limitée. Elle ne peut pas nourrir un nombre infini d'habitants. Bien qu'il n'y ait pas de source d'inquiétude pour l'instant, nous devons planifier l'avenir.

— Tu penses que nous serons à court de nourriture ?

Parker avait pâli et une part de son énergie colérique et nerveuse s'échappa visiblement de son corps. Adam mourait d'envie de le toucher.

— Il n'y a pas de source d'inquiétude, pour l'instant, répéta Connie. Nous agissons de façon préventive. Theresa et moi avons discuté d'idées, pour l'avenir. Quand Sean et sa meute sont arrivés, j'ai décidé que c'était l'opportunité d'explorer nos possibilités sans mettre en danger trop de nos membres.

— Tu lui fais confiance ? demanda Barry.

Cet homme blanc était plus âgé et ses cheveux étaient étonnamment de couleur neige, bien qu'il soit encore mince et en bonne santé.

— Oui, confia Connie avant que son regard dérive vers Parker. Si Jacob a réellement quitté l'île avec eux, je suis sûre qu'il existe une explication raisonnable.

— Il vaudrait mieux, rétorqua Craig. S'il fait du mal à mon garçon…

Connie leva une main.

— Je comprends. Nous sommes tous sur la même longueur d'onde. Je crois sincèrement qu'il y a eu un certain quiproquo.

— Tu lui fais sérieusement confiance ? s'enquit Parker. Tu le connais seulement depuis… quoi ? Un mois ? Est-ce que les alphas se serrent les coudes, ou quelque chose du genre ?

Connie s'esclaffa.

— Historiquement, les alphas n'ont jamais été réputés pour « se serrer les coudes ». Mais Sean et moi sommes complètement d'accord sur le fait de travailler ensemble pour notre bien à tous.

— Et quant au reste de sa meute en Angleterre ? intervint Amanda, qui jouait avec un fil de la manche de sa robe colorée par une teinture au nœud.

— Il a effectué un rite de séparation, répondit Connie.

Barry et Amanda échangèrent un regard empli de sens, tandis que Parker et Craig se tournaient vers Adam. Il observa Connie, qui hocha la tête, avant de dire :

— Le terme est explicite. Quand un alpha quitte sa meute, une cérémonie est organisée afin de briser leur connexion et de mettre fin à sa responsabilité, expliqua-t-il avant de se tourner une nouvelle fois vers Connie. Tu m'as dit que c'était rare ?

— Très.

Au cours de ces dernières années, Connie avait comblé les lacunes d'Adam en termes de connaissance. La hiérarchie des loups-garous et la structure d'une meute n'étaient pas compliquées et pouvaient varier, mais elle lui avait raconté tout ce qu'elle savait. Ce qui était, bien sûr, bien plus que le néant transmis par ses parents.

— Pourquoi ferait-il une telle chose ? s'interrogea Craig.

— Il a ses raisons, expliqua Connie. Gemma et les autres loups-garous qui sont venus avec lui ont choisi de prendre un nouveau départ.

— Peut-être qu'il s'est fait jeter parce que… marmonna Parker.

— Ça suffit, l'interrompit Connie sans élever la voix et en le regardant calmement.

Elle ne le fusillait pas du regard et ne le menaçait pas non plus.

Pourtant, toutes les personnes présentes dans la pièce se figèrent. Adam se rapprocha de son petit ami, la peau nue de leurs bras s'effleurant. Parker ne s'éloigna pas, cette fois-ci.

— Très bien, mes chers, reprit Connie. Vous avez des questions, ce qui est légitime. Voici un résumé : vous savez que mon père avait plus d'argent que n'importe qui devrait en posséder. Il a acheté cette île pour qu'elle devienne notre sanctuaire. Notre refuge où nous pouvions être des loups sans crainte. L'intimité lui tenait à cœur.

Theresa ricana.

— Maman, c'est l'euphémisme du siècle.

— Effectivement.

Connie sourit à nouveau, comme si elle était perdue dans un

souvenir. Adam attendit, subjugué. Il pouvait l'écouter parler pendant des heures. À ses côtés, Parker gigota et il aurait donc aimé l'apaiser et adoucir cette tension.

— Comme Theresa et quelques autres le savent, la conséquence de tout ça est que papa avait un terrain protégé sur le continent, au sud d'Orlando. Il a fait fortune dans le plastique, mais il adorait la terre. Il a financé l'agriculture locale et possédait son propre terrain sur lequel il travaillait, quand il a pris sa retraite.

Adam s'autorisa à se sentir blessé, quelques instants, à l'idée qu'on ne lui ait pas fait suffisamment confiance pour lui partager cette information par le passé.

— Ce ne sont pas les Everglades, là-bas ? s'enquit Craig, qui tenait toujours le petit mot de Jacob, bien qu'il l'ait prudemment plié.

— Les Everglades sont plus au sud, répondit Connie. Le sol est incroyablement fertile, sur les rives du lac Heewoolee, là où papa a bâti le terrain. La principale culture, dans cette zone, était la canne à sucre, mais mon père faisait pousser des courges, des tomates, des haricots, des poivrons, des pommes de terre, ce genre de choses. Le lac est rempli de mariganes blanches et d'achigans à grande bouche.

— N'avons-nous pas assez de poissons, ici ? demanda Amanda.

— Nous en avons beaucoup, bien évidemment. Mais pour ceux qui resteraient dans l'enceinte, il y aurait une source locale. L'idée est de créer du stock pour le long terme. Nous ignorons ce que l'avenir nous réserve. Nous ne savons pas combien de nouveaux membres rejoindront la communauté, ici.

— Tout le monde n'est pas plus ou moins mort, maintenant ? ironisa Parker. Et on peut arrêter d'accepter les nouveaux venus. Arrête de diffuser ton message. Ferme les portes.

Il agita fébrilement une main en concluant.

— Tu vois ce que je veux dire.

— Nous avons encore beaucoup de place, répondit calmement Connie. Nous ne sommes pas surpeuplés. Toutefois, un ouragan pourrait détruire cette île la semaine prochaine. Il pourrait polluer notre système de filtration de l'eau des nappes phréatiques avec de l'eau salée. Nous avons eu de la chance, avec cette météo, mais nous ne pouvons pas prédire l'avenir. Établir une base sur le continent est logique.

— Pourquoi n'en as-tu pas discuté avec nous tous, auparavant ? demanda Adam.

Avait-il paru plaintif ? Il s'éclaircit la voix.

— Pourquoi attendre pour établir un deuxième camp ?

Connie le gratifia d'un sourire rassurant et Adam put respirer plus facilement.

— J'ai gardé ça pour moi, parce qu'il est bien plus sûr pour nous tous de vivre sur l'île. Nous avons bien plus de contrôle. Nous pouvons éviter l'infection non seulement par ce virus monstrueux, mais aussi par d'autres maladies. Je pensais qu'il était prudent d'être patiente. Je voulais attendre de voir comment notre nouveau monde se développerait. Nous avons eu bien assez de nourriture et de médicaments, et c'est encore le cas aujourd'hui. Mais avec l'arrivée de la meute de Sean, j'ai eu l'impression que c'était une occasion qui se présentait au bon moment.

— Connais-tu le statut de l'enceinte de ton père, à présent ? demanda Adam. Et si elle est envahie ?

— J'ignore son statut. Nous y avons envoyé périodiquement des messages, sans aucune réponse. Bien sûr, cela pourrait seulement être à cause des signaux détraqués, bien que l'enceinte protégée possède une installation radio bien plus sophistiquée qu'ici. Mais si les monstres sont entrés, nous pouvons dégager la zone, si nécessaire.

Adam eut un flash-back du motel, dans le désert, avec les monstres qui fourmillaient, leurs dents qui déchiraient la chair, le moment où il avait dit adieu à Parker. Aveuglément, il tendit la main vers celle de son petit ami. Un doux soulagement le traversa quand Parker entrelaça leurs doigts.

— Sommes-nous certains que les loups-garous sont immunisés contre le virus ? fut obligé de demander Adam.

— Aussi certains que possible, répondit Connie. Empiriquement, grâce à notre expérience et à celle des nouveaux venus dans notre meute ces dernières années – ainsi que les rapports de la meute de Sean – nous avons toutes les raisons de croire que c'est vrai. La meilleure ligne de conduite est toujours l'évitement. Nous avons des avantages significatifs sur les humains et sur les personnes infectées, à plusieurs égards.

— Nous devrions également envisager d'aller au nord, ajouta Amanda. Qu'arrive-t-il aux personnes infectées lors d'un hiver où les températures descendent au-dessous de zéro ?

Connie acquiesça.

— Nous avons entendu des rumeurs dire que le froid les affecte, mais qu'ils sont remarquablement résilients. La contrepartie, ce serait la durabilité. Comment nourrissons-nous notre peuple lors d'un hiver long ? Avons-nous les capacités nécessaires ? Cela peut certainement se faire, mais nous sommes loin de la neige. Si nous devions déménager toute notre communauté, comment voyagerions-nous ?

— Hmm, songea Barry en caressant la barbe sur son menton. Il faut examiner une logistique complexe. Il vaut mieux commencer par une zone proche de chez nous.

Connie acquiesça une fois encore.

— Comme je l'ai dit, ce n'est qu'une expédition exploratrice. Nous n'en sommes qu'aux prémices.

— Comment iront-ils là-bas ? demanda Parker. Jusqu'à ce lac ? Nous ignorons dans quel état se trouvent les routes et ils n'ont pas de véhicule, de toute façon. Quel est le plan, en termes de transport ?

— Les chevaux sont le plan sur le long terme, dit Connie. Ils sont rapides, il est possible de les dresser et ils mangent de l'herbe. Nous devrions en avoir bien assez. Et pour répondre à ton autre question, un fleuve passe du lac à l'océan.

Elle leva une main quand Parker ouvrit la bouche.

— Oui, je sais, le courant les portera vers la mer. Ils se serviront du moteur de leur bateau pour avancer jusqu'à l'enceinte. Nous avons stocké notre gazole pour les expéditions importantes, telles que celle-ci.

Frappant doucement à la porte, Kenny se glissa dans le bureau.

— On m'a informé qu'il y avait possiblement un problème avec le *Diana* ? J'ai tenté de contacter le navire sur la radio, sans succès.

— Vous voyez ? dit Parker en tenant toujours la main de son petit ami, mais en gigotant d'un pied sur l'autre à cause de l'énergie nerveuse qui le traversait. Si Sean ne cachait rien, pourquoi ne répondrait-il pas ?

Kenny fronça les sourcils.

— Ce n'est pas inhabituel. Les signaux de la radio ne sont pas fiables, dernièrement. Je suis sûr que ce n'est pas sa faute.

— Et pourquoi s'est-il enfui au milieu de la nuit ? s'enquit Parker.

— Ils ont toujours prévu de partir aujourd'hui, lui expliqua Theresa. Après ton emportement, nous avons décidé qu'il valait mieux pour tout le monde qu'ils prennent le large sans faire de vagues. Malheureusement pour Damian et Bethany, qui n'ont donc pas eu l'occasion de dire au revoir à leurs amis.

Adam caressa les articulations de Parker avec son pouce. S'il avait été quelqu'un d'autre, la poigne de son petit ami aurait pu lui briser la main.

— Ce sont tes représentants à bord ? demanda Adam.

— Oui, répondit Connie. Nous n'aurons pas de nouvelles d'eux avant un moment. Encore une fois, c'est une exploration.

— C'est super, tout ça, mais on peut en revenir à mon fils ?

demanda Craig. S'il est sur ce navire, je veux qu'il revienne *immédiatement.*

— C'est compris.

Connie contourna son bureau pour prendre les mains de Craig. Il glissa d'abord le petit mot dans sa poche.

— Si Jacob est parti, nous le retrouverons dans les plus brefs délais.

— Je le trouverai, dit Adam. Je partirai aujourd'hui.

— *Nous* le trouverons, le corrigea Parker en serrant une main d'acier autour de la sienne.

Son petit ami ne put dissimuler sa surprise.

— Tu ne peux pas te rendre sur le continent.

Le regard de Parker s'enflamma. S'il avait été un loup, son regard aurait été totalement doré et ses crocs seraient sortis.

— Et pourquoi pas, bordel ? Je l'ai déjà fait.

— Oui, mais…

La peau d'Adam le picota quand il prit conscience que nombre de paires d'yeux étaient rivées sur eux. *Mais ton stress post-traumatique change la donne.*

— Ce n'est pas sécurisé. Parlons-en en privé. Nous ne sommes même pas certains que Jacob soit réellement parti.

Parker tira sur sa main pour la libérer.

— Il a laissé le collier d'Abby. Ils ne le trouveront pas planqué sur l'île.

— Je viens aussi, ajouta Craig. Jacob est sous ma responsabilité.

Il déglutit difficilement et sa voix se brisa.

— Je dois le ramener à la maison.

Parker secoua la tête.

— Tu dois rester avec Lilly. C'est ma faute. J'y vais.

Craig hocha la tête à contrecœur.

— Allons en discuter, dit Adam avant de se tourner vers Connie. Excuse-nous.

— Nous vous tiendrons au courant quand nous en saurons plus, annonça-t-elle en tendant la main pour lui serrer chaudement l'épaule.

Elle avança ensuite vers Parker, mais il partait déjà en direction de leur chalet.

Adam le suivit, le laissant prendre la tête. Lorsqu'ils atteignirent le sanctuaire qu'était leur propre maison, il ferma la porte derrière eux. Parker faisait les cent pas devant le canapé bleu et flasque, le sol ancien craquant sous ses pas rapides. Adam attendit le déluge de paroles.

— Je suis désolé, dit finalement Parker d'une voix rocailleuse tout en continuant de faire les cent pas.

— Moi aussi, je suis désolé.

— Non, tu ne comprends pas. C'est ma faute. Je lui ai crié dessus. Je lui ai dit de se comporter comme un homme. Mais qu'est-ce que ça veut dire, d'abord ? Ce ne sont que des conneries. J'étais en colère à cause de la fête de Lilly, et inquiet que Sean profite de lui. Je voulais seulement qu'il soit en sécurité. J'ai fait une promesse à Abby et maintenant, j'ai tout gâché.

Des larmes se déversèrent subitement des beaux yeux de Parker et Adam l'étreignit. Il aurait aimé pouvoir lui prendre chaque soupçon de sa douleur pour l'encaisser lui-même. Parker secoua la tête, ses cheveux taquinant le nez d'Adam.

— Je ne mérite pas ça. C'est ma faute.

— Chhhut. Tu le mérites.

— Mais non !

Il poussa le torse d'Adam et celui-ci le relâcha donc.

— J'étais tellement furieux et inquiet. Et voilà qu'il se retrouve seul, dans la nature.

— Damian et Bethany sont aussi à bord.

Ce ne serait qu'un bien maigre réconfort.

— Tu m'excuseras si ça ne me rend pas particulièrement confiant.

Parker passa une main dans ses cheveux, qui avaient formé des piques irréguliers en séchant.

— Je vais le ramener. Et avant que tu me balances tout ton baratin sur le fait que ce n'est pas sûr pour un humain, je suis d'accord. Ce n'est pas sûr. Mais je vais perdre la tête si je reste ici à attendre que tu reviennes. Je t'accompagne.

— C'est trop risqué. Après ce qu'il nous a fallu pour arriver ici, tu…

Il tenta de trouver les mots appropriés.

Parker rit maussadement.

— … as perdu les pédales ? Fais-moi confiance, je le sais. Je ne veux plus jamais de ma vie quitter cette île même si ça signifie que je dois finir par mourir de faim. Je n'arrive même pas à m'imaginer ce que doit être la vie sur le continent, en ce moment. Et c'est exactement la raison pour laquelle je dois y aller.

Adam en avait le vertige.

— *Non.* C'est la raison pour laquelle tu dois rester ici.

Parker prit une inspiration tremblante et déglutit difficilement.

— Je dois affronter ça. J'ai tellement peur, Adam. Je déteste ça. Jacob est parti parce que je l'ai poussé à le faire. C'est un gamin et je me suis comporté comme un crétin. Je ne peux pas me cacher sous les couvertures et te laisser tout arranger.

— Tu peux le faire. Tu *vas* le faire. J'y vais tout seul.

La mâchoire de Parker se crispa.

— Ah oui ? Cool, cool. Tu vas faire voguer le *Bella* tout seul ? Comment vas-tu réussir à franchir le Gulf Stream ?

— Euh…

Il avait vu Parker le faire… et ça n'avait pas été facile. Il avait peut-être appris quelques petites choses sur la navigation lors de leur voyage le long de la côte près de Cape Code, mais trois ans s'étaient tout de même écoulés. Il était impossible qu'il puisse être le seul capitaine aux commandes d'un navire.

— Je prendrai un bateau à moteur.

— Tu sais que nous conservons le gazole pour les besoins impérieux et les urgences. La réserve n'est pas infinie. Nous travaillons toujours sur la conversion des moteurs de bateau en batteries solaires. Et le *Bella* en a une.

Ils avaient découvert tardivement le mécanisme de batterie solaire caché dans un faux lambris de la coquerie. Il avait été ajouté comme système de soutien potentiel et n'avait jamais dû être utilisé quand l'essence coulait à foison.

— Je vais y aller avec un autre loup-garou qui sait naviguer. Richard. Ou… Dawn ! Elle sait naviguer.

— Je *viens*.

La colère momentanée sembla s'évanouir et de nouvelles larmes brillèrent dans les yeux de Parker.

Adam eut envie de le soulever, de l'emmener jusqu'à leur lit et de l'embrasser jusqu'à ce que le cœur de son petit ami ralentisse afin qu'il respire sans ces petits sanglots aigus qui entaillaient son âme de loup-garou.

— Parker, je ne veux pas que tu sois blessé.

— Je dois réparer mes erreurs. J'ai promis à Abby…

Il inspira péniblement.

— Je ne peux pas la trahir. Je dois affronter ça. Je ne peux pas me cacher indéfiniment.

— Te cacher de l'apocalypse zombie, c'est un plan raisonnable et logique.

Parker essuya ses yeux rouges.

— Oui, d'accord. Mais je dois affronter la réalité. Tu l'as dit toi-même, je laisse mon anxiété me contrôler.

Adam frissonna sous l'effet de la honte et du regret.

— Je n'aurais jamais dû dire ça. Tu es traumatisé. Ce n'est pas ta faute. Tu as un syndrome de stress post-traumatique. Évidemment que tu es anxieux. Je suis vraiment désolé.

Ses yeux le brûlèrent et sa gorge se serra à cause de toutes ses émotions.

— S'il te plaît, pardonne-moi.

Parker prit instantanément les mains de son petit ami entre les siennes et entrelaça leurs doigts, guidé par son cœur généreux. Adam l'aimait tellement qu'il avait du mal à respirer.

— Je te pardonne, je te pardonne, je te pardonne, dit-il alors que ses mots lui échappaient rapidement. Oui, je suis traumatisé. Tout comme toi. Comme *tout le monde*. Je ne suis pas spécial.

— Bien sûr que si, tu l'es !

Un sourire fantomatique souleva momentanément les lèvres de Parker.

— Merci, chéri. Mais tu vois ce que je veux dire. Je dois passer outre. Je dois…

Ses doigts le démangèrent et sa paume devint moite.

Adam continua de s'agripper à lui.

— Te comporter comme un homme ?

Parker grimaça.

— Oui.

— Tu viens tout juste de dire que ça n'était que des conneries. Et c'est vrai. Ce n'est pas comme ça que fonctionnent les traumatismes. Et ça n'a pas d'importance, si nous avons tous traversé l'enfer. Ça n'atténue pas l'effet que la situation a sur toi.

— Oui, d'accord. Mais pourquoi suis-je cinglé alors que toi, tu peux… passer à autre chose ?

— Les années d'expérience ? plaisanta Adam. Et tu n'es pas cinglé.

Il serra doucement les mains de Parker.

Ce dernier inspira profondément et souffla par la bouche.

— Si je continue de mettre la tête dans le sable, je vais craquer un jour et brandir une arme vers quelqu'un. J'ai besoin de me prouver que je peux affronter ma peur. L'idée de quitter l'île me rend malade. Ce qu'il reste, ailleurs qu'ici, me terrifie. Et je dois faire avec. Si je reste et que j'attends que tu reviennes avec Jacob, je vais faire une crise de nerfs.

Adam reconnaissait la vérité dans les paroles de son homme. Il comprenait ce besoin profond de se lever et de se battre, plutôt que d'attendre et de se cacher, même s'il mourait d'envie de garder Parker en sécurité, heureux et en paix pour toujours.

— Je ne serais pas là sans toi, dit Adam. Tu es courageux, intelligent et bien plus fort que tu ne l'imagines. Tu n'as pas besoin de prouver quoi que ce soit à qui que ce soit.

— Sauf à moi-même. Je t'aime, mais je viens, dit Parker avec un sourire torsadé. Mon gros méchant loup me protégera, n'est-ce pas ?

Adam fut obligé de l'embrasser. Parker gémit – *sanglota* – dans sa bouche alors qu'ils s'embrassaient passionnément jusqu'à devoir reprendre leur souffle.

— Toujours, chuchota Adam en déposant des baisers sur les joues rougies de Parker et en goûtant ses larmes salées. Toujours.

Chapitre 8

— TOUT VA bien, en bas ? demanda Parker depuis le pont de la *Bella Luna*.

Alors qu'ils passaient une petite vague à la lumière de la lune, un bruit sourd avait résonné au pont inférieur.

— Ouaip ! répondit Adam. La lampe-torche est tombée. Mariah va bien.

Ils avaient lutté pour faire passer la moto sur le pont inférieur et l'avaient calée dans la seconde cabine où elle resterait lors de leur voyage vers le sud. Quelques loups-garous passant du temps sur la jetée avaient proposé leur aide, mais Parker avait opiniâtrement refusé, même s'il devait bien admettre qu'Adam était presque le seul à soulever l'engin.

Celui-ci ne s'en était pas plaint, parce qu'il était le meilleur petit ami du monde. Ils ne pourraient peut-être pas se servir de Mariah, en fonction des conditions sur la route et tout le toutim – les monstres, par exemple –, mais ils voulaient l'avoir à portée de mains, au cas où.

Même s'ils étaient censés tout partager sur l'île, *Bella* était l'espace de Parker et d'Adam. Bien sûr, Craig, Jacob et Lilly l'avaient partagé avec eux après le départ d'Abby, mais c'était différent. Une fois qu'ils étaient arrivés sur l'île, Parker et Adam étaient souvent partis voguer pour s'échapper, même s'ils n'allaient jamais bien loin.

C'était sur le point de changer.

Alors qu'il se tenait à la barre, Parker but une gorgée de sa bouteille d'eau et manqua de perdre le bouchon par-dessus bord à cause de ses doigts tremblants. Son petit ami plongea sur le morceau de plastique noir et l'attrapa juste avant qu'il disparaisse dans les profondeurs.

— Merci.

Parker réussit à visser le bouchon. Le ciel s'était éclairci et ils avaient eu d'assez bons vents en naviguant sur la barrière de corail au soleil couchant. Lorsqu'il jeta un coup d'œil derrière lui, les lumières de l'île du Salut avaient disparu.

Voguant, ils retombèrent aisément dans leur ancienne routine, avec Parker à la barre et Adam suivant ses instructions quand c'était nécessaire. Parker attacha son gilet et ferma les yeux quelques instants, inspirant l'air frais marin et sentant le pont lisse et frais sous ses pieds nus.

Lorsque la musique s'éleva depuis le pont inférieur grâce à la radio, le cœur de Parker enfla. Ils regardaient des films sur l'île et la musique n'était pas rare. Toutefois, Adam et lui ne mettaient pas souvent de CD.

— Ça te convient ? lui cria Adam.

— Oui. Qu'est-ce que c'est ?

Parker ne reconnaissait pas cette chanson comme faisant partie de la collection qu'ils avaient trouvée sur la *Bella* lorsqu'ils l'avaient découverte.

— De vieux trucs. Dolly Parton et Kenny Rogers, répondit Adam en se joignant à lui. Cette chanson s'appelle *Islands in the Stream*. Je cataloguais la collection de Yolanda et je me suis souvenu de cette chanson. Elle m'a fait penser à toi.

Parker regarda les vagues et écouta les paroles. Il sourit.

— C'est vrai qu'il y a un truc entre nous.

Un bras autour des épaules de Parker, Adam chanta les paroles d'une voix douce, évoquant le fait de voguer ensemble, de se reposer l'un sur l'autre et de ne laisser personne se placer entre eux.

— C'est parfait, dit Parker en tapant le gouvernail.

— Mes parents adoraient Dolly. Avant, je chantais les paroles depuis la banquette arrière.

L'espace d'un instant, Parker se retrouva dans la voiture, en route vers l'école, avec sa mère et Eric, et il ne voyait que l'arrière de leur crâne alors qu'ils avaient une conversation ennuyante d'adultes, et que la radio jouait le top quarante sans arrêt.

— Est-ce qu'on peut l'écouter à nouveau ? demanda Parker à la fin de la chanson. Je veux apprendre les paroles.

Ils l'écoutèrent encore trois fois avant d'éteindre la radio. Il ne resta alors que le bruit de l'eau claquant sur la coque et le souffle du vent léger dans les voiles.

— On devrait probablement rester discrets, au cas où, dit Adam.

— Oui. Mais c'était marrant.

La chanson se répéta dans sa tête.

— Dolly était plus ou moins une prophétesse. Mettre les voiles vers un autre monde. Bon sang, comme je m'identifie.

— Hmm. Un autre monde, répondit Adam d'une petite voix.

Jetant un coup d'œil vers l'horizon, il s'appuya contre la rambarde, les pieds nus. Il ne portait toujours que son jean et son T-shirt, même si la soirée était assez fraîche.

— Et maintenant, nous allons voir ce qu'il advient de l'ancien.

Mon Dieu, Parker voulait repartir. Guider *Bella* vers la maison et ne plus jamais se risquer à partir vers l'inconnu. Toutefois, il devait l'affronter. Oui, c'était une connerie, mais il devait tout de même agir comme un homme.

Pourquoi ai-je dit ça à Jacob ?

Il grimaça. Il souhaitait inutilement pouvoir retirer ce qu'il avait dit. Son ancienne amie, Jessica, aurait parlé de « masculinité toxique ».

Parker se rendit compte, avec une douleur sourde, qu'il n'avait pas pensé à Jess depuis très, très longtemps. Avait-elle survécu à New York ? Il se souvint de son enthousiasme, quand elle avait reçu sa lettre d'admission de NYU. Il avait l'impression que tant de temps s'était écoulé que le visage de la jeune femme devenait étrangement flou dans son esprit.

Il essuya les fines gouttelettes d'eau salée sur sa joue, soulagé d'être apparemment à court de larmes pour l'instant. La barre en métal était froide sous ses mains. Il s'y agrippa et étira ses orteils sur le pont poli.

Je peux le faire. Je vais le faire.

— Les vents ont l'air favorables pour la traversée ? demanda Adam.

— Jusqu'ici, oui. On ne peut pas attendre, donc je trouverai une solution. On utilisera le moteur si nécessaire, mais je préférerais vraiment que l'on conserve notre batterie pour un moment où on en aura vraiment besoin.

Par exemple, pour essayer de semer des trouducs quelconques qui finiraient bien par les pourchasser, tôt ou tard.

Ils avaient également rempli le réservoir d'essence, par précaution. Néanmoins, si les conditions dans le Gulf Stream n'étaient pas favorables, même le franchir avec un moteur présentait un risque immense. Si le vent soufflait dans la mauvaise direction, la houle pouvait subitement devenir gigantesque.

— Si on se noie, ça n'aidera pas Jacob, déclara Adam d'une petite voix.

— On ne se noiera pas. Je gère.

— Je sais que tu gères, mais tu ne peux pas contrôler la météo.

Parker serra la barre alors qu'ils s'inclinaient au-dessus d'une vague.

— Mec, j'ai dit que je gérais.

— D'accord. Tu devrais dormir un peu. Je peux nous garder sur le droit chemin quelques heures, jusqu'au lever du soleil.

— *Dormir* ? Bien sûr. Mon anxiété est un peu trop déchaînée pour ça, comme tu l'as mentionné plus tôt, devant tout le monde.

Il n'avait pas eu l'intention de balancer cette critique si vivement. Il grimaça.

— Je suis désolé, lui dit Adam d'une voix calme, sereine et… honnête.

— Tu es obligé d'être si parfait ? rétorqua Parker en se renfrognant et en détendant sa poigne autour de la barre.

Arrivant derrière lui, son petit ami passa les bras autour de sa taille et l'embrassa dans la nuque.

— Tu sais mieux que quiconque que je ne suis pas parfait.

— Tu te rapproches pas mal de la perfection, mon pote. Bref, tu devrais dormir, toi.

— Je suis trop nerveux.

Parker fut obligé de rire.

— Tu as une drôle de façon de le montrer, monsieur le loup-garou zen. Tu sais, je pourrais t'aider. Avec ta nervosité, je veux dire, précisa-t-il en jetant un coup d'œil par-dessus son épaule. Nous sommes sur le bateau, après tout.

Les yeux d'Adam scintillèrent d'une lueur dorée dans l'obscurité.

— Ce n'est pas vraiment le moment.

— Nous vivons une apocalypse zombie. Carpe Diem.

Malgré l'intérêt manifeste d'Adam, Parker faiblit.

— À moins que tu n'en aies pas envie, ces temps-ci ? Si tu penses que je ne peux pas…

Voilà peut-être un autre domaine dans lequel il échouait ces temps-ci.

— Oh, je suis à fond, dit Adam en scrutant le corps de Parker.

Ce dernier étira les doigts de sa main droite avant de serrer le poing, le désir montant rapidement. Il en avait tout autant besoin qu'Adam.

— Ah oui ? Je sais que la plupart du temps, ça ne te dérange pas de te contenter de me baiser.

Adam fronça les sourcils.

— Ça ne veut pas dire que je n'ai pas envie de *ça*, parfois.

Il déglutit bruyamment.

— Je vais rabattre la voile.

Adam jeta un coup d'œil autour de lui.

— Tu es sûr que c'est bon ?

— Nous n'avons plus besoin de nous inquiéter des voies de navigation commerciale. Scanne l'horizon avec ta vision de loup.

Prenant les jumelles, Adam s'exécuta et se déplaça pour voir dans toutes les directions.

— R. A. S.

Parker releva le menton.

— Prépare-toi.

Se léchant les lèvres, Adam disparut à l'étage inférieur, sans doute pour se rendre dans la cabine principale. Parker savait qu'il pouvait se montrer autoritaire, mais son petit ami ne le contredisait jamais dans ce cas-là. Parker ne le fistait jamais sur l'île. Adam avait refusé. Il était prêt à le faire uniquement lorsqu'ils étaient seuls, au milieu des vagues, à des kilomètres de la civilisation.

Ce n'était pas à cause d'un excès de bruit. Le loup-garou savait bien mieux se contrôler que Parker. De plus, Theresa aurait certainement été heureuse de leur créer un autre bâillon s'ils le lui demandaient. Parker lui avait un jour demandé si c'était parce qu'il avait honte, mais Adam l'avait férocement nié.

Son petit ami n'avait pas insisté, mais désormais, celui-ci se rendit soudainement compte qu'Adam faisait peut-être ça uniquement pour *l'*aider, *lui*, à se sentir mieux. Pour lui donner l'impression qu'il avait le contrôle.

Lorsqu'Adam émergea enfin de la cabine, totalement nu et préparé, Parker posa ses cartes.

— Pourquoi le faire uniquement ici ? demanda-t-il.

Il partit dans la cabine et se déshabilla, jetant ses vêtements dans un coin alors qu'il attendait une réponse.

Adam sembla y réfléchir, sans avoir besoin de demander ce qu'il voulait dire. Dans le silence, l'eau lécha la coque.

— On est en sécurité, ici, répondit-il finalement.

— Hein ? On l'est bien plus sur l'île. Ici, il pourrait se passer n'importe quoi. Des sirènes en colère, précisa-t-il rapidement. Des attaques de dauphin coordonnées. Ils attendent de prendre le contrôle du monde.

Il garda un ton léger, surtout parce qu'il venait d'assurer à Adam que tout allait bien.

Toutefois, il ne pouvait refouler son incertitude et le sentiment d'infériorité qui le rongeait. Sa prochaine question lui échappa.

— Tu es sûr qu'un loup-garou ne pourrait pas rendre la chose meilleure pour toi ? dit-il en montrant les fesses de son petit ami. Il ne pourrait pas t'en donner plus ?

Adam haussa les sourcils.

— N'avons-nous pas déjà eu cette conversation par le passé ? Tu crois que je laisserais n'importe qui me mettre une main dans le cul ? En plus de ça, *je ne désire personne d'autre*. Que ce soit un loup-garou, un humain, un triton ou une espèce encore indéterminée.

— Non, je sais. Je ne… peut-être que si. Désolé. Je déteste penser que tu renonces à quelque chose que tu souhaites vraiment pour moi.

— Évidemment que j'abandonne certaines des choses que je souhaite pour toi.

L'estomac de Parker plongea dans ses talons. *Merde.* Il n'aurait pas dû évoquer ce sujet. Pourquoi devait-il toujours ouvrir sa stupide bouche ?

— Je veux que la cafetière soit récurée tous les matins. Je veux que toutes les serviettes mouillées soient pendues *immédiatement* et non pas cinq heures plus tard. Je veux…

— Allez, je ne te parle pas de trucs idiots dans ce genre-là.

Parker fut tout de même obligé de rire. Le soulagement était chaud et entêtant dans ses veines.

— Les serviettes finissent par sécher. Et attends, parlons de ta tendance à laisser tes poils dans le lavabo, lorsque tu te tailles la barbe.

Les lèvres d'Adam se tordirent.

— Je suis coupable, répondit-il avant de devenir sérieux. Et j'aime te prendre. J'aime ce qu'on fait ensemble. Le fait que tu me laisses te baiser quand je suis transformé… non, ce n'est pas le bon mot. Tu ne me « laisses » pas faire, tu en meurs d'envie. Tu l'exiges. Ne sais-tu pas à quel point c'est puissant ?

Parker déglutit bruyamment et son regard demeura rivé sur celui d'Adam.

— Et quand tu me fistes, c'est… tout ce que je désire. J'adore faire ça sur le bateau, parce que tu es aux commandes, ici. Tu es le capitaine. C'est l'endroit le plus sûr où nous pourrions nous trouver.

Adam répondit si sérieusement, si adorablement, que Parker fut obligé de l'embrasser et l'embrasser et l'embrasser encore un peu plus, goûtant un soupçon de café dans sa bouche quand ils se frottèrent l'un contre l'autre. Après le merdier de l'autre jour et tous ses échecs, il se délecta du fait de prendre les commandes. Ça ? Ça, il pouvait le contrôler. Ça, il le ferait sans tout gâcher.

Il poussa Adam sur le lit et celui-ci s'effondra volontiers, bien qu'il soit infiniment plus fort que son homme. Et *merde,* cela le fit extrêmement bander.

Sur le dos, Adam se décala au bord du lit et maintint ses cuisses charnues grand ouvertes. Il gémit lorsque Parker s'agenouilla sur le plancher usé et lécha son anus. La chair propre et texturée avait toujours un goût terreux et Parker adorait la manière dont l'anus se contractait lorsqu'il donnait des coups de langue dessus. Des poils lui chatouillèrent les joues.

— Mon Dieu, Parker, déclara Adam à travers ses dents serrées. Tu es si doué pour ça.

L'intéressé glissa les mains sur les cuisses écartées de son petit ami et sourit.

— Tu sais, ma langue est talentueuse.

Il lécha ensuite les lourds testicules poilus d'Adam avant d'insérer sa langue en lui.

— Merde !

Parker le dévora et les gémissements de son partenaire, ainsi que le tremblement de ses jambes, l'excitèrent encore plus. Adam était totalement à sa merci et Parker était tenté de le faire jouir rapidement afin de lui offrir la libération pour laquelle il le suppliait…

Non. Ils avaient tous les deux besoin de plus.

Adam cambra le dos et cria alors que Parker enfonçait son poing lubrifié en lui sans le prévenir. Il avait eu bien trop peur de le faire, lorsqu'ils avaient commencé à expérimenter cet acte, mais après quelques années, il savait quoi faire. Il avait confiance en la physiologie de loup-garou, grâce à laquelle Adam n'avait pas vraiment besoin de préparation. D'ailleurs, il n'en *voulait* pas.

Adam mourait d'envie de ressentir cette impression d'être empli, et ses capacités de guérison signifiaient que son corps s'accommodait rapidement. Parker n'hésita nullement, il décrivit des va-et-vient avec son bras, fistant impitoyablement Adam. Il le regarda, satisfait, quand son érection tressaillit. Il n'avait utilisé que peu de lubrifiant et l'anus d'Adam était donc fermement serré autour de lui tandis qu'il s'enfonçait encore plus.

La bouche d'Adam était ouverte et ses yeux étaient fermés. Son corps immense était plié en deux alors qu'il grognait en rythme avec les mouvements de Parker. Ce dernier n'avait pas posé de coussin sous ses genoux, mais il ne pouvait s'arrêter, à présent. Il n'arrêterait pas et appréciait même ce frottement désagréable.

Il était désormais enfoncé jusqu'au coude et même s'il savait que des humains ordinaires faisaient ce genre de choses, il s'émerveillait toujours en voyant son bras disparaître en Adam. Il ne voulait pas le blesser, mais il tentait de lui offrir la friction et la pression dont il avait désespérément besoin.

La sueur gouttait le long de la colonne vertébrale de Parker et il avait un goût de sel sur sa lèvre supérieure.

— Tu te sens rempli ?

— *Oui*, haleta Adam. C'est si bon.

Parker plia prudemment ses doigts en lui.

— Tu es prêt à jouir pour moi, chéri ? demanda-t-il d'une voix rauque.

Adam *geignit* et, mon Dieu, Parker adorait ce son. Il frissonnait déjà à cause des vagues que Parker appelait « ses orgasmes fessiers » et qu'Adam décrivait comme moins puissants qu'un orgasme traditionnel, bien qu'il soit tout aussi intense. Lorsqu'ils avaient commencé le fisting, Adam ne bandait pas malgré son plaisir. Désormais, il cherchait la libération de sa verge rougie.

Parker mourait d'envie de masturber sa propre érection de sa main libre, mais cet acte n'était pas pour lui. Il embrassa les cuisses tremblantes d'Adam. Il aurait aimé prendre en bouche le sexe de son homme, mais il n'arrivait pas à l'atteindre, avec son bras en lui.

Néanmoins, il n'en eut pas besoin, car Adam lévitait presque au-dessus du matelas lorsqu'il jouit dans un cri. Son anus se détendit tant que Parker put se retirer sans heurt. Il tendit ensuite la main vers la bassine d'eau savonneuse qu'Adam avait préparée.

Il eut à peine l'occasion de se sécher la main avant d'être soulevé loin du sol par les mains puissantes d'Adam posées autour de sa taille. Le loup-garou s'allongea sur le lit et souleva son partenaire juste devant son visage. La serviette serrée entre ses doigts, Parker posa les mains sur le matelas et baisa la bouche volontaire, mouillée et incroyable de son petit ami.

Les doigts de ce dernier s'enfonçaient dans sa taille, l'incitant à bouger alors que ses hanches claquaient contre cette chaleur mouillée. Adam le prenait si profondément que c'en était merveilleux. Parker avait désespérément envie de jouir. Ses testicules étaient contractés et ses mots lui échappaient.

— Oh, putain. C'est si bon. Je t'aime, chéri. Ne t'arrête pas. Je ne veux pas arrêter. Je ne veux pas que ça s'arrête. Mais j'en ai besoin. J'ai besoin de toi, s'il te plaît… *S'il te plaît.*

Parker ne fut pas certain de ce qu'il dit au moment de se déverser au fond de la gorge d'Adam. Il trembla et bafouilla. Adam avala chaque goutte jusqu'à ce que Parker soit obligé de lui dire d'arrêter.

Délicatement, Adam le souleva et l'allongea sur le côté avant de rouler pour se blottir contre lui et le caresser. Ils haletèrent, de petits souffles d'air chaud passant entre leurs bouches.

— Nous ne sommes pas obligés d'y aller, chuchota Adam.

L'espace d'un instant à la fois merveilleux et terrible, Parker eut envie de saisir l'occasion. Il avait envie de bondir, de hisser la voile et de diriger *Bella* vers l'île du Salut aussi rapidement que la mer pourrait les mener. Ils pouvaient rentrer et quelqu'un d'autre partirait à la recherche de Jacob.

Soupirant, il pressa leurs bouches l'une contre l'autre.

— Si. *Moi*, je suis obligé.

— Je te protégerai.

— Tu as activé le mode grand méchant loup ?

Saisissant le visage de Parker entre ses mains rêches, Adam soutint son regard, ses yeux luisant d'un éclat doré. Il l'embrassa lentement et passionnément et ils dérivèrent avec le courant encore un peu plus longtemps.

Chapitre 9

— D'ACCORD. TRÈS bien, marmonna Parker dans sa barbe tout en hissant les voiles.

Adam se tenait non loin de lui et se préparait à agir alors qu'ils roulaient sur la houle. Il restait proche de lui au cas où Parker aurait besoin de son aide, mais il était en même temps hors de son chemin. Parker avait parlé tout seul, presque constamment, pendant les heures infinies de navigation dans le Gulf Stream.

Ce qui avait pris trois longues journées, comme ils avaient sans cesse dû reculer.

Le vent avait commencé à souffler depuis le nord-est, à vingt nœuds, d'après Parker, alors qu'ils s'approchaient du courant atlantique. Les vagues qui s'écrasaient étaient de plus en plus hautes. La mer avait changé si rapidement, les rouleaux se transformant en houle abrupte qui, selon la perception d'Adam, venait de toutes les directions.

Ils portaient tous les deux des lunettes de soleil et des casquettes pour se protéger du soleil de fin d'après-midi, et Adam voyait que la nuque de Parker rosissait. Il prit une bonne dose de crème solaire, du tube rangé dans la console près du gouvernail, et appela son petit ami.

Parker grimaça tandis qu'Adam appliquait de la crème sur sa peau chaude.

— Tu ne vois toujours rien ? s'enquit Parker en tournant la tête d'un côté et de l'autre, en alerte maximale.

— Pas encore. Arrête de bouger.

— Désolé.

Parker baissa la tête et inspira à plusieurs reprises tandis qu'Adam lui appliquait délicatement de la crème.

— Je crois que nous l'avons traversé, donc on devrait bientôt voir une terre, à moins que je me sois royalement planté.

— Tu ne t'es pas planté.

Adam lui frotta les épaules et plongea les mains sous le T-shirt en coton de Parker. Après deux tentatives et deux retraites, ils avaient réussi à passer lors de leur troisième essai quand les vents avaient changé, bien qu'il ait été compliqué de rester vigilant dans les vagues agitées.

Quelques minutes plus tard, Adam repéra la terre au loin. Il jeta un coup d'œil dans les jumelles.

— Beaucoup de bâtiments. Des immeubles sur la plage. Daytona ?

— Non, nous avons pris la route du nord. C'est peut-être Saint-Augustine.

Il tourna pour explorer la zone avec les jumelles.

— Je ne vois pas encore. Nous avons sacrément de la chance que le vent ait tourné, aujourd'hui. Mais Jacob pourrait être n'importe où, maintenant. Nous sommes tellement en retard, dit-il d'une voix rauque.

— Nous le trouverons. Nous savons dans quelle direction ils partent.

Adam observa les alentours alors qu'ils se rapprochaient de la côte. Il n'y avait aucun autre bateau en vue. Pas de fumée ni de signes de chaos provenant du continent. Ils n'étaient que tous les deux, avec le soleil loyal et impitoyable. Ils avaient tenté de contacter le *Diana* par radio, mais ils ne recevaient que des parasites en retour.

— Dommage que ton odorat de loup ne puisse pas les pister.

— Sur des kilomètres et des kilomètres d'océan ? Je crains de ne pas y arriver. Je ne pourrais même pas te pister *toi* sur l'océan, alors ne parlons pas des autres.

— C'est étrange, déclara Parker après une minute. La dernière fois, tout était en feu. Quand tu es venu récupérer des denrées, c'était encore comme avant ?

Le bateau passa par-dessus la houle et Adam prit une profonde inspiration, inhalant l'air salé et tentant de bannir l'élan de culpabilité quand il se rappela l'état dans lequel il avait trouvé Parker au retour de ce voyage. Des années s'étaient écoulées, mais il se sentit tout de même obligé de tendre les mains et de les glisser sur le dos de son homme. Il fut obligé de le toucher pour se rappeler que Parker allait bien, qu'ils étaient ensemble, et qu'Adam ne laisserait rien lui arriver.

— Oui, c'était pareil pendant cette exploration, répondit-il finalement.

Il inspira profondément une fois encore, mais il ne sentit que la mer, fraîche et vivante tout autour d'eux.

— Il y avait des morts partout sur la plage, cette fois-là.

Parker déglutit difficilement.

— Oui. Je m'en souviens.

Adam récupéra les jumelles et scruta les alentours alors qu'ils s'approchaient lentement, Parker manœuvrant les voiles et s'assurant qu'ils ne se rapprochent pas trop.

— Ça a l'air… déserté, constata Adam.

— J'ignore si c'est une bonne ou une mauvaise nouvelle.

— Moi aussi. J'imagine que ce qu'on dit est vrai et qu'ils sont devenus principalement nocturnes.

— Attends, quoi ?

Parker retira sa casquette et passa une main dans ses cheveux trempés de sueur.

— Depuis quand ? Ils vont toujours vers la lumière.

Parker n'avait jamais voulu entendre les bribes d'informations qu'ils avaient apprises, après leur retour sur l'île, et Adam en avait été frustré, même s'il avait envié son mécanisme d'adaptation.

— Mec, dit Parker en levant brièvement les mains avant de reprendre la barre.

— Oui, ils ont toujours été attirés par la lumière, mais dans l'obscurité. Les lampes brillantes ou clignotantes dans le noir les attirent, contrairement à la lumière du soleil.

— Comme les insectes ? Tu sais, les papillons de nuit, ce genre de choses. Ils sortent la nuit et cherchent les lumières. C'est la raison pour laquelle mes parents avaient ces immondes tue-mouches électriques dans le jardin. Maman avait insisté pour qu'on achète ceux qui ressemblaient à des lanternes anciennes, mais si tu veux mon avis, elles étaient quand même moches.

— C'est vrai.

Il songea aux monstres, avec leurs yeux exorbités et leurs dents qui claquaient, ainsi qu'au fredonnement atroce qui émanait d'eux et à leurs mains tendues bloquées dans une position crochue.

— Les monstres ont un certain côté… insecte.

Parker frissonna.

— Clairement.

— Sean dit qu'ils ont pris l'habitude de rester à l'intérieur pendant la majeure partie de la journée, selon son expérience, même s'ils *peuvent* sortir. Et ils le feront, si nous sommes imprudents.

— Ah. Quand Sean a-t-il dit ça ?

— Je n'en sais rien, répondit prudemment Adam. Très peu de temps après son arrivée.

Parker se tut si longtemps qu'Adam s'était une nouvelle fois détendu au rythme des vagues.

— Tu lui as demandé de t'aider à te transformer entièrement ?

Adam cligna des yeux.

— Non, même si j'ai été tenté de lui poser davantage de questions. Lorsque je l'ai vu, la première fois, sur le pont du *Diana*… j'ai pensé à me transformer entièrement.

— D'accord, répondit Parker. Pourquoi ?

Son petit ami songea à sa réponse.

— Il y a quelque chose dans son… aura.

— Son énergie de grand loup ?

— J'imagine. Je sais que tu vas faire une blague sur sa queue, maintenant.

Une main sur son torse, Parker s'offusqua.

— *Moi ?* Jamais de la vie.

Adam attendit en haussant les sourcils.

— D'accord, mais sérieusement, ce mec est *bien gaulé*. C'est un truc d'alpha ? Non, ça ne peut pas être ça… tu n'es pas un alpha et la tienne est immense.

Adam secoua la tête en souriant.

— En fait, tu fais preuve d'une retenue incroyable en ne me demandant pas de comparer vos pénis.

Attirant Parker contre lui, Adam se frotta contre ses fesses.

— Je n'ai entendu aucune plainte, pour l'instant.

Parker s'esclaffa.

— Tu plaisantes ? Si tu étais plus gros que ça, je ne marcherais plus jamais droit.

Il gigota alors que son homme passait une main sous son T-shirt et sur son ventre.

— Ça chatouille !

Ils se chamaillèrent malicieusement et Adam, bien sûr, n'utilisa pas même une fraction de sa force. Une pensée lui traversa alors l'esprit.

— Pourquoi ? demanda-t-il.

Parker savait ce qu'il voulait dire.

— C'est juste à cause de ce qu'il a dit sur la transformation. Je ne lui fais pas confiance.

— Je ne suis pas sûr de lui faire confiance, moi non plus.

Parker soupira bruyamment.

— Tu n'en es pas *sûr* ? Franchement, on est là parce qu'il a emmené Jacob. C'est tordu. Il a seize ans et il ne sait pas du tout ce qu'il fait.

— Je suis d'accord. Je ne peux pas m'imaginer que Sean a volontairement emmené Jacob. Pourquoi inviterait-il une si grande complication ?

— Parce que les dynamiques de pouvoir l'excitent ?

Parker ajusta le gouvernail et observa les voiles en marmonnant quelque chose à propos de la direction du vent.

— Possible.

— Ce n'est pas comme si Jacob pouvait se faufiler à bord sans que tous les loups-garous du navire s'en rendent compte, hein ?

— C'est peu probable, dut admettre Adam.

Même si les suspicions de Parker étaient véridiques, le risque semblait bien trop grand. Si l'idée était que Sean et sa meute établissent une communauté jumelée, pourquoi commencer sur cette note ? À moins que l'alpha n'ait aucunement l'intention de mettre à exécution l'engagement pris auprès de Connie.

— Ils ne… meurent pas de faim ? demanda Parker d'un air songeur.

Il fallut un moment à Adam pour comprendre le changement de conversation et réaliser qu'il parlait des monstres.

— On pourrait le croire.

Il y avait tant de choses qu'Adam n'avait pas envisagées ou qu'il n'avait pensé à demander. Lui aussi, il avait peut-être gardé sa tête dans le sable.

— Virement de bord… rejoins le treuil !

Parker s'était mis en action et se concentrait sur ce qu'il avait à faire.

Alors que Parker se focalisait complètement sur le bateau dont il était le capitaine, Adam suivit les ordres. Une fois qu'ils purent se détendre à nouveau, il sortit sa caméra et zooma sur Parker, adorant la confiance aisée qui émanait de lui.

Barry l'avait aidé à installer un chargeur solaire pour la batterie, afin qu'il puisse continuer de filmer sur le long terme. Il aurait dû laisser sa caméra sur l'île, mais il avait été incapable de résister. Voyant Parker pieds nus devant le gouvernail, les cheveux au vent et – *oui,* il était bien là – avec un sourire indéniable, Adam fut heureux de pouvoir capturer ce moment.

— Ça m'avait manqué, dit-il après avoir éteint sa caméra. Voguer, je veux dire. *Réellement* voguer.

Parker inspira et expira profondément, son regard rivé sur l'eau.

— Moi aussi. J'aimerais simplement que ça puisse continuer comme ça.

Adam regarda le corps de son petit ami se crisper une fois encore, comme si une vague s'écrasait sur lui. Se reconcentrant sur les affaires sérieuses, il ordonna :

— Garde les yeux bien ouverts.

Il remit sa casquette et s'agita, attachant un nœud avec des doigts lestes. Il fronça les sourcils après quelques minutes.

— Quoi ? Tu me fixes du regard.

— J'aime te regarder.

Parker rit, mais son cœur loupa un battement et il rougit.

— Il faut encore que je me concentre. Ne me donne pas d'idées.

— Mais tes idées sont si merveilleuses.

Un sourire étira les lèvres de Parker.

— On peut peut-être naviguer de nuit, un jour ? Partir aux Bahamas pour quelques jours. Une fois qu'on sera rentrés chez nous et que ce sera terminé, je veux dire.

Son sourire se dissipa.

— J'aimerais bien.

D'abord, ils devaient gérer *ça,* quoi que cela implique. Adam reporta son regard vers les barres d'immeuble fantomatiques, à la recherche de signes de vie, sans savoir ce qu'il espérait trouver.

— C'EST UN Z ? demanda Parker en jetant un coup d'œil dans les jumelles sous la lumière déclinante du soleil. Peint sur cette maison.

Adam suivit le doigt de Parker pour voir ce qu'il désignait.

— Oui. C'en est un.

Ils observèrent les traits irréguliers de peinture rouge sur les planches en bois grises. La maison était entourée de mauvaises herbes et de plantes, ainsi que d'un chemin en béton qui craquelait déjà.

— Comme… pour les Zacharies ? demanda Parker d'une petite voix.

— Peut-être.

Ils échangèrent un regard. Des mouettes hurlèrent au loin et la grand-voile claqua. Parker l'ajusta et ils poursuivirent dans le silence jusqu'à ce qu'il pose une question.

— Tu crois qu'on saura un jour qui ou ce qui a causé ça ?

Adam parla d'une voix basse. Cela semblait curieusement approprié d'être… solennel.

— Non. Que ce soit du terrorisme ou juste la nature qui s'est détraquée. Je ne crois pas qu'on aura un jour le fin mot de l'histoire. Si c'était un film, quelqu'un possédant toutes les réponses se pointerait et comblerait les manques.

— C'est vrai. Comment ça s'appelle ? Un *deus ex machina* ?
Adam sourit.

— Alors tu étais *vraiment* attentif pendant les cours de cinéma.
Parker gloussa.

— Désolé, je crois que j'ai retenu ça grâce aux cours de littérature anglaise au lycée.

Il glissa le bout de ses doigts sur le gouvernail, le regard perdu au loin.

— Mais oui, je crois que tu as raison. J'imagine que c'est pour ça que je n'aime pas trop y penser. Quel intérêt ? C'est comme ça.

L'eau devenait saumâtre là où le fleuve et la mer se rencontraient. Se servant du moteur, maintenant que les voiles étaient repliées, Parker les guida au travers du vaste estuaire après avoir examiné la carte. Il n'y avait toujours aucune trace de vie – humaine, en tout cas. Ni loup-garou. Des hérons et des cigognes dépassaient des grandes herbes, près du rivage, alors qu'ils pénétraient dans les terres.

Ce fleuve était substantiel. Plus large qu'Adam ne s'y était attendu.

— Il y a des alligators, ici ? demanda-t-il alors qu'ils passaient lentement devant des maisons apparemment abandonnées assorties de quais.

Les arbres et le feuillage s'épaississaient alors qu'ils s'éloignaient de l'océan, bien que la végétation ne soit pas particulièrement haute. Le moteur ne fonctionnait que sur le mode économique, à cause de la batterie solaire. Ils avançaient lentement et régulièrement.

À la barre, Parker joua avec ses lunettes de soleil qu'il avait pendues au col de son T-shirt quand la nuit était tombée.

— Clairement.

Il observa les alentours tout en bâillant.

— Tu salis les verres.

Adam tendit la main et Parker lui passa les lunettes de soleil. Les essuyant sur son haut, Adam suggéra :

— On devrait s'arrêter pour la nuit.

Il savait bien ce que Parker répondrait.

— Il faut qu'on rattrape notre retard. S'il ne m'avait pas fallu si longtemps pour traverser le Gulf Stream…

— Ça ne t'a pas pris « si longtemps ». Tu ne peux pas contrôler la direction du vent. Ne m'as-tu pas dit qu'avant, les gens attendaient une semaine voire plus avant de traverser ? Et qu'ils consultaient les prévisions météo qui n'existent plus ?

— Oui, mais…

Parker s'agrippa au gouvernail. Des nuages étaient éparpillés dans le ciel et passaient devant la lune. Adam voyait encore les tendons dans le cou de son petit ami.

— Sean a réussi.

— C'est ce qu'on suppose. Dans un bateau plus grand et plus puissant. Même si on avait utilisé le moteur pour le traverser, les vagues étaient bien trop grandes pour le *Bella*. On ne peut rien faire pour Jacob depuis le fond de l'océan.

— On n'arriverait probablement pas au fond. On se ferait manger et déchiqueter avant ça.

Adam leva les yeux au ciel.

— Tu vois ce que je veux dire. On peut jeter l'ancre en toute sécurité, ici ?

Parker haussa les épaules.

— Il faut que l'on continue d'avancer. D'après Connie et la carte, le fleuve mesure environ quatre-vingts kilomètres. Nous n'allons qu'à quatre nœuds et demi avec la batterie et sans les voiles, mais c'est trop difficile de voguer contre le courant, même si le vent était de notre côté.

— Mais est-ce qu'on peut jeter l'ancre ? On n'aidera pas Jacob si on est épuisés.

Parker donna l'impression qu'il allait le contredire, mais il soupira.

— Oui, je vais trouver un endroit. J'imagine que c'est logique de dormir.

Adam l'étreignit par-derrière et l'embrassa sur la nuque, sa peau toujours réchauffée par le soleil.

QUELQUES HEURES PLUS tard, un hurlement transperça la conscience d'Adam.

Ce bruit était à des kilomètres, pourtant, il palpitait dans sa tête. Adam bondit du lit dans un unique mouvement, heureux que

Parker continue de dormir. Blotti sur son flanc, les lèvres entrouvertes, il respirait profondément et son cœur battait régulièrement. Adam espérait qu'il ne rêvait même pas et qu'il était plutôt perdu dans les doux abysses d'un sommeil vraiment réparateur et tardif.

Nu, il attendit, mais Parker ne murmura même pas et ne bougea pas d'un pouce.

Sur le pont, il constata que le bateau tanguait avec le courant du fleuve, ancré à une trentaine de mètres de la rive ouest. Adam observa attentivement les alentours. Il retint son souffle.

Le hurlement fit une nouvelle fois écho à travers l'épais feuillage.

Tandis qu'un poing enserrait son cœur, Adam plissa les yeux en direction du mélange de palmiers et de chênes à feuilles de laurier. Il lui fallut user de toute sa force pour ne pas plonger directement dans l'eau et nager désespérément vers le rivage afin de répondre à l'appel de l'enfant.

Chacun de ses instincts souffrait – *brûlait* – tant il avait envie d'aider, d'apaiser la douleur de son compère loup-garou. Ce n'était pas simplement un loup-garou, c'était un louveteau. Un enfant souffrait. Il ignorait comment il le savait. Le faible hurlement rauque aurait pu provenir d'un adulte, mais il *savait*. Savoir que cet enfant était dans le besoin résonnait au plus profond de sa moelle osseuse.

Au cours des années qu'il avait passées sur l'île du Salut, il n'avait jamais, *jamais* entendu un tel hurlement. Il avait envie de pleurer d'agonie, tout en se débattant avec ses griffes et en dévoilant ses crocs.

Malgré son cœur tambourinant, il tendit l'oreille. Parker dormait toujours sur le pont inférieur, endormi après les journées de privation de sommeil et le stress de la navigation. Si Adam le réveillait, Parker le convaincrait de ne pas y aller ou insisterait pour l'accompagner.

Dans la forêt, au cœur de la nuit, même s'il pouvait l'emmener sur la rive, Mariah serait encombrante et trop bruyante. Dans le chaos précédant son arrivée sur l'île, il y avait un brouhaha constant. Désormais, c'était réellement un Nouveau Monde. Ils n'avaient pas même encore repéré un seul monstre.

Un autre cri le fit tomber à genoux. Son champ de vision devint doré et sa compulsion prit le pas sur lui. Parker était endormi et en sécurité. Il serait de retour avant son réveil. Il devait y aller et son petit ami était bien plus en sécurité sur le *Bella*.

Il *devait* y aller.

Cette traction était mille fois plus forte que la voix de Connie à travers la radio les appelant à rejoindre l'île du Salut. Cet appel avait été comme une chanson pour laquelle il ne connaissait pas vraiment les paroles, pourtant, il n'arrivait pas à se la sortir de la tête et le refrain se répétait sans arrêt.

Actuellement, c'était plutôt comme une tronçonneuse lui tranchant la colonne vertébrale.

Son plongeon depuis la proue du *Bella* l'amena à mi-chemin du rivage et il décrivit un arc de cercle dans le vide grâce à un élan de pouvoir surnaturel. Il attrapa les roseaux sur la rive après quelques brasses et il courait, courait, courait déjà, nu et mouillé.

Une route de terre serpentait à travers les arbres. Il aurait peut-être pu monter sur Mariah, après tout, mais ça n'avait pas d'importance. Parker était en sécurité et il devait continuer d'avancer, bien que la compulsion palpite dans chacun de ses muscles et de ses tendons.

Il s'était transformé, ses griffes et ses crocs ayant grandi, ses poils ayant poussé sur son corps et ses sens s'étant accentués. Il se crispa. Il était tellement, tellement proche de sa forme finale. Si seulement il pouvait toucher du doigt l'instinct qui répondait à ce hurlement, il pourrait pousser davantage et bondir de l'autre côté de la ligne d'arrivée.

Il y était presque…

Le hurlement était une supplication. Pourtant, ses instincts y répondirent comme s'il s'agissait d'un ordre. Si seulement Adam pouvait être digne d'y répondre. La honte le fit tituber sur les herbes sèches. Ses muscles s'alourdirent, la nausée monta. *Non* ! Il devait se concentrer. Il devait se transformer complètement. C'était le moment. S'il ne le faisait pas maintenant, alors quand ?

Il lutta avec toute la volonté et l'énergie qu'il possédait. Il était si proche, si proche, si proche…

Avec sa forme complète de loup, il pouvait courir devant les cabanes et les caravanes abandonnées au double de sa vitesse actuelle. Il ne connaîtrait jamais la joie de courir sur quatre pattes. La *complétion*.

Un sanglot l'étouffa. Qu'est-ce qui n'allait pas chez lui ? Pourquoi était-il ainsi ?

Se retrouver au précipice d'une véritable transformation était une torture. Il était si proche et pourtant cela restait hors de sa portée. Il en avait le cœur brisé. Sa mâchoire s'apprêta à craquer et…

Il tituba une nouvelle fois et se concentra sur son environnement à travers le filtre doré de ses yeux de loups-garous. Le fredonnement des monstres emplit ses oreilles pour la première fois depuis des années et leur odeur rance lui brûla le nez.

Toutefois, le mouvement dans sa vision périphérique était trop bas. Ça n'avait aucun sens. La *chose* remonta tel un fleuve et Adam comprit trop tard ce que les monstres mangeaient.

À la faible lueur de la lune, des milliers d'yeux se reflétèrent. Le sol n'était qu'un tapis gigotant de rats.

Adam essuya ses jambes nues avec ses griffes, ralentissant son pas frénétique alors que des rats grimpaient sur ses mollets. Son nez le piquait et ses yeux s'embuèrent à cause d'une étrange odeur ressemblant à de l'ammoniac.

Des monstres se rapprochèrent. Ils ne portaient que des restes de vêtements, leurs corps cadavériques paraissant morbides. Adam lutta contre le flot de rats et de monstres tandis qu'un autre cri faisait écho et qu'une chaîne invisible l'attirait encore plus loin et plus loin…

Plus loin de Parker.

Comment suis-je arrivé ici ?

Ce fut désormais au tour d'Adam de hurler. Il sentit le goût du métal alors qu'il se mordait la langue, crispant chaque fibre de ses muscles pour arrêter de courir et passer outre le contre-courant vicieux qui l'éloignait de Parker. Des rats remontèrent le long de sa jambe et il les lacéra.

Retournez d'où vous venez !

Des monstres maigres l'entourèrent, leurs yeux immenses exorbités et leurs doigts griffus fendant l'air. Rugissant, Adam se dégagea un chemin et échappa à la horde de rats et de monstres en bondissant dans les hautes branches d'un arbre. Le monde qui avait semblé étrangement désert en pleine journée fourmillait désormais de vie – de violence, de mort et d'une lutte primaire pour survivre.

Un autre hurlement résonna.

Criant, alors que l'écorce éraflait sa peau nue, Adam s'agrippa au tronc de l'arbre et lutta contre l'ordre de continuer à courir jusqu'à ce qu'il trouve le loup. Le monde teinté d'or tourbillonna autour de lui et il planta ses griffes dans l'arbre.

Non ! Reste avec Parker. Reviens sur tes pas, reviens sur tes pas, reviens sur tes pas !

Il devait aider l'enfant, mais il ne pouvait pas abandonner Parker. Il ne le ferait pas. Fermant les yeux, il s'agrippa à l'arbre tandis que le raz-de-marée de monstres et de rats s'agitait sous ses pieds. Adam pria cette nuit impie qu'il ne s'agissait que d'un rêve horrible et qu'il allait se réveiller avec Parker, dormant en toute sécurité entre ses bras.

Chapitre 10

— Tu m'as laissé dormir trop longtemps, marmonna Parker en roulant sur le côté et en étirant ses bras au-dessus de sa tête.

Il avait su, avant même de cligner des yeux pour se réveiller, que l'autre côté du lit n'était pas occupé. Regardant par la porte ouverte de la cabine, près de ses pieds, il constata que la cambuse était déserte. Adam devait être sur le pont, à marcher sur la pointe des pieds à l'aube, comme le petit ami attentionné et doux qu'il était.

— Bonjour, dit Parker en sachant que son loup-garou l'entendrait.

Il attendit qu'Adam le salue.

Silence.

Fronçant les sourcils, il se redressa. Ils devaient reprendre leur chemin pour trouver Jacob. Il se frotta le visage et bâilla en partant vers la salle de bain pour uriner. Se grattant les fesses, il bâilla une nouvelle fois et enfila son caleçon, puis son short. Le jean et le T-shirt d'Adam étaient toujours pliés sur la table de nuit à bâbord, là où il les avait laissés, et ses bottes étaient dans le coin.

— Chéri, tu veux du café ?

Silence.

Le malaise s'enroula autour de sa colonne vertébrale. Abandonnant la cafetière, il grimpa sur le pont supérieur. Il lui suffit d'un coup d'œil pour constater que le pont était désert.

Il cria tout de même.

— Adam !

Il doit être en train de nager.

Bondissant sur le garde-corps, Parker cria une nouvelle fois le nom d'Adam tout en observant la surface plate du fleuve. Le brouillard était suspendu au-dessus de l'eau et s'estomperait bientôt sous l'éclat du soleil levant. Parker fit le tour du pont, son regard cherchant désespérément un signe quelconque.

— Adam !

Le petit canot était toujours sécurisé dans son emplacement sur la poupe. Parker repartit à toute vitesse sur le pont inférieur, sautant quasiment au-dessus des marches. Il ouvrit brusquement la porte de la seconde cabine, tout d'abord soulagé de voir le chrome rouge étincelant de Mariah avant que la peur l'écrase.

Si Adam n'avait pas emmené Mariah – certes, il ne pouvait pas sauter avec elle jusqu'au rivage – et qu'il n'avait pas pris le canot de sauvetage…

Où était-il ?

— Où, putain ? Où, putain ? marmonna Parker tandis que son pouls galopait et que ses paumes devenaient moites pendant qu'il cherchait dans toutes les cachettes possibles, sachant très bien qu'Adam ne se cacherait jamais. Ce n'était pas un genre de jeu cruel.

Il continua tout de même de chercher. Il valait mieux le faire plutôt que de rester planté là et de crier.

Sur le pont, il parcourut le *Bella* sur toute sa longueur, comme s'il voulait faire apparaître Adam dans la forêt. Comment avait-il pu disparaître ? Où ? Pourquoi ?

Et s'il est parti pour toujours ?

Se précipitant à tribord, il vomit dans le fleuve, la barre en métal s'enfonçant dans son ventre. Il eut ensuite des haut-le-cœur et toussa, refoulant un sanglot. Il ne pouvait s'écrouler. Il devait être fort. Il devait y avoir une explication.

Adam ne me quitterait jamais.

Ses pieds nus claquant contre le bois, Parker fit les cent pas. Depuis combien de temps était-il parti ? Le matelas était froid et aucun bout de papier portant l'écriture nette et serrée d'Adam ne se trouvait dans la coquerie. Bien que Parker ait merveilleusement bien dormi, longtemps et profondément, il aurait entendu une bagarre.

Même si un intrus était monté à bord, d'une manière ou d'une autre, et qu'il avait injecté un tranquillisant à Adam, comme aux Pins, le loup-garou se serait au moins réveillé dix secondes et se serait battu. Il n'était pas un bébé qu'on pouvait retirer de son berceau et kidnapper au milieu de la nuit. Il était *lourd*. Il n'y avait aucune chance pour que Parker ait pu dormir pendant qu'Adam était kidnappé.

Aurais-je pu ?

Merde, pourquoi avait-il été si fatigué ? S'il ne lui avait pas fallu si longtemps pour effectuer la traversée…

Quelque chose éclaboussa le rivage et Parker plissa les yeux sous la faible lueur. Il ne voyait que des arbres et de hautes mauvaises herbes, ainsi que des nénuphars groupés. Il n'y avait pas même une brise et la sueur mouilla son front. Les loups-garous pouvaient-ils combattre un alligator ?

— Bien sûr. Il va bien. Les alligators ne lui arriveraient pas à la cheville. Il va bien. Il est allé… Il est allé quelque part et je suis sûr qu'il avait une bonne raison, même si je compte le tuer à son retour.

Une aigrette sur de grandes pattes grêles observait Parker depuis le rivage marécageux. Les alligators ne s'intéressaient pas aux humains, n'est-ce pas ? Les crocodiles, oui, mais généralement, les alligators n'attaquaient pas les gens.

— Merde, Google me manque.

Il observa intensément les alentours. Quelque chose avait bougé ? Était-ce Adam ? Était-il blessé ? Que faisait-il ? Pourquoi était-il parti ? Où ? Comment ? *Pourquoi* ? Parker attrapa le communicateur radio et lança un message à Sean ou à *n'importe qui*.

Parasites.

Il tourna le bouton et écouta, à la recherche d'une quelconque discussion.

Parasites.

— Reviens, reviens, reviens, chantonna-t-il comme une prière.

Parker tourna sur lui-même et observa le fleuve derrière lui, se souvenant subitement comment Petit Homme et son équipage – *Bethany tenant son fusil de chasse et ayant l'audace de lui* sourire – s'étaient faufilés quand il avait été distrait.

Le fleuve était désert, sous le ciel bleu pâle. Il n'y avait que des oiseaux et ce qui se tapissait sous la surface tranquille.

— Il doit avoir eu une bonne raison d'aller sur la rive et de ne pas laisser de petit mot. Ça va. Tout va bien.

Inspirant profondément, Parker ferma les yeux et tenta de dessiner la boîte dans son esprit. Tout allait bien.

Il était assis sur son rocher, après sa nage matinale. Bientôt, il mangerait son petit déjeuner avec Lilly, Craig, Jacob et Adam. Des œufs brouillés, du poisson grillé et une orange juteuse. Adam l'embrasserait pour lui dire au revoir avant qu'ils aillent jardiner, faire la lessive ou donner un cours, et Parker le reverrait à l'heure du déjeuner…

Avec l'acidité du vomi toujours présente dans sa gorge, il observa la forêt. Elle était toujours déserte. Il aurait presque tout donné pour les ramener sur l'île du Salut, avec sa familiarité et sa routine. Pourquoi avait-il autant merdé avec Jacob ? Pourquoi Sean était-il un putain de menteur ?

— Mais où est Adam ? hurla-t-il.

Plusieurs oiseaux s'envolèrent d'un arbre.

Il examina ses options.

La première : prendre le canot de sauvetage jusqu'au rivage et le chercher à pied, sans savoir de quel côté du fleuve Adam avait pu partir. Ils étaient plus proches de la rive ouest, donc il commencerait par là.

La deuxième : remonter Mariah, d'une manière ou d'une autre, la mettre sur le canot de sauvetage sans la super-force d'Adam, et la ramener jusqu'au rivage – une fois encore, il ignorait quel côté choisir – pour chercher Adam sans trop épuiser la batterie solaire.

La troisième : Guider le *Bella* sur le fleuve et le chercher.

La quatrième : Rester à sa place et attendre le retour d'Adam.

La quatrième était la plus logique, et de loin. Il y avait de grandes chances pour que Parker ne soit même pas capable de remonter Mariah dans les escaliers sans Adam. S'il bougeait le *Bella*, Adam pourrait revenir et ne le retrouverait donc pas.

Parker avait appris au Camp Weepecket, tant de temps auparavant, que si vous vous perdiez dans les bois, il valait mieux vous asseoir et rester à votre place pour laisser les secours venir à votre recherche. Avec tous les sens lupins d'Adam, il trouverait Parker plus facilement.

— Quatre. La quatrième est la plus logique. La question ne se pose pas.

Le problème avec la quatrième option signifiait qu'il n'avait rien d'autre à faire qu'attendre. Rester planté là, observer infiniment l'eau et les arbres, attendre, espérer… prier, était une torture.

— Reviens, reviens, reviens, marmonna-t-il.

Chaque minute durait une éternité alors que Parker attendait, impuissant. Le soleil s'élevait plus haut dans le ciel et il eut désespérément envie de revenir en arrière et d'arranger ce qui avait dégénéré. Il serait parti se coucher avec le poids familier d'Adam en cuillère derrière lui, et s'il ne pouvait retrouver que ça d'une manière ou d'une autre, tout irait bien. Cela devait être un cauchemar. Ça ne pouvait pas être réel.

Lorsqu'Adam apparut enfin au milieu des arbres, à une trentaine de mètres du rivage, les genoux de Parker tremblèrent. Un soulagement pur et doux le submergea alors qu'il clignait des yeux, confus. Adam était-il… nu ? Dans les bois ?

— C'est quoi ce délire ?

Avant que Parker ne puisse l'appeler, Adam nageait vers le *Bella*. Son petit ami partit à sa rencontre sur l'échelle de la poupe, lui tendant une main alors que la joie le traversait quand il sentit la poigne vivante et chaude d'Adam.

— Où es-tu allé ? demanda Parker d'une voix rauque.

Sa gorge se serra quand il attira son homme dans une étreinte.

— Je suis en train de te mouiller.

— Seigneur, je m'en moque !

Parker frotta sa joue contre le torse poilu d'Adam et déposa des baisers sur ses clavicules. Les bras d'Adam devinrent des barres d'acier autour de lui.

— Tu vas bien ? demanda Parker en le scrutant.

Les yeux d'Adam paraissaient légèrement voilés.

— Mais où étais-tu, bon sang ?

— Je vais bien.

Le cocktail d'endorphines, d'anxiété, de terreur et de soulagement fit vibrer Parker. Il recula, les mains sur les hanches.

— Alors ? demanda-t-il.

— Je suis désolé, répondit Adam sans croiser son regard. Je pensais être de retour avant que tu te réveilles.

— De retour d'*où* ?

Parker insista sur le dernier mot tout en agitant les mains en l'air.

— Je…

Adam fronça les sourcils.

— Je n'en sais rien.

— Quoi ? Tu es parti cul nu au milieu de la nuit et tu ne sais pas où tu étais ? demanda-t-il alors que son cœur balbutiait. Que se passe-t-il ?

Adam l'enlaça alors immédiatement et lui caressa lentement le dos.

— Ne t'inquiète pas. Je vais bien.

Parker s'autorisa à s'accrocher à son petit ami et à inhaler son parfum familier, même s'ils étaient tous les deux mouillés par l'eau du fleuve. Parker s'en moquait. Il avait à moitié envie de soulever le bras d'Adam et de blottir son visage contre l'aisselle, comme celui-ci le faisait avec lui.

— Tu m'as fait peur, chuchota-t-il. Pourquoi as-tu fait ça ?

— Je suis vraiment désolé, mon cœur. Je n'en sais rien.

Adam déposa de petits baisers sur l'oreille et la tête de Parker. Celui-ci recula.

— Pourquoi n'arrêtes-tu pas de dire que tu ne sais pas ? Tu as fait une crise de somnambulisme ? Tu as nagé dans ton sommeil ?

— Je n'en sais rien.

Adam regarda une fois encore le rivage. Il frissonna.

— Tu me fais officiellement flipper, mec. Et j'étais déjà assez flippé quand je me suis réveillé et que je me suis rendu compte que tu étais parti sans laisser de trace. Tu t'étais évanoui dans la nature. Tu n'aurais pas pu laisser un petit mot ?

Le visage d'Adam se froissa, sous l'effet de la douleur, et il posa ses mains rêches sur les joues de Parker.

— Je suis tellement désolé.

Il appuya légèrement leurs lèvres l'une contre l'autre.

Les yeux de Parker le brûlaient.

— Je ne comprends pas, chuchota-t-il en glissant les mains sur la peau mouillée d'Adam.

Il avait tant besoin de le toucher, toucher, toucher.

— Il y a eu un hurlement. Un autre loup. Un enfant. Honnêtement, j'avais l'impression d'être somnambule, effectivement, expliqua-t-il avant que sa voix devienne rauque. Je ne me suis jamais senti aussi contraint.

Parker prit une longue et profonde inspiration.

— D'accord, asseyons-nous. Tu as besoin d'eau. *Assieds-toi.* Pas de commentaire.

Il partit sur le pont inférieur pour remplir une bouteille avec leur réserve d'eau, et il fut soulagé de trouver Adam assis sur l'un des bancs à son retour.

— Tiens.

Il avait également apporté une serviette, qu'il frotta sur la peau mouillée de son homme.

Adam but l'entièreté de la bouteille et Parker partit la remplir avec des mains tremblantes. À son retour, son petit ami avait enroulé la serviette autour de sa taille. La serviette de plage orange ornée de marguerites rose pétant contrastait avec les poils noirs sur les jambes du loup-garou.

Cette fois-ci, Adam but par petites gorgées et Parker s'installa à ses côtés.

— C'est ça, chéri. Tout va bien.

Sa bouche s'assécha et l'inquiétude lui rongea l'estomac. Il percevait encore faiblement le goût du vomi. S'il ne connaissait pas leur situation, il penserait qu'Adam avait la gueule de bois, mais à bord, il n'y avait pas une seule goutte de l'alcool fabriqué sur l'île du Salut et sa tolérance était d'ailleurs extrêmement haute.

— Tu as dit qu'il y avait eu un hurlement ? répéta Parker. C'était un enfant ? Tu en es sûr ?

Il écouta prudemment Adam lui expliquer le besoin écrasant de trouver le loup.

— Ça ressemble au piège parfait, selon moi.

— On ne sait pas. Ne sois pas…

Adam se tut.

La mâchoire crispée, Parker prit une profonde inspiration par le nez.

— Tu vas sérieusement me traiter de paranoïaque ? Parce que je trouve que tout ce qui t'oblige à courir nu dans les bois, au milieu de la nuit, est suspicieux !

Adam couvrit le poing de Parker avec sa paume chaude et lourde.

— Tu as raison. Je suis désolé.

Parker soupira et tourna la tête avant d'entrelacer leurs doigts.

— C'est bon. C'était juste mon pire cauchemar de me réveiller et de constater que tu étais parti. Disparu sans laisser de trace. Et si je ne te revoyais jamais ?

— Si je m'étais réveillé et que c'était toi, qui avais disparu…

Adam frissonna.

— Je suis désolé, ajouta-t-il.

Il leva la main de Parker et déposa un baiser sec sur sa peau, sa barbe l'éraflant.

— Je n'ai jamais rien rencontré de tel. C'était comme une traction biologique, comme si je *devais* répondre et aider ce louveteau dans le besoin.

Il continua à raconter ce qu'il avait vécu et Parker fut incapable de retenir son « argh » quand Adam en arriva à la partie concernant les rats.

— J'imagine que les rats et les monstres hériteront de la nuit si ce n'est de la Terre, hein ?

— On dirait bien, répondit Adam.

— Et tu n'as pas pu trouver l'enfant ? Tu ne savais pas d'où ça venait ? Généralement, tu es assez doué pour les directions.

— Il était peut-être en mouvement. Mais j'ai arrêté de le suivre. Je savais que j'étais allé trop loin et j'étais obligé de revenir vers toi. Je suis monté dans un arbre et j'ai fermé les yeux. Je me suis agrippé et j'ai lutté contre cette traction. J'ai pensé à toi et j'ai essayé de tout bloquer.

L'image d'Adam, nu, dans un arbre, en train de combattre un instinct biologique écrasant afin de pouvoir revenir vers lui coupa le souffle de Parker. Il caressa les cheveux mouillés de son homme.

— Merci, chéri. Merci d'être revenu aussi vite que possible.

Adam serra les doigts de Parker.

— Il m'a fallu pas mal de temps pour comprendre comment te retrouver.

— Mais tu es si doué, avec les directions et les odeurs.

— Les rats ont compliqué le pistage. Leur odeur est… âcre.

Parker grimaça.

— C'est logique. Ce hurlement. Tu crois que ça avait un rapport avec la meute de Sean ?

— Je n'en suis pas sûr. Il pourrait y avoir une autre meute, ici. Ou un orphelin. Tout est possible. Peu importe qui c'était, il avait des problèmes. Ou bien c'était un piège.

— Oui.

La fosse dans le ventre de Parker s'approfondit.

— Les monstres avaient la même allure qu'avant ?

— Ils étaient plus maigres, répondit Adam en secouant la tête. Mais ils étaient encore rapides. Forts. Leurs yeux exorbités semblaient sur le point de sauter de leur crâne. Leurs cheveux étaient emmêlés et longs.

— Donc ils étaient tout aussi terrifiants. Ravi de l'apprendre. L'un d'eux s'est approché de toi ?

Il acquiesça.

— L'essaim était puissant. Je me suis peut-être fait mordre quand je grimpais sur l'arbre. Je n'en suis pas sûr.

Parker glissa machinalement ses genoux sur le pont poli et passa les mains sur les jambes d'Adam, bien qu'il guérisse si rapidement que toute marque de morsure aurait déjà disparu depuis longtemps. Il examina les mollets de son petit ami et les poils éparpillés qui lui chatouillaient les paumes. Poussant encore plus haut, il glissa les mains sous la serviette pour caresser les cuisses musclées d'Adam.

— Si j'ai été mordu… commença-t-il avant de secouer la tête. On devrait garder nos distances. Au cas où. Je n'aurais pas dû t'embrasser.

— Absolument hors de question, répondit Parker en enfonçant les doigts dans ses jambes. On l'a déjà fait avant et c'était horrible. Ça me briserait, aujourd'hui.

Adam continua de froncer les sourcils.

— Je m'inquiète.

Parker tenta de plaisanter.

— Ça, c'est mon boulot, tu te souviens ? dit-il avant d'adopter un ton moins léger. Écoute, s'ils t'ont mordu et que, d'une manière ou d'une autre, tu n'es plus immunisé, tu serais déjà en train de me dévorer le visage. Et oui, le virus aurait pu muter ou je ne sais quoi. Qui sait comment tout ça fonctionne. Chéri, je ne peux pas me préoccuper de ça. Il se passe tant d'autres choses. J'ai besoin de toi.

Il fit un geste entre eux.

— J'ai besoin de ça. Autrement, je vais craquer.

Adam lui caressa les cheveux.

— Je sais.

— Tu étais immunisé, auparavant. Tu n'es même pas sûr d'avoir été mordu, hier soir. Sérieusement, nous avons déjà suffisamment de préoccupations, d'accord ?

Quand Adam hocha la tête, Parker soupira lentement.

— Très bien. Plus de hurlement ? Je n'ai rien entendu, mais c'est peut-être trop loin pour mes oreilles. Enfin, j'imagine que tu serais en train de péter un câble, si tu l'entendais.

— Oui. Ça s'est arrêté avant l'aube.

Parker s'assit sur ses talons en continuant de décrire des cercles sur les cuisses d'Adam.

— Combien de temps as-tu passé là-bas ?

— Honnêtement, je n'en suis pas sûr.

Adam se retourna pour jeter un coup d'œil vers les arbres, comme s'ils allaient lui donner une réponse.

— Tu es sûr que ça va ?

Bien que le soleil levant soit déjà chaud, il avait envie d'emmener Adam sur le pont inférieur et de l'envelopper dans les couvertures.

Des souvenirs des Pins envahirent l'esprit de Parker – Adam, inconscient et impuissant, des morceaux de sa chair étant récoltés, entaille après entaille après entaille. Il ne savait pas vraiment combien il y en avait eu, mais dans ses souvenirs, elles étaient infinies.

— J'en suis certain.

Adam glissa une main sur les cheveux de Parker.

— Je suis désolé de t'avoir fait endurer ça, dit-il alors que ses narines se dilataient. S'il t'était arrivé quelque chose…

— Je vais bien. Enfin, si on oublie la crise de nerfs que j'ai faite en réalisant que tu avais disparu.

Il tenta de rire.

Son visage se creusant, Adam se pencha et appuya leur front l'un contre l'autre. Son soupir était chaud sur les lèvres de son partenaire.

— Je n'aurais jamais dû te laisser.

— Tu es revenu. Tu t'es battu. Tu t'es battu pour moi, dit-il en écartant les doigts sur les hanches d'Adam. C'est ce qui compte.

Ils s'embrassèrent et Parker s'inquiéta à l'idée qu'Adam perçoive les résidus de vomi, mais si ce fut le cas, il ne sembla pas s'en préoccuper. Ils devaient avancer et trouver Jacob, mais Parker avait d'abord besoin de ça. Il avait besoin de caresser la langue d'Adam avec la sienne et de soupirer pendant qu'ils s'embrassaient.

Adam est ici, avec moi. Il est revenu. Il est réel.

Il grimpa sur les cuisses d'Adam, sentant la serviette moelleuse entre eux. Les bras puissants de son petit ami se bloquèrent derrière son dos. Parker soupira pendant leur baiser avant qu'ils affrontent une fois encore le monde.

Une heure plus tard, il fut profondément reconnaissant d'avoir volé ces quelques minutes, lorsque le moteur du *Bella* crachota et s'éteignit.

Chapitre 11

— LE PROBLÈME avec l'apocalypse zombie, c'est que tu ne peux pas regarder de tutos de Mechanical Tube sur Youtube, dit Parker en glissant une main sur la surface lisse à la poupe. Ce n'est pas ta faute, ma chérie.

Adam fut obligé de sourire à cause du ton adorable que son petit ami avait employé. Son cœur était si bon. Une vague d'amour féroce le saisit et il souleva Parker dans ses bras.

— Waouh ! Doucement, mon grand.

Parker rit et serra le dos d'Adam.

Celui-ci *détestait* l'idée d'avoir laissé son petit ami seul, dans la nuit. De l'avoir abandonné pour qu'il se réveille dans un cauchemar terrifiant et déroutant. Adam se nicha à présent contre les cheveux de Parker et inhala profondément son parfum. Cela lui permit de garder les pieds sur terre. Il avait besoin de Parker à ses côtés plus que jamais.

— Hmm, tu devrais probablement me reposer pour qu'on puisse trouver un plan B.

Adam ne souhaitait rien de plus que de porter Parker proche de son cœur pour le protéger, mais ce n'était pas pratique. Il reposa ses pieds nus sur le pont.

— Elle doit avoir besoin d'une pièce. La batterie fonctionne toujours. On a essayé le diesel. On a vérifié deux fois les fusibles. J'en ai appris beaucoup sur les moteurs, sur l'île, mais pas assez, visiblement.

Parker se lécha le doigt et le leva.

— Même si je voulais essayer de surpasser le courant avec les voiles, Mère Nature ne nous offre rien. On pourrait virer de bord contre le courant, dans un zigzag, mais on a besoin de vent.

— Heureusement que nous avons apporté Mariah. On peut utiliser ce quai devant lequel nous sommes passés en aval. Le courant nous y emmènera, non ? Tu peux nous guider là-bas sans le moteur ?

— Je gère, dit Parker en hochant la tête d'un air déterminé. On trouve Jacob et on le ramène à la maison si c'est…

Il se tut.

Ni l'un ni l'autre ne voulait finir cette phrase.

Une fois qu'ils eurent entassé des denrées dans un sac pour la journée, Parker déchira un morceau de papier sur un bloc-notes quadrillé qui avait appartenu aux propriétaires originels. Il griffonna :

On revient dans une heure ! Si vous essayez de nous voler notre bateau, nous vous pourchasserons jusqu'au bout du monde.

Xoxo

Adam gloussa et déposa un baiser sur la joue barbue de Parker.

Au bout du quai, ils se tournèrent vers le *Bella*. Ils avaient jeté l'ancre et l'avaient sécurisée. Parker avait effectué des nœuds particulièrement complexes avec ses doigts lestes.

— Je déteste la laisser.

— Je sais.

Adam déglutit péniblement à cause d'une vague de culpabilité. Il n'arrivait toujours pas à expliquer la compulsion qui l'avait conduit à courir dans la nuit. Peut-être que s'il avait été capable de se transformer entièrement, il aurait sauvé l'enfant et aurait retrouvé Parker avant le lever du soleil. Si l'enfant existait. Non pas que cela résoudrait leur problème de moteur cassé, mais ils avaient perdu du temps à cause d'Adam.

— Prêt ?

Parker glissa une main sous la veste en cuir ouverte d'Adam et lui caressa les côtes.

— Je gère, répondit-il en faisant écho aux déclarations de son petit ami.

Le moteur de Mariah serait bruyant dans cette inertie, mais marcher ne serait pas une option une fois qu'ils atteindraient la route. Du moins, ce ne serait pas leur premier choix. Ils étaient probablement à quatre-vingts kilomètres de l'enceinte, à supposer qu'ils puissent facilement la trouver. Adam avait mémorisé la carte pliée dans le sac que Parker avait passé sur ses épaules, mais il ne souhaitait pas tenir quoi que ce soit pour acquis.

— Tu l'as préparé ? s'enquit Adam.

— Oui.

Parker le gratifia d'un sourire tendu et tapota la ceinture à l'arrière de son jean.

— Ça me semble bizarre de porter une arme à nouveau.

— Tu n'y es pas obligé. Je peux la prendre.

Parker hésita avant de secouer la tête.

— Je peux le faire. Mais merci.

Il jeta un coup d'œil au *Bella*, prenant une profonde inspiration et fermant les yeux quelques instants. Il souffla longuement.

— Très bien. Allons-y.

À la lumière du jour, la forêt ne paraissait pas aussi menaçante. Adam poussa aisément Mariah et la fit zigzaguer autour des arbres alors qu'ils observaient les alentours. La terre était éveillée par les bruits – les pépiements des oiseaux, les petits animaux qui froissaient les feuilles et détalaient sur la végétation surabondante. Il priait pour que les rats dorment – ainsi que les monstres.

— Je croyais que tu disais que la route n'était pas loin ?

Parker noua sa veste autour de sa taille et s'éventa avec le col de son T-shirt. Malgré l'humidité, ils portaient tous les deux un jean, des bottes et une veste. Il valait mieux se préparer à n'importe quelle météo.

— Elle ne m'avait pas paru si loin, hier soir. Nous étions plus en aval, dit Adam en jetant un coup d'œil autour de lui. Tu veux monter sur la moto ?

Parker secoua la tête.

— C'est idiot de gâcher la batterie.

Peu de temps après, un ensemble de mobiles homes visiblement abandonnés apparut. La route décrivait un virage au-delà.

— Tu crois que les monstres dorment dans les vieilles maisons, pendant la journée ? chuchota Parker. Ou dans des grottes ?

— Ils doivent dormir où ils le peuvent, j'imagine. On devrait attendre d'être sur la route pour faire du bruit.

Parker acquiesça, même si chaque brindille brisée sous leurs bottes paraissait aussi forte qu'un coup de feu aux oreilles d'Adam. Ils passèrent devant un mobile home, puis un autre. Avançant rapidement, sans parler, ils regardaient à droite et à gauche.

Un autre mobile home se profilait sur la gauche. Une pancarte en bois accrochée de guingois sur un unique clou annonçait : *La lumière du porche est allumée, mais il n'y a personne.*

Deux chaises longues moisies se tenaient près de la porte, avec leur cadre rouillé. Des rideaux jaunis pendaient devant une fenêtre et...

Le rideau avait-il bougé ? Les gencives d'Adam furent douloureuses, à cause de la pression causée par ses crocs, quand il s'arrêta.

— Tu vois quelque chose ? murmura Parker si doucement que seul un loup-garou aurait pu l'entendre.

Le rideau ne bougea pas. Pas une seule paire d'yeux ne regarda au travers. Adam se concentra et les seuls battements de cœur qu'il entendait étaient les siens, ceux de Parker et ceux de certains animaux des bois aux alentours. Il secoua la tête et ils continuèrent d'avancer, plus vite, désormais.

Le chemin de terre serpentait à travers les arbres. Il s'était sans doute agi auparavant d'une allée. Ils le suivirent, respirant un peu plus facilement une fois qu'ils eurent dépassé les propriétés. Une fois encore, Adam écouta attentivement. Ils étaient seuls.

Après avoir consulté la carte, il alluma le moteur familier de Mariah. Il ronronna et Parker grimpa derrière son petit ami, passant les bras autour de sa taille, les cuisses collées à ses hanches.

— Ça faisait un moment, soupira Parker.

— Ça va ? demanda Adam en posant une main sur la sienne.

— Oui. Je ne pensais pas que ça m'avait manqué.

Il rit, laissant échapper un souffle d'air chaud à l'oreille d'Adam, ce qui lui envoya un frisson dans la colonne vertébrale.

— Est-ce bizarre d'être nostalgique du début de l'apocalypse zombie ?

— Tout paraissait si simple, à l'époque, répondit impassiblement Adam. La vie était facile.

— La musique était tellement mieux. Même si j'ai entendu une chanson géniale, l'autre jour.

Alors que Parker fredonnait la mélodie de Dolly et Kenny, Adam fit pivoter l'accélérateur.

CELA AVAIT EFFECTIVEMENT manqué à Adam. Le vent sur son visage, les lunettes de soleil sur son nez, le corps de Parker entourant le sien et la fidèle Mariah pour monture.

Il ricana. Pour monture ? Il devenait dramatique et frôlait le sentimentalisme.

— Quoi ? demanda Parker sans avoir besoin de crier grâce à l'ouïe d'Adam.

— Rien. Encore la nostalgie du début de l'apocalypse.

Il vira sur la voie de gauche de cette route à double sens afin d'éviter un nid-de-poule.

Il était merveilleux que la nature ait gagné autant de terrain en seulement quelques années. Trois branches se dépliaient au-dessus de la route étroite. De l'herbe et des plantes grimpantes poussaient au travers des fissures sur le bitume.

— À ton avis, comment sont les Pins, maintenant ? demanda Parker.

— Du point de vue de la nature, je parie que le terrain n'est plus entretenu aussi impeccablement, cria Adam. Pour le reste, tout dépend si Angela Yamacuchi est toujours aux commandes.

Si elle était encore envie.

— S'ils ont reçu des ordres, ils sont peut-être tous partis au sud après notre départ.

Parker sembla y réfléchir avant de dire :

— Si le centre est toujours en état de fonctionnement, je me demande si l'abruti de frère d'Angela travaille toujours sur un remède.

Ses bras se resserrèrent autour de la taille d'Adam.

— S'il découpe toujours des loups-garous pour ses expériences.

— Peut-être qu'un jour, on le découvrira. Ça me semble quand même improbable.

— Qu'on le découvre ou qu'il trouve une solution ?

— Les deux. Comme on ne peut pas se fier aux radios, il faudra bien, *bien* longtemps avant que la communication revienne à son ancienne échelle. Et j'espère qu'il peut trouver un remède, mais pour rester réaliste…

— Oui.

Parker redevint silencieux avant de chuchoter.

— Je me demande si Evie et Jaden sont toujours en vie.

— Moi aussi. Et ces gens que nous avons rencontrés dans le désert. Ils allaient… au nord de la Californie, je crois ?

— Oh, oui ! Ils étaient vraiment gentils. Ils nous ont donné des sandwichs. Merde, je ne me souviens pas de leurs noms.

— Moi non plus.

Ils continuèrent de rouler. Adam s'autorisa à ressentir un certain chagrin mélancolique pour les personnes qu'ils avaient rencontrées sur leur route et pour le destin qui avait pu être le leur. Son esprit dériva vers Abby et son chagrin devint vif et spécifique, ce qui lui coupa le souffle.

— Tu vas bien ? demanda Parker.

Adam acquiesça, sa gorge trop serrée pour répondre alors qu'il se souvenait de son petit ami, à quatre pattes, qui essayait de laver le sang d'Abby sur le pont du bateau sur lequel elle était montée avec Craig et les enfants.

— Tu crois que Jacob essaierait réellement de trouver son père en Californie ? cria Adam.

— Seigneur, je n'espère pas. Mais… non, pas vraiment. Je crois qu'il se prendra une bonne dose de réalité, si ce n'est pas déjà fait. Je m'inquiète davantage pour ce que Sean lui fait.

— J'espère sincèrement que tu te trompes sur ce point-là.

Parker éclata de rire.

— Moi aussi, crois-moi.

Adam se crispa en voyant un bref mouvement, quelques secondes avant que Parker s'exclame :

— Oh, merde ! Fais attention.

Un labrador noir aboya au bord de la route alors qu'ils s'approchaient. Il était rachitique et ses poils étaient emmêlés. Adam réduisit l'allure.

— On ne peut pas s'arrêter ! cria Parker. Il peut avoir la maladie de Carré. Ou la rage. La maladie de Carré ne m'affectera pas, mais tous les deux, on serait foutus si on attrapait la rage, c'est certain.

La culpabilité submergea tout de même Adam alors que la langue du chien pendait de sa bouche et qu'une expression joyeuse se dessinait sur son visage à leur approche.

— Il n'a pas l'air malade.

Parker grogna.

— Je sais, mais nous devons rester vigilants. Bon sang, c'est un bon petit gars.

Adam esquiva grandement le chien quand ils passèrent devant lui. L'animal leur courut après une minute avant de disparaître de leur champ de vision tandis que la route décrivait un virage.

— Argh, marmonna Parker. C'était tellement nul. J'ai l'impression d'être le plus gros salopard de la Terre.

— Moi aussi.

Même si dans son enfance, on lui avait appris à ne pas s'approcher des chiens, pour des raisons de sécurité, il n'était pas immunisé face à leur charme adorable et amical.

— J'aimerais…

Il se tut, entendant et sentant à la fois des humains – des conversations distantes, des battements de cœur et l'odeur de nombreuses personnes mêlées à du détergent ainsi qu'à d'autres parfums domestiques. Il arrêta Mariah au milieu de la rue et vérifia la carte.

— Je crois que nous sommes proches de l'enceinte.

Il glissa les doigts sur la carte et montra à Parker, qui regardait par-dessus son épaule.

— Il y a des gens, non loin d'ici. Une dizaine, au moins.

— Ça pourrait être des monstres ? Je sais que tu as dit qu'ils vivaient la nuit, maintenant, mais nous n'avons aucune garantie.

— Ce ne sont pas des zombies. J'en suis certain.

Parker soupira longuement et son souffle chaud retomba sur le cou d'Adam. Dans le silence, sans le bruit du moteur, les cigales chantaient et les oiseaux pépiaient.

— L'enceinte n'est pas vide, alors, constata Parker.

— On dirait bien.

— Si *c'est* cette fameuse enceinte. J'ai l'impression qu'on l'a trouvé un peu trop facilement.

— Je ne dirais pas que la nuit dernière était facile.

Adam frissonna en se souvenant des monstres et des rats affluant autour de lui. Il eut envie de frotter sa peau jusqu'à ce qu'elle soit à vif.

Parker serra les bras autour de son homme. Cette étreinte était si simple et si réconfortante.

— Pas faux. Très bien, il faut qu'on en apprenne plus sur la situation qui se présente. Jacob est peut-être là-bas. Tu peux le renifler ?

— Je peux essayer. La seule personne que j'arrive à détecter de façon fiable, à distance, c'est toi.

— Est-ce étrange d'être flatté par ma puanteur ?

Adam fut obligé de rire.

— Tu ne pues pas.

— Je ne sais pas, mec.

Parker leva un bras et renifla d'un air théâtral.

— Je transpire comme un fou avec cette veste. Je parie que ça t'excite.

Adam caressa la cuisse de Parker.

— Je ne dirais pas que ça ne m'excite *pas*.

Ils éclatèrent de rire à l'unisson avant de se reconcentrer sur les choses sérieuses. Ils se mirent d'accord sur un plan de fuite, en fonction de ce qu'ils trouvaient.

— On devrait peut-être attendre qu'il fasse nuit, dit Adam.

— On ajouterait le risque d'être encerclé par des monstres, constata Parker. En plus, la nuit tombe dans plusieurs heures. Je vais devenir taré en attendant, alors que Jacob pourrait être juste là.

Adam aurait insisté sur la nécessité d'être patient sans la perspective terrible que Parker se retrouve face à des zombies comme ceux qu'il avait croisés. Il n'y avait probablement pas de bon moment pour tenter une approche. Les risques étaient élevés, jour comme nuit. Tout dépendait finalement de ceux qui les attendaient au bout de la route.

— Si on compte se lancer, autant le faire maintenant, dit Parker d'une voix rauque.

— Nous ne sommes pas obligés. Nous pouvons retourner sur

le *Bella* sur-le-champ. Suivre le courant du fleuve jusqu'à l'océan.

Parker passa une fois encore les bras autour du corps d'Adam, pressant ses lèvres sur la nuque de son homme.

— Tu n'imagines pas à quel point c'est tentant, marmonna-t-il. Mais non. Pour toutes les raisons dont nous avons discuté sur l'île, je dois le faire. Tout ira bien. Nous avons tes capacités de loup et mon charme. Et une arme, aussi.

Se remettant en mouvement, ils restèrent en alerte. Adam était prêt à opérer un demi-tour et à battre en retraite. Le bitume décrivait une courbe et il repéra à travers les arbres le mur que Connie avait décrit. La barrière de métal était sombre et se mêlait à la végétation. Un humain ne pouvait probablement pas voir suffisamment loin et, effectivement, Parker demanda si son petit ami était certain de sa route lorsqu'il tourna sur l'allée couverte de végétation et non démarquée.

Un haut portail bloquait la route huit cents mètres plus loin. Sur la droite, une cabine de commande aux vitres teintées se tenait au sommet d'une haute plateforme. Plusieurs personnes montaient la garde sur cet espace, avec des armes à feu, dont une femme qui tenait ce qui ressemblait à un fusil d'assaut.

— Waouh, murmura Parker. C'est un sacré mur. Ce truc doit faire la taille de deux étages.

— J'imagine que c'est la raison pour laquelle on parle d'enceinte et non pas de propriété.

— Sérieusement, ça dégage les mêmes impressions que les Pins. Je ne suis pas fan.

Les armes étant rivées sur eux, Adam s'arrêta à bonne distance. Mariah continuait de ronronner discrètement et il fut ravi que le soleil au-dessus de leur tête recharge la batterie. Adam leva les deux mains et cria :

— Bien le bonjour ! déclara-t-il comme s'il était dans un film d'époque.

— *Bien le bonjour* ? chuchota Parker. Sérieusement ?

La femme asiatique qui tenait le fusil d'assaut les mit en joue et haussa un sourcil, suspicieuse. Ses cheveux bruns étaient tirés dans un chignon sévère.

— Eh bien, *yiiiha*, partenaire, lança-t-elle d'une voix traînante.

Les trois hommes qui gardaient également le portail ricanèrent. En un clin d'œil, tout humour et toute moquerie disparut.

— Es-tu l'un d'eux ? s'enquit-elle.

— Si on était des monstres, on essaierait de manger votre visage, rétorqua Parker.

La femme fronça les sourcils.

— Pas *eux*.

Parker gigota, le stress envahissant son corps. Il conserva un ton admirablement poli tout en répondant.

— Désolé, nous ne comprenons pas ce que vous essayez de dire.

Adam fut sonné et la terreur remonta le long de sa colonne vertébrale. Ils ne voulaient tout de même pas parler de…

Il se redressa à la dernière seconde et réussit à ne pas tressaillir comme la femme aboya :

— Ces putains de *loups-garous*.

Adam ne voyait pas le visage de Parker, mais il percevait sa tension. Il imagina la tornade d'émotions qui le traversait. La fierté monta en Adam quand son petit ami se contenta de rire, son cœur tambourinant comme une batterie alors qu'il mentait de façon plus convaincante que jamais.

Il était habituellement si honnête et si ouvert. Son visage et sa bouche trahissaient chaque tentative de duperie. Il était même mauvais pour les mensonges les plus innocents. Lorsqu'il avait organisé une fête surprise pour l'anniversaire d'Adam, ce dernier l'avait deviné bien longtemps auparavant, même si, bien sûr, il avait fait semblant d'être surpris.

— C'est censé être amusant ? s'enquit Parker. Comme si nous n'avions pas déjà assez de pain sur la planche avec les zombies. Ce sera quoi, ensuite ? Les vampires ? Non, attendez… l'abominable homme des neiges. Et bien sûr, on est en Floride. Donc il y aura la créature des marais ? Le monstre du loch Ness a traversé l'Atlantique ? C'est quoi son nom ? Jessie ? Non, ce n'est pas…

Un homme blanc tenant une arme et portant une chemise en flanelle ainsi qu'une casquette rouge leur répondit.

— Vous voulez nous faire croire que vous n'en avez pas croisé un seul ces trois dernières années ? Ces salopards seront bientôt plus nombreux que nous.

L'idée que les loups-garous soient réellement à deux doigts d'être plus nombreux que les humains semblait invraisemblable, même avec le virus. Adam observa la zone, écoutant les battements de cœur et tentant de contrôler le sien tout en finalisant la route pour leur plan de fuite.

— Nous vivions sur un bateau. Nous ignorons de quoi vous parlez, répondit Parker avant de souffler. Vous plaisantez, c'est ça ? C'est un rituel de bizutage ? Nous cherchons simplement un ami. Désolé de vous avoir dérangé. Nous allons partir.

Le bruit des armes qu'on chargeait leur fit le même effet qu'un coup de feu. Avec Parker toujours derrière lui sur la moto, Adam leva une nouvelle fois les mains.

— Nous ne voulons pas d'ennuis.

L'un des autres gardes grogna.

— Pourquoi tu leur *poses* des questions ? demanda-t-il avec un accent britannique distingué, similaire à celui de Sean.

L'homme saisit ensuite ce qui ressemblait à un sifflet sur une chaîne, autour de son cou.

Le cœur de Parker accéléra et une sueur acide émana de sa peau.

— Sérieusement, on est cool. Tout est cool.

Une autre voix résonna alors.

— Parkster ?

Chapitre 12

PENDANT LES TROIS ans au cours desquels Parker n'avait pas entendu la voix de son frère, il l'avait imaginée un millier de fois.

Eric avait été ténor, dans la chorale de l'école, et capitaine de l'équipe de débat. Sa voix était chaude et rassurante. Désormais, elle était éraillée. Elle se brisa sur le seul mot que Parker aurait cru ne plus jamais entendre, le surnom qu'on ne lui aurait plus jamais donné.

Il sut qu'il avait commencé à bouger uniquement quand Adam bloqua son chemin et le coinça derrière son large dos. Jetant un coup d'œil au-dessus du bras d'Adam dans sa veste en cuir, Parker dévisagea son frère. Il se réveillerait d'une seconde à l'autre. Ça ne pouvait être réel.

Néanmoins, un homme portant le visage de son frère – avec les yeux bleus et les pommettes hautes, une peau rasée de près et un ensemble symétrique qui avait rendu Parker fou lorsqu'il n'était qu'un gamin dégingandé – le regardait en retour, depuis l'embrasure de la porte de la cabine de commandement.

Les cheveux dorés d'Eric étaient proprement coupés court. S'il avait porté un costume ou un polo avec un pantalon, Parker se serait attendu à voir ses parents sortir ensuite, son père avec un Manhattan à la main et sa mère arborant ses perles préférées.

Cet Eric-là portait des tennis, un short et un T-shirt orange avec le logo de l'équipe de football des Gators de Floride. Il ouvrit et ferma la bouche avant de secouer la tête. Lorsqu'il reprit la parole, sa voix était aiguë et nasillarde, comme si elle était sur le point de se briser.

— C'est vraiment toi ?

Parker était conscient des regards rivés sur lui, mais il ne pouvait détourner les yeux d'Eric alors que l'un des gardiens avec une arme immense demandait :

— Vous connaissez ces gars, monsieur Osborne ?

— C'est mon frère, murmura Parker à Adam en faisant un pas en avant.

Tandis qu'il avançait, Eric disparut de son champ de vision. Parker eut envie de dire à son petit ami que tout allait bien, qu'il ne fallait pas qu'il grogne ou qu'il dévoile son loup intérieur, qu'ils étaient en sécurité parce que son frère était vraiment *ici*, qu'il était *réel* et *vivant*.

Eric surgit par la porte au pied du portail. Parker rit et haleta en le prenant dans ses bras. Adam avait apparemment lu dans ses pensées, car personne ne tira.

Parker étreignit son frère et inhala le parfum familier d'*Eric*. Il le connaissait depuis qu'il était gamin, à l'époque où son frangin le portait sur son dos, où ils se chamaillaient au sous-sol ou où il empruntait sa veste, bien trop grande pour lui, afin de la porter lors de la boum de quatrième.

— Parkster, chuchota Eric. C'est vraiment toi. Merci, mon Dieu. Merci.

Des souvenirs tourbillonnèrent dans l'esprit de Parker comme s'il faisait défiler les photos, à l'époque où il possédait encore un téléphone.

Devant le sapin de Noël, souriant dans leur nouvelle chemise et leur nouveau pantalon de costume, alors que Parker n'avait qu'une envie : construire le set Lego de l'étoile de la mort avec l'aide promise par Eric.

Sous le porche de la maison de Cape, à Chatham, en train d'éplucher des épis de maïs tout juste achetés sur le stand en bois du fermier, au bord de la route. Il mettait le bazar avec ces brins soyeux sur le bois blanc tandis qu'Eric lui parlait de la fille qu'il avait embrassée.

Sautant du bateau et nageant précipitamment vers la bouée, Parker tentait de suivre les longues brasses d'Eric, goûtait l'eau salée et battait des pieds aussi vite que possible. Ils n'étaient rien que tous les deux, à faire des longueurs. Il était déterminé à rattraper Eric, un jour...

— Maman et papa ? chuchota son frère.

Parker secoua la tête.

— Ils n'ont jamais rejoint la maison de Cape. Boston était...

Il frissonna et Eric l'étreignit encore plus fort.

— Comment ? demanda Parker d'une voix émue alors que les larmes coulaient sur son visage. Mais qu'est-ce que tu fous en Floride ?

Dans l'enceinte de Connie ? Quand as-tu découvert l'existence des loups-garous ? Qu'est-ce que ça signifie pour Adam et moi ?

Prenant une inspiration tremblante, Parker recula. Clignant des yeux, il s'obligea à se reconcentrer sur le présent, avec les gardes armés autour d'eux. Adam se trouvait à quelques mètres de lui avec une main posée sur Mariah. Les balles ne l'affecteraient pas, mais s'ils avaient aussi des tranquillisants ? Et les balles affecteraient certainement Parker.

— Monsieur Osborne, insista la femme tenant le semi-automatique. Je suis désolée de vous interrompre, mais nous n'avons pas encore innocenté ces invités.

Quelque chose dans sa manière de prononcer « invités » fut tout sauf accueillant.

— Quoi ? demanda Eric en s'essuyant les yeux. Vous ne m'avez pas entendu ? C'est mon *frère*.

Il rit, sourit et ébouriffa Parker comme il l'avait toujours fait.

— Mon frère est ici.

Il sembla reprendre ses esprits avant de s'éclaircir la voix.

— Je vous garantis qu'il n'est pas un *loup-garou.*

Le dédain – non, la *haine* – avec laquelle Eric cracha ce mot coupa le souffle de Parker.

Le regard d'Eric dériva vers Adam et… merde, pouvait-il encore plus ressembler à un loup-garou stéréotypique et poilu ?

Les morceaux du puzzle se mirent en place dans le cerveau de Parker. Le sifflet que l'autre gardien portait autour de son cou émettrait certainement une fréquence perçante que seul Adam pourrait entendre et à laquelle il serait forcé de réagir sur le plan biologique. L'homme toucha du doigt la chaîne dorée et le cœur de Parker explosa.

— Voici Adam, mon petit ami, répondit-il en tendant la main vers celle de l'intéressé et en s'y agrippant.

— Je suis sûr que tu ne sortirais pas avec un *loup-garou*, répliqua Eric – c'était vraiment *Eric* – en riant.

Un bout de l'âme de Parker se flétrit et mourut.

Le temps ralentit comme s'il était piégé dans un gel épais et visqueux.

— Bien sûr que non, mentit-il à son frère, qui était *vivant.* Mais de quoi parlez-vous, les gars ?

Il s'obligea à laisser échapper un rire aigu et étranglé.

— Des loups-garous ? On a navigué depuis Cape et on est restés sur le bateau autant que possible. Apparemment, on a loupé des trucs.

Il n'osa pas jeter un coup d'œil à Adam. Il lui serra les doigts et eut l'impression d'être un traître.

— Je vous aiderai à rattraper votre retard.

Eric tendit une main vers Adam.

Ce dernier relâcha son petit ami pour la saisir, évidemment. C'était ce qu'il était censé faire. Parker voulut quand même se raccrocher à lui.

— Ravi de te rencontrer, mec, dit Eric. Entrez, entrez.

Le portail s'ouvrit dans un grincement, suffisamment pour

qu'Adam pousse Mariah à l'intérieur, sur les talons de Parker et d'Eric. Ils continuèrent d'avancer dans l'allée. Parker eut conscience que les gardiens les regardaient – et que l'arme était toujours rangée contre le creux de ses reins.

— Que fais-tu ici ? demanda-t-il.

Au même moment, Eric dit :

— Pourquoi es-tu venu précisément ici ?

Ils éclatèrent de rire.

— Comment as-tu su, pour nous ? ajouta Eric.

Quelle bonne putain de question !

Parker n'était pas certain d'avoir déjà menti à son frangin, mis à part quand il avait raconté un petit bobard sur le fait d'avoir mangé le dernier donut ou sur le fait d'avoir passé la carte d'identité d'Eric pour tenter d'entrer dans un bar de Provincetown au cours d'un été.

Jusqu'à ce qu'il lui mente trente secondes plus tôt.

— C'est qui « nous » ? demanda Parker.

Il jeta un coup d'œil à Adam qui l'observait prudemment.

Eric rit.

— Pourquoi ne pas commencer par le début au lieu de s'échanger une vingtaine de questions ? Vous avez faim ? Soif ? Tu peux garer ta moto dans le garage. On a un branchement solaire.

— Oh, ça ne te dérange pas si on la garde avec nous ?

Le cœur de Parker tambourina. Tout allait bien. C'était Eric ! Ils devaient être en sécurité, ici. Tout irait nécessairement bien.

— Nous y sommes vraiment attachés. Elle s'appelle Mariah et elle a sauvé nos vies bien plus d'une fois. Genre, au moins une centaine de fois, hein, Adam ?

Celui-ci hocha la tête en silence.

— Pas de problème, répondit Eric. Enfin, monsieur Burton ne voudrait pas de traces de boue chez lui, mais laissez-moi vous emmener vers notre dépendance de rab.

Alors qu'ils arrivaient au sommet d'une pente, Parker cligna des yeux devant une immense demeure en stuc avec un toit aux tuiles orange de style espagnol. Les murs étaient ornés de plantes grimpantes. Une dizaine de plus petites versions, qui devaient être les dépendances, se trouvaient au milieu des arbres, le long de cabanes plus rudimentaires qui venaient visiblement d'être construites, si on en croyait l'absence de plantes grimpantes et le design plus simple et plus fonctionnel. Au-delà, le soleil luisait au-dessus du lac. Il arrivait à peine à distinguer le rivage distant.

Des champs de production s'étiraient probablement sur plusieurs hectares au bord de l'eau. Parker était bien conscient de tous les regards posés sur eux et Eric acquiesça, en parlant à ceux devant lesquels ils passaient et qui les dévisageaient curieusement. Parker tenta de se concentrer sur ce qui était dit, malgré le bourdonnement dans son cerveau, en vain.

Il tendit la main et toucha le coude de son frère. Celui-ci passa un bras autour de ses épaules en souriant.

Eric était *en vie*.

Et Eric détestait les loups-garous.

Non, Parker ne le savait pas. Il devait s'agir d'un malentendu. Il trouverait une solution. Tout irait bien. Fatalement.

Alternant entre la joie et le désespoir, Parker ne put se concentrer sur rien d'autre. Adam le regarda, les sourcils froncés et les lèvres pincées. Parker tenta de sourire.

Je suis sûr que tu ne sortirais pas avec un loup-garou.

— Nous avons des problèmes d'eau, actuellement, dit Eric, donc ne buvez rien au robinet.

— D'accord, répondit Parker en suivant son frère dans la dépendance en stuc.

Elle était petite et pourtant élégante, avec son plafond haut. Elle possédait une pièce principale, avec un lit, une kitchenette et une porte donnant sur une salle de bain. Tout était décoré dans des tons neutres avec goût. Les murs étaient d'un blanc chaud. Plusieurs fenêtres avaient été barricadées par des planches, assombrissant l'intérieur, car seule une fenêtre offrait une vue sur le lac, au loin.

Eric enclencha l'immense ventilateur au plafond.

— Désolé, c'est étouffant. La climatisation demande trop d'électricité, même avec notre système solaire. On limite les fenêtres pour se cacher du soleil pendant la journée et pour éviter la lumière inutile la nuit. Il n'y a pas d'eau chaude dans les dépendances, mais le sol n'est jamais très froid, donc ça va.

Après une pause, lors de laquelle Parker se contenta de le dévisager, Eric demanda :

— Tu vas bien, petit frère ?

Il l'ébouriffa et l'attira dans une ferme étreinte.

— Merde alors, je n'aurais jamais cru te revoir.

Je crois que je ne vais pas bien.

— Tu étais en Angleterre, répondit bêtement Parker.

— Oui, heureusement pour moi, monsieur Burton avait un abri antiatomique rempli de stocks. Nous y sommes restés à plusieurs, pendant quelques mois. Nous étions à l'abri des bestioles, comme on les appelait là-bas.

Il ricana.

— À cause des yeux d'insecte. Au début, c'était une plaisanterie dans le bunker. Les Britanniques adorent ce mot, donc c'est resté.

— Comment êtes-vous arrivés ici ? Quand ?

Parker jeta un coup d'œil à Adam, qui se tenait dans l'embrasure de la porte ouverte. Derrière lui, le chrome rouge de Mariah luisait, là où elle était garée devant, dans un rayon de soleil.

— Nous sommes venus en bateau, il y a un an et demi environ, sur un cargo pendant que les moteurs fonctionnaient encore, dit Eric avant de désigner la maison principale. Cet endroit appartenait à un vieil ami businessman de monsieur Burton. Nous avons couru le risque en pensant qu'il serait vide ou que nous y serions les bienvenus.

— Et alors ? demanda Adam d'une petite voix.

Eric le regarda.

— C'était vide. Nous avons dû faire le ménage dans les bois – des bestioles, des rats et des chiens enragés rôdaient. Mais c'est un endroit reculé et nous n'avons pas eu beaucoup de problèmes. Pas comme à Londres.

— Que s'est-il passé à Londres ? l'interrogea Parker.

Il le demandait à *Eric* qui se tenait devant lui, avec son T-shirt des Gators.

Ce dernier grimaça.

— C'était un vrai merdier. Comme si nous n'avions pas déjà assez de problèmes avec une pandémie mondiale catastrophique. Les loups-garous ont décidé de prendre les commandes.

— Parce que les vampires étaient trop occupés à sucer du sang ? demanda Parker en riant faiblement.

Ha ha.

— Vous n'avez vraiment croisé aucun loup-garou ? s'enquit Eric.

— On est surtout restés tous les deux, répondit Adam.

Eric acquiesça.

— Comment vous nous avez trouvés ici ?

C'est vrai, *bonne putain de question.* Si le patron d'Eric avait connu le propriétaire – était-ce le père de Connie ? Connie elle-même ? S'ils n'étaient pas censés être au courant pour les loups-garous, ils devaient faire semblant de ne pas la connaître. N'est-ce pas ? Était-ce logique ?

L'estomac de Parker bouillonna. Il n'avait qu'une envie : raconter les trois dernières années à son frangin, laisser les mots et les souvenirs se déverser. Ne pouvoir le faire lui provoquait le même effet qu'un coup de poing dans le ventre.

— Coup de bol, répondit Adam en franchissant le seuil et en venant poser sa main chaude et solide sur l'épaule de son petit ami. Le moteur de notre bateau a lâché sur le fleuve, non loin, alors on a décidé d'explorer le terrain.

— On jouait au « on part à droite ou à gauche », lança Parker. Tu te souviens quand on était enfants, sur nos vélos ? L'un de nous donnait une direction et on partait dans une rue quelconque. Parfois, on continuait sur des kilomètres et on mettait une éternité à retrouver le chemin de la maison. Et puis tu es devenu trop vieux pour faire du vélo et la seule fois où j'ai joué tout seul, maman et papa avaient appelé la police avant que je rentre à la maison.

Eric déglutit difficilement, ses yeux luisants et sa voix chargée d'émotions.

— Tu t'étais attiré tant de problèmes. Ils t'ont acheté un portable, après ça.

— Ouais. Ce truc moche à clapet.

Parker renifla et perçut le goût de ses larmes pleines de morve alors qu'il titubait une fois encore vers les bras de son frère.

— Tu m'as tellement manqué. Je n'aurais jamais cru… Je n'aurais jamais cru.

Parker pleurait sur son T-shirt des Gators. Il devait penser à tant de choses, trouver une solution pour tout faire comprendre à Eric, car les loups-garous n'étaient pas méchants et tout ça n'était qu'une grande erreur. La joie et le désespoir rendaient sa respiration et sa *réflexion* plus difficiles.

— Nous avons tant de choses à rattraper, dit Eric en relâchant Parker et en le gratifiant d'un sourire larmoyant. Vous voulez vous laver ? Vous avez faim ? Il y a de l'eau filtrée, même si elle est à température ambiante. Nous avons une équipe qui purifie l'eau jour et nuit.

Il désigna une fontaine à eau dans la kitchenette blanche avec une grande cruche en plastique comme celles qu'on utilisait dans les bureaux.

— Vous avez besoin de vêtements ?

— Seulement s'ils sont aussi stylés que les tiens, dit Parker.

Eric rit – rit *sincèrement*. Son frère l'aimait tellement.

— Mes costumes de Brooks Brothers n'ont pas survécu à la traversée de l'Atlantique. Petit con.

Parker retira son sac à dos.

— On a suffisamment de vêtements, mais merci.

— Votre bateau est sur le fleuve, c'est ça ? Le Keehassee ? Voici le lac Heewoolee et le fleuve Keehassee qui mène à l'océan.

Quand ils hochèrent la tête, Eric ajouta :

— On peut le remorquer.

— Ce serait merveilleux, merci.

Parker soupira, soulagé. Il détestait laisser le *Bella* sans protection et désormais, Eric arrangeait son problème. Tout irait bien. Son frère arrangeait toujours tout.

— Tu te souviens de cette fois où j'ai volé une bouteille de vin au 7-Eleven ? Et que j'ai donné ton numéro à la police pour que tu fasses semblant d'être papa ? Le flic a eu des soupçons, jusqu'à ce que tu prennes la tangente sur *les gamins, aujourd'hui*. Il m'a laissé partir parce qu'il a supposé que j'aurais suffisamment de problèmes, à la maison.

Eric sourit.

— Je me souviens. Jessica t'avait lancé un pari et bien sûr, comme tu n'avais aucun instinct de survie, tu l'as tenu. Et je crois que « vin » est un bien grand mot, dit-il avant de feindre un haut-le-cœur. C'était ce Zinfandel rose qui n'était pratiquement que du jus. Tes instincts de survie se sont certainement améliorés.

— Oui, répondit Parker alors que leurs sourires se dissipaient. Ouais.

Sans un mot, ils s'étreignirent.

— Je n'aurais jamais cru te revoir, murmura Eric.

— Je sais. Je sais.

Parker s'agrippa à son frère. Du coin de l'œil, il remarqua qu'Adam les filmait. Ce dernier rangea ensuite sa caméra dans sa poche.

Prenant une profonde inspiration, Eric recula et sourit.

— Regarde-toi. Tu as fait pousser ta barbe. Tu te pointes avec un petit ami. Et pas n'importe quel petit ami : un biker tatoué. Tu as vraiment grandi.

— Adam n'a pas de tatouage, à vrai dire. Mais c'est un cœur de pierre, comme tu peux le voir.

Un sourire se dessina sur les lèvres d'Adam.

— Merci, répondit-il sèchement.

Le nœud dans l'estomac de Parker se resserra. Ce n'était pas le moment de plaisanter. C'était le moment de… Il n'en savait rien.

— Installez-vous pendant que j'inscris votre arrivée, dit Eric. Habituellement, monsieur Burton approuve tout le monde, mais bien évidemment, je sais qu'il n'y a pas de risque avec vous. Je vais vous organiser un repas. Ne vous inquiétez de rien. Vous êtes ici, maintenant.

Il serra une fois de plus la main d'Adam.

— Je suis vraiment ravi de te rencontrer. Je l'ai déjà dit, hein ? Désolé, j'ai la tête qui tourne. Je n'arrive pas à y croire. Mais vous êtes là, maintenant. C'est tout ce qui compte.

Il se retourna vers l'embrasure de la porte.

— Et ne vous inquiétez pas pour les loups-garous. Je sais que ça paraît peut-être fou, mais tout est sous contrôle.

La gorge de Parker s'assécha.

— Génial, répondit-il d'une voix rauque.

Eric demeurait figé dans l'entrée.

— Je ne veux pas cesser de te regarder. Je n'arrête pas de me dire que tu vas disparaître, dit-il avant de rire à moitié. Promets-moi que tu ne disparaîtras pas, d'accord ?

Parker sentit le poids du regard de son petit ami sur lui.

— Je te le promets.

Souriant, Eric s'éloigna rapidement et Parker tenta de trouver du sens aux promesses et aux deux mots qui faisaient ricochet dans son cerveau.

Sous contrôle.

Chapitre 13

DANS LE SILENCE suivant le départ d'Eric, Adam demeura immobile. Il entendait le cœur de Parker tambouriner et sentait l'odeur de sa sueur salée, sachant que s'il le prenait par la nuque, celle-ci serait mouillée. Adam devait tendre la main et le rassurer, pourtant, ses bottes avaient été comme collées au parquet.

Il aurait tout donné pour continuer à rouler, afin qu'ils restent tous les deux pour toujours.

— Tu vas bien ? demanda Parker d'une voix rauque, même si lui-même ne pouvait aller bien.

Adam l'aima tant à cet instant que c'en fut *douloureux*.

Ils s'enlacèrent et respirèrent à l'unisson. Adam imaginait à quel point il était incroyable pour Parker de revoir son frère. Il était tellement, tellement heureux pour lui, malgré la peur, l'horreur et la colère qui bouillonnaient dans son estomac. Il avait envie de dire tant de choses, mais il ne trouvait pas les mots.

Parker prit la parole, bien évidemment.

— Eric n'est pas quelqu'un de méchant, marmonna Parker contre le cou d'Adam alors qu'ils s'agrippaient l'un à l'autre. Ça doit être un malentendu. Les loups-garous paraissent effrayants, au début, mais je lui expliquerai et il comprendra.

Adam recula.

— Tu ne peux rien lui dire.

— Oui, je sais. Pas pour l'instant. Nous devons d'abord comprendre ce qu'il se passe. Mais je sais que tout ira bien.

— Qui tentes-tu de convaincre ? demanda gentiment Adam

en glissant les mains le long de ses bras, sur le tissu usé de sa douce veste.

Parker s'essuya les yeux.

— Nous deux, j'imagine. Mais je *sais* que mon frère est quelqu'un de bien.

— Je te crois. Mais c'est un nouveau monde. On ne peut plus faire confiance… aux personnes qu'on croyait avant.

— Oui, mais…

Il regarda par-dessus l'épaule d'Adam et lança :

— Oh, salut !

Une jeune femme, avec un accent britannique, leur apporta un grand Tupperware contenant ce qu'elle qualifia de sandwichs à « la salade de poissons », ainsi que deux pommes, tout en commentant avec enthousiasme sa rencontre avec le frère d'Eric. Adam sourit autant qu'il le put.

Il crut qu'elle ne partirait jamais.

Parker ferma la porte derrière elle et tourna le verrou. Il observa la dépendance.

— C'est vraiment les Pins deux-point-zéro.

— C'est vrai. Connie a un jour qualifié son père de « hippie milliardaire ». Il a fait fortune dans le plastique, mais il s'intéressait plutôt à la durabilité.

En voyant l'expression suspicieuse de Parker, Adam ajouta :

— Les gens ne sont pas toujours logiques. En revanche, c'est logique que les endroits écolos soient actuellement en train de prospérer. Avec l'énergie solaire, et cetera.

— Et son père connaissait le patron d'Eric, j'imagine ?

Parker prit une pomme avant de froncer les sourcils et de se laver les mains dans le lavabo de la cuisine avec un pain de savon fabriqué maison.

— Je crois que c'est plus probablement son mari.

— Connie est mariée ? Ah. Curieusement, je n'y ai jamais réfléchi.

— Ex-mari, devrais-je dire. Il était humain. Il a géré l'entreprise de son père un moment, mais le mariage n'a pas tenu.

— C'était un trouduc ?

Adam se surprit à sourire.

— Je le crois bien.

— Très bien, donc si ce monsieur Burton – le patron milliardaire d'Eric, c'est ça ? – connaissait le mari de Connie, sait-il qu'elle est un loup-garou ? Que c'est une enceinte de loup-garou ?

— Je n'en sais rien. Serait-il venu ici s'il l'avait su ?

Parker jeta sa pomme d'une main à l'autre en faisant les cent pas dans la kitchenette.

— Probablement pas ? Évidemment, nous devons faire comme si nous ne connaissions pas Connie et que tout ça n'était que pure coïncidence. Au cas où ils la connaîtraient.

— Oui.

— Bon, disons qu'ils n'étaient pas au courant pour Connie et son père. Il n'y avait pas de truc de loup-garou ici ?

— Comme quoi ?

— Je n'en sais rien ! Beaucoup de poils ? Des brosses pour les puces ?

Adam fut obligé de rire.

— Quand je repense à la maison dans laquelle j'ai grandi, j'imagine que personne n'aurait pu deviner qui nous étions en regardant ce qu'on avait.

— D'accord. Donc ce n'est pas comme une famille de vampires qui a des cercueils en guise de lits. Tu sais, ça doit vraiment être une erreur, répondit Parker en continuant de jeter sa pomme. Je comprends qu'ils aient peur s'ils n'en savent pas plus. Mais c'est stupide de combattre les loups-garous *et* les monstres. Et pour ce que nous en savons, ces Zacharies doivent être présents. Nous ne pouvons pas nous battre les uns contre les autres. Nous devons nous unir.

Adam acquiesça, résistant à l'envie de mentionner tous les

exemples historiques de peuples ne s'étant pas unis quand ils l'auraient dû.

— Tout ira bien. Eric est ici. Nous trouverons une solution.

Prenant une profonde inspiration, Parker regarda autour de lui.

— C'est joli.

Il gigota et un sourire fendit son visage.

— Mec, mon frère est *ici*.

Adam ne pouvait qu'imaginer ce qu'il ressentirait si l'une de ses sœurs réapparaissait et qu'elle était miraculeusement vivante. La joie atteindrait son âme. Elle serait plus puissante qu'il ne pouvait le concevoir. Il voulait être ravi pour Parker.

Il n'avait pas envie de laisser la peur sombre et désespérée se terrer en lui.

Parker retira sa veste et la plia prudemment autour de l'arme avant de glisser le tout sous le lit. Il se leva ensuite et mordit dans sa pomme en gémissant.

— Oh, c'est bon. Goûte.

Il la lui tendit, même s'il y en avait une autre dans le contenant.

Adam saisit le poignet de Parker et croisa son regard en mordant dans la pomme.

Parker écarquilla les yeux.

— C'était étrangement biblique et torride à la fois.

Leurs bouches se rencontrèrent alors que du jus de pomme frais et sucré coulait sur leur langue. Parker rit pendant leur baiser et il y eut quelque chose de si innocent, de si beau dans ce geste. Le souffle d'Adam se coupa à cause d'une vague d'amour et de gratitude, ainsi que d'un désir ardent et choquant. Il passa les bras autour de Parker et le souleva.

Les jambes enroulées autour de son petit ami, ce dernier continuait de s'agripper à sa pomme.

— Waouh, murmura-t-il. Tu veux vraiment me baiser maintenant, hein ?

Adam se rendit compte qu'il bandait et il posa Parker sur le plan de travail blanc, ravageant sa bouche. L'un de ses souvenirs préférés emplit son esprit : Parker grimpant sur l'étroite couchette dans le noir complet après que son petit ami avait révélé son secret. Parker le réconfortant et continuant de lui faire confiance. Le désirant toujours à la lumière du jour, le prenant dans sa belle bouche...

Gémissant pendant le baiser, Parker frotta leurs verges l'une contre l'autre au travers des nombreuses couches, alors qu'Adam le collait contre lui.

— Tu veux jouir en moi avec ta grosse queue ? Chéri, tu sais que j'aime ça quand tu me baises violemment. Fais-moi hurler. Mets-moi le bâillon, parce que je fais trop de bruit...

Grognant, Adam tira sur la braguette de Parker.

Ce dernier grogna et recula, ses lèvres luisant à cause de leur salive partagée.

— Waouh, d'accord. J'ai beau avoir envie que tu me penches au-dessus de ce plan de travail et que tu me prennes jusqu'à ce que je sois incapable de marcher, on a des trucs à faire.

Il rit alors qu'Adam cambrait les hanches.

— Je sais que je suis irrésistible, mais il faut qu'on se remette le cerveau à l'endroit. Celui qui se trouve au-dessus de notre cou, soit dit en passant. Je crois qu'on pète tous les deux un câble.

Il scruta le visage d'Adam.

— Tu vas bien ?

Non.

Parker avait raison, ce n'était pas le moment. Néanmoins, Adam eut envie de rugir.

— Tu es *à moi*.

Ces mots ne furent rien de plus qu'un grognement, mais Parker les comprit.

Il saisit le visage d'Adam entre ses mains et le caressa avec ses pouces.

— Je suis à toi, chéri.

Il l'embrassa profondément. Adam sortit ses crocs et Parker les lécha comme il l'avait fait des années auparavant lorsque c'était nouveau. Adam gémit, ses testicules se crispant déjà, ses griffes prêtes à s'allonger. Il faillit jouir sur le coup quand Parker parla contre ses lèvres.

— Je suis à toi et tu es à moi. Tout entier.

La vague de soulagement et d'amour fut presque aussi puissante qu'un orgasme. Adam en trembla et reprit sa respiration alors que son homme déposait des baisers sur son visage.

— On va trouver une solution, lui promit Parker.

Lorsqu'Adam put à nouveau parler, il répéta :

— On va trouver une solution.

Il reposa Parker.

Ils étaient tous les deux nerveux. Parker était fébrile. Il recommença à faire les cent pas pendant qu'ils mangeaient. Adam ne pouvait pas non plus s'asseoir. Il s'appuya contre le plan de travail en s'obligeant à engloutir le sandwich. Ce fut délicieux – acidulé et crémeux, comme une bonne salade de thon avec quelques morceaux de carottes craquantes. Le pain au levain était frais. Cette communauté était clairement bien établie.

Et cette communauté le détestait.

Il était ridicule que cette idée soit *douloureuse*, mais c'était pourtant le cas. Il était ravi pour Parker, qui avait été réuni avec son frère. Il avait tant envie de croire qu'Eric était une bonne personne digne de confiance.

Comment le pouvait-il ?

Adam avait envie de jeter son petit ami par-dessus son épaule et de s'enfuir en courant. Pourquoi avaient-ils quitté l'île du Salut ? Parker avait eu raison depuis le début. Ils auraient dû rester en sécurité dans leur bulle et laisser le reste du monde livré à lui-même.

Un flot de culpabilité réchauffa son visage alors qu'il songeait à Jacob. Il se montrait si égoïste qu'il en devenait insupportable.

— Tu ne sens aucun loup, ici ? demanda Parker avant de se servir un verre d'eau depuis la fontaine.

— Non. Mais je ne suis pas aussi doué que d'autres loups. Mes instincts ne sont pas aussi affûtés.

— Bien sûr que si. Tu te sous-estimes.

Adam hésita.

— Je ne sens personne. Sean et les autres auraient dû arriver depuis des jours.

— À moins qu'ils aient menti. Je veux dire, je *sais* que Sean a menti à propos de Jacob.

Parker mangea sa pomme jusqu'au trognon.

— Et si leur intention n'avait jamais été de venir ici pour lancer une communauté jumelée ? Ils pourraient être n'importe où.

— Ils venaient voir si l'enceinte était viable. Pourquoi mentir ?

— Parce qu'il aime se foutre des gens ? Parce que Connie leur a donné de l'essence, de la nourriture et d'autres ressources ?

— C'est possible.

Parker plissa les yeux.

— Tu me dis ça pour me faire plaisir. Arrête.

— Je suis d'accord sur le fait que c'est possible. C'est effectivement possible. C'est incroyablement irréfléchi, mais c'est possible. Sean est un alpha. Le bien-être de la meute devrait être sa priorité.

— A-ha ! dit Parker en levant le doigt. « Devrait », ce n'est pas une garantie.

— C'est vrai.

— Qu'a-t-il dit à propos des humains et des loups-garous en Angleterre ? Il y avait bien quelque chose, non ? demanda Parker en se frottant le visage. Mon cerveau est surchargé.

— Il a dit qu'il y avait eu un conflit.

— Ça fait sens. Comment nous appelle-t-il ? Ordz ? Ce n'est pas aussi horrible que Ramon, aux Pins, mais quand même.

Parker releva le col de son T-shirt et le renifla.

— Je pue. On devrait prendre une douche et se changer avant de rencontrer d'autres personnes.

Il se déshabilla en avançant vers la petite salle de bain.

Adam récupéra les vêtements abandonnés de Parker et résista à l'envie de les renifler pour se rassurer. En revanche, il les plia.

Une fois qu'ils furent entassés dans la cabine en verre, Adam lava les cheveux de Parker et apprécia ses fredonnements de satisfaction. Les distributeurs en plastique sur le mur en carrelage blanc étaient remplis de shampoing et d'après-shampoing et il lissa donc ce soin jusqu'aux pointes des cheveux de son petit ami.

Ce dernier en fit de même pour lui.

— Les anthropologues diraient que c'est un rituel sexuel. Et j'imagine que c'est le cas.

Ils s'embrassèrent. Le feu brûlant et désespéré qu'ils avaient ressenti dans la cuisine refroidit. Adam se sentait plus rationnel et plus calme, ce qui était une bonne chose, étant donné qu'il affrontait des... quoi ? Des ennemis ? Des opposants ? Des anti-loups-garous ? Il détestait percevoir Eric comme un ennemi.

— Je ne voulais pas m'autoriser à rêver que je le reverrai, chuchota Parker sous le flot régulier et apaisant d'eau tiède.

Adam l'embrassa sur le sommet de son crâne. Il souhaitait le supplier d'être prudent, de piocher dans sa paranoïa et sa suspicion. Toutefois, son homme méritait cette joie. Il voulait que Parker vive chaque seconde de bonheur, dans le nouveau monde dont ils avaient hérité. Il ne voulait pas que Parker soit obligé de mentir à son frère à propos de son petit ami, même s'il l'avait fait sans hésiter.

Soupirant, Parker coupa l'eau de la douche.

— Je sais qu'il se passe quelque chose de tordu. Mais comme je l'ai dit, Eric est quelqu'un de bien. On trouvera une solution.

D'accord ?

— Bien sûr.

Adam pressa leurs bouches l'une contre l'autre.

— Je ressens vraiment cette impression de « meilleur et pire moment de ma vie ». Il faut encore qu'on trouve Jacob. Je ne peux pas me laisser distraire.

Parker inspira, son souffle se coupant et son pouls accélérant. Adam entendait presque son esprit tourbillonner anxieusement.

— Une étape à la fois.

Adam glissa ses paumes sur la peau mouillée de Parker.

— Première étape : tu as le droit d'être heureux de revoir ton frère.

— Oui. C'est vrai.

Son sourire était de guingois. Il paraissait plus jeune qu'il ne l'avait semblé depuis un moment.

— À vrai dire, la première étape est de mettre des vêtements et de ne pas se pointer là-bas tout nu.

— Si tu insistes.

Avec leurs T-shirts, leur jean et leurs bottes renforcées, ils s'approchèrent de la maison principale alors que le soleil s'abaissait dans le ciel, projetant une lumière caramel et dorée. La demeure était immense et, honnêtement, elle était bien trop extravagante au goût d'Adam.

— Devrions-nous frapper ? hésita Parker.

— Ça ne peut pas faire de mal.

Avant qu'ils puissent s'exécuter, Eric ouvrit la porte et les accueillit à l'intérieur. Malgré son commentaire précédent sur sa garde-robe, il avait enfilé un pantalon décontracté ainsi qu'une chemise rayée et des mocassins en cuir. Adam et Parker n'étaient clairement pas assez bien habillés.

Adam scruta les alentours avec ses sens et fit un effort pour tenter de percevoir l'odeur de Sean, de Jacob ou de n'importe quel autre loup. Des ventilateurs au plafond fouettaient l'air et le parfum le plus prégnant qui emplissait ses narines était une eau de Cologne épicée pour homme.

Celui qui la portait apparut sur la première marche d'un escalier majestueux. Ses cheveux étaient blancs, son visage rougeaud, son sourire orné de fausses dents et entraîné. Une montre dorée luisit à son poignet alors qu'il ouvrait largement les bras et lançait un : « *Bienvenue* » !

— Je vous présente monsieur Burton, dit Eric avant de les présenter.

Il était curieux qu'il se réfère toujours à lui par son nom de famille après l'effondrement de la société.

Burton descendit l'escalier avec un pas rebondissant et enthousiaste. Il avait probablement la soixantaine, il était en forme et excessivement bronzé. La rougeur sur son visage aurait pu être provoquée par le soleil, mais cela ressemblait plutôt aux effets de l'alcool. Il portait un pantalon en lin et une chemise dont les manches étaient retroussées jusqu'à ses coudes. Ses sandales en cuir claquaient sur l'escalier en bois.

— Atticus Burton, à votre service !

Le nom et l'accent cockney disaient quelque chose à Adam. Il se souvint d'une histoire au journal et d'évocations sur CNN de plans insensés et grandioses pour fonder une colonie dans l'espace. Adam serra la main de cet homme à contrecœur.

— Et j'ai cru comprendre que vous étiez tombés sur nous par hasard ? demanda Burton.

Parker éclata de rire.

— Oui ! Quelles étaient les chances ?

Burton écarta encore une fois largement les bras.

— Ça doit être le destin.

— L'univers fonctionne de façon mystérieuse, dit Parker.

Burton laissa échapper un rire rauque. Il ne sentait pas la cigarette, mais Adam le soupçonnait d'avoir été fumeur, par le passé. L'homme secoua la tête.

— J'ai toujours dit que notre temps sur Terre était limité. Et voilà que nous nous retrouvons à la fin des temps. Si davantage de personnes m'avaient écouté, nous pourrions être en sécurité dans les étoiles.

Parker fronça les sourcils.

— Vous voulez dire, au Paradis ?

Le rire de Burton tonitrua.

— Non, mon cher garçon. Espérons que cela attendra encore.

Il lui passa un bras autour des épaules et le guida vers un salon décoré de canapés en cuir beige.

— Dans l'espace. Nous aurions pu y arriver, si seulement d'autres personnes avaient partagé ma vision des choses.

Leur emboîtant le pas, Adam se demanda quelle pression il devrait appliquer pour arracher le bras de Burton de son corps.

— Oh, avant que j'oublie, vous avez mentionné au portail que vous cherchiez un ami, dit Eric.

— Ah bon ? s'étonna Parker en riant. On a dit ça ? Je flippais juste à cause des armes. Ma bouche est devenue indépendante du reste de mon corps. J'ignore totalement ce que je disais.

Eric secoua affectueusement la tête.

— Ça me paraît logique.

— Et si je vous faisais visiter ? demanda Burton en les guidant déjà vers l'immense cuisine blanche épurée avec un double îlot central.

Ses fenêtres, qui faisaient face à la forêt, étaient barricadées. La jeune femme qui avait apporté les sandwichs agita joyeusement la main, de là où elle épluchait des carottes avec d'autres jeunes gens en train de fourmiller de tous les côtés en préparant le repas.

Eric se pencha pour murmurer à l'oreille d'Adam.

— Il est… extravagant, mais il nous a permis de rester en vie.

Adam acquiesça et observa les alentours alors que Burton exposait l'utilisation de l'énergie solaire. Le design de la maison et le décor étaient tout en lignes lisses et élégantes. Des lumières étaient encastrées dans les murs et luisaient de rouge alors que le soleil disparaissait.

Cet endroit était presque futuriste et aussi opposé que possible aux chalets en bois accueillants de l'île du Salut. Connie avait mentionné que l'île avait eu pour but un retour vers la nature. Ainsi, son père avait clairement opté pour un style différent concernant son enceinte sur le continent.

— Pourquoi ces lumières-là ? s'enquit Parker.

— Les murs devraient être assez grands pour éviter que les contaminés repèrent une quelconque lampe, mais nous avons transformé toutes les ampoules pour qu'elles n'émettent qu'une lumière rouge.

— Ah. Je croyais que la vision nocturne était verte ? s'étonna Parker.

— Ah, oui, elle peut l'être, répondit Burton avant de glousser. Je suis sûr que vous avez vu ça dans des films. Cela existe, très certainement, ou du moins, cela existait. Le fait que les photorécepteurs de l'œil perçoivent mieux le rouge ou le vert, dans le noir, est débattu. La rhodopsine dans les bâtonnets rétiniens humains est...

Il se tut et leva une main.

— Toutes mes excuses. Je me prends un peu pour un scientifique et je suis sûr que vous vous ennuyez déjà. En résumé, nous trouvons que la lumière rouge est efficace pour répondre à nos besoins. Nous avons mis en place des limitations de bruit, vingt-quatre heures sur vingt-quatre. Les bestioles sont attirées par la lumière, mais bien sûr, elles peuvent aussi entendre. Il vaut mieux prévenir que guérir.

Burton, qui avait *toujours* un bras autour des épaules de Parker, présenta et mit en avant le jacuzzi de la suite. Apparemment, il y avait bien assez d'eau chaude, dans la demeure principale.

Adam desserra sa mâchoire pour poser une question.

— Comment avez-vous découvert cet endroit ?

Burton sourit, dévoilant ses facettes.

— J'aimerais dire que c'était le destin. Je l'ai un jour visité avec un vieil ami. C'était l'un des antres de son beau-père. Je pensais qu'elle serait plus sûre et plus fortifiée que ma propriété de Palm Beach.

— Cool, répondit Parker. Votre ami est ici, aussi ?

— Non, il a été transformé en pain grillé il y a des années. Heureusement pour nous, sa pétasse d'ex-femme n'était pas là, on a donc pu faire comme chez nous.

Peut-être que si Adam détachait tout simplement la tête de Burton du reste de son corps…

Parker plissa le nez.

— C'est quoi le rapport avec le pain ?

Burton s'esclaffa et donna une claque dans le dos de Parker.

— C'est ma vieille expression, désolé. Vous comprendrez bien assez tôt. Et si on allait faire un petit tour près de l'évier ?

— Il vous propose un verre, clarifia Eric.

Étant donné que cet homme n'avait probablement pas vécu dans les quartiers est de Londres depuis des décennies, Adam trouvait l'utilisation de cet argot complètement ridicule. Pour être honnête, s'il s'était agi de quelqu'un d'autre, il aurait peut-être trouvé cela charmant.

Une terrasse en bois surélevée se trouvait à l'arrière de la maison et avait vue sur le lac. Ils s'installèrent sur des chaises longues rembourrées tandis que Burton insistait pour jouer au barman. Adam demanda un whisky avec des glaçons quand l'homme refusa d'accepter qu'il ne souhaite que de l'eau. Non pas qu'Adam ait une quelconque envie de boire de l'alcool, mais il se disait que ce serait une boisson suffisamment virile pour satisfaire Burton.

— Ah, un homme comme je les aime ! Nous, on appelait ça une pustule tâchée, dit Burton en assénant une claque dans le dos du loup-garou.

Les crocs de ce dernier le faisaient souffrir tant ils désiraient être libérés.

Apparemment, le vin rouge était aussi acceptable. Parker et Eric furent servis, avec deux verres particulièrement pleins. Le verre de bourbon de Burton était presque rempli à ras bord et Adam fut ravi d'avoir un glaçon dans le sien. Il était aussi ravi d'avoir un métabolisme de loup-garou.

— Dans un sens, j'ai l'impression que c'est grâce au destin, si je suis ici, songea Burton alors que l'éclat rouge à l'horizon noircissait. J'ai formulé une offre sur cette demeure, quand le vieux est enfin mort, mais la pétasse a refusé. Je comptais copier le design pour ma propre version. J'ai acheté le terrain pour le faire, en périphérie de Miami. Et voilà où nous en sommes maintenant.

— Pourquoi ici ? demanda Adam en sirotant son bourbon sans se préoccuper de la brûlure de sa gorge qui le détournait de ses envies de meurtre.

Il ne se souvenait pas de la dernière fois où il avait détesté quelqu'un de façon si viscérale.

— Pourquoi ne pas rester dans votre bunker londonien ?

— Oh, s'il s'était agi d'un événement nucléaire, nous serions toujours là-dessous, heureux comme des rois. Nous serions en sécurité pour des décennies. Mais il n'y a pas de soleil.

Burton agita le bras et la lune qui montait dans le ciel se refléta sur sa montre.

— Il n'y a pas d'air frais. Après six mois, nous en avions assez. N'est-ce pas, Eric ?

— Clairement, dit-il en agitant la main. Mais le bon côté des choses, c'est qu'il n'y avait pas de moustiques, sous terre.

Un jeune homme arriva à point nommé avec une spirale anti-moustique embrasée et une bougie à la citronnelle. Adam se demanda qui étaient les domestiques. Avaient-ils été employés à Londres ? Si c'était le cas, Eric semblait posséder un statut plus élevé, bien qu'il s'adresse à Burton de façon formelle.

Ce dernier poursuivit, comme s'il était en plein monologue.

— C'est le destin qui a fait que je me trouvais dans le bureau londonien de mes sociétés financières quand le virus s'est installé.

— Heureusement pour nous, dit Eric. Sans vous, nous serions morts.

— Mon toboggan en tourbillon nous a sauvé la mise. Les gens avaient tendance à se moquer de tout ce que je prévoyais, expliqua Burton en souriant de ses dents féroces et bien trop blanches. Qui se marre, maintenant ?

Il but une gorgée.

— Après six mois, nous avons donc décidé d'explorer nos options. Elles étaient limitées, à cause des bestioles et des putains de loups-garous envahissants.

Ce fut à Adam de boire une gorgée de bourbon.

— Ouais, euh, c'est quoi le problème ? C'est un genre d'effet secondaire du virus qui crée les monstres ? demanda Parker.

— Non, apparemment, ces salauds existent depuis toujours, répondit Burton avant d'éclater de rire. Je vous le dis, moi, ils gardaient ça pour eux. Je n'avais entendu que des rumeurs, et pourtant je dînais avec des présidents et des Premiers ministres.

— Waouh, s'exclama Parker en jouant parfaitement son rôle. Ça a dû être incroyable.

— Oui, oui, dit Burton en lui faisant un clin d'œil. Oh, les histoires que je pourrais vous raconter.

Et qu'il nous racontera sans l'ombre d'un doute, songea Adam en soupirant intérieurement.

— Ils ont pris les commandes au Royaume-Uni. Je voulais rester et combattre ces bêtes pour défendre mon chez-moi, mais je devais penser à mon peuple, dit Burton en faisant un signe vers Eric. Ton frère, par exemple. Je devais les faire passer en priorité, après mon désir de camper sur mes positions.

Comme c'est noble. Adam résista à l'envie de lever les yeux au ciel.

— Comment combattriez-vous des loups-garous ? demanda

nonchalamment Parker.

Trop nonchalamment ? Personne d'autre ne sembla le remarquer.

— Nous avons un certain nombre de stratégies et d'outils, répondit Burton. Nous avons quelques atouts dans nos manches.

Le malaise d'Adam s'intensifia.

— Combien y a-t-il de personnes, avec vous ? demanda-t-il.

Il avait remarqué certains habitants, sur le terrain, et près des dépendances et autres cabanes, mais même en percevant leurs pouls, leur nombre n'était pas clair. Il devina qu'ils étaient des dizaines. Une centaine, peut-être.

— Quel est le compte actuel, mon garçon ? demanda Burton.

Avant qu'Eric puisse répondre, il continua de parler.

— Parker, ton frère a été précieux. Il ne s'était jamais fait remarquer, au bureau, mais il est mon bras droit depuis que nous avons voyagé jusqu'au Nouveau Monde.

— Vous parlez comme Christophe Colomb, dit Parker avec un sourire feint.

— Merci ! rugit Burton. Un héros de l'Humanité.

— Ouais, répondit Parker avant de boire une grande gorgée de vin.

Adam sourit dans son verre, imaginant le commentaire mental indigné de son petit ami à propos des colons et des génocidaires.

— Eric a mentionné que vous aviez un problème avec votre eau ? demanda Adam.

Burton soupira lourdement.

— L'ancien système n'était pas fait pour tant de monde. Nous creusons un nouveau puits et un système de filtration. Pour l'instant, nous devons faire bouillir toute l'eau que l'on boit. C'est laborieux, comme vous pouvez l'imaginer.

Adam pouvait très bien imaginer que Burton ne s'occupait nullement de ce labeur.

— Hmm.

Il se demandait comment ils maintenaient les rats à distance, mais peut-être que ceux-ci demeuraient loin des gens et des monstres.

— Nous avons tout un nouveau système en projet, ajouta Burton. Il sera meilleur que jamais.

— Cool, dit Parker. Vous avez l'équipement pour construire un puits suffisamment grand ? Pourquoi ne pas simplement boire l'eau du lac ?

— Elle contient bien trop de contaminants, expliqua Burton. Nous sommes en train de la boire, actuellement, mais seulement après l'avoir fait bouillir selon un processus strict. Et je vous assure que toute la nourriture peut être mangée sans crainte. Sans parler du fait qu'elle est délicieuse, comme vous le découvrirez bientôt.

Il les gratifia d'un sourire radieux, comme s'il avait participé de près ou de loin à la préparation.

Ils dînèrent du bar grillé avec des pommes de terre rôties sur une longue table, avec d'autres survivants britanniques. La salle à manger était inquiétante avec cet éclat rouge, ce qui rendait Adam encore plus nerveux, même s'il voyait parfaitement autour de lui. Mieux que les humains, sans aucun doute.

Burton, qui avait fait sauter avec ravissement le bouchon de liège d'une bouteille de champagne, leva sa flûte.

— Aux nouveaux amis. Non, à la famille ! Notre Eric a enfin été réuni avec son frère. Nous sommes vraiment ravis que le destin vous ait ramenés ici. Comme l'a dit un grand homme, un jour…

Adam baissa son verre devant ses lèvres, alors qu'il avait été sur le point de boire une gorgée, et il se déconcentra pendant le reste du toast qui se poursuivit encore et encore. Finalement, ils trinquèrent et il s'obligea à sourire.

Une femme écossaise, dont il n'avait pas entendu le nom, demanda :

— Où est notre autre nouvelle amie, ce soir ?

— Elle n'avait pas envie de venir, répondit quelqu'un. La

pauvre. Tu imagines à quel point elle est traumatisée.

À côté d'Adam, Parker dit :

— Navré de l'apprendre. J'espère qu'elle ira mieux. Si nous pouvons faire quoi que ce soit pour l'aider, prévenez-nous.

Eric gratifia son frère d'un sourire radieux.

— Merci.

Parker mit une petite pomme de terre rôtie dans sa bouche.

— Hmm. C'est merveilleux.

Tout cela ressemblait fortement aux Pins, et Adam tenta de sourire, de manger et de ne pas pendre Burton par les chevilles pour le secouer jusqu'à ce qu'il confesse ce qu'il se passait réellement. Eric semblait lui faire confiance, même s'il n'avait probablement pas le choix, étant donné les circonstances. Rester proche du milliardaire qui possédait un abri antiatomique lors d'un chaos apocalyptique était logique.

Adam ne savait pas quoi faire d'Eric. Il avait entendu tant de choses à propos de lui et il avait envie de l'apprécier. De lui faire confiance. Il souhaitait laisser Parker profiter de leurs retrouvailles, au moins une soirée.

Parker évoqua une fois encore le sujet des loups-garous, ce qui était judicieux, étant donné qu'ils avaient besoin d'autant d'informations que possible. Toutefois, la peau d'Adam paraissait le comprimer. De chaudes aiguilles de colère, de honte et de souffrance le picotaient infiniment.

S'il se souvenait du déchirement de sa chair, aux Pins, morceau après morceau après morceau, il se disait que la sensation paraissait familière.

— Le mépris qu'ils ont pour nous, dit une Écossaise d'âge moyen. Comme si nous étions un caillou au fond de leurs chaussures.

L'homme blond à côté d'elle, dont les cheveux paraissaient roses sous cette lumière, acquiesça et regarda Adam ainsi que Parker.

— Soyez ravis d'avoir évité ces bêtes aussi longtemps, dit-il avec un accent irlandais. Ça ne me surprendrait pas s'ils s'étaient alliés avec les Zacharies pour planifier tout ça.

Burton acquiesça.

— Une prise de pouvoir hostile.

Sous la table, Parker glissa une main sur la cuisse d'Adam. Ce dernier se concentra sur cette pression chaude et régulière afin de garder les pieds sur terre.

Parker s'éclaircit la voix.

— Et s'ils ne sont pas méchants ? ajouta-t-il en jouant avec sa fourchette. Ils sont peut-être juste fatigués de vivre dans l'ombre. Maintenant, ils sont libres et peuvent être eux-mêmes.

Eric marqua une pause alors qu'il coupait sa pomme de terre en quartiers.

— Ils ne sont pas comme les gays. Tu n'as rien fait de mal. Tu n'as blessé personne.

— Tout le monde ne serait pas d'accord avec ça, rétorqua Parker. Nombre de gens pensaient que nous étions dangereux parce que nous nous aimions. Je suis sûr que c'est encore le cas de certaines personnes. Peut-être qu'avec les loups-garous…

— Ils sont *maléfiques*, insista l'Écossaise avec force. Ils sont pires que les bestioles.

Elle leva les yeux vers Eric, qui fixait du regard son assiette à moitié vide.

— Eric peut certainement en attester.

Sur la cuisse d'Adam, la main de Parker tressauta. Il observa son frère, mais celui-ci ne leva pas les yeux.

— Comment ça ? s'enquit Parker.

Eric leva la tête et le gratifia d'un sourire nerveux.

— Allez, c'est censé être une fête. Ne parlons pas de loups-garous.

— C'est de mauvais goût, confirma Burton. Ces créatures ne sont pas appropriées pour une conversation autour du dîner. Si la

Première ministre était présente, elle nous réprimanderait tous. Ai-je déjà mentionné qu'elle m'avait demandé un dîner en tête-à-tête quand elle avait souhaité avoir mes conseils sur une loi de liberté technologique ?

Alors que l'homme blablatait, Adam arrivait à peine à mâcher son repas. Il avait un goût de cendres et il le fit donc passer avec du vin.

Après le dîner, il n'eut qu'une envie : se cacher avec Parker et relever les couvertures au-dessus de leurs têtes. Ils devaient trouver Jacob. Toutefois, ce soir, il souhaitait simplement dormir avec son petit ami dans ses bras, peau contre peau.

— Tu veux venir passer un peu de temps dans ma chambre ? demanda Eric à son frère. J'ai une autre bouteille de vin.

— Ouais.

Le visage de Parker était déjà rouge et il sourit à son frangin. Son sourire se dissipa cependant quand il se tourna vers Adam.

— C'est bon ou…

— Bien sûr. Je suis prêt à aller me pieuter.

Comment pouvait-il dire non ? Il lutta tout de même contre l'envie d'emmener Parker loin d'ici. Si son frère buvait trop de vin, dirait-il quelque chose qu'il devrait garder pour lui ? Non. Adam avait une confiance totale en lui.

Eric tendit le bras pour une poignée de main virile.

— J'ai hâte d'apprendre à te connaître, mec.

— Idem.

Adam lui serra la main avant d'embrasser Parker et de se retourner.

Parker attrapa son poignet et l'attira dans une étreinte. Sur la pointe des pieds, il chuchota à l'oreille de son petit ami.

— *Toi, tout entier.*

Ces mots firent écho dans le cœur d'Adam et il jura de s'en souvenir lorsqu'ils affronteraient ce qui leur tomberait dessus ensuite.

Chapitre 14

— Est-il toujours aussi silencieux ? demanda Eric en passant à Parker un verre de vin à moitié plein sous une lumière cramoisie inquiétante.

— Qui ?

La bouche de Parker était pâteuse et sèche, à cause du tanin, et il se rappela qu'il devait siroter lentement. Sa peau était chaude et sa tête bourdonnait légèrement.

— Qui, à ton avis ?

Eric ébouriffa Parker avant de se laisser tomber à côté de lui sur la causeuse, près de la fenêtre dans sa chambre. Elle se trouvait dans la maison principale, près d'un couloir au rez-de-chaussée, et était décorée avec des tons terreux. Elle correspondait bien plus aux couleurs rustiques et aux motifs des chalets accueillants de l'île du Salut. Il s'était peut-être agi de la chambre de Connie, auparavant.

— Le roi d'Angleterre.

— À ton avis, qu'est-il arrivé aux familles royales ? C'est bizarre de penser qu'ils ont pu s'entre-dévorer le visage, comme nous, les pécores.

— Les célébrités sont vraiment comme nous, en fait, déclara solennellement Eric.

— Les familles royales avaient sans doute hâte de dévorer quelques visages après avoir été obligées de sourire pour les caméras toutes leurs vies.

Eric s'esclaffa.

— Je parie que oui.

Il éteignit la lampe qui brillait d'une lueur rouge à côté du lit et fit un signe de la main en direction de la fenêtre sombre face au lac, au loin.

— Regarde ça.

Alors que les yeux de Parker s'ajustaient à l'obscurité, il remarqua des lueurs jaunes vacillantes.

— Des lucioles ?

— Cool, hein ? Tu te souviens quand on en a attrapé une dans un pot, cet été-là, à la maison de Cape ? Tu as tout de suite commencé à pleurer en la voyant battre des ailes contre le verre pour essayer de sortir.

Parker imaginait ses doigts poisseux à cause de la crème glacée, et le contact de ses cheveux qui le brûlait à cause d'un coup de soleil. Il avait été si déterminé à attraper la luciole, puis il l'avait presque immédiatement libérée.

— Papa m'appelait le « libéral au cœur sanglant ». Il ne savait pas non plus que j'étais queer. Ou peut-être qu'il le savait déjà.

— Peut-être, répondit Eric avant de boire une gorgée de vin. Mais il t'aimait. Je sais qu'il ne te le montrait pas toujours.

— Ouais.

Parker s'autorisa à ressentir la douleur du manque de ses parents. Quoi qu'il en soit, ils avaient été sa seule maman et son seul papa.

— Alors ?

— Hmm ? Tu sais pourquoi les lucioles s'allument ? Je ne m'en souviens pas. Mon Dieu, Google me manque.

Eric rit.

— Pourquoi essaies-tu constamment de changer de sujet ?

Merde, il l'avait remarqué. Évidemment. C'était *Eric*. Assis à côté de lui. Leurs coudes nus s'effleuraient occasionnellement et leurs corps étaient avachis.

— Je n'arrive toujours pas à croire que c'est vraiment toi.

— Je sais, dit Eric en appuyant son épaule contre celle de Parker. Et je veux tout savoir sur ton petit ami canon, alors crache le morceau.

— Tu n'arrêtes pas de dire qu'il est canon. Devrais-je être jaloux ?

Eric s'esclaffa.

— Non, je suis toujours hétéro, mais j'ai des *yeux*. Enfin, Seigneur, ça fait beaucoup de muscles.

— Il est extrêmement canon, c'est vrai.

— Qui est-il ? Quelle est son histoire ?

— Je n'en sais rien. Il n'a pas *d'histoire*.

Le cœur de Parker tambourina. Il était bizarre.

Arrête d'être bizarre !

Eric fronça les sourcils.

— Pourquoi es-tu bizarre ? demanda-t-il avant d'hésiter. Allez, tu sais que je me fous de ton homosexualité.

— Je sais.

Parker tenta de rire pour chasser toute tension.

— Et à vrai dire, ce n'est pas vrai. Que je m'en moque. Ça n'est pas correct. Je m'y intéresse beaucoup. Je t'aime comme tu es.

— Je sais que tu n'es pas homophobe. C'est cool. J'imagine que c'est juste angoissant. De présenter mon petit ami à mon grand frère.

C'était la vérité, ça, au moins. Il n'avait pas besoin de spécifier ce qui le rendait nerveux, exactement.

— À vrai dire, on s'est rencontrés le dernier jour. Du monde normal, je veux dire. Il était l'assistant de mon prof et je suis allé dans son bureau pour me plaindre de ma note.

— Tu n'avais pas travaillé, mais tu t'attendais quand même à obtenir une bonne note ?

Parker bafouilla.

— Non ! Enfin, *peut-être*.

Il poussa le bras d'Eric.

— Ferme-la. Bref, je l'ai recroisé dans la cour, ce soir-là, et...

Des images traversèrent son esprit : des étudiants en train de courir et de crier, des jets de sang, des yeux exorbités et des bouches béantes.

— Je serais mort ou transformé en monstre sans Adam et Mariah. C'est sa moto. Nous avons été coincés ensemble, à partir de ce soir-là. Ensuite, c'est devenu un choix.

— Le destin, murmura Eric.

— Peut-être. Si ce monde n'avait pas pris fin, j'aurais laissé tomber sa classe sur les films noirs et je ne l'aurais probablement plus jamais vu. Je l'aurais sans doute croisé sur le campus, un jour, et je me serais dit : « il est canon, ce trouduc d'assistant du prof », et il me serait sorti de la tête. Ça se serait terminé là. Et maintenant, il est...

Parker dut déglutir la boule qu'il avait dans la gorge.

— Tout.

— Je suis tellement content que vous vous soyez trouvés.

Eric tendit son verre et Parker trinqua avec lui.

— Et toi ? Il n'y avait pas de canons dans l'abri antiatomique ?

Même dans l'obscurité, Parker distingua l'ombre qui se dessina sur le visage de son frère.

— Merde. Je suis désolé. Il y avait quelqu'un ?

— Oui.

Éclaircissant sa voix rauque, Eric but une grande gorgée de vin.

— Pippa, dit-il avant de glousser. Je sais, je sais, pourrait-elle porter un nom plus britannique ?

— À part Mary Poppins ? Pas vraiment.

Le sourire de Parker s'estompa. Une part de lui n'avait pas envie de savoir. Il n'avait pas envie d'entendre parler de cette douleur terrible et horrible, quelle qu'elle soit. Parce qu'il comprenait bien que ce serait une triste histoire. Mais il se devait de l'entendre. Si son frère souffrait, il devait le savoir.

— Que s'est-il passé ?

— Elle était plus âgée. C'était l'une des vice-présidentes. Elle avait presque la quarantaine. Elle était divorcée, sans enfant. Honnêtement, j'avais un faible pour elle depuis le jour où j'avais commencé à travailler au bureau londonien. Je n'aurais jamais cru qu'elle me regarderait.

— L'apocalypse zombie nous met grandement sur un pied d'égalité, plaisanta Parker sans trop d'enthousiasme alors que sa peur montait. Même si… franchement, les filles te couraient après.

Eric haussa les épaules, les yeux rivés sur les lucioles.

— Pippa était différente. Peut-être que c'est l'une des raisons pour lesquelles je la désirais. Pour le challenge ou je ne sais quoi. Mais elle était *intelligente*. Les calculs qu'elle savait faire de tête… c'était merveilleux. Elle était amusante, belle, et elle chambrait les autres, comme diraient les Britanniques.

Parker sourit.

— Elle a l'air géniale.

Elle avait l'air.

— L'abri était assez luxueux, quand on pense à ce genre d'endroits. C'était typique de monsieur Burton.

— Oui, il est… commença Parker après quelques secondes de silence.

Son cerveau lutta pour tenter de trouver un mot approprié.

— Vantard ? Crois-moi, je le sais.

— Oh, merci mon Dieu. Enfin, je suis ravi que ce mec t'ait gardé en vie et en sécurité pendant tout ce temps, ne te méprends pas, sauf que…

— Il est insupportable, mais comme tu l'as dit, nous sommes en vie et en sécurité.

Le regard d'Eric devint une fois encore distant.

— En vie et en sécurité, répéta-t-il, presque dans sa barbe. Qu'est-ce que je disais ? Oui, l'abri. Il était confortable, mais on était quand même à l'étroit. Je n'avais pas ma propre couchette et, un jour, Pippa m'a dit qu'elle en avait assez que je dorme par terre comme un chien rejeté. Elle m'a dit de ramener mon « cul tout maigre » là-haut. Et pas de bêtises.

— Ça a duré combien de temps, comme ça ?

Un sourire fantomatique se dessina sur les lèvres d'Eric.

— Une semaine. Ensuite, elle m'a embrassé. Elle a dit qu'elle en avait assez de m'attendre.

Il regarda la traînée dorée de lucioles dansant dans l'obscurité.

— Elle avait de magnifiques cheveux. Longs et bouclés. Si doux.

Parker observa les lucioles, pensant aux yeux noisette d'Adam qui prenait la plus pure des teintes dorées lorsqu'il se transformait.

— C'est arrivé un mois après notre sortie du bunker. On s'était rendu compte qu'on ne pouvait pas rester au Royaume-Uni. Il y avait trop de loups-garous. Nous avions entassé des denrées sur le cargo pour partir le lendemain. Pippa pensait que nous avions besoin de plus de médicaments. On était presque revenus sur le quai. Les loups-garous ont bloqué notre chemin. Ils étaient *répugnants*. Certains étaient à moitié humains, d'autres étaient devenus complètement *animaux*, cracha-t-il. Sans âme.

Parker avait si mal au cœur qu'il était certain qu'il allait voler en éclat.

— Je les ai suppliés comme un lâche. Juste pour qu'ils nous laissent passer. Des personnes infectées arrivaient. On les entendait…

Il se tourna vers Parker avec des yeux écarquillés et hantés.

— Tu connais ce bruit horrible qu'ils font ?

Son frère ne put qu'acquiescer.

— Pippa disait que le seul moyen de gérer des brutes, c'était de leur tenir tête. Mais ce ne sont pas des brutes. Ce sont des *monstres*. Ils sont inhumains. Pire que les zombies.

S'il parlait, s'il défendait Adam et les loups qui étaient devenus sa communauté – sa famille – Parker serait seulement capable de crier.

— Ils lui ont déchiqueté la gorge.

Des larmes coulèrent sur les joues lisses d'Eric. Il ferma les yeux.

— Je n'ai pas pu les arrêter. Je n'ai rien pu faire. Je sais que j'étais le suivant, mais ils ne m'ont pas tué. Ils m'ont dit : « que ça te serve de leçon ». De *leçon*.

Il frissonna.

— Je n'ai pu que la regarder mourir. L'entendre s'étouffer pendant que j'essayais d'interrompre le saignement avec mes mains. La sentir disparaître.

Des visions des yeux chaleureux et attentionnés d'Abby en train de se vider de toute expression envahirent l'esprit de Parker.

— Je suis désolé, chuchota-t-il. Je suis vraiment désolé.

Parker ne se souvenait pas de la dernière fois où il avait vu son frère pleurer. *Vraiment* pleurer. Était-ce déjà arrivé ? Il n'avait jamais pleuré avec autant de désespoir. Eric se nicha dans les bras de Parker pour la première fois de leurs vies. Il ne lui claqua pas le dos et ne l'ébouriffa pas.

Eric s'effondra contre lui et son frère ne put que l'enlacer, en souhaitant inutilement pouvoir arranger ça.

PARKER SAVAIT QU'ADAM l'attendait. Évidemment.

Il ferma la porte et tourna le verrou. Adam avait fermé le store sur la seule fenêtre qui n'était pas barricadée, et Parker voyait à peine devant lui pour avancer jusqu'au lit. Une veilleuse rouge luisait depuis la kitchenette.

— Allume la grande lumière, lui dit doucement Adam.

Le lit grinça lorsqu'il se rassit.

— Non.

La grande voix de Parker paraissait rauque à ses propres oreilles. Il retira vivement ses tennis et ses vêtements, son pied heurtant leur sac par terre, à côté du lit.

— Que s'est-il passé ?

Il secoua la tête, sachant qu'Adam pouvait le voir dans l'obscurité. Après avoir fouillé dans le sac, il repoussa les draps et grimpa sur le corps nu de son petit ami, chevauchant ses cuisses et l'embrassant avec de grands coups de langue alors que leurs torses se collaient l'un contre l'autre. Parker respira difficilement en tendant la main derrière lui pour s'ouvrir avec des doigts lubrifiés.

Dans l'obscurité, les yeux d'Adam brillaient d'une lueur dorée parfaite qui lui coupait le souffle alors qu'il bandait.

Le loup-garou laissa son petit ami le pousser contre le matelas. Ce dernier s'empala et grogna en prenant chaque millimètre.

Presque chaque millimètre.

— Toi, tout entier.

Adam prit une profonde inspiration et leurs regards s'embrasèrent. Sa verge s'épaissit en Parker et cette complétion fut presque insupportable. Les poils sur son torse, sous les paumes de Parker, devinrent plus denses, et ce dernier se pencha en avant en serrant les fesses et en se frottant contre le corps poilu d'Adam.

La brise fraîche émise par le ventilateur au plafond dansa sur la peau de Parker. Ses terminaisons nerveuses s'illuminèrent comme un sapin de Noël. Tant de sensations le submergèrent, le transpercèrent et s'épanouirent du plus profond de lui.

Ils s'embrassèrent à nouveau, les crocs d'Adam poussant contre les lèvres de Parker. Ses griffes effleuraient sa colonne vertébrale. C'était tout Adam, il était bon, gentil et courageux, et Parker l'aimait avec chaque morceau de son cœur brisé.

Se redressant, il décrivit des va-et-vient sur le sexe d'Adam, gémissant et se sentant incroyablement plein. Sa propre verge suintait déjà. Le loup-garou lui caressa les hanches en dessinant des cercles avec ses griffes, sachant exactement quelle pression exercer sans entailler sa peau.

Il était bien loin d'un animal.

— Merde, marmonna Parker. Mon Dieu, Adam.

— Tout va bien, murmura le loup-garou. Nous allons bien.

Adam était ici, vivant et en lui. Il l'étirait et l'emplissait complètement.

— J'ai besoin de toi.

Il accéléra ses coups de reins tout en caressant sa verge douloureuse, à présent.

— Il faut que je jouisse.

Il était si rempli, non seulement par Adam, mais aussi par un mélange tordu d'émotions qui menaçait d'exploser par son cerveau, sa bouche et ses veines. Se crispant, Parker gémit et grogna. Il était l'animal, désormais.

Roulant des hanches, il trouva exactement la bonne pression. Adam était immense et chaud en lui. Avec des mouvements désespérés de la main, il se déversa sur le torse d'Adam, la semence blanche visible sur la fourrure épaisse recouvrant sa peau.

— Oh, chéri, gémit Parker. *S'il te plaît.*

Adam décrivit des va-et-vient en lui, jouissant et l'emplissant, chuchotant de petits mots doux aimants et réconfortants. Ils restèrent collés l'un contre l'autre. Parker était affalé sur lui, l'embrassait et se nichait contre son corps tandis qu'il reprenait sa forme humaine.

Après s'être nettoyés, ils se blottirent sous les couvertures. Parker n'arrivait pas à dormir, mais il ne pouvait pas non plus parler de ce qu'Eric lui avait dit. Pas ce soir. Ce soir, il ne pouvait s'inquiéter pour Eric, pour Jacob, pour rien, aussi égoïste soit-il. Il était tard et il avait seulement besoin d'être avec Adam. Il devait reprendre son souffle et s'en occuper demain matin.

— C'est vrai que tu ressembles à un mec qui aurait des tatouages. Tu as déjà voulu t'en faire ? demanda-t-il en traçant le contour du biceps d'Adam.

Après quelques instants, ce dernier accepta ce nouveau sujet de conversation.

— J'y ai beaucoup pensé. Je n'ai jamais réussi à me décider pour un motif.

— Ah oui ? À quoi pensais-tu ?

Adam demeura silencieux bien trop longtemps.

Parker hésita, il aurait aimé voir clairement le visage d'Adam dans l'obscurité.

— Désolé. Est-ce trop…

Personnel ? Il vient de balancer sa semence de loup dans mon cul.

— Tu n'es pas obligé de me le dire.

Le rire chaud d'Adam effleura la joue de son petit ami.

— Je ne te cacherai jamais rien. C'est juste que c'est embarrassant.

— Ohhh. Je peux deviner ?

Il releva sa tête sur sa main et écarta son autre paume sur le torse d'Adam, jouant avec les poils rêches.

— Si tu y es obligé.

— Une moto. Rouge, comme Mariah.

— Non.

— Une pellicule ? Genre une bobine de film.

— Non, mais j'aime bien cette idée.

— Hmm.

Il décrivit un cercle paresseux autour de l'un des tétons d'Adam.

— Ça a un rapport avec ta famille ? Parce que ce n'est pas un sujet que je veux prendre à la légère.

— En partie, j'imagine, mais pas directement, répondit Adam en se lovant contre le menton de Parker. Ce n'est pas grave.

— Pas directement…

Parker claqua des doigts.

— C'est en rapport avec le loup, hein ? Je dirais que c'est une pleine lune, mais comme tu adores me le rappeler, c'est un mythe.

Mais c'est en rapport avec un loup, hein ?

Adam soupira.

— Oui.

— Très bien, donc c'est un peu basique, mais quelle importance ? Il n'y a pas de honte. Le seul tatouage que j'ai failli me faire, c'était une batte de baseball qui ressemblait plus à un godemichet. C'était un pari, en terminale, et heureusement pour moi, le tatoueur avait une conscience.

Adam glissa une main sur la hanche de Parker et y posa sa paume, lourde et rassurante.

— J'en suis ravi. Si tu te fais un tatouage, il devrait être beau.

Parker ricana alors que son cœur s'envolait.

— Dommage que tous les salons aient fait faillite quand la majeure partie de l'humanité a disparu.

— Damian fait des tatouages. Bethany en a quelques-uns.

— Oh, c'est vrai. Avec une aiguille à main. J'imagine que si on le revoit un jour, on peut le lui demander. Qu'est-ce que tu ferais ? demanda-t-il en esquivant particulièrement *ce* problème. Quel tatouage de loup désires-tu le plus ? Aucune réponse n'est trop basique, je te le promets.

Adam caressa la hanche de Parker avec son pouce, le balançant de haut en bas, de haut en bas.

— J'avais l'habitude de griffonner un dessin. De simples lignes courbées, noires, presque en cercle. Un peu dans une ambiance nordique. Un loup avec sa fourrure et la queue relevée.

— Comme le serpent qui se mord la queue ? Je ne me souviens pas comment ça s'appelle. Ai-je déjà mentionné que Google me manquait ?

— Une ou deux fois ? Et oui, c'est similaire. C'est plus *l'idée* d'un loup plutôt qu'un dessin réaliste.

— D'accord, carrément. Un loup stylisé. Ça m'a l'air merveilleux. Pur.

Adam l'embrassa. Leurs langues s'entrechoquèrent et ils

s'embrassèrent jusqu'à ne plus pouvoir respirer.

— Je devrais peut-être m'en faire un aussi, chuchota Parker. Enfin, je sais que je ne suis pas un loup, mais… des tatouages assortis. Comme je t'appartiens.

Adam roula au-dessus de lui et Parker couina, surpris, à cause de la rigidité qu'il sentait contre sa hanche.

— J'ose dire que tu aimes l'idée de me marquer.

Glissant légèrement le bout de ses crocs sur la clavicule de Parker, Adam murmura :

— À moins que tu préfères opter pour le godemichet en batte de baseball.

Le rire de Parker se termina sur un gémissement éraillé alors qu'Adam le prenait dans sa bouche et que ses crocs se rétractaient. Il n'aurait pas cru pouvoir jouir si rapidement, mais parfois, il adorait quand Adam lui prouvait qu'il avait tort.

PARKER AURAIT AIMÉ penser à prendre ses lunettes de soleil le lendemain matin, quand il suivit Eric le long d'un chemin contournant le lac jusqu'au port, qui était hors de portée de vue au-delà de la rive courbée. Eric portait de nouveau des tennis, un short et un T-shirt. Celui-ci était d'un bleu uni assorti à ses yeux.

Était-ce étrange que Parker remarque la couleur des yeux de son frère ? Il était si incroyable de pouvoir le *regarder*. Il se rapprocha délibérément alors qu'ils marchaient afin que leurs bras s'effleurent brièvement.

Parker avait marché sur la pointe des pieds, tout en se préparant. Il avait d'abord été touché qu'Adam fasse semblant de dormir afin d'offrir une certaine indépendance à son petit ami. Parker réalisa ensuite qu'Adam dormait réellement, ce qui était logique, après son escapade, nu, dans les bois. Elle ne s'était produite que la nuit précédente, même s'il avait l'impression qu'une éternité s'était écoulée. Adam devait être épuisé, plus à cause des séquelles émotionnelles après avoir entendu un enfant en détresse qu'à cause des conséquences physiques.

Cet appel était-il venu de l'enceinte ? S'agissait-il de l'un des outils de Burton ? D'un genre de piège ?

Un homme avança vers eux et Parker se rendit compte qu'il s'agissait de Casquette Rouge du portail. Il s'obligea à le gratifier d'un sourire amical.

Avant que Parker ne puisse le saluer en lui parlant de banalités comme la météo, Casquette Rouge cracha :

— Je croyais que tu avais prétendu venir de Cape Cod.

— Bonjour ! C'est vrai.

Les mains sur les hanches, Casquette Rouge répondit avec mépris.

— C'est un putain de mensonge. Ce bateau vient du Rhode Island.

Parker ricana.

— Il vient de *Provincetown*. Pas de Providence. En plus, ce bateau pourrait venir de n'importe où. Ça ne voudrait pas dire pour autant que nous ne sommes pas descendus depuis la côte de Cape, dit-il avant de se forcer à sourire. Mais merci de l'avoir remorqué.

— Tout va bien, Mike. Tout va bien pour nous, répondit Eric.

Il posa une main sur l'épaule de Parker alors qu'ils avançaient, laissant un Mike grommelant dans leur sillage en dépassant le virage.

— Désolé pour ça.

La vue du *Bella*, sain et sauf, envahit Parker d'un soulagement chaud qui se mua en glace lorsqu'il se rendit compte qu'il était amarré dans l'ombre du *Diana* sur les eaux calmes du port.

Chapitre 15

ARKER TOUSSA POUR dissimuler sa brusque inspiration. Il tenta de sourire à Eric.

— J'ai avalé un insecte !

— Argh, c'est le pire. Tu te souviens de cette fois, au Camp Weepecket, quand tu as mangé un grillon à cause d'un pari et que tu as failli t'étouffer à mort ?

L'humiliation le transperça.

— À vrai dire, deux garçons m'ont tenu et me l'ont mis de force dans la bouche, mais ils ont dit que c'était un pari.

Eric tressauta.

— Attends, quoi ? Je ne me souviens pas de ça.

Parker tenta de garder un ton léger.

— C'est parce que tu étais trop cool pour passer du temps avec ton petit frère au camp, même quand je te disais que ces salopards me harcelaient.

Eric l'observa de ses grands yeux inquiets.

— Parkster, je suis désolé

Sa main sur l'épaule de Parker était chaude et réconfortante.

— Ça s'est passé il y a un million d'années. Toi aussi, tu étais un gamin. Ce n'est rien d'important !

Parker ignorait pourquoi il déterrait de vieilles blessures d'une autre vie, quand il avait des problèmes bien plus urgents. Par exemple : où étaient Sean et sa meute, bon sang ?

— Waouh. C'est un beau navire, dit-il en désignant le *Diana*. Qui l'a modifié ?

—Je ne sais pas. C'est un nouvel arrivant. Impressionnant, hein ?

Mon Dieu, Parker détestait ça. Il mourait d'envie de déballer la vérité à Eric. Lui mentir était comme se faire tuer par un millier de coups de pied dans les testicules. Mais il devait jouer intelligemment. Eric avait été traumatisé par les loups-garous. Il avait assisté au meurtre de quelqu'un qu'il aimait. Il était logique qu'il les perçoive comme des ennemis.

—Carrément, réussit-il à dire. Il y a souvent des nouveaux qui se pointent devant l'enceinte ?

—Non.

Erik continua d'avancer, menant Parker sur une longue jetée. Le *Diana* était amarré au bout, là où l'eau était la plus profonde. Le *Bella* était plus proche, avec d'autres bateaux divers.

—On a rencontré certaines personnes comme Mike, une fois qu'on est arrivés en Floride. C'est un idiot, mais monsieur Burton a insisté sur le fait que nous n'avions pas besoin de nous le mettre à dos.

Les bottes de Parker tambourinèrent sur le pont. Il avait hâte d'enfiler ses tennis et de prendre quelques autres affaires sur son bateau.

Alors qu'ils s'arrêtaient devant le *Bella*, Eric dit :

—C'est un très beau bateau. Je comprends pourquoi Adam et toi, vous avez préféré rester sur l'eau.

Parker sauta sur le pont de son navire et passa une main sur la rambarde en métal réchauffée par le soleil avant de retirer ses bottes.

—C'est le meilleur. Il y a également toute cette histoire d'apocalypse zombie sur terre. L'océan et les îles sont plus faciles.

—Les îles ? Lesquelles ?

—Oh, juste une. Une petite île privée près du Hilton Head, mentit-il.

Il détestait de plus en plus son manque d'honnêteté.

Eric monta sur le pont du *Bella* et retira ses tennis à semelle violette. Leur père leur avait inculqué de ne porter que des semelles blanches ou de marcher pieds nus sur le pont.

— Tant que tu n'as pas été embobiné pour te rendre sur ce truc du Salut.

Le cœur de Parker *cogna*.

— Hein ?

— Tu as dû entendre les messages que ces tordus ont diffusés ? On en a intercepté quelques-uns quand on était de ce côté de l'Atlantique. « Venez sur notre île, où on vous promet de ne pas vous manger même si nous ressemblons parfaitement à un culte cannibale apocalyptique ».

Parker rit bien trop fort.

— Oh, ouais. J'avais oublié. La radio ne fonctionne pas aussi bien qu'avant. Vous l'avez remarqué aussi ?

— Oui. C'est bizarre. Monsieur Burton n'arrive pas à comprendre pourquoi.

— Ça doit être environnemental ? s'interrogea Parker, soulagé que le changement de sujet fonctionne. À moins que les Zacharies aient trouvé un moyen de trafiquer les signaux radio. Comme si c'était la phase deux de leur attaque.

— Je ne pense pas qu'ils existent vraiment. Si c'est bien à cause de quelqu'un, ce sont les loups-garous qui essaient de prendre le contrôle du monde.

— Sauf que... Je ne sais pas. Je ne les imagine pas éradiquer la majeure partie de l'Humanité. C'est un pari assez osé, à moins qu'ils soient extrêmement sûrs d'être immunisés contre le virus des monstres.

Eric fronça les sourcils.

— Comment le sais-tu ?

Merde.

— Tu as dû le mentionner. Ou alors, c'était monsieur Burton ? Quelqu'un a dit quelque chose lors du dîner ? Je ne sais plus.

Tout en parlant, Parker commença automatiquement à vérifier les cordes du *Bella* et s'occupa de l'entretien ordinaire.

— Tout s'est passé si vite, je me souviens à peine de mon propre nom, aujourd'hui. Je ne sais même pas quel jour on est. Vous continuez de noter les jours et les mois ? Nous, oui, mais parfois, je me demande si nous n'avons pas merdé et si nous n'avons pas sauté des jours. J'imagine que ça n'a pas d'importance, hein ? Le calendrier n'est qu'une construction sociale.

Eric cligna des yeux.

— Oui, j'imagine, répondit-il avant de rire. Tes changements de conversation m'avaient manqué. Ton cerveau va toujours à un million de kilomètres par heure, à ce que je vois.

— Oui, répondit Parker avant de hausser les épaules. J'imagine que je n'arrêterai jamais d'être comme ça.

— Tu n'as que vingt et un ans. Tu es toujours un bébé.

Parker testa la pompe d'assèchement.

— Seigneur, j'ai l'impression d'avoir quarante-sept ans, en ce moment. Il n'y a rien de tel qu'une apocalypse zombie pour vieillir prématurément.

— N'est-ce pas la vérité ? Mais tu t'en sors merveilleusement bien. Tu as Adam. Il t'adore, clairement, donc j'approuve.

— Ah bon ? Enfin, ouais, il a très bon goût et il m'adore franchement. Mais est-ce « clair » ? demanda Parker, comme il ne put s'en empêcher.

— Absolument. Il te regarde comme si tu avais décroché la lune. Tu le regardes de la même façon. Vous êtes évidemment faits pour être ensemble. Je serais jaloux, si je ne t'aimais pas autant.

Le visage de Parker s'échauffa.

— Je suis incroyablement chanceux. Peu de gens pourraient me supporter dans un espace si restreint.

— C'est vrai. Il doit avoir la patience d'un saint.

Eric lui fit un clin d'œil et le rejoignit avec un chiffon tandis qu'il polissait le pont.

Après quelques minutes de silence, alors que Parker tentait de comprendre où pouvaient bien être Sean et la meute, son frère reprit la parole.

— J'aurais aimé pouvoir voguer avec Pip.

L'envie dans son regard était une torture. Parker détestait tellement cette situation.

— Elle avait l'air géniale.

— Ouais.

Agenouillé, Eric frotta ardemment une zone du pont.

— Elle était amusante. Même après tout ça, elle adorait rire. Elle disait que nous n'avions rien à gagner en étant constamment malheureux.

— Elle avait raison.

Eric déglutit difficilement.

— Nous étions presque de retour sur le bateau. Nous étions à une minute. Une *minute*. Je les ai suppliés de nous laisser passer, dit-il avant de secouer la tête. Désolé, je t'ai déjà raconté ça.

— Ce n'est rien. Tu peux en parler. Tu peux tout me dire.

La mâchoire d'Eric se crispa.

— Ils sont maléfiques. Impitoyables. Ils l'ont tuée sans y réfléchir à deux fois. Je n'ai pas pu les arrêter. Pourquoi ne m'ont-ils pas tué aussi ?

Sa respiration se coupa.

— Pourquoi m'ont-ils obligé à regarder ? conclut-il.

Les images des derniers instants d'Abby se déroulèrent dans son esprit et Parker ferma les yeux. Cela avait été horrible et cet instant le hanterait pour le reste de sa vie. Mais s'il s'était agi d'Adam…

Rien que l'imaginer le rendait malade. Dans cette chambre de motel déserte, quand il avait vu les monstres déchirer la chair d'Adam, il avait cru que ce serait la fin. S'il était parti seul, cette nuit-là, cela aurait effectivement été la fin si son petit ami n'avait pas été un loup.

Un frisson de peur submergea Parker. Perdre Adam cette nuit-là aurait été… impossible. Son âme en aurait été détruite. Il n'aurait pu y survivre.

— Je suis désolé, murmura-t-il en posant une main sur le dos crispé d'Eric.

Celui-ci se contenta d'acquiescer et de frotter le pont, sans vraiment polir le bois qu'il récurait plutôt avec un chiffon inoffensif.

Parker avait envie de lui dire que tous les loups-garous n'étaient pas des tueurs. Que s'il pouvait ouvrir son esprit et son cœur, il verrait que le monde n'était pas tout noir ou tout blanc. Tandis qu'Eric luttait contre ses larmes, son frère eut l'impression que ce n'était pas le bon moment – argh, quel *euphémisme* –, mais quand pourrait-il le lui faire comprendre ?

Et s'il ne le pouvait pas ?

Il avait dû émettre un grognement désespéré, car subitement, Eric lui prêtait une attention totale.

— Je suis désolé. Je suis vraiment déprimant.

Il glissa affectueusement les mains sur les cheveux de Parker, comme il l'avait fait un million de fois. Lorsque Parker était adolescent, il se dérobait et levait généralement les yeux au ciel. Ce jour-là, il attira Eric vers lui pour l'étreindre.

— Ne sois pas désolé. Ça fait du bien d'en parler.

Eric soupira, serrant son petit frère dans ses bras avant de reculer.

— Oui. J'imagine que je n'ai pas beaucoup parlé à qui que ce soit. C'est différent, avec toi. Je n'ai pas à faire semblant.

Un cercle d'acier entoura les poumons de Parker. Comment pouvait-il continuer à mentir ? Ce n'était pas normal, mais il ne pouvait trahir Adam. Et merde, où étaient Sean et sa meute, putain ? L'idée qu'ils aient pu être tués lui donnait la nausée.

— Eric, il faut qu'on parle.

Sa gorge s'assécha. Ses mots étaient comme du sable.

— Il faut que je… Tu dois comprendre, s'il te plaît. Le truc, c'est que…

Tandis que la perplexité se dessinait sur les traits d'Eric, quelqu'un cria son nom et il bondit. Le sang afflua aux oreilles de Parker et il ne put suivre ce que son frère répondait à la femme située au bout du quai. Son cœur tambourinait bien trop et il allait vraiment vomir le muffin qu'il avait pris sur un plateau dans la cuisine principale, ce matin-là.

Merde, Eric lui parlait.

— Désolé. J'ai échangé ma ronde au portail pour passer du temps avec toi, mais on a eu des problèmes avec ça toute la semaine, dit-il avant de froncer les sourcils. Tu vas bien ?

— Oui !

Parker ignorait quels problèmes Eric devait gérer, mais ça n'avait aucune importance. Tout ce qui comptait, c'était qu'il ne vomisse et ne s'évanouisse pas. Il essuya son front couvert de sueur.

— Cette chaleur floridienne me monte à la tête. Le temps est si humide.

— Ne m'en parle pas. Tu veux venir avec moi ?

— Non, je vais examiner le moteur. Je peux peut-être…

Quoi ? Le réparer subitement ?

— Ne t'inquiète pas pour ça. Mike est doué avec ce genre de choses, dit Eric avant d'observer les alentours. Sa grâce salvatrice.

— Cool, cool. Hé, je peux jeter un coup d'œil à ce nouveau bateau ? Leur gréement pour la voile principale est curieux.

— Bien sûr. Il est prévu qu'on le récure minutieusement, aujourd'hui.

— Je vous aiderai. Je suis content de mettre la main à la pâte.

Eric sembla ravi.

— Je le dirai à Roberta.

Parker ignorait totalement qui était Roberta, mais ça n'avait pas d'importance. Il acquiesça, sourit et lui fit un signe de la main pour lui dire au revoir avant de s'obliger à marcher nonchalamment vers l'endroit où le *Diana* était amarré. Il ignorait ce qu'il espérait trouver. Un petit mot utile ?

Si Burton avait le bateau de Sean et que celui-ci restait introuvable, tout comme le reste de la meute, ça n'augurait rien de bon, c'était le moins que l'on puisse dire. Mais comment le peuple de Burton les avait-il vaincus ?

Un souvenir écœurant d'Adam, s'effondrant après avoir pris une fléchette de tranquillisant dans le cou, s'insinua dans son esprit.

C'était probablement inutile, mais Parker ne pouvait pas tout bonnement rester planté là à ne rien faire. Il pouvait peut-être rapporter à Adam quelque chose qui se trouvait à bord, ou quelque chose lié aux loups-garous et qui pourrait aider.

Après avoir observé le pont, Parker descendit dans la cale. C'était un grand bateau, créé pour accueillir du poisson sur des palettes de glace. L'avant était divisé par des rideaux, fabriqués avec des tissus floraux – ce qui était hilarant –, et par des hamacs tissés. La poupe abritait probablement des denrées, à en juger par les ombres de cagettes et de barils au loin.

L'air était figé et rance. Sa grand-mère aurait dit que ça sentait le « renfermé », tandis que pour lui, c'était juste bigrement humide.

— Mais qu'est-ce que je cherche, bon sang ? marmonna-t-il.

Il avait beau ne pas aimer Sean, il avait l'impression d'entrer sur une propriété privée en fouillant le navire de la meute.

— Génial, maintenant je me parle à moi-même. Me suis-je toujours parlé ? Honnêtement, je n'en ai aucune idée.

Un bruit sourd résonna depuis la proue et le fit sursauter. Une voix siffla ensuite son nom.

— Parker ? C'est toi ?

Ce dernier se dépêcha d'avancer, trébucha et se redressa en rattrapant les rideaux ornés de marguerites qui tinrent étonnamment le choc.

— Jacob ?

L'adolescent émergea derrière une pile de cagettes plongées dans l'ombre et se jeta dans les bras de Parker.

— Je suis désolé. Je suis désolé !

— J'espère bien ! grommela Parker avant de se contrôler. Tout va bien. Je te tiens. Je te tiens.

Jacob tremblait dans ses bras et haletait.

— C'était idiot. Je sais que c'était idiot.

Il paraissait si fin et si jeune.

— Tout va bien.

Parker lui caressa le dos et plissa le nez en voyant les résidus huileux sur sa paume. Jacob en avait partout sur son pull, sur son T-shirt et sa peau. Parker plissa les yeux dans le noir, comme la seule lueur provenait d'une écoutille à la proue.

— Mais de quoi es-tu recouvert ?

Il secoua la tête alors que des cristaux collaient à sa peau.

— C'est du sel ? demanda-t-il avant de renifler. Pourquoi sens-tu le poisson ?

— Je me suis enduit de sel et de pâte d'huile de poisson pour qu'ils ne me perçoivent pas.

— Quoi ?

Le cerveau de Parker tenta de tout encaisser et de passer outre le soulagement incroyable à l'idée que Jacob soit en vie. Même s'il n'allait pas bien, au moins, il était vivant.

— Oh mon Dieu, tu es un passager clandestin ? Sean ne t'a pas amadoué pour que tu montes à bord ?

Dans le noir, l'adolescent froissa son visage acnéique.

— S'il m'a amadoué ? Mais de quoi tu parles ? Je me suis faufilé discrètement. Devon m'a expliqué comment dissimuler mon odeur.

— Devon t'a aidé avec ce plan ? dit Parker en élevant la voix ? *Devon* ? Bon sang, il va avoir des ennuis.

Parker ressentit, comme une crampe saisissant son corps entier, le manque de l'île du Salut et des enfants qui s'attiraient des ennuis avec leurs parents. Son chez-lui lui *manquait*.

— Il ne savait pas ce qu'il me disait ni pourquoi je lui posais la question. C'est facile de pousser Devon à faire ce que je veux.

— Ouais, parce qu'il a un gros coup de cœur pour toi. Ce n'est pas cool, de profiter de lui.

Parker avait envie de secouer Jacob.

— Ne prends pas tes amis pour acquis. On ne peut pas prendre qui que ce soit pour acquis dans ce monde.

Jacob grogna.

— Je sais. Je sais, d'accord ? Ramène-moi là-bas, et je te jure que je serai gentil. J'écouterai Craig. Je sais qu'il a toujours raison. Je sais que ma mère…

Il s'étouffa sur un sanglot.

— Je sais.

— Tout va bien, l'apaisa Parker. On trouvera une solution. Commençons par le commencement. Qu'est-il arrivé à Sean ? Et t'a-t-il déjà touché de façon inappropriée ?

— Mec, *non*. Je te l'ai dit. Il n'a rien fait. Les endroits couverts par mon maillot de bain sont parfaitement intacts, crois-moi.

— Pourquoi étais-tu dans son chalet, cette nuit-là ?

Il grogna.

— C'est humiliant, d'accord ? Oui, j'ai essayé de le pousser à m'embrasser. Il m'a répondu genre : *absolument hors de question*. Fais-moi confiance. Il n'était *pas* intéressé.

— Pourquoi ne me l'a-t-il pas dit ?

— Parce que je l'ai supplié de ne pas le faire, dit Jacob en croisant ses bras maigres. C'est si gênant. Je t'ai déjà embrassé et j'ai eu un coup de cœur stupide – dont je me suis débarrassé depuis longtemps, soit dit en passant – et puis j'ai recommencé. J'imagine que j'ai un faible pour les hommes plus âgés et inatteignables.

Parker soupira.

— Ce n'est rien. Tu es adolescent. Tu es confus. En plus des problèmes adolescents habituels, le monde craint.

— Ouais, marmonna-t-il en baissant les yeux.

— Il faut qu'on se concentre, là. Mais que s'est-il passé, bon sang ?

— Je n'en ai aucune idée. Je me cachais dans un baril avec mes bouteilles d'eau et mes filets de poisson séché. Il faisait tellement chaud, mais je me suis dit que quand ils finiraient par descendre pour dormir, quelqu'un me sentirait et je me ferais pincer. Je pensais que si nous étions sur le continent, ils n'auraient pas envie de repartir jusqu'à l'île en passant par le Gulf Stream.

— J'imagine que c'est logique, admit Parker à contrecœur. Pour un adolescent, du moins.

— Bref, je savais, grâce aux mouvements du bateau, que nous étions arrivés sur le fleuve. Je pensais que, peut-être, nous arriverions à l'enceinte avant que je me fasse pincer. Ils se servaient de gros moteurs, donc on a traversé le Stream en une nuit, bien plus rapidement qu'avec un bateau à voile.

— Oui, il nous a fallu trois jours, dit Parker avant de grincer des dents comme il était toujours en colère contre lui-même, bien qu'en toute logique, il savait qu'il ne pouvait contrôler le vent.

— Mais qu'est-ce que tu fais là, d'abord ? demanda Jacob en secouant la tête. Je viens de me rendre compte que tu ne devrais pas être là.

— Adam et moi, nous sommes venus te chercher.

L'espace d'un instant, Jacob donna l'impression qu'il allait fondre en larmes. Sa voix était aiguë et nasillarde.

— Sérieusement ? Vous êtes là pour *moi* ?

Parker se prit la tête entre les mains.

— Oui, nous sommes là pour toi. Parce que nous t'aimons. Tu fais partie de notre famille. Je suis désolé pour ce que j'ai dit. Je n'aurais pas dû…

— Si, tu devais le faire ! Tu as raison. Il faut que je me comporte comme un homme.

Grimaçant, Parker secoua la tête.

— Tu es toujours un enfant. Ce n'est pas grave, d'être un enfant. Nous sommes venus pour te ramener à la maison, mais maintenant, tout est… compliqué, expliqua-t-il en levant les mains. C'est l'euphémisme du siècle.

— Vous êtes vraiment venus pour moi ? chuchota Jacob.

— Bien sûr. L'unique raison pour laquelle Craig n'est pas là, c'est parce qu'il ne pouvait laisser Lilly.

— Je suis vraiment désolé d'avoir loupé sa fête. Tu crois qu'elle me pardonnera ?

Parker l'étreignit.

— Oui. Tu es son frère. Elle t'aime. Et elle a ton collier, d'accord ? Il est en toute sécurité.

L'adolescent frissonna.

— D'accord.

Parker grimaça en prenant une profonde inspiration.

— Mon Dieu, tu pues vraiment.

Ils rirent et, l'espace de quelques secondes, Parker s'autorisa à vivre ce moment. Mais il avait des tas de trucs à faire.

— Très bien. Raconte-moi.

— J'étais de nouveau plongé dans le noir. Je ne voyais plus aucune lumière. Soudain, il y a eu un énorme vacarme. Au début, c'était calme, avec des gens qui discutaient sur le pont, et c'est devenu un vrai bordel. Je n'entendais pas ce qu'ils disaient. Et puis le silence est retombé pendant un long moment. Comme si tout le monde était parti, sauf qu'au moins une personne était présente. J'entendais encore des pas. Quelqu'un qui faisait les cent pas.

— Et tu ne sais pas du tout ce qu'ils disaient ?

— Non. Quand c'était calme, au début, et que quelques personnes discutaient, je n'arrivais pas à distinguer leurs paroles. Et puis c'est devenu confus. Après quelques heures, Bethany a crié et il y a eu encore plus de voix et des pas qui ressemblaient à des coups de tonnerre.

— Bethany ? Comment le sais-tu ?

— Gemma et Michelle ne crieraient pas comme ça. C'était assurément Bethany.

L'esprit de Parker tourbillonna. Si les loups étaient partis – attirés par le même piège qu'Adam ? – et que Bethany était restée en retrait, elle se serait retrouvée seule. Et attendez, n'avaient-ils pas parlé lors du dîner d'une autre invitée qui était traumatisée ?

Merde. Bethany se trouvait dans l'enceinte.

Il respira, pour encaisser les émotions mélangées qui s'écrasaient en lui. De toutes les personnes…

— Puis le bateau a bougé et je suis resté caché.

— C'est bien, dit Parker en hochant la tête.

Qu'était-il censé faire, maintenant ?

— Parker ?

La voix d'Eric fit légèrement écho au-dessus.

— Merde ! siffla Parker. Tu dois faire comme si tu ne me connaissais pas, et Adam non plus.

Jacob en fut bouche bée.

— Hein ?

— Fais-moi confiance. Tu ne nous connais pas. Tu peux y arriver ?

— Euh, j'imagine. Pourquoi ?

La tête de Parker tournait. Son cou était si tendu qu'il eut l'impression qu'il allait se briser en deux. Les mensonges s'accumulaient si rapidement. Pouvait-il changer de tactique et tout confier à Eric ? En un instant, il se joua différents scénarios.

Dans tous les cas, Adam finissait en danger.

Des pas tambourinèrent au-dessus de leurs têtes et Eric l'appela une fois encore. Il n'avait plus le temps.

— C'est mon frère, murmura Parker. Il pense que tous les loups-garous sont méchants. Que ce sont des tueurs. Je sais que je peux lui faire comprendre, mais j'ai besoin d'un peu plus de temps. J'ai besoin de savoir ce qui est arrivé à la meute de Sean. S'ils sont ici, Adam ne les sent pas. Mais ils pourraient être en vie, quelque part. Retenus prisonniers. Je n'en sais rien.

Jacob écarquilla les yeux.

— Il faut qu'on les aide !

— Chhhut ! Je le sais.

— Comment se fait-il que ton frère soit ici ?

— Il est venu d'Angleterre avec ces gens. Leur leader est un crétin de milliardaire pompeux. Ils détestent les loups-garous et pensent que ce sont eux, les ennemis.

— Mais…

— Joue le jeu. Parle le moins possible. Tu ne me connais pas.

Les pas tonitruèrent au-dessus d'eux, depuis la proue.

— Ils ne savent pas qu'Adam est un loup-garou, chuchota-t-il. Nous faisons comme si nous ignorions l'existence des loups-garous et nous avons dit que nous étions seuls sur notre bateau. Si nous annonçons que nous te connaissons, ils sauront que nous sommes au courant, comme tu es sur le bateau de Sean.

Mais que racontait-il ? Son torse allait exploser.

— Hé, Parker ?

La voix d'Eric se rapprochait. En haut des marches.

— Eric ! Il y a un gamin, ici !

Il fusilla Jacob du regard quand celui-ci ouvrit la bouche, certainement pour protester et dire qu'il n'était pas un gamin. Jacob referma sa mâchoire et fit le signe d'une fermeture éclair avant d'attraper son sac.

Jacob protégea ses yeux de sa main et battit des paupières en baissant la tête alors que Parker le ramenait vers le pont supérieur.

— Ce pauvre gamin se cachait. Un passager clandestin.

Eric le dévisagea, choqué.

— C'est quoi ce délire ? D'où venais-tu ?

Quand Jacob ne répondit pas, Eric ajouta :

— Ne t'inquiète pas. Tu es...

Ses narines se dilatèrent alors qu'il sautait en arrière.

— Tu es l'un d'eux ?

— Ce n'en est pas un, répondit rapidement Parker.

Son frère continuait tout de même de s'éloigner.

— Tu ne comprends pas. Ils peuvent avoir l'air totalement normaux jusqu'à ce qu'ils montrent l'animal qu'ils sont vraiment.

Il mit la main dans sa poche et sortit un sifflet. Il faillit le laisser tomber avant de souffler dedans, si fort que ses joues gonflèrent.

— C'est bon, dit Parker en levant lentement les mains. Tu es en sécurité. Il n'est pas dangereux.

Il souffrait de voir Eric avoir aussi peur.

Les yeux toujours rivés sur Jacob, son frère acquiesça en respirant, tremblant.

— On n'est jamais trop prudent, dit-il avant de regarder Jacob d'encore plus près. De quoi es-tu recouvert ?

— Je t'expliquerai plus tard, dit Parker. Au dîner, cette femme écossaise a dit qu'il y avait une autre nouvelle arrivante. Venait-elle aussi de ce bateau ?

Eric acquiesça.

— Tu la connais ? demanda-t-il à Jacob. Comment t'appelles-tu ?

Jacob retira son T-shirt et se gratta les bras.

— Je peux plonger dans l'eau ?

Il retira ses tennis et sauta, une fois qu'Eric avait acquiescé.

— C'est si bon, dit-il en remontant à la surface.

— Je ne comprends pas pourquoi il serait monté clandestinement sur un bateau de loups-garous, murmura Eric.

— Qui sait pourquoi les adolescents font ce qu'ils font ? répondit Parker.

Ça, au moins, c'était la vérité.

Lorsqu'ils tombèrent nez à nez avec Bethany, peu de temps

après, dans l'une des dépendances, elle dévisagea Jacob et Parker comme si elle voyait des fantômes. Elle portait un pantalon de yoga ainsi qu'un T-shirt. Ses cheveux roux et ternes pendaient autour de son visage. Elle ne portait pas de gloss, aujourd'hui. Avant qu'elle puisse dire quoi que ce soit, Parker intervint.

— Salut ! Je suis nouveau, moi aussi. Je suis le frère d'Eric. C'était vraiment le destin, si mon petit ami et moi sommes tombés sur cet endroit, alors que mon frère est ici. Et il est venu d'Angleterre ! J'imagine que les miracles existent encore.

Il retint sa respiration, patientant. Bethany allait-elle jouer le jeu ? Pour ce qu'il en savait, elle avait peut-être tout raconté à Burton. Cela lui ressemblerait bien. Elle apaisait la personne qui possédait le plus de pouvoir, sans jamais se préoccuper du bien et du mal.

— Merde alors, j'imagine que oui, répondit-elle alors que ses sourcils disparaissaient presque dans ses cheveux. Ravie de te rencontrer.

Elle lui tendit la main.

Parker s'obligea à faire un pas en avant et à lui serrer la main. Elle était petite, chaude et normale. C'était la première fois qu'il la touchait.

Le regard de Bethany se posa sur Jacob, qui se frottait les cheveux avec une serviette qu'Eric avait apparemment demandée à quelqu'un. Elle ne dit rien.

Parker poursuivit rapidement.

— Voici Jacob. C'était un passager clandestin. Il a dû se faufiler à bord, euh… quelque part.

— À Daytona, répondit aisément Bethany. Ça devait être à Daytona. Mon Dieu, tu vas bien, mon sucre ? Ces bêtes ne t'ont pas fait de mal, n'est-ce pas ? Viens là.

Elle écarta les bras.

Jacob l'étreignit obligeamment.

— Je vais bien, marmonna-t-il avant de reculer.

— Merci, mon Dieu, vous l'avez trouvé, dit-elle. Merci, mon Dieu, vous *m*'avez trouvée.

Elle s'adressa ensuite à Parker :

— Eric et son peuple m'ont sauvée de ces monstres.

— Bethany était retenue prisonnière par un groupe de loups-garous, expliqua son frère.

Une meute, manqua de le corriger Parker. Il se rappela que cette femme devait jouer un rôle, mais cela le mettait tout de même sur les nerfs.

— Waouh, dit-il, les dents serrées. Où sont-ils, maintenant ?

— Ne t'inquiète pas, répondit Eric. Ils ont été neutralisés.

Bethany écarquilla les yeux un instant. Sa bouche s'ouvrit et se referma, toute couleur quittant son visage déjà pâle.

— Morts ? demanda-t-elle d'une voix rauque.

S'en préoccupait-elle *sincèrement* ? Bien sûr, elle sortait avec Damian depuis… Eh bien, depuis un bout de temps, Parker le concédait.

— Non, répondit Eric. Neutralisés.

Comme son frère n'en dit pas plus, Parker acquiesça.

— C'est, euh, bien.

Mais que signifiait « neutralisés », bon sang ?

— Mon sucre, tu peux venir avec moi, dit Bethany en faisant un signe de la main vers Jacob.

Il alla se placer à ses côtés.

— Ça me ferait du bien de m'occuper de quelqu'un, dit-elle à Eric.

Le regard de la jeune femme se posa ensuite sur celui de Parker et elle hocha solennellement la tête.

Peu de temps après, Parker se précipita vers la dépendance où il avait laissé Adam, plus tôt ce matin-là – soit approximativement mille vies auparavant. Il surgit par la porte et trouva Adam devant la fontaine, nu. Il s'agrippait à un verre en plastique.

— Tu ne vas pas le croire, annonça Parker. Tout d'abord…

Il s'arrêta brusquement près de la fontaine.

— Pourquoi transpires-tu ?

— Va-t'en, grogna Adam.

— Hein ? s'étonna Parker en le dévisageant.

— Recule ! hurla Adam en élevant vivement sa voix rauque.

Le cerveau de Parker tourbillonnait. Jacob était en vie et dans l'enceinte. Bethany était également présente et la meute de Sean était portée disparue. Parker avait menti à Eric, *encore une fois*, et il devait tout arranger, mais il ignorait comment. Et voilà que maintenant, Adam se comportait bizarrement.

Voilà que maintenant, Adam semblait malade.

Chapitre 16

— COMMENT PEUX-TU être malade ? demanda Parker en élevant la voix à cause d'un soupçon de panique.

Au lieu de reculer comme il aurait dû le faire, il avança rapidement, telle une fusée, et ses doigts s'enfoncèrent dans les bras d'Adam.

Habituellement, ça ne lui ferait pas mal du tout, mais le corps entier d'Adam souffrait. Sa peau était particulièrement sensible.

— Que s'est-il passé ? demanda Parker. Qui t'a fait ça ? Tu ne peux pas être malade !

Adam, désespéré, aurait souhaité connaître la réponse. Il secoua la tête.

— Je ne me suis jamais senti comme ça.

Il tituba en arrière, se libérant de la poigne de Parker.

Le verre s'écrasa par terre et rebondit.

— C'est dangereux. Éloigne-toi de moi.

L'ignorant, Parker l'accompagna jusqu'au lit et le poussa à se mettre sur le dos. Celui-ci devait bien admettre que c'était un soulagement de s'allonger.

— La seule fois où je t'ai vu aussi gris, c'était aux Pins, quand tu étais inconscient dans le labo de ce psychopathe. Qui t'a fait ça ?

Il fit volte-face comme s'il s'attendait à trouver un assaillant.

— Je t'en prie. Tu dois partir, dit Adam en grinçant des dents. *Va-t'en.*

— Je t'interdis de me grogner dessus.

Parker tira les draps sur le corps de son petit ami, mais celui-ci les repoussa avec ses jambes emmêlées.

— Trop chaud.

— Désolé.

Parker inspira et son cœur accéléra. Il jeta un coup d'œil au ventilateur au plafond, qui tournait silencieusement.

— Est-ce que tu… ?

Il posa la paume de sa main contre le front d'Adam.

— De la fièvre. D'accord. D'accord. Je gère. C'est bon.

— Tu dois sortir de là. Ne me touche pas. Je pourrais être contagieux.

Parker souffla.

— Si tu es contagieux, ça fait belle lurette que je suis contaminé. En plus, on a déjà chanté cette chanson, tu te souviens ? Elle était nulle, dit-il alors que son torse s'élevait et retombait rapidement. Tu vas bien. Ce n'est rien.

— Respire avec ta boîte, chuchota Adam.

Même parler lui demandait visiblement trop d'énergie.

Parker lui lança un regard impatient.

— Mec, il est hors de question que je dessine des boîtes dans ma tête pour respirer calmement, là, s'emporta-t-il avant de soupirer avec force. Mais je respire. Tu vois ? Ça va aller. Jacob est ici. Je te l'ai dit ? C'est énorme, hein ? Énorme. Il est en sécurité.

Bien que son estomac continue de bouillonner, un certain soulagement submergea Adam.

— Comment ?

Il écouta Parker lui raconter la manière dont il avait trouvé Jacob et « rencontré » Bethany. De toutes les personnes à qui il aurait pu faire confiance et avec qui il aurait pu collaborer… Au moins, il semblait que cet aspect se soit déroulé sans souci jusqu'à maintenant.

— Donc on doit découvrir où se trouvent Sean et sa meute.

Parker respira laborieusement, s'agrippant à Adam.

— Et comprendre pourquoi tu es malade.

Il appuya une nouvelle fois sa main libre contre le front de son petit ami, son beau visage pincé.

— Ne t'inquiète pas.

La gorge d'Adam était sèche, alors pourquoi sa bouche s'emplissait-elle de salive ? Son estomac se retourna, à la fois étrangement lourd et léger.

— Je suis…

Il toussa et s'étouffa, son estomac se rebellant. Il eut un haut-le-cœur.

— Merde !

Un bras sous les épaules d'Adam, Parker le souleva et le fit rouler sur le côté du lit.

Bondissant, alors que son estomac se soulevait, Adam se plia en deux. Il tomba à genoux sur le parquet lisse, toussa et crachota. Lorsqu'il ressentit une horrible pression au plus profond de lui, il vomit.

S'agenouillant, Parker caressa le dos d'Adam, murmurant que ce n'était pas grave et qu'il pouvait tout laisser sortir. Plus tôt, il avait déjà connu la défécation la plus étrange de sa vie et voilà qu'il avait désormais des crampes douloureuses à l'estomac, alors qu'il avait un haut-le-cœur et se vidait de chaque goutte de fluide présent dans son corps. Ce goût horrible accablait ses sens.

— Je déteste ça, geignit-il.

— Oh, chéri. Je le sais.

Parker le caressa, dans un rythme lent et régulier. Il embrassa son épaule couverte de sueur.

— C'est vraiment la première fois que tu vomissais ?

Adam acquiesça, même si sa tête lourde palpitait.

— Je me suis déjà senti nauséeux à quelques reprises, mais ça s'est toujours estompé.

Il détestait que Parker ait vu ce bazar dégoûtant qu'il avait mis, mais celui-ci se contenta de le contourner pour revenir avec un verre d'eau fraîche. Adam avait hâte de laver ce goût acide, mais il ne pensait pas pouvoir retenir quoi que ce soit dans son estomac.

— De petites gorgées. Tu peux le faire. Voilà. Viens, on va te laver et te remettre au lit.

Avec un gant frais, Parker essuya toutes les éclaboussures de vomi sur le corps d'Adam avant de l'aider à se lever.

— Je pourrais te contaminer.

Adam était *si* fatigué, mais il devait réessayer de le convaincre. S'il rendait Parker malade, il ne se le pardonnerait jamais.

Son petit ami se contenta de faire claquer sa langue impatiemment.

— Si c'est transmissible pour moi, je l'ai déjà attrapé. On s'est envoyés en l'air, on s'est embrassés… on a passé beaucoup de temps dans la bouche de l'autre, au cas où tu ne l'aurais pas remarqué. C'est l'une de nos activités préférées.

Il releva le drap jusqu'à la taille d'Adam avant de soulever le bas au niveau de ses genoux afin que ses pieds soient dégagés.

— Comme ça, le drap est là si jamais tu as froid, d'accord ?

Complètement épuisé, Adam ne put que regarder Parker nettoyer le vomi immonde sur le parquet avec des mouvements assurés et réguliers. Son cœur battait normalement, alors qu'il s'agitait. Il apporta à Adam sa brosse à dents sur laquelle se trouvait du dentifrice et il lui donna quelques gorgées d'eau en tenant un bol pour qu'il crache dedans.

Quand Parker termina ses corvées, il s'assit au bord du lit et caressa le torse de son petit ami pour l'apaiser.

— Tu as mangé quelque chose de différent ? Ça pourrait être une intoxication alimentaire ? Tu peux avoir une intoxication alimentaire ?

— On a mangé la même chose. Je n'en sais rien. Je n'en ai jamais eu. J'imagine que c'est possible.

Il tenta de se rasseoir.

— Ça va aller. Je me sens déjà mieux. Il faut qu'on…

Parker le poussa une fois encore à s'allonger, sans vraiment user d'une quelconque force.

— Non. Il faut que tu te reposes. Pas de discussion.

Il se leva et commença à faire les cent pas. Adam entendit son cœur accélérer, rien qu'un peu.

— Très bien, si ce n'est pas une intoxication alimentaire, dit Parker, c'est un genre de virus ou d'infection. Nous savons que ce n'est pas le virus des monstres. Même s'il avait muté, tu aurais mangé mon visage depuis longtemps.

— Probablement.

— Et on ne s'est pas approchés de ce chien, donc…

Ils se dévisagèrent.

— Les rats ! s'exclamèrent-ils à l'unisson.

Adam tenta de se souvenir de tout ce qu'il avait appris quand il était enfant.

— J'ai toujours cru que les rats n'attrapaient pas la rage.

Parker souffla légèrement.

— D'accord, mais ils transportent d'autres bactéries, non ? La maladie de Carré ?

— Je n'en suis pas sûr.

— Merde.

Les pas de Parker accélérèrent.

— Comment les gens trouvaient-ils des informations avant Internet ?

— Dans des encyclopédies ?

— C'est un peu laborieux, pendant une apocalypse zombie, à moins que le père de Connie en ait eu une collection.

Il s'arrêta et examina Adam.

— Tu n'as pas d'écume autour de la bouche, donc c'est une bonne chose.

Adam leva mollement les deux pouces.

Parker recommença à faire les cent pas, marmonnant dans sa barbe.

— Il faut que tu trouves Sean et les autres, chuchota Adam.

— Argh. *Sean*. Enfin, je suis ravi qu'il ne soit pas pédophile, apparemment, et je ne veux pas qu'il meure. Mais si sa meute et lui n'étaient pas venus sur notre île, nous n'aurions jamais été obligés de partir et nous ne serions pas dans ce bazar-là et... dit Parker avant de se taire et de déglutir difficilement. Et je n'aurais pas su qu'Eric était là. Je n'aurais pas retrouvé mon frère.

Adam pria pour que ces retrouvailles vaillent la peine.

— Mon Dieu, il souffre tellement à cause de ce qui est arrivé à sa petite amie. Je voulais lui expliquer et lui faire comprendre que tu n'es pas quelqu'un de mauvais, mais je ne savais même pas par où commencer.

— C'est rien.

Adam voulut en dire plus, mais sa *tête* le faisait souffrir. Il n'avait pas connu un tel poids sur son corps depuis qu'il avait été drogué aux Pins. Toutefois, cette fois-ci, c'était différent.

Parker passa une main dans ses cheveux emmêlés.

— Comment puis-je lui dire ? Je ne peux pas te faire prendre de risques et si les autres sont « neutralisés », je dois comprendre ce que ça veut dire. Damian est avec eux et même si ses goûts pour les femmes sont douteux, je l'aime bien. Et peu importe, d'ailleurs, si je les apprécie ! Je dois faire ce qu'il *faut*. Mais si ça me paraît si malsain de mentir à mon frère encore et encore. Où sont-ils ? Pourquoi ne peux-tu pas les sentir ?

— Je ne suis pas très doué pour...

— Conneries. Ne te sous-estime pas. Tu *es* doué pour...

Parker agita les mains et fit semblant de renifler.

— Quelque chose te bloque. Hmm. Tu crois que ça a un rapport avec le fait d'être malade ?

— Peut-être ?

— Merde, désolé. Je n'arrête pas de te parler.

Parker se percha au bord du lit et caressa le visage d'Adam. Tu vas rester allongé là et dormir. Hydrate-toi bien. Je vais te préparer des verres d'eau et tu vas tous les boire.

— Je ne peux pas.

Même les petites gorgées lui retournaient l'estomac.

— Tu le peux et tu vas le faire.

Le ton de Parker ne tolérait aucun argument en retour. Adam l'aimait tant que c'en était douloureux.

— Ton corps est en train de combattre la bactérie. Tu dois t'hydrater. Je suis sûr que c'est la même chose pour les loups que pour les humains ordinaires. Forcément. Sur l'île, ils utilisaient les mêmes médicaments que pour les humains, à l'infirmerie.

— Il n'y a pas d'antiviraux pour la maladie de Carré, si c'est bien ça. Il faut juste que ça suive son cours.

Adam tendit la main vers le verre d'eau et le but en grimaçant.

— Voilà. Continue de boire de petites gorgées.

Parker partit dans la salle de bain et revint avec une poubelle en plastique qu'il posa à côté du lit.

— Au cas où. Je vais voir quels médicaments je peux trouver et tu vas te reposer. Fin de l'histoire.

— Tu es si autoritaire.

Un sourire se dessina sur les lèvres de Parker.

— Tu adores ça.

Il attrapa la main de Parker.

— Je t'aime.

— Je t'aime aussi, chéri. Dors.

Adam voulut lui dire qu'il était impossible qu'il s'endorme. Ils devaient gérer bien trop de choses et Parker ne pouvait endosser toutes ces responsabilités. Adam devait se lever et aider. Mais ses paupières étaient si lourdes…

Chapitre 17

LES GÉLULES DE paracétamol que Parker alla chercher à l'infirmerie étaient évidemment périmées, mais ce n'était pas comme si elles se transformaient en poison. Même si elles n'étaient pas aussi puissantes, elles aideraient le mal de tête d'Adam. Parker réussit à lui faire boire encore plus d'eau, ce qui n'était pas rien.

Il détestait le laisser seul, mais ils n'avaient pas assez de temps devant eux pour qu'il le surveille de façon possessive, tel un faucon, et pour qu'il lui demande comment il se sentait toutes les cinq minutes. Adam lui avait répété à plusieurs reprises de s'en aller et Parker ne faisait que le fatiguer encore davantage en restant.

Il sourit et salua ceux qu'ils croisaient d'un hochement de tête en rejoignant ce que Burton avait qualifié de « centres de communication ». Il s'agissait en fait d'un bunker sans fenêtre. Parker fut surpris qu'il ne lui ait pas donné un nom complètement hasardeux, en ajoutant un mot rimant avec radio, comme « cornichons et flot ». En ajoutant « gouverneur » à la fin. Même si c'était assurément *lui* le patron. Peut-être que…

— Concentre-toi, marmonna-t-il dans sa barbe.

Il frappa à la porte fermée du centre, avec un « tap-at-ap » qu'il espérait amical. Une jeune femme asiatique potelée, au visage arrondi, avec des cheveux bruns coupés au carré et des lunettes, répondit avec un air perplexe.

— Salut ! Eric est ici ? Je suis son frère. Je crois que nous ne nous sommes pas encore rencontrés.

Elle se détendit manifestement.

— S'lut ! Tu dois être Parker. Je suis Lauren.

Une image des jeunes femmes condamnées qu'Adam et lui avaient rencontrées dans le magasin de sport, lors de cette toute première nuit, apparut dans son esprit. L'une d'elles s'appelait Lauren. Ils étaient assis en cercle et mangeaient un paquet de chips, et si seulement…

— Parker ?

— Oui !

Il se concentra sur *cette* Lauren, qui l'observait avec inquiétude.

— Ravi de te rencontrer. Est-ce… un accent australien ?

Le sourire de la jeune femme étincela.

— Oui ! J'étais en stage avec monsieur Burton, à Londres, après la fac. Je viens de Perth, dit-elle avant que l'éclat sur son visage ne s'estompe. C'était il y a très longtemps.

Mon Dieu, c'était littéralement à l'autre bout du monde. Parker se souvint comme Boston lui avait paru cruellement loin de San Francisco.

— J'ai toujours voulu y aller. Pour voir des kangourous sauter. Et des koalas ! Ils sont trop mignons.

Argh. Arrête de parler.

Au lieu de se taire, il lança plutôt :

— Tu sais quelque chose ? Tu as entendu parler de ce qu'il s'était passé, là-bas ?

Lauren se pinça les lèvres.

— Non. Peut-être qu'un jour, je le saurai, dit-elle en faisant un signe vers la radio. J'espère que nous finirons par renforcer les signaux.

— Oui, c'est vrai. C'est quoi tous ces bugs ?

Elle soupira.

— J'aimerais le savoir. On ne peut qu'émettre des hypothèses.

— C'est l'histoire de nos vies, hein ?

Ah, ah. Ces banalités étaient insoutenables. Adam était malade, les loups-garous avaient disparu et Parker devait tout arranger.

— Tu m'as dit que tu t'appelais Lauren ? Je crois que quelqu'un te cherchait. Là-bas, près des quais.

Elle fronça les sourcils.

— Vraiment ?

— Oui. Eric m'en a parlé.

En entendant ce nom, le renfrognement de Lauren se dissipa.

— Oh, merci. J'irai dans un moment.

— Je peux surveiller la radio pour toi. J'ai vécu sur un bateau, ces dernières années. Je sais m'y prendre.

Il s'arrêta de parler avant d'exagérer ses mérites.

— Si tu le veux.

— Eh bien…

Elle tapota son stylo contre un carnet situé sur le bureau.

— Eric disait toujours que je savais tendre l'oreille.

Quel mensonge éhonté. Eric disait constamment qu'il parlait trop et qu'il devait écouter un peu plus, mais une fois encore en entendant son nom, Lauren se détendit visiblement.

— Bien sûr. Merci, mon pote.

Parker soupira. Il sourit, hocha la tête et compta jusqu'à vingt, une fois que la porte fut fermée, pour attraper le transmetteur radio. Il passa automatiquement sur la fréquence d'urgence.

— Répondez, île du Salut. Répondez.

Il tenta de penser à un message codé, mais quelle importance ? Si quelqu'un, ici, l'avait entendu appeler l'île, il était fait comme un rat, de toute manière.

— Connie, nous avons besoin de toi. Aide-nous, s'il te plaît. Nous avons atteint l'enceinte. Viens aussi vite que possible. Quelqu'un me reçoit ? C'est Parker. Viens ici. *Maintenant.*

Des parasites. Merde, il en avait tellement assez d'entendre des parasites. Il donnerait tout pour entendre la douce voix apaisante de Connie. Elle ne l'avait jamais affecté comme avec Adam, mais si elle avait franchi cette porte, Parker se serait jeté dans ses bras.

— Répondez, île du Salut.

Il devait aller vérifier l'état d'Adam, mais il avait aussi besoin de renforts. Il devait au moins essayer de faire passer un message à Connie. Parker répéta le message à quelques reprises avant de s'arrêter. Il ne pouvait pas se faire prendre et il ne pouvait pas être surpris en train de parler à quiconque. Il ajouta rapidement :

— Ne répondez pas à ce message ! Venez juste à l'enceinte.

Attendant Lauren, il observa les fréquences impassibles tandis que les minutes s'écoulaient comme des heures.

Finalement, une Lauren confuse réapparut et Parker dit :

— Oh merde, ils ont peut-être dit Liz ? Où était-ce Diana, comme ce bateau ? Je ne suis vraiment pas doué pour les noms ! Désolé !

Il s'échappa en tentant d'avoir l'air nonchalant… et il fonça directement dans son frère qui se trouvait dans l'embrasure de la porte.

Pour lui, c'était un tel miracle de pouvoir tendre la main et l'étreindre. Mon Dieu, il détestait lui mentir. Il devait y avoir un moyen de tout arranger sans mettre Adam et les autres en danger.

— Tu vas bien ? lui demanda Eric en reculant de leur étreinte.

— Super bien ! J'ai, euh, rencontré Lauren.

Il adressa un signe de la main à la jeune femme et elle le gratifia d'un sourire qui indiquait qu'elle s'inquiétait pour sa santé mentale.

— L'une des meilleures ! dit Eric en lui souriant avec ses dents parfaites et son visage à la GQ.

Lauren lui répondit d'un sourire radieux.

— C'est trop cool, dit Parker.

Mais qu'est-ce qu'il racontait ?

— Bonne nouvelle, enchaîna Eric. Mike a réparé le moteur de ton bateau. Il fallait juste un nouveau… truc de moteur. Je ne sais plus comment il l'a appelé, mais c'est réglé.

— Sérieusement ? C'est merveilleux.

Parker s'autorisa à apprécier cette victoire un instant.

— Hé, je me demandais, est-ce qu'il y a des caméras autour de la clôture ? s'enquit-il en montrant la console radio. Ou est-ce que c'est ringard ?

— Nous avons des caméras, mais pas tout autour du périmètre, répondit Eric. La clôture est électrifiée, de toute manière.

Merde alors.

— Waouh, c'est du sérieux. Elles fonctionnent à l'électricité solaire ? Le périmètre doit être conséquent.

Pas étonnant qu'ils n'aient pas assez d'électricité pour la climatisation.

— Oui. La propriété s'étend sur des kilomètres. Ce que l'énergie solaire peut faire à notre époque est merveilleux. Comme tu le sais. Vous avez converti votre moto, non ?

Eric jeta un coup d'œil autour de lui.

— Où est Adam ?

— Il a mal à la tête. Il se repose.

Une pointe d'inquiétude l'empêchait de sourire, mais il essaya tout de même. Il mourait d'envie de retourner prendre de ses nouvelles.

— Les loups-garous ne peuvent pas passer au-dessus de la clôture ? Même si elle est électrifiée, je pensais qu'ils avaient des… superpouvoirs ou des je ne sais quoi.

— Non. Pas avec un tel voltage.

Parker n'avait pas envie de savoir comment Eric pouvait en être si certain.

— Donc personne ne peut se faufiler dans l'enceinte avec cette immense clôture, hein ? Génial.

— Non. Le seul point d'accès est le lac et nous avons des patrouilles sur l'eau, ainsi que des gardiens bloquant l'accès au fleuve. L'autre côté du lac est une friche marécageuse. Ça n'a jamais été un problème.

— Cool, cool. Tu es sûr que personne ne pourrait entrer ?

— J'en suis sûr. À vrai dire…

Eric jeta un coup d'œil à Lauren, qui détourna rapidement les yeux et fit semblant d'être occupée avec les boutons.

— Tu promets que tu ne toucheras rien ?

Le cœur de Parker loupa un battement.

— Bien sûr. Je ne toucherai jamais à rien.

Eric ricana et le mena vers une porte que Parker n'avait même pas remarquée, au coin de la pièce blanche. Merde, y avait-il quelqu'un à l'intérieur ? Avait-on pu entendre ses transmissions radio ?

Il suivit Eric à l'intérieur de la pièce sombre, où un trentenaire blanc était assis sur une chaise de bureau à roulettes devant un ensemble d'écrans. L'homme se retourna quand ils entrèrent et Parker fut soulagé d'entendre le son métallique sortant d'écouteurs filaires dans les oreilles du gars. Il les retira et appuya sur le bouton d'un…

— Waouh. C'est un iPod ? s'enquit Parker. Ça vient tout droit du passé.

Le mec sourit.

— Oui. Je l'ai trouvé dans un tiroir fourre-tout et il peut encore être chargé. Les morceaux ne sont pas mauvais, non plus. Beaucoup de musique de meufs, mais c'est mieux que rien. Je suis Scott, au fait, dit-il en parlant avec un sévère accent britannique.

— Tu te souviens quand tu t'es connecté sur le compte iTunes des parents et que tu as acheté tout le catalogue de Jay-Z ? demanda Eric.

Parker grogna.

— On aurait pu croire que c'était une Porsche. Comme s'ils ne pouvaient pas se le permettre ? Sans dec'. Et ils m'ont puni jusqu'à…

Il se tut et se concentra sur les écrans. Sur les gens avec de grosses armes se tenant près d'une clôture métallique. Non, pas une clôture. Une cage.

— C'est quoi ? demanda-t-il en se penchant en avant, pétrifié.

Bien qu'ils organisent régulièrement des soirées films sur l'île en se servant d'un projecteur, ce n'était pas comme voir des images en direct sur un écran. Cela faisait une éternité et l'ancien monde lui manquait férocement.

— C'est ce que je souhaitais te montrer, dit Eric. Tu n'as vraiment pas à t'inquiéter à propos des loups-garous qui pourraient entrer dans l'enceinte. Tu viens d'apprendre leur existence, donc c'est parfaitement raisonnable de flipper.

Il serra l'épaule de Parker.

— Tu parais nerveux.

— Ah bon ?

Il tenta de rire, mais ce ne fut vraiment pas convaincant.

— Ouais, je suis juste… stressé.

C'était assurément la vérité. Il fit un signe en direction des écrans et les observa en tentant de comprendre ce qu'il voyait sur les images. Un angle montrait le portail d'entrée et un autre l'allée principale traversant l'enceinte.

Puis il y avait la cage.

— Où est-elle ? demanda Parker.

— Du côté ouest du lac, répondit Eric. À deux kilomètres environ. C'est le nouveau centre de détention.

— De détention, répéta Parker.

Il plissa les yeux vers la caméra qui dévoilait l'angle au-dessus de la cage. La petite zone délimitée par des barreaux était recouverte d'un filet en métal et Parker distinguait peut-être une dizaine de personnes entassées à l'intérieur. Des personnes *nues*. Elles étaient probablement entièrement transformées en loup quand elles avaient été capturées.

— Les monstres ont été neutralisés, continua Eric. Ils ne peuvent pas sortir.

— Les monstres, répéta Parker.

— Je sais que ça fait peur.

Eric glissa un bras autour des épaules de son frère.

— Ne t'inquiète pas. Je ne les laisserai pas te faire de mal.

Il le dit si sincèrement, si sérieusement, que le cœur de Parker se brisa.

— Monsieur Burton a tout planifié. Il y a eu quelques contre-temps et c'est encore en cours. Une haute fréquence est émise constamment pour paralyser leur capacité à se retransformer en loup-garou.

Cela ressemblait littéralement à de la torture. Se retrouver piégé et nu était déjà assez horrible, du moins, selon Parker.

— Comment se sont-ils fait capturer ? demanda-t-il en plissant les yeux vers l'écran et en comptant.

— C'est ingénieux. Monsieur Burton a fait autant de recherches que possible avant que nous quittions l'Angleterre et il a pris contact avec des gens qui développaient des stratégies et des armes. Dans ce cas, nous avons enregistré un loup hurlant pour les appâter. C'était un peu… bordélique, mais on a réussi à les contenir. Et point bonus, la fréquence fait courir les rats dans l'autre direction.

Le hurlement vers lequel Adam avait couru, nu, avait effectivement été un piège. Comment Sean et sa meute expérimentée avaient-ils fini dans la prison de Burton ? Cela avait dû être possible grâce à la fréquence paralysante. Son petit ami avait dû opérer son demi-tour avant d'être à sa portée.

Sauf que Sean n'était pas là. Parker en était presque convaincu.

— Ce sont des loups-garous ? Y a-t-il un meilleur angle ? Je suis si curieux.

Une fois encore, ce n'était pas un mensonge.

— Ils ressemblent à des gens normaux.

Il repéra Damian ainsi que Gemma et dressa mentalement la liste de leur meute.

— Ce ne sont pas des gens normaux, répliqua vivement Eric. Ne tombe pas dans leur piège. Ils essaieront de te duper. De jouer sur tes compassions.

Scott acquiesça.

— Je préfère les zombies. Ils veulent juste notre sang. Ils n'essaient pas de nous leurrer.

— Ouais, marmonna Parker en se rapprochant des écrans.

Il compta une fois encore et examina les visages.

Damian, Gemma et le reste de la meute étaient visiblement en train d'*agoniser*. Ils étaient nus et tremblants. Leurs mains étaient posées sur leurs oreilles et leur visage déformé.

Les poings serrés, Parker avait du mal à respirer. Aucune trace de Sean. Où était-il ?

— L'un d'eux a été tué ? demanda Parker. Quand vous les avez attrapés.

— Non, mais certains membres de notre communauté ont été blessés, répondit Scott.

Eric soupira.

— Il existe encore une courbe d'apprentissage. Nous serons mieux préparés la prochaine fois.

— Qu'allez-vous faire d'eux ? demanda Parker. Les garder enfermés indéfiniment ? Ils doivent avoir froid, la nuit. Ont-ils de l'eau et de la nourriture ?

Scott rit, mal à l'aise.

— Ne stresse pas. La Convention de Genève est cuite. Elle ne s'applique pas aux loups-garous.

Eric ne rit pas.

— Ils sont nourris, répondit-il. Le plan est de les utiliser pour creuser le puits et le nouveau réseau d'eau. Ils ont une force incroyable. Nous devons simplement l'exploiter. C'est un travail en cours, comme je te l'ai dit.

Parker compta à nouveau. Puis encore une fois.

Sean n'était pas là.

Examinant prudemment les différents écrans, il se rendit compte qu'aucun angle ne couvrait le port.

— Pourquoi n'y a-t-il pas de caméra, au bord de l'eau ?

— Ce satané truc est cassé, répondit Scott. Elle est à la boutique. Mais nous n'avons jamais eu de problème provenant du lac. L'autre côté n'est vraiment qu'un marais infini et nous surveillons précautionneusement le fleuve. C'est de là que tout le monde arrive. Ou de la route.

— Qu'y a-t-il ? demanda Eric.

— Hein ?

Parker croisa son regard.

Merde, il avait l'air suspicieux. Eric le regardait comme il l'avait fait lorsque son petit frère s'était servi de sa carte d'identité pour entrer dans ce bar de Provincetown où le vigile avait jeté un seul coup d'œil à la photo du magnifique jeune homme blond, puis à Parker avant d'éclater de rire.

— Tu es nerveux, dit Eric en le scrutant.

Burton surgit par la porte, ce qui permit à Parker de ne pas répondre. Bien sûr, cela signifiait qu'ils durent l'écouter parler, parler, parler. Il faisait son propre éloge pour l'une de ses brillantes idées concernant le puits. Parker ne pouvait arracher son regard des écrans de sécurité. Comment allait-il les faire sortir ?

— Lauren, chérie, l'appela Burton. Viens donc.

— Oh, nous ne devrions pas l'éloigner de la radio, intervint Eric.

Burton l'ignora.

Lauren entra dans la pièce, son sourire poli se crispant lorsqu'elle vit les écrans. Elle les regarda fixement et sursauta quand Burton glissa un bras autour de ses épaules.

— Maintenant, raconte à ces gentlemen ce que tu m'as dit hier à propos des poivrons que j'ai plantés.

Parker était abasourdi. Il se vantait à propos de légumes alors que des gens étaient retenus prisonniers ? De plus, Parker doutait sérieusement que Burton soit le genre d'hommes à se mettre de la terre sous les ongles en plantant quoi que ce soit.

— Euh…

Elle rit nerveusement. Ses joues rougirent et ses yeux se focalisèrent à nouveau sur les écrans.

— Qu'ils étaient bons ?

— Allez. Tu t'en souviens.

Burton la tenait toujours fermement et Parker fut vraiment tenté de repousser son bras.

— Elle m'a dit qu'il s'agissait des meilleurs poivrons qu'elle avait jamais mangés ! Mais elle les a appelés « piments ». N'est-ce pas charmant ?

Il lui caressa le dos de haut en bas avant de s'adresser à Parker.

— Vous n'imaginez pas comme c'est un privilège de pouvoir fournir à manger à mon peuple.

— Je parie que oui, réussit à dire Parker.

Eric était sacrément crispé à côté de lui.

— Est-ce un message qui arrive ? Je crois que j'entends quelque chose, dit-il.

Lauren effectua une rapide manœuvre qui la libéra de la poigne de Burton, et elle s'échappa de la pièce radio en faisant un signe de la main.

Burton remarqua à peine son départ comme il parlait déjà.

— Une fois que le nouveau réseau d'eau sera opérationnel, j'ai déjà quelques idées pour que nous brassions notre propre bière.

— De la bière, répéta Parker en reportant son regard sur les prisonniers dénudés à l'écran. Mais ils ont besoin d'eau et de nourriture. De vêtements. Ce n'est pas bien d'enfermer des gens.

— C'est là ton erreur, rétorqua Burton avant de s'arrêter subitement de sourire.

Son comportement devant anormalement froid.

— Ce ne sont pas des gens.

— Nous devrions laisser Scott se reconcentrer sur son travail, dit Eric en tentant de pousser son frère vers la porte.

— Pas encore, le contredit Burton en fronçant les sourcils et en regardant Parker. J'ai un glaçon pour toi.

— Vous voulez dire… pour la bière ?

Seigneur, ce mec était bizarre.

— Il veut dire qu'il a un conseil pour toi, murmura Eric.

Les yeux globuleux de Burton se rivèrent sur lui.

— Ton frère ici présent a visiblement besoin d'être éduqué. Tu sais, comme tu l'as vécu personnellement, de quoi sont capables ces monstres ! tonitrua l'homme. Parker, je t'assure que j'ai la situation sous contrôle. Il est clair que tu es encore confus, à propos des loups-garous, mais tu n'as vraiment pas besoin de t'inquiéter pour ça. Je protège tout mon peuple, ici, y compris Adam et toi, c'est tout ce que tu dois savoir.

Dans le silence, Parker fut tenté de demander quel était le conseil. Sauf qu'il savait qu'il ne fallait pas questionner Burton et qu'il devait rester à sa place. Il réalisa ensuite que l'homme attendait une réponse. Il hocha donc la tête et chercha au plus profond de lui.

— Désolé. C'est vraiment perturbant. C'est nouveau pour moi. Merci pour tout ce que vous faites.

Comme si on avait appuyé sur un interrupteur, Burton lui lança un sourire radieux.

— Bien sûr, mon garçon, bien sûr. Je comprends. Tu es pardonné. Eric, puis-je te dire un mot ?

— Merci.

Parker s'obligea à sourire comme s'il était sincère, et Burton ferma la porte derrière lui.

Au bureau de la radio, Lauren lui lança un sourire tremblant et chuchota :

— Tu vas bien ? Il a toujours été… lunatique.

— Je vais bien, murmura-t-il. Et toi ? Il a toujours été aussi tactile ?

Elle rit.

— On pourrait dire ça. Toutes les femmes savent qu'il vaut mieux ne pas se retrouver seules avec lui.

— Pff. Ce mec est horrible.

— Tu m'en diras tant. Ne te méprends pas, ajouta-t-elle rapidement. Je suis heureuse de l'avoir connu. Nous ne serions pas en vie, sans lui.

— Oui, mais il vous a aidés à rester en vie pour *votre* bien ou parce que sans vous, il n'aurait pas de public pour flatter son ego ?

Lauren haussa un sourcil.

— Je ne devrais pas répondre à ça.

Elle jeta un coup d'œil vers la porte avant de se pencher au bord de sa chaise et de parler d'une voix à peine audible.

— Je sais que les loups-garous sont méchants, mais je ne trouve pas ça convenable.

Parker s'agenouilla devant elle pour chuchoter :

— Ils ne sont pas méchants.

Il se rappela que, d'après eux, il venait tout juste d'apprendre leur existence.

— Enfin, ils sont à moitié humains, non ? Comment savons-nous s'ils sont tous méchants ? J'ai rencontré d'horribles humains. Ça ne veut pas dire que tous les humains sont méchants, n'est-ce pas ?

— Non.

Elle observa une nouvelle fois la porte.

— C'était horrible, quand Pippa s'est fait tuer. Eric en a été détruit. Les loups-garous de Londres étaient terrifiants et j'étais vraiment ravie de venir ici. J'espérais qu'il n'y en aurait pas en Amérique. Mais tu as raison. Ça ne veut pas dire que nous pouvons tout bonnement les enfermer ainsi. Monsieur Burton est...

Elle secoua la tête.

— Ses jeux de pouvoir vont de pis en pis. Il ne fait même plus semblant d'être en démocratie. Je me demande combien de temps ça durera avant que les portes fermées des chambres ne l'arrêtent plus.

La porte de la salle de vidéo s'ouvrit et Parker se leva. Eric leur lança un sourire crispé et Parker le suivit pour sortir en saluant Lauren d'un signe de la main.

— Tu vas bien ?

Eric haussa les épaules.

— Que disais-tu à Lauren ?

— Je m'assurais simplement qu'elle aille bien. Burton est vulgaire.

Regardant autour de lui, son frère s'arrêta sur l'allée dallée.

— Tu ne peux pas dire de telles choses ! Écoute, je le sais, d'accord ? Crois-moi, je le sais. Mais nous lui devons nos vies.

— Ça veut donc dire qu'il a le droit d'être un dictateur ? Qu'il a le droit de harceler Lauren et apparemment, beaucoup d'autres femmes, sexuellement ?

— Non.

Eric passa une main dans ses cheveux et Parker eut envie de les lisser.

— Je lui en parlerai. Il faut simplement que le problème du réseau d'eau soit sous contrôle.

— Ce n'est pas le seul problème, ici ! dit Parker en élevant la voix et en tremblant.

— Je sais que tu dois encaisser beaucoup de choses, répondit son frère en lui pinçant les épaules. Ne tombe pas dans une spirale anxieuse. Tu es avec moi. Tout va bien.

Mon Dieu, Parker aurait presque tout donné pour que ce soit vrai.

ADAM OUVRIT SES yeux vaseux alors que son petit ami entrait

précipitamment et se dirigeait vers leur lit. Ce dernier lui toucha le front – toujours chaud – et leva l'un des verres d'eau qu'il avait alignés sur la table de nuit jusqu'à ses lèvres. Le revoir suffisait à le soulager.

— Salut, chéri. Tu arrives à ne pas vomir l'eau ?

Parker vérifia le seau de fortune. Il était vide. Il respira un peu plus facilement quand Adam hocha la tête.

— C'est bien.

— Qu'est-ce qui ne va pas ? demanda Adam d'une voix rauque en l'observant d'un air méfiant.

— J'ai trouvé la meute de Sean. Sans Sean. J'imagine que c'est une bonne chose ?

Il offrit à son petit ami un court résumé de ce qu'il avait vu et appris.

— Enfin, c'est une bonne chose à moins que Sean ait pris la poudre d'escampette.

— Impossible.

Adam secoua la tête avant de grimacer.

— Il n'abandonnerait jamais sa meute.

— Ah bon ? N'a-t-il pas laissé le reste de sa meute en Angleterre ?

— C'est différent. Ils se sont formellement séparés pour qu'il puisse venir ici.

Parker se dirigea vers la fontaine à eau afin de remplir les verres, un à un. Ils auraient bientôt besoin d'eau purifiée. La fontaine gargouilla alors que le niveau s'abaissait presque jusqu'au maximum.

— Pourquoi a-t-il fait ça, d'abord ? Pourquoi ne pas rester au Royaume-Uni avec l'ensemble de sa meute ? Apparemment, les loups y prennent le pouvoir.

— Je ne pense pas que ce soit sa priorité. Quelque chose d'autre le motive.

Parker ne savait pas vraiment si Adam était trop optimiste ou s'il se montrait loyal envers un compère loup-garou, mais il était inutile de le contredire, étant donné que ni l'un ni l'autre n'était convaincu de quoi que ce soit.

— Si seulement nous le savions. Bon, s'il est toujours dans le coin, où est-il ?

— Il essaie de trouver le meilleur moyen d'entrer.

— C'est un bon nageur ? Parce qu'apparemment, le lac est la meilleure option. « Meilleure » restant subjectif. J'imagine qu'il pourrait se trouver de l'autre côté du lac, en train d'attendre une occasion.

— S'il a essayé de pénétrer dans le périmètre et que tout est électrifié, c'est ce que je ferais.

Parker soupira.

— Donc j'imagine que je dois voguer jusque là-bas et le trouver.

— Je t'accompagne.

— Cool. Cool. Très bien, sors du lit. Et que ça saute.

Il tapa dans ses mains, imitant sa mère lors des jours d'école. Il se leva et attendit, les mains sur les hanches, sans aider Adam qui se relevait lentement pour s'asseoir dans un grognement pitoyable.

— Tu as fini ? demanda-t-il.

Adam retomba sur le dos et devint si pâle que son petit ami se précipita pour le rejoindre. Il embrassa sa joue chaude.

— Je m'en occupe, chéri. Repose-toi et hydrate-toi. C'est ton boulot. Laisse-moi faire le mien.

Que dit la *méthode Coué ?*

Quand on veut, on peut.

Quelques heures après un atroce dîner de groupe, lors duquel Burton tint une nouvelle fois salon, Parker parcourut le quai. Il semblait que les compagnons de cet homme lors du repas étaient minutieusement sélectionnés et, pour être honnête, Parker aurait été ravi d'être exclu.

Il avait demandé des nouvelles de Jacob et on lui avait répondu que Bethany l'avait pris sous son aile et qu'ils « se remettaient ». La femme écossaise avait sous-entendu que Bethany et Jacob avaient tous les deux été retenus prisonniers par les loups-garous et torturés. Parker avait mangé une bouchée d'un risotto effectivement délicieux pour s'empêcher de répondre.

Il était tard, mais pas *trop* tard pour que ce soit suspicieux et il n'avait croisé que certaines personnes discutant sous un porche tout en avançant dans l'obscurité. Il retira ses baskets et s'assit sur le quai, ses pieds nus pendant au-dessus de l'eau. Il agit nonchalamment et attendit qu'un navire de patrouille avance péniblement en se dirigeant vers le fleuve.

Grommelant, il détacha les nœuds amateurs de Mike sur les cordes du *Bella* pour l'éloigner du quai. Le vent était fort, venant du nord, ce dont il pouvait se servir pour revenir. Il devrait se reposer sur le moteur pour traverser, mais le soleil avait brillé toute la journée et la batterie avait donc dû être rechargée au maximum.

Il appuya sur l'interrupteur, grimaçant à cause du bruit, même si le moteur du *Bella* était luxueux et fluide. À la lumière du jour, l'autre rivage du lac était visible, mais distant. Sous un quart de lune, le lac aurait aussi bien pu être un océan.

— Il vaudrait mieux que tu sois là-bas, trouduc.

Chapitre 18

L E PROBLÈME, POUR trouver un loup-garou, était que Parker ignorait par où commencer. Adam avait toujours été à ses côtés, fiable et fort, depuis la nuit où l'ancien monde avait pris fin. Lorsqu'ils avaient été séparés par le chaos provoqué par les monstres, c'était Adam qui l'avait retrouvé grâce à son odeur.

Parker avait fait tourner le moteur au minimum lors de la traversée du lac, sachant que le bruit se propagerait. Tout en s'approchant de l'ombre des cyprès sur la rive opposée, il éteignit le moteur et laissa le *Bella* dériver. Plissant les yeux dans l'obscurité, à une dizaine de mètres du bord, il n'entendit que les petites éclaboussures de l'eau sur la coque et la brise légère agitant les feuilles. Les cigales chantaient et leur chœur allait crescendo et decrescendo.

— Sean ! siffla-t-il.

Seuls les bruits d'une nuit paisible et humide l'atteignaient. Il avança jusqu'à la proue et jeta un coup d'œil aux buissons marécageux. Le pont était froid sous ses pieds nus. Effectivement, c'était un sacré marécage ici et il ne plongerait pas avec les alligators à moins d'y être vraiment, *vraiment* obligé.

— Sean ! Sors, sors de là où tu es.

Le léger vent lui provoqua la chair de poule sur les bras alors qu'il attendait, crispé. Il était parfaitement possible qu'il soit seul, sans personne d'autre que les alligators et les oiseaux qui essayaient de dormir. Il aurait aimé pouvoir au moins balayer les masses sombres des buissons au milieu des arbres avec une lampe-torche, mais il n'avait certainement pas envie d'attirer des monstres. Même si la zone semblait déserte, il ne savait que trop bien que les zombies pouvaient sortir de nulle part.

De plus, il n'avait pas besoin de repérer Sean. Si l'alpha était vraiment là, il le verrait facilement. Parker leva ses deux majeurs.

— Et maintenant ? Rien ?

Dans un souffle – un rire ? –, une ombre bougea. Le pouls de Parker tambourina alors que la silhouette s'approchait du bord marécageux.

— Mais qu'est-ce que tu attendais ? s'enquit-il.

— Je voulais m'assurer que tu étais seul, répondit Sean avec son ton habituel, soyeux et guindé, en se rapprochant suffisamment de Parker pour qu'il le voie enfin.

Il était torse nu, comme ce mec adorait apparemment exhiber ses pectoraux.

— Tu ne pouvais pas simplement compter les pouls ? dit-il en se désignant. Un. *Uno*. Mais j'imagine que tu n'es pas très doué pour ça.

Il était impossible de distinguer le visage de Sean, mais celui-ci se figea.

— Qu'est-ce que ça veut dire ?

— Dépêche-toi de monter à bord et je te le dirai. Ils ont des navires de patrouille. Tu as de la chance que je ne me sois pas fait pincer en venant.

— Les patrouilles se concentrent bien plus sur l'accès au fleuve. Idiot.

— Quand même. Viens.

— Tu ne vas pas me rejoindre avec le canot pneumatique ?

— Non ! Ça prendra trop longtemps. Nage. Pourquoi n'as-tu pas simplement nagé jusqu'à l'enceinte ?

— Je comptais le faire, tout à l'heure. J'observe leur routine dans la prison.

— N'utilisent-ils pas un genre de haute fréquence pour vous

empêcher de vous transformer ?

— Si, grogna Sean. Mais sa portée est limitée. Attrape, dit-il en se penchant.

— Hein ?

Parker esquiva de justesse quand une, puis deux bottes de cowboy trempées et pleines de boue arrivèrent sur le pont à toute vitesse. Sean se déshabilla alors, son jean s'envolant. Le vêtement faillit ne pas atteindre son but, mais Parker se pencha au-dessus de la rambarde pour l'attraper.

Sean nagea pour parcourir la distance rapidement et il monta avec sa force surnaturelle. Dégoulinant et nu, il lança un sourire maussade à Parker.

— C'est quoi le plan ?

— Euh… ça ? Je me suis rendu compte que tu n'étais pas dans la cage avec les autres et Adam s'est dit que tu serais peut-être ici, si tu n'arrivais pas à traverser la clôture.

— Où est-il ? demanda Sean en essuyant l'eau sur son visage.

Le premier instinct de Parker fut de dissimuler la vérité, mais Sean pouvait l'aider.

— Il est malade. Il a peut-être été mordu par un rat. La maladie de Carré, peut-être ? Nous n'en sommes pas sûrs.

— Ça n'a pas d'importance, de toute manière. Il ne peut pas plus s'approcher de la cage que moi.

— Ça compte quand même, qu'il soit malade, lança Parker même s'il savait qu'être tatillon s'avérait ridicule. Il ira bien, n'est-ce pas ? *N'est-ce pas ?*

— Il devrait aller mieux. Il est jeune et fort. Il arrive à boire de l'eau ?

Quand Parker hocha la tête, Sean ajouta :

— C'est un signe très positif.

Devrait. Adam « devrait » aller mieux.

— Il peut te contaminer ? s'enquit Parker.

— Pas à moins que nous partagions des fluides corporels, ce

qui n'était pas prévu. La maladie de Carré n'est pas en suspension dans l'air. Quels sont ses symptômes ?

Une fois que Parker les eut énumérés, Sean hocha la tête.

— Oui, on dirait que c'est ça. Il devrait pouvoir la combattre. Et il ne peut pas te la transmettre.

Encore ce *devrait*. Parker se moquait de savoir s'il pouvait l'attraper ou non, tant qu'Adam allait bien.

Sean observa les alentours avant de river son regard sur Parker.

— Suis-je censé libérer ma meute uniquement avec… toi ?

— Ouaip.

— Il n'y a aucun autre ord' amical, dans le coin ?

— Bethany et Jacob, mais…

— *Jacob* ? Pourquoi l'as-tu amené, bon sang ? Je ne sais même pas comment ni pourquoi *toi*, tu es là.

— Je suis là parce que *tu* es parti avec Jacob et qu'on t'a poursuivi pour le ramener, comme il n'est qu'un enfant innocent. Au fait, tu peux mettre ton pantalon quand tu le souhaites.

Sous la faible lueur, Sean plissa les yeux et se frotta vivement les jambes, envoyant valser des gouttelettes.

— *Je* suis parti avec Jacob ? Mais de quoi tu parles ?

— Il s'est couvert de sel et d'huile de poisson. C'était un passager clandestin. Il prétend que vous ne l'avez pas entendu dans la cale. Ni senti.

Sean lui sourit vivement en dévoilant ses dents parfaites.

— La cale est remplie de nourriture. Il y a beaucoup de sel et de poisson. C'est malin, constata-t-il avant de secouer la tête. J'imagine que nous étions suffisamment nombreux à bord pour ne pas remarquer un pouls supplémentaire.

Il leva les mains.

— Ce n'est pas mon meilleur moment d'alpha, je dois bien l'admettre.

— Ouais, sans déconner, dit Parker avant d'hésiter. Tu ne savais pas qu'il était présent, sincèrement ?

— Sincèrement.

Les yeux de Sean scintillèrent d'une lueur dorée alors qu'il crispait sa mâchoire.

— Malgré tes accusations immondes, je m'intéresse uniquement à Jacob parce que j'ai de la compassion pour un garçon malheureux.

— Pourquoi ? Qu'est-ce qu'il représente pour toi ?

— Ça n'a pas d'importance. Ma meute est tombée dans ce putain de piège même si je les ai avertis – que je leur ai *ordonné* de ne pas le faire – et il faut que je les sorte de là. Qui sont ces ordz ? Tu n'es pas prisonnier. Tu sembles t'adapter parfaitement avec eux.

Sean récupéra son jean, puis se figea. Avant que Parker puisse lui demander ce qui n'allait pas, l'alpha plongea les mains dans ses poches, soupirant alors qu'il trouvait ce qu'il recherchait.

— Quoi ? Tes clés de voiture ? le railla Parker.

— Rien qu'un talisman.

Au lieu de sortir un genre de porte-bonheur de loup, Sean sortit une pièce de vingt-cinq centimes qu'il jeta avant de la glisser dans sa poche. Il enfila son jean, sans mettre de sous-vêtement.

Parker ignorait pourquoi un loup-garou britannique emportait une pièce en dollar avec lui, mais il se disait qu'il avait d'autres chats à fouetter. Il donna à Sean des informations sur l'enceinte – sans mentionner Eric – tout en hissant les voiles. Elles seraient plus silencieuses que le moteur, mais aussi plus visibles. Néanmoins, s'ils croisaient un navire de patrouille, il serait plus plausible qu'il soit sorti faire un tour de bateau à voiles en pleine nuit. Du moins, à ses yeux.

— Je connais vaguement cet homme, ce Burton, dit Sean. C'est l'un de ces milliardaires insupportables qui se perçoivent comme des inventeurs, des explorateurs et des leaders de la société. C'est un clown.

— C'est plus ou moins ça.

— Comment Adam et toi avez-vous pu entrer dans l'enceinte ? Le père de Connie a fait de l'excellent boulot en sécurisant le périmètre. Le lac est le point faible, mais j'imagine qu'en son temps, ce n'était pas une véritable préoccupation, comme il n'y avait que le marécage de ce côté. Vous ne vous êtes certainement pas faufilés, sans être détectés, grâce au fleuve.

— Nous sommes passés par le portail. Attrape cette corde.

Sean s'exécuta, suivant étonnamment les instructions de Parker sans faire de commentaire alors qu'ils se mettaient en chemin.

— Ils n'ont pas soufflé dans leurs petits sifflets ? s'étonna Sean en ricanant.

— Je… les ai distraits.

Il n'était pas prêt à partager l'existence d'Eric, pour l'instant.

— Ces sifflets sont probablement un bon système de détection, n'est-ce pas ? Ils sont simples, mais efficaces, à moins que tu puisses t'empêcher de réagir.

— J'imagine, admit Sean. C'est bien qu'Adam soit à l'intérieur. Même s'il ne sera pas d'une grande aide, s'il est malade. Je ne peux pas attendre.

— Attendre de faire quoi, exactement ?

Derrière la barre, Parker ajusta légèrement leur direction.

— Libérer ma meute.

— Ouais, évidemment. Mais *comment* ?

Il n'aimait peut-être pas beaucoup ce mec, il était parfaitement prêt à laisser quelqu'un d'autre prendre les commandes du plan.

Sean était silencieux et Parker attendait.

Et attendait.

Il finit par soupirer.

— Tu n'as pas de plan non plus, si ?

— C'est en cours, répondit sèchement Sean. J'ai d'abord besoin de plus d'informations. Parle-moi de Bethany. Tu lui fais confiance ?

Parker fut obligé de rire.

— Oh que non.

Il haussa les épaules.

— Peut-être ? se corrigea-t-il. Je n'en sais rien. Elle fait comme si elle avait été votre prisonnière. Ce qui est malin, bien sûr. Mais serais-je surpris si elle te trahissait complètement et passait du côté de Burton en une seconde ? Non.

— Vraiment ? Damian et elle semblaient particulièrement liés.

— Je suis sûr que Damian l'aime.

Parker haussa une nouvelle fois les épaules, tentant de ne pas penser à Petit Homme et à ce jour quand il avait été surpris, seul, sur le *Bella*.

— Pourquoi es-tu si bouleversé ?

— Je ne le suis pas !

Putains de loups-garous et leur détection de pouls.

— Damian est dans ta meute, maintenant ? Connie est toujours son alpha, n'est-ce pas ? Mais il s'en remet à toi quand elle n'est pas dans le coin ? Comment ça fonctionne ?

— Exactement comme tu viens de le dire. Damian fait partie de ma meute pendant qu'il est avec nous, en tant qu'ambassadeur de Connie.

— Et Bethany ?

— Elle est sa compagne, donc oui, elle est incluse.

— Même si c'est une ord' ? Ah. Pour moi, elle reste un point d'interrogation. Jacob est totalement avec nous, mais il reste en sécurité jusqu'à ce que *ça*, ce soit terminé.

Peu importait ce qu'était ce *ça*. Parker s'agrippa au gouvernail, ses paumes moites glissant sur le métal.

— Nous n'avons pas ce luxe. Si Jacob veut grandir et trouver des sources d'excitation, il semblerait qu'il soit venu au bon endroit.

— Non. Hors de question. Jacob reste exclu de l'Opération Libre Hurlement.

Parker plissa les yeux en observant l'enceinte, au loin. Seule une faible lueur rouge émanait de quelques bâtiments.

— Tu as vu des zombies de l'autre côté du lac ?

— Non. Il y avait des clusters, plus près du fleuve. En plus des rats. Et « Libre Hurlement » ? répéta Sean avec un sourire narquois.

— Tu as un meilleur nom ? En parlant de hurlement, c'est comme ça qu'ils ont piégé la meute ? Avec cet enregistrement ? Adam disait qu'il était vraiment difficile d'y résister. Il est parti au milieu de la nuit pendant que je dormais pour lui courir après.

Sean se renfrogna.

— Oui. Le bruit attire aussi les zombies. Même s'il est loin d'être aussi puissant que la lumière. Enfin, je suppose que c'est tout de même la raison pour laquelle Burton a arrêté de le diffuser. Ils ont essayé quelques nuits supplémentaires, après avoir attrapé ma meute, mais ils n'ont pas eu d'autre prise. Et leur prison est bien assez remplie. Ils ne semblent pas savoir quoi faire de nous.

— Ouais, je crois que c'est l'une des situations dans lesquelles on doit faire attention à ce qu'on souhaite. Les grands plans de Burton ne sont apparemment pas toujours les plus pratiques. Bien que le piège ait fonctionné.

— Je l'admets, je ne me suis pas rendu compte que c'était une ruse, au début. L'instinct biologique de protéger notre jeune…

Sean inspira et détourna les yeux. Sous le croissant de lune pâle, ses yeux parurent hantés.

— C'est puissant. C'est l'instinct le plus puissant que nous possédons.

Parker ne répondit rien. Il y avait quelque chose dans cette confession, comme s'il exposait pour la première fois sa vulnérabilité.

Sean poursuivit en se parlant presque à lui-même.

— Quand je m'en suis enfin rendu compte, il était déjà trop tard. Nous étions trop proches et nous courions trop vite. Lorsqu'on est entièrement transformés, on couvre rapidement le terrain.

C'était sans doute ce qui avait sauvé Adam, son incapacité à se transformer entièrement.

— C'est fini, dit Sean d'un ton qui n'acceptait aucune question.

— Mais comment t'es-tu échappé ? demanda tout de même Parker.

— Comme je l'ai dit, j'ai réalisé trop tard que ça devait être un piège, répondit-il à travers sa mâchoire serrée. C'était... anormal. Je me suis arrêté, mais ma meute est passée à côté de moi à toute vitesse. Ils ont ignoré mes appels, comme s'ils étaient dans un genre de transe. D'ordinaire, ils ne me désobéiraient pas.

Adam est revenu pour moi.

Parker prit un moment pour s'en délecter. Il adorait tant Adam, à cet instant, qu'il arrivait à peine à respirer.

— Quoi ? demanda Sean en fronçant les sourcils.

Parker secoua la tête.

— Rien.

Toutefois, alors qu'ils voguaient en silence, de nouvelles questions surgirent dans son esprit et sortirent inévitablement par sa bouche.

— Comment as-tu récupéré ton pantalon et tes bottes ? Vous êtes nus, quand vous vous transformez entièrement, non ?

— Je suis reparti et j'ai trouvé mes affaires dans la forêt. Mon bateau avait déjà disparu.

— Tu ne soupçonnes pas Bethany de s'être fait la malle ?

— Ça m'a traversé l'esprit. Mais ça n'avait pas d'importance. Ma meute, c'est ce qui compte.

— Pas faux, répondit Parker en réajustant les voiles alors que son esprit s'agitait toujours. Sérieusement, pourquoi laissais-tu Jacob passer autant de temps avec toi ? Si tu n'es vraiment pas un pervers...

Le grondement de Sean hérissa les cheveux sur la nuque de

Parker.

— Je jure que si tu recommences cette connerie…

— D'accord, d'accord, tu n'es pas un pervers.

Supposément.

— Pourquoi laisser un gamin agaçant te suivre comme ton ombre ?

— Pour quelqu'un qui le défend, tu parles assez mal de lui.

— Écoute, j'adore Jacob, mais il peut être un emmerdeur revêche. Il fait partie de ma famille, j'ai le droit de le critiquer.

Après un instant de silence, les lèvres de Sean se recourbèrent dans un silence fantomatique.

— Il me fait penser à mon fils.

Oh. *Oh.*

La bouche de Parker s'assécha.

— Qui… Où est-il ?

— Je n'en sais rien, dit Sean en déglutissant dans un « clic » audible. Il est probablement mort. Ma femme et lui étaient dans l'avion pour Londres, en partance de Dallas.

L'idée tout entière que Parker se faisait de Sean s'embrouilla et se reforma. Il tenta d'encaisser cette nouvelle information.

— J'ignorais que tu étais marié. Tu ne portes pas d'alliance.

— Je l'ai perdue quand tout a changé. Je me suis transformé subitement, une nuit, et elle s'est cassée. Je l'ai cherchée dans les rues, le lendemain matin, mais…

Sean sortit la pièce de vingt-cinq cents de la poche de son jean.

— Caroline est texane. Elle gardait des pièces américaines dans un bol qu'elle emportait quand elle partait en visite chez elle. C'était plus sentimental qu'autre chose, étant donné que nous payions en carte pour plus ou moins tout.

Sean retourna la pièce et Parker attendit.

— Elle a laissé tomber celle-ci sur le tapis de notre chambre et je l'ai mise dans ma poche. J'étais pressé et l'agent d'entretien arrivait. Je ne voulais pas qu'elle bouche l'aspirateur, dit-il avec un vif sourire. C'est étrange, hein ? De penser aux choses qui nous inquiétaient, avant.

Parker hocha la tête.

— Maintenant, j'ai l'impression que cette pièce est comme un lien. C'est superstitieux. Idiot.

Il la rangea dans sa poche et récupéra l'une de ses bottes avant de glisser les doigts sur le cuir usé.

— Elle avait emmené Harry chez elle pour qu'ils rendent visite à ses parents. Il n'était qu'un bébé. Dix-neuf mois et sept jours.

Si jeune.

— Oh.

Parker observa la droite et la gauche, à la recherche d'un bateau de patrouille. Il n'y avait que le doux claquement des voiles et le *Bella* qui glissait sur l'eau. Et la voix basse de Sean.

— As-tu déjà pensé à ce qu'il s'est passé pour tous les avions, le jour où le virus a frappé ?

— Non, à vrai dire. Euh…

L'esprit de Parker tourbillonna à cause de toutes ces possibilités. C'était une excellente question.

— Si le virus était à bord… commença-t-il.

Sean finit par dire, comme s'il racontait une histoire familière :

— Si le virus infectait l'un des deux pilotes, l'avion finissait par s'écraser. Les portes du cockpit étaient toujours verrouillées, en vol. Si l'avion était en pilote automatique, il volait avec ce mode jusqu'à ne plus avoir de kérosène et finissait par s'écraser sur le sol. Ou dans l'océan. Impossible d'y survivre.

Parker acquiesça. Ils avaient traversé environ la moitié du lac et le vent se réduisit de quelques nœuds. Une fois que le virus avait frappé, Adam et lui auraient pu passer à côté de crashs d'avion sans s'en rendre compte, étant donné que le feu et le chaos étaient partout.

Sean poursuivit.

— Si les pilotes n'étaient pas contaminés, mais que les passagers l'étaient, les pilotes pouvaient faire atterrir l'avion en toute sécurité. Ou si à la fois les passagers et les pilotes n'étaient pas infectés, ils auraient pu atterrir. À supposer qu'ils aient trouvé une piste convenable.

— C'est vrai. C'est parfaitement possible, répondit Parker en hochant la tête d'un air encourageant.

Le regard de Sean était perdu dans le vide.

— Et puis il y a la question du contrôle aérien. Avec la vitesse à laquelle le virus se propageait, les aéroports ont probablement été rapidement infestés. Il y avait tant de gens dans une si petite zone. Sans les contrôleurs aériens, les milliers d'avions volaient à l'aveugle. Les avions de ligne étaient équipés de systèmes de prévention de collision, mais la confusion devait quand même régner.

Merde. C'était vrai. Parker tenta de trouver quelque chose, pour contribuer à la conversation, mais il ne trouva rien.

— Leur vol avait une escale à Orlando, mais il avait probablement déjà redécollé à ce moment-là. C'est ma meilleure hypothèse. J'ai cherché au Royaume-Uni et je ne pense pas qu'ils aient réussi à traverser l'océan. Caroline m'aurait trouvé. Si elle est en vie, Harry et elle se trouvent ici, en Amérique. Quelque part. Si leur avion a atterri en toute sécurité.

Tant de si. Parker connaissait cette incertitude, mais penser que son bébé était perdu, dans ce monde, lui brûla tout de même les yeux.

— Je suis désolé, chuchota-t-il.

Le regard de Sean était toujours perdu dans l'obscurité lointaine.

— Jacob me fait penser à ce qu'Harry aurait pu être, si on lui en avait donné la chance. S'il continue de grandir. Si Caroline et lui ne se sont pas simplement volatilisés.

Parker mourait d'envie de prendre des nouvelles d'Adam. De le voir, de l'embrasser, de sentir qu'il était chaud et vivant.

Après un silence prolongé, Sean s'éclaircit la gorge.

— Le plan était d'établir ma meute ici, avant que je parte à leur recherche. De laisser Gemma prendre les rênes. Elle veut venir avec moi – ils veulent tous venir –, mais le mieux pour ma meute, c'est une maison. La sécurité. Si Caroline et Harry sont quelque part, je les trouverai. Je les ramènerai ici, ou sur l'île. C'est un bon endroit.

Ils s'approchèrent du port et Parker baissa les voiles, ravi que le travail le distraie de la douleur dans sa poitrine.

— Quelqu'un attend, dit Sean.

Chapitre 19

PARKER SE PLAÇA derrière la barre pour guider le bateau et il alluma le moteur lorsqu'ils s'approchèrent. Il priait pour voir la silhouette d'Adam se matérialiser dans l'obscurité, mais ce fut une autre silhouette familière qui l'attendait sur le quai.

— Merde !

Il fit volte-face pour dire à Sean de se cacher, mais celui-ci avait déjà disparu. Parker fit un signe de la main à son frère et le salua. Tandis qu'il s'approchait du quai, il lui jeta une corde.

Sans sourire, Eric la noua d'une main experte, puis attendit. Il portait des mocassins, un pantalon décontracté et une chemise en lin froissée qui remémora à Parker le jour où il s'était faufilé discrètement dans la maison de Cape après une fête dans les dunes.

Il sauta sur le quai et se pencha pour attacher ses tennis tandis que son visage le brûlait. Eric était clairement sur les nerfs et Parker n'avait certainement pas envie de gérer ça. Finalement, il se redressa avec un sourire feint.

— Qu'est-ce que tu foutais, là-bas ? demanda brusquement Eric.

— Je prenais l'air.

— À cette heure de la nuit ?

— Je n'arrivais pas à dormir. Être sur l'eau m'aide toujours. Tu sais ce que c'est, dit-il en montrant l'enceinte du pouce. Il est temps de pioncer. Qu'est-ce que ça veut dire, ce mot ? C'est de quelle origine ?

L'expression sinistre sur le visage de son frère ne changea nullement.

— Je sais que tu mens. Qu'est-ce que tu caches ?

— Rien ! Je suis allé faire un tour de bateau à voiles en pleine nuit. Ça n'est rien d'important. Viens.

Eric ne bougea pas d'un pouce. Il plissa les yeux en observant le *Bella*.

— À qui appartiennent ces bottes ?

Parker regarda les bottes de cow-boy qui se trouvaient toujours sur le pont.

— À Adam. Je les rapportais dans la dépendance. Merci de me l'avoir rappelé !

Il sauta sur le bateau et les attrapa.

— Il ne t'a pas accompagné ? Je croyais avoir vu quelqu'un d'autre.

— Non ! Il s'endort rapidement. Il faut vraiment que j'y retourne.

Toutefois, quand Parker se retourna, Eric était aussi monté à bord.

— Parker, dis-moi.

— Il n'y a rien ! dit-il en levant les bottes. Quoi, tu crois que je transporte de la coke là-dedans ?

Il les inclina vers le bas.

Le visage d'Eric se froissa.

— Pourquoi tu me mens ?

— Je ne te *mens pas*. Mec, je te jure solennellement que je ne transporte pas de coke, dit-il en jetant les bottes sur le banc.

— Arrête tes conneries. Nous savons tous les deux que tu caches quelque chose. Tu agis bizarrement. Au début, je pensais que c'était parce que nous vivions évidemment dans un monde extrêmement tordu. Et parce que ça fait des années que je ne t'ai pas vu. Tu as vraiment grandi. Tu as changé.

— Euh, ouais. C'est le genre d'effet qu'a une apocalypse zombie. Nous avons tous changé. Nous avons vu des choses. Fais des choses.

Il soupira, tremblant.

— Nous avons tous perdu des gens.

Eric l'observa un long moment.

— Je pensais que tu étais nerveux parce que tu avais appris l'existence des loups-garous. Que tu avais peur, et que si je te montrais que tout était sous contrôle...

— C'est le cas ?

Il n'avait pu s'empêcher de poser la question et avait élevé la voix.

— Ce que j'ai vu, ce sont des gens nus en train de souffrir dans une cage. Vous ne contrôlez rien du tout.

— Ce ne sont pas des gens ! Ce sont des animaux ! Des meurtriers !

Les narines d'Eric se dilatèrent alors qu'il levait les mains.

— Tu ne comprends pas. Je sais que c'est troublant, d'accord ? Mais fais-moi confiance.

— Je...

La bouche de Parker s'assécha. Son visage devint chaud et son estomac bouillonna. Il était tiraillé dans deux directions opposées et une fissure le traversait.

— Tu *me* fais confiance ?

— Oui, répondit Eric d'un air suppliant avant de s'approcher. Toujours. S'il te plaît, dis-moi. Peu importe ce que c'est, dis-le-moi. Je veux t'aider. Tu es mon petit frère. Je...

Il se figea, ses yeux si exorbités et si écarquillés que Parker pensa que des monstres arrivaient. Eric plongea sur Parker et l'éloigna en passant devant lui, les bras écartés.

Sean grogna, ses crocs visibles sous la lumière pâle de la lune. Son torse nu était couvert de poils alors qu'il avait été presque lisse, précédemment.

— Recule ! hurla Eric. Parker, *cours*.

— Tout va bien.

Parker s'écarta de son frère.

— Range ça ! lança-t-il à Sean.

Les lèvres retroussées, le loup-garou s'exécuta et son corps reprit sa forme purement humaine.

— J'en ai assez d'écouter ces conneries, dit-il. Et tu n'as pas mentionné que tu avais un frère.

— Ce n'est pas important. Enfin, si, à vrai dire. C'est incroyablement important, dit Parker en tentant d'attraper le bras de son frère. Très bien, donc tu me fais confiance, n'est-ce pas ? Je sais que ça semble fou.

Eric tituba en arrière et libéra son bras, observant tour à tour Parker et Sean.

— Tu connais cette… *chose* ?

— Oui. Tu as raison, d'accord ? Je cachais quelque chose. J'étais déjà au courant pour les loups-garous. Je ne pouvais pas te le dire. J'en avais envie ! S'il te plaît, discutons.

Eric le dévisagea comme si trois têtes ornées de pénis lui sortaient par les oreilles.

Sean ricana.

— Tout ça est très touchant, mais…

— Arrête ! le sermonna Parker.

Trop de choses se passaient en même temps. Adam était malade, la meute était dans une cage, Sean était à bout de nerfs et Eric dévisageait son frère comme s'il était un inconnu. Les nœuds dans l'estomac de Parker se resserrèrent et il eut du mal à respirer.

— Tu es l'un d'eux ? demanda Eric à Sean. Les mêmes que ceux qu'il y avait à Londres ? Les animaux qui ont tué ma…

Sa voix se brisa.

Sean secoua la tête.

— Je suis là uniquement pour ma meute. Je ne suis pas d'accord avec les loups qui veulent prendre le pouvoir.

— Pourquoi devrais-je te croire ? demanda Eric avant de se

tourner vers Parker. Ce n'est pas toi. Tu ne t'associerais jamais avec des tueurs. Avec des *monstres*.

Il observa Sean d'un air clairement dégoûté. Horrifié.

— Exactement !

Parker tenta de trouver les bons mots malgré la tempête dans son cerveau.

— Je ne le ferais pas. Ça ne t'indique donc pas que les loups-garous ne sont pas tous des monstres ? Écoute-moi.

Les larmes luisaient dans les yeux de son frère.

— Ça ne peut pas être toi.

Il secoua la tête en reculant.

— Attends, dit Parker en levant les mains. Ne t'enfuis pas. S'il te plaît.

— Personne ne va s'enfuir, ici, intervint Sean.

Sa menace n'était que factuelle, mais elle provoqua tout de même un frisson dans la colonne vertébrale de Parker.

— Tu ne feras pas de mal à mon frère, dit ce dernier, fier que sa voix ne se brise pas. Je ne te laisserai pas faire.

— Mais qui est-il, bordel ? demanda Eric. Que se passe-t-il ?

— Il se passe que vous allez tous baisser d'un ton, putain, s'emporta Bethany en apparaissant dans l'obscurité du quai avec une arme à la main.

Parker poussa Eric derrière lui.

Ce dernier observait la scène, incrédule.

— Tu es comme eux ?

Bethany monta sur le bateau et le pont du *Bella* grinça. Elle portait un jean noir, des tennis et un pull à capuche tandis que ses cheveux étaient attachés dans une queue de cheval serrée. Elle semblait prête à se battre.

— Mon sucre, si j'étais un loup, je n'aurais pas besoin d'une arme. Je suis désolée, mais je ne peux pas te laisser sonner l'alarme. Pourquoi ne descendriez-vous pas tous les deux dans la cale pour régler ça ? demanda-t-elle à Parker.

— Hors de question, répondit-il automatiquement. Pour te laisser faire quoi, exactement ?

Il observa son arme de près. Elle ressemblait à la sienne, même s'il ne pouvait en être sûr. Adam la lui avait-il donnée ? Ou l'avait-elle volée ? Adam allait-il bien ?

Bethany se pinça les lèvres dans une ligne fine.

— Vraiment ? Tu ne me fais toujours pas confiance ?

— Pourquoi devrais-je te faire confiance ? siffla Parker. Pour ce que nous en savons, tu pourrais être l'espionne de Burton.

Les lèvres de la jeune femme se retroussèrent.

— Cet abruti ? Sérieusement ? Quoi, j'ai oublié Damian dans la nuit ?

Elle secoua la tête.

— Ça n'a aucune importance. Je comprends pourquoi tu ne m'aimes pas, mais tu es coincé avec moi. Et j'ai besoin de ton aide.

Sa voix trembla, bien que sa main tenant l'arme reste stable.

— S'il te plaît, j'ai besoin de faire sortir Damian.

Était-il possible qu'elle l'aime sincèrement ? Parker pouvait-il lui faire confiance ? Tandis qu'une part de lui voulait crier, pour marquer son déni, il devait profiter de l'occasion.

— Où est Jacob ?

— J'ai forcé la porte et je l'ai enfermé dans la salle de bain, dit Bethany. Il insistait pour venir et je pensais qu'il valait mieux qu'il reste à sa place.

Parker acquiesça.

— Clairement. Allez, discutons, dit-il à Eric.

Celui-ci sembla choqué, tandis qu'il suivait Parker dans la coquerie.

— Ça ne peut pas être vrai. Tu ne peux pas être avec eux. Ils t'ont fait un lavage de cerveau.

Respire. Reste calme.

Parker alluma une lampe à énergie solaire et tendit les mains.

— Je comprends pourquoi tu ressens ça.

— Ils s'infiltrent discrètement ici, maintenant ? Connaissent-ils le dernier ?

— Le dernier… qui ?

Eric fit quelques pas, en avant et en arrière, la petite lampe projetant son ombre alors qu'il bougeait.

— L'un d'eux s'est pointé au portail avant que nous fabriquions les sifflets. Il était amical et serviable. C'était un menteur.

Parker se prépara au pire.

— Qu'a-t-il fait ?

— Heureusement, nous avons découvert la vérité sur ce qu'il était avant qu'il ait le temps de mettre son plan en œuvre.

— Attends, comment sais-tu qu'il avait un plan ?

— Évidemment qu'il en avait un ! Il a infiltré notre communauté et attendait le bon moment, bafouilla Eric dont le visage était rouge. Un… un agent dormant…

— Quoi ? Comme un espion russe ? Tu t'entends parler ? Il cherchait peut-être simplement un refuge. Un foyer.

Une meute.

— N'est-ce pas ce que nous souhaitons tous ? dit Parker.

— Si, nous, les humains. Ce sont des monstres !

— Non ! Ils ont des sentiments et des familles. Ils rient, font leur deuil, aiment et veulent seulement vivre leur vie en paix.

Eric ouvrit la bouche avant de la refermer. Son regard était électrisé tandis que son torse s'élevait et retombait. Il dévisageait Parker.

— Comment pourrais-tu le savoir ? chuchota-t-il d'une voix rauque.

Parker entendait son propre cœur battre dans ses oreilles et il avait un goût acide dans la bouche tandis qu'il essayait de respirer. Il s'était déjà trahi, mais même s'il ne l'avait pas fait, il ne pouvait plus regarder son frère en face et mentir. Pas quand il se tenait dans l'un des foyers qu'il partageait avec Adam. Pas sur le *Bella*, où ils avaient fait l'amour, ri, pleuré et *vécu*.

Avant que Parker ne puisse parler, Eric s'exclama.

— Alors Adam est l'un d'eux ?

Il regarda autour de lui, comme s'il s'attendait à ce qu'Adam surgisse.

Parker tendit la main vers son frère, mais il la laissa retomber tandis que l'horreur froissait le visage d'Eric. Parker garda un ton calme, en faisant une multitude d'efforts.

— Oui, Adam est un loup. Je sais que ça doit être difficile à croire, mais les loups-garous sont exactement comme nous. Je te le promets.

— C'est dément ! C'est un mensonge ! Tu dois être… commença Eric avant de secouer la tête. Que t'a-t-il fait ? Oh, Seigneur.

Il se projeta vers l'avant et attira Parker dans ses bras.

— T'a-t-il fait du mal ? Ce n'est rien. Tu es en sécurité, maintenant.

Parker l'étreignit fermement en retour.

— Il ne ferait jamais une telle chose. Ça ne se passe pas comme ça. Je n'ai pas subi de lavage de cerveau. Écoute-moi, s'il te plaît.

— Tu étais si jeune quand vous vous êtes rencontrés. Tu ne sais pas ce que tu dis. Je ne le laisserai plus te faire de mal.

Une part de Parker ne voulait rien de plus qu'étreindre son grand frère, s'agripper à lui et lui transmettre ses connaissances par un genre d'osmose. Pour qu'Eric *voie*. Pour qu'il comprenne.

Prenant une profonde inspiration, il recula.

— Adam ne m'a jamais fait de mal. Il ne me *fera jamais de mal*. Il m'aime et je l'aime. Oui, c'est un loup-garou. Je m'en moque. Non, à vrai dire, ce n'est pas le cas.

Il répéta les mots que son frère avait prononcés concernant l'homosexualité de Parker.

— Ça m'importe. J'aime chaque part de son être. Je l'aime comme il est. Humain et loup. Nous deux, c'est à la vie à la mort.

Secouant la tête, Eric en fut bouche bée.

— Ce n'est pas possible. Ils ne peuvent pas *aimer*.

— Ils le *peuvent*. Ce n'est pas parce que certains sont méchants qu'ils le sont tous. C'est pareil avec les gens. Certains sont des violeurs, des tueurs et des monstres. Mais nous ne le sommes pas tous. Je suis vraiment, vraiment désolé pour ce qui est arrivé à Pippa. C'était mal et horrible, mais ce n'était pas Adam, dit-il avant de faire un signe du menton. Ce n'était pas Sean. Lui, il est ici pour essayer de trouver sa femme et son fils. Il veut être avec sa famille. Comme nous tous. Laisse partir sa meute, inutile de blesser qui que ce soit.

— Ce sont des tueurs.

— Qui ont-ils tué ? Qui ? Ils n'ont rien fait ! Vous les gardez enfermés, nus et souffrants. Ce n'est pas bien. Tout ça pour qu'ils creusent le puits de Burton ? Vous vous servez d'eux comme main-d'œuvre forcée, et puis quoi ?

— Nous aurons un réseau infini d'eau potable. C'est néces-saire pour la communauté.

Parker soupira brusquement.

— Je veux dire, qu'arrivera-t-il aux loups-garous ?

— Je n'en sais rien !

Eric fronça les sourcils et bafouilla.

— Ils vont… ils vont…

Il agita une main.

— Quoi ? demanda Parker en haussant les sourcils. Ils seront relâchés dans la nature, à des centaines de kilomètres d'ici, comme des ours qui seraient une nuisance pour un camping ? Qu'arrivera-t-il quand Burton n'aura plus besoin d'eux ? Qu'est-il arrivé au loup-garou qui est venu seul, ici ?

Le visage rouge, Eric ouvrit et referma la bouche.

— Je n'en sais rien.

Parker voyait bien que son frère n'y avait jamais songé. Il ne s'était pas autorisé à affronter la vérité.

— Tu as été aveuglé par ta douleur. Tu ne t'es pas vraiment autorisé à *penser* à ce qu'il se passe ici. C'est tordu.

Eric déglutit difficilement.

— Ce n'est pas ma décision.

— Comment peux-tu suivre délibérément Burton ? Mon Dieu, comment supportes-tu ce mec ?

— Je ne le supporte pas ! explosa Eric en s'agitant frénétiquement. Je le déteste, bordel ! Mais il est la raison pour laquelle je suis en vie. Il est la raison pour laquelle Pippa était dans l'abri atomique. J'ai eu la chance de l'aimer, de…

Il se tut et sa voix dérailla.

— D'être aimé. Je lui en dois une pour ça.

— Je comprends. Vraiment. Mais ça ne veut pas dire que tu dois t'incliner devant lui pour toujours.

— Je ne…

— Si !

— Que suis-je censé faire ? Monsieur Burton est aux commandes ! C'est son monde. Nous vivons seulement dedans.

— Épargne-moi cette connerie de « je ne faisais que suivre les ordres ». Ce n'est pas assez bien. Tu vaux mieux que ça ! Tu es mon héros depuis aussi longtemps que je m'en souviens.

Parker se frotta le visage.

— C'est déjà assez horrible que vous les ayez emprisonnés en vous servant d'un enfant.

— Quoi ? Cet horrible hurlement ? Monsieur Burton a obtenu l'enregistrement de l'un de ses contacts avant que nous quittions l'Angleterre. C'est un genre de cri de ralliement. Un moyen de nous attaquer.

— Tu te trompes. Tu sais ce qu'est réellement ce son ? C'est un bébé loup-garou en détresse. C'est pour ça qu'il fonctionne. C'est pour ça qu'ils arrivent tous en courant quand ils l'entendent ? Parce qu'ils veulent aider un enfant qui souffre.

Eric cligna des yeux.

— Est-ce… demanda-t-il avant de secouer la tête. Ça ne peut pas être vrai.

— Si. Adam a failli se faire attraper aussi, mais il ne me laisserait jamais seul. Il a dû combattre son instinct de toutes ses forces pour revenir vers moi. Il m'aime. Comment un *monstre* pourrait-il m'aimer ?

Eric marmonna dans sa barbe, son cerveau clairement surchargé.

— Comment peux-tu… ? grimaça-t-il. Tu le laisses vraiment te toucher ?

— Je ne le *laisse* pas faire. Je le veux. Je le désire, lui. Je n'ai pas de syndrome de Stockholm. Je sais exactement ce que je fais. Tu te trompes à leur sujet, Eric. S'il te plaît, écoute-moi.

— Tu dois *m*'écouter ! Ils sont dangereux. Tu ne sais pas ce que tu fais. Tu es trop jeune…

— Je ne suis pas un enfant ! J'ai grandi. J'ai grandi avec Adam à mes côtés. Il m'a aimé, m'a protégé et a ri à mes plaisanteries. Il a pendu mes serviettes mouillées. Il a partagé sa dernière orange avec moi.

Eric secoua la tête.

— Je sais ce que j'ai vu à Londres. Pas juste… dit-il alors que sa pomme d'Adam bougeait. Je n'ai pas juste vu Pippa se faire tuer. Les loups-garous et les humains sont en guerre.

— C'est vraiment *typique*. Le monde a été décimé par un virus qui transformait les gens infectés en zombies qui rôdent encore sur Terre et qui essaient encore de manger nos visages. Nos infrastructures ont été détruites en une nuit. Alors au lieu de s'allier, les humains et les loups-garous se sont déclaré la guerre. Merveilleux. C'est franchement fantastique.

— *Nous* n'avons pas commencé ce conflit ! cria Eric. Ils ont tué Pippa sans y réfléchir à deux fois. Son seul crime était d'être humaine !

— Mais *vous* avez lancé le conflit ici. Vous les avez piégés. Les loups dans cette cage n'étaient pas là pour vous faire du mal. On ne combat pas le mal par le mal ! Maman et papa nous l'ont appris il y a longtemps.

— Mon Dieu, que penseraient-ils ? Toi et un *loup-garou* ?

Parker sursauta comme s'il avait pris une claque.

— Eh bien, ils n'ont jamais été particulièrement ravis que je sois homo, donc à mon avis, dans tous les cas ils n'aimeraient pas Adam.

Eric fronça les sourcils.

— Ce n'est pas vrai. Ils se sont faits à l'idée. Papa était très tolérant…

— Au diable la tolérance. La tolérance, ce n'est pas l'acceptation. Il ne m'a jamais vraiment accepté. Tu étais l'enfant chéri et parfait, et j'étais le tordu.

Parker haussa les épaules.

— Il aurait peut-être fini par changer d'avis.

Le regard d'Eric s'adoucit et son ton devint implorant.

— Maman et papa t'aimaient. Tu dois le savoir.

— Je ne dis pas qu'ils ne m'aimaient pas. Mais ils t'aimaient beaucoup plus après mon coming-out.

Eric secoua la tête.

— Parker…

— Ils ont essayé. Je sais qu'ils m'aimaient, d'accord ? Maman l'a dit, quand elle a appelé ce jour-là. Le dernier jour. « On t'aime. » Je sais que c'était vrai et je suis sûr qu'ils s'y seraient habitués – à mon homosexualité. En revanche, ils n'en ont jamais eu l'occasion. Je n'ai jamais eu l'occasion de revivre une situation normale. C'était gênant, la dernière fois que je les ai vus. Ça fait *mal*, putain.

— Je suis désolé, chuchota Eric dont les yeux brillaient.

Parker se frotta le visage.

— Ça n'a pas d'importance. Ils sont partis. Ce n'est pas une thérapie. La seule chose qui compte, maintenant, c'est ce qu'on fait ensuite. Quel genre d'avenir souhaitons-nous dans ce monde tordu ? Tu es mon frère et je t'aime. Je veux un avenir avec toi. Cependant, les loups-garous font partie de ma vie. Adam n'est pas négociable.

Sean et Bethany descendirent subitement.

— Vous allez devoir régler vos problèmes plus tard, dit la jeune femme. On perd du temps.

Parker se rendit compte que Sean tenait une corde.

— Tu ne vas pas attacher mon frère !

— Nous ne lui ferons pas de mal, dit Sean. Si j'avais voulu le faire, il serait déjà mort et rien ne pourrait m'arrêter. Mais. Je. Ne. Veux. Pas. Le. Blesser. Cela étant dit, nous ne devons plus l'avoir dans les pattes.

Parker se plaça devant son frère.

— Je sais que je peux lui faire comprendre. J'ai simplement besoin de plus de temps.

Bethany secoua la tête, sa queue de cheval se balançant.

— Je ne laisse pas mon petit ami dans cette prison merdique une nuit de plus, dit-elle avant de rire sans être amusée. Seigneur, ça paraît si puéril. « Petit ami ». Il est mon partenaire, mon mari, mon putain de monde. On attache ton frère et on va faire sortir Damian et les autres.

Elle fit un signe à Eric avec l'arme.

— Dans la salle de bain.

Eric ne bougea pas et Parker essaya désespérément de trouver un autre moyen.

Bethany lança à Parker un regard qui plongea jusqu'à son âme.

— Que ferais-tu, si c'était Adam ?

Il songea aux caméras de sécurité – Damian, Gemma et les autres à l'agonie dans cette cage. Parker ne put que regarder son frère dans les yeux et dire :

— Je suis désolé.

Chapitre 20

TOUT CELA N'AVAIT été qu'un rêve ?

Adam cligna des yeux, dans l'obscurité. Ses cheveux étaient trempés de sueur et il frissonna, mais il put se concentrer pour la première fois depuis qu'il avait vomi par terre, ce... matin ? Quelle heure était-il ?

La petite horloge en forme de hibou et fonctionnant sur batterie, accrochée au mur de leur cuisine, chez eux, lui manquait. Le hibou se tenait sur une branche et l'horloge était au niveau de son ventre. Parker l'avait surnommé Théodore, « *parce qu'il ressemble à un Théodore* ». Adam l'entendait faire tic-tac partout dans le chalet.

Il se leva du lit en grognant. Il s'étira et but de l'eau tiède. Il tenta d'uriner dans la salle de bain, mais presque rien ne sortit. Il vérifia ensuite sous le lit. L'arme n'était plus là.

Bethany *était venue*. Lorsqu'elle s'était rendu compte qu'il était malade, le pouls de la jeune femme avait accéléré alors même qu'elle lui assurait de ne pas s'inquiéter. Il l'avait laissée prendre le revolver, comme elle avait affirmé qu'elle irait trouver Parker. Sean s'était-il trouvé de l'autre côté du lac ?

Adam jeta un coup d'œil par la fenêtre. Mis à part la faible lumière rouge inquiétante, scintillant depuis plusieurs bâtiments qui lui faisaient penser aux chambres noires de développement photo sur le campus lors de ses années d'étudiant, l'enceinte était plongée dans les ténèbres. Personne ne bougeait, ce qui indiquait qu'il était très tard ou très tôt, selon le point de vue.

La fièvre était apparemment redescendue, mais Adam eut l'impression d'être dans la quatrième dimension. Il franchit la porte avant de se rendre compte qu'il était nu, et il rentra pour enfiler un pantalon de pyjama. Ses pieds nus étaient silencieux sur le chemin de terre. Aurait-il dû mettre des bottes ? Et un haut ? Probablement, mais il ne rentrerait pas maintenant.

Il aurait aisément pu se remettre au lit et dormir pendant des jours, mais pas tant que Parker était seul, dehors. Adam ne rencontra personne en descendant jusqu'au lac, au-delà des champs de poivrons et de courgettes. Sa bouche était douloureusement sèche et ses lèvres craquelèrent au coin avant de guérir.

Marchant le long de la rive, des galets et des brindilles sous ses pieds, il regarda l'eau et prit une profonde inspiration. Il y avait un soupçon du parfum de Parker, mais il s'effaçait. Lorsqu'Adam prit un virage, le *Bella* apparut dans son champ de vision, amarré au quai, et son cœur bondit dans sa poitrine. Le *Diana* était également présent.

Il n'y avait qu'un seul pouls sur le *Bella* et Adam savait qu'il devait s'agir de son homme. Qui d'autre ? Alors qu'il sautait à bord, chassant une vague d'étourdissement, il réalisa trop tard que l'odeur ne correspondait pas vraiment. Elle était similaire, mais ce n'était clairement pas Parker. Une fois encore, il se demanda si c'était un rêve, tout en descendant sous le pont.

Il n'avait pas besoin de lumière. Les formes de la cambuse étaient familières, alors qu'il s'approchait de la salle de bain – non, de la cabine. Le pouls accéléra et Adam ouvrit la porte. Il se retrouva à observer bêtement Eric, qui gigotait contre les toilettes. Le blanc de ses yeux paraissait saisissant avec la vision d'Adam.

Les pieds d'Eric étaient attachés avec une longue corde qui tournait autour de ses poignets, dans le dos. Il marmonna autour d'un bâillon de coton qu'Adam reconnut vaguement comme étant l'un des vieux T-shirts de Parker. Se penchant, Adam desserra le bâillon jusqu'à ce qu'il pende sous le menton d'Eric.

— S'il vous plaît, ne me tuez pas !

Agenouillé, Adam tenta de comprendre ce qu'il lui disait.

— Je ne vais pas te tuer.

Sa voix paraissait rauque et distante. Sa fièvre avait-elle vraiment baissé ?

— Adam ?

Il se rendit compte qu'Eric ne voyait rien dans le noir et il alluma une lumière. Ils clignèrent tous les deux des yeux à cause de l'éclat soudain. Les yeux d'Adam étaient secs et sales, dans le miroir. Il aurait dû se laver le visage.

— Où est Parker ? s'enquit son frère.

— Je n'en sais rien.

Adam tendit la main vers la corde, mais Eric se déroba, sa respiration superficielle et son pouls tambourinant. Il n'avait nulle part où aller.

— Je ne vais pas te faire de mal.

— Tu es l'un d'eux, chuchota Eric.

Il était inutile de faire l'idiot. Peu importait ce qu'il se passait, il était clair qu'il ne pouvait pas revenir en arrière.

— Oui.

— Vous l'avez tuée.

— Je n'ai tué personne.

Était-ce la vérité ? Était-il réveillé ? Pourquoi Eric était-il ligoté et bâillonné ?

— Comment puis-je le croire ?

Un sanglot déchira la gorge d'Eric. Il trembla et Adam saisit gentiment ses épaules crispées. Il se figea donc.

— Tu as tant manqué à Parker. Tu n'imagines même pas. Il t'aime de tout son cœur. Et je t'aime. Tu peux me détester – détester ce que je suis – et je vivrai quand même avec ça pour lui. Parker est tout ce qui compte.

— Comment ?

Adam s'assit sur ses talons et baissa les mains.

— Comment quoi ?

Il avait l'impression d'être sous l'eau et de nager profondément, avec une forte pression dans ses oreilles.

— Comment aimez-vous ? chuchota Eric.

— De la même manière que vous.

— Tu tiens vraiment à mon petit frère ?

— Plus que tout au monde.

Eric soupira et frissonna. Il *sanglota*.

— Si tu peux aimer, alors… Mon Dieu, je ne sais pas quoi faire.

Tandis qu'Eric haletait et se figeait, Adam tendit la main derrière lui et détacha les cordes.

— Lève-toi et aide-moi à trouver Parker.

Une fois qu'Adam eut bu une gorgée de l'eau chaude d'une des bouteilles entassées dans la cambuse, Eric le guida à travers l'enceinte, en lui jetant des coups d'œil nerveux, derrière lui. Son cœur palpitant. L'enceinte était toujours immobile et silencieuse. À en juger par l'heure sur la montre d'Eric, le soleil se lèverait dans quelques heures.

— Tu es malade ? demanda-t-il.

— Je vais bien, mentit Adam.

Subitement, Eric se retourna et s'arrêta net.

— Tu es un vrai loup-garou ?

— Tu veux que je te montre ?

Quand il ne répondit rien et se contenta de le dévisager comme s'il attendait, Adam laissa ses crocs et ses griffes grandir, ses poils s'épaissir et le recouvrir, et son corps se transformer. Alors qu'Eric avait du mal à respirer et qu'une vive sueur salée de terreur émanait de lui, Adam reprit sa forme humaine.

— Je suis né comme ça, dit-il en tendant les bras. Nous sommes tous nés comme ça. J'ai grandi avec mes parents et mes sœurs. Nous allions à l'école. Nous nous disputions pour savoir qui était de corvée de vaisselle. J'ai été puni quand mon ami Jimmy Bell m'a défié de voler un paquet de chewing-gum à l'épicerie du coin. Je l'ai fait et je me suis senti tellement coupable que je l'ai raconté à ma mère et à mon père dès que je suis rentré chez moi.

Adam voulait boire plus d'eau. Il ne se sentait toujours pas bien. Il avait besoin de dormir encore un peu. Que racontait-il ?

Eric avait visiblement besoin d'eau, lui aussi.

— Ils nous ont dit que vous étiez différents. Monsieur Burton a dit…

— J'ai eu honte de qui j'étais pendant un long moment. Je l'ai caché à tout le monde ou presque.

Il songea à Tina dans un élan de chagrin.

— Parker a tout changé. Il m'a accepté. Il n'avait pas peur. Il est l'homme le plus courageux que j'ai jamais connu et je ferais n'importe quoi pour le protéger.

Un tremblement parcourut le corps d'Eric.

— C'est une menace ?

— Seulement un fait.

Des pas se précipitèrent dans leur direction et Adam repéra une jeune femme en débardeur, survêtement et tennis qui s'approchait. Elle cria d'une petite voix.

— Eric ! C'est toi ?

Il se plaça face à elle.

— Lauren ? Qu'est-ce que tu fais debout à cette heure ?

— Il se passe quelque chose. Il faut qu'on…

Elle s'arrêta et regarda Adam.

— Qui êtes-vous ?

— Je te présente Adam, répondit Eric avant d'hésiter. Le petit ami de Parker.

Lauren releva ses lunettes.

— Est-ce que vous vous êtes réveillé en vous rendant compte qu'il n'était pas là ?

— Comment le savez-vous ?

Adam aurait aimé que son esprit soit un peu plus affûté.

— Euh, vous êtes dehors avec Eric, en pyjama.

— Je voulais dire, comment savez-vous que Parker n'est pas au lit ?

— Je l'ai vu sur les écrans. Il était avec cette nouvelle femme, Bethany, et un homme que je n'ai jamais vu avant.

Adam souffla. Il avait trouvé Sean. C'était une bonne chose.

— Pourquoi regardais-tu les écrans ? s'enquit Eric.

Elle se mordit la lèvre.

— Je sais que je ne suis pas censée le faire, mais… Je n'arrêtais pas de penser à ces gens enfermés. Joanna est de service de nuit et il a été facile de la convaincre de partir pour se taper son mec. Je jure que je comptais simplement regarder les images.

— Comment pouvez-vous voir quoi que ce soit sur les caméras, dans l'obscurité ? demanda Adam.

— Elles ont un mode de vision de nuit, expliqua-t-elle. Je voulais simplement regarder. Je n'ai jamais vraiment vu de loups-garous, par le passé. Rien qu'une fois, quand on est sortis du bunker, mais j'ai surtout entendu des histoires sur eux. Parker m'a dit qu'ils n'étaient pas tous mauvais.

Adam attendit qu'Eric la contredise, mais il n'en fit rien. Il ne révéla pas non plus l'identité d'Adam. C'était un progrès.

— Il faut qu'on rejoigne cette cage, peu importe où elle se trouve, dit Adam. Maintenant.

Une vague d'étourdissement s'abattit sur lui et il ferma les yeux.

— Vous allez bien ? demanda Lauren d'une faible voix, au-delà du bourdonnement grandissant dans l'esprit d'Adam.

Il prit une profonde inspiration, imaginant son petit ami en danger. Un pic d'adrénaline chassa le brouillard dans son esprit. Ils devaient rattraper Parker avant d'être à portée de la haute fréquence, autrement, Adam serait inutile. Sean était un alpha, il devait avoir un plan.

— Allons-y, dit Adam en ignorant la question de Lauren.

Désormais, il devait seulement rester debout.

Chapitre 21

— Mec, tu vas bien ?

— *Non*, lança Sean à travers ses dents serrées.

Il était sous forme humaine, les poings serrés, et les tendons dans son cou étaient protubérants. Il allait bien, jusqu'à ce qu'il chancelle subitement. Il tomba à genoux au milieu des feuilles mortes et les brindilles entre les arbres.

— La personne qui a créé cette arme savait très bien ce qu'elle faisait, constata Bethany en s'agenouillant aux côtés de Sean.

Parker n'entendait rien, bien évidemment. Ils devaient être proches, mais il ne voyait aucune cage – ni « centre de détention » comme Eric l'avait appelé. Comment son frère pouvait-il tolérer cette torture ?

Parce qu'il ne les perçoit pas comme des humains.

Ça n'avait toujours aucun sens. Quand Parker avait acheté un guppy dans une animalerie pour cinquante centimes et qu'il était mort du jour au lendemain, son frère l'avait aidé à creuser un trou dans le jardin pour l'enterrer. Eric avait pratiqué l'équitation et avait passé d'innombrables heures dans la grange à brosser sa jument et à lui donner des carottes. Jamais, *jamais* il ne s'était montré cruel envers des créatures qui n'étaient pas humaines.

Bien sûr, ces animaux n'avaient pas été qualifiés de *monstres*. Il était plus facile d'ignorer les souffrances si l'on pensait qu'elles étaient méritées. Et désormais, Eric était coincé dans la cabine du *Bella*, ligoté et bâillonné. Sean avait attaché les nœuds. Il les avait bâclés, mais ils tiendraient certainement.

La tête de Parker palpitait. Il voulait courir et aller libérer son frère avant de le supplier de le pardonner. Toutefois, Bethany avait raison – et waouh, comme il était étrange de penser cette phrase. Si c'était Adam, qui se trouvait dans cette cage et qui était torturé, Parker ferait n'importe quoi pour le libérer. Il devait faire sortir les autres. Il devait agir pour le bien, même si ce concept n'avait jamais été plus compliqué ou plus confus.

— La Terre à Parker !

Bethany claqua des doigts devant son visage.

Il repoussa sa main.

— Mon Dieu, *quoi* ?

— Nous essayons de finaliser le plan, si ça t'intéresse.

Elle désigna du pouce Sean qui se tortillait par terre.

— Il ne peut rien faire jusqu'à ce que nous éteignions ce qui émet ce bruit-là.

— Sur les caméras de sécurité, tout à l'heure, il y avait de multiples gardes avec plein de gros fusils. En parlant de ça, c'est mon arme ? Tu as vu Adam ?

— Oui, répondit Bethany en fronçant les sourcils. Il n'était pas dans son assiette. Qu'est-ce qui ne va pas chez lui ?

— Il est malade. La maladie de Carré, peut-être ? Impossible d'en être certain. Tant qu'il était au lit et qu'il se reposait, tout va bien.

— Oui, ne t'inquiète pas. Il est fort. Il ira bien, dit-elle avant de regarder par-dessus son épaule. Où est parti Sean ?

Parker scruta l'obscurité, mais il ne vit que des branches et des feuilles.

— Sean ? siffla-t-il.

— Par ici, pour l'amour de Dieu.

Parker et Bethany s'accroupirent et suivirent la voix de Sean à cinq mètres derrière un arbre.

— J'imagine que tu es hors de portée de la haute fréquence, là, remarqua Parker.

— Bien vu, répondit sèchement Sean. Je suis ravi que vous soyez là, tous les deux, pour sauver le monde.

— Hé, les *ordz* sont les seuls à pouvoir se rapprocher suffisamment pour neutraliser la fréquence, dit Parker.

— Touché.

— Et si tu te transformais ici et que tu te rapprochais ? suggéra Parker. Je sais que tu ne peux pas te métamorphoser, une fois que tu es à portée du bruit, mais si tu es déjà en loup ?

— J'ai essayé hier. Je vais réessayer. Si j'arrive juste à forcer…

Il se transforma en loup-garou, son corps toujours à moitié humain, et il courut. Dès qu'il fut à portée de la haute fréquence, il tressaillit et tomba au sol. L'espace d'une folle seconde, Parker crut qu'il s'était fait tirer dessus. Sean gigota et Bethany plongea vers l'avant pour le tirer vers l'arrière.

Haletant, Sean s'allongea sur le sol terreux et secoua la tête.

— C'est bien pire quand je suis transformé, expliqua-t-il d'une voix rocailleuse. Impossible.

Il était logique que sous sa forme entièrement métamorphosée, la fréquence soit encore plus forte. Enfin, voilà une idée qu'ils pouvaient oublier. Parker et Bethany échangèrent un regard.

Les lèvres de la femme étaient fermement pincées.

— On dirait que c'est à nous de jouer.

Merveilleux.

— Les gardes se relèvent juste avant l'aube, expliqua Sean entre deux halètements laborieux. Ils pourraient être distraits.

— Comment le sais-tu si tu ne peux pas t'approcher ? demanda Bethany.

— J'ai exploré la piste jusqu'à l'enceinte. Je les ai vus arriver et partir, ces derniers jours.

— Ouais, mais il y aura le double de gardes, pendant une relève, souligna Parker.

Sean grogna.

— Si vous arrivez à éteindre ce bruit, il pourrait bien y en avoir une centaine.

— D'accord, mais on ne tue personne. Sauf si tu es *vraiment* obligé de le faire.

Sean lui adressa un salut militaire d'un air sardonique, ce qui ne poussa nullement Parker à lui faire confiance.

Ils laissèrent Sean sous un arbre, restant discrets alors qu'ils couraient, jusqu'à ce que Bethany attire Parker derrière un buisson.

— Tu vois cette lumière rouge ? chuchota-t-elle.

Il libéra son bras. Plissant les yeux, il arrivait à peine à la distinguer.

— On est tout proche. Alors, qu'est-ce qu'on fait, maintenant ? demanda-t-il avant de lever les yeux. Il fait encore nuit, mais je crois que le ciel devient un peu plus gris ? Les gardes de jour devraient bientôt arriver.

— Je pourrais me servir de mes seins. Jouer la damoiselle en détresse.

— Je suis sûr que tu es très douée, marmonna Parker.

— Je suis vivante, non ? cracha-t-elle.

Il ne put la contredire.

— J'imagine qu'on attend, alors, dit Bethany.

Après un instant de silence, elle ricana.

— Tu sais ce que j'ai pensé, quand je t'ai vu, la première fois ?

Le souvenir de ce jour heurta Parker. Il visualisait Bethany, sur le pont de *La Belle Vie*, qui s'approchait silencieusement derrière lui pendant qu'il scrutait Adam qui attendait son retour sur terre.

Le cœur au bord des lèvres, Parker ne répondit rien.

— Je me suis dit : cet abruti de gamin est un homme mort. Mick allait faire de tes dernières minutes sur Terre un véritable enfer et je ne pouvais pas l'en empêcher.

Petit Homme. Parker se souvint qu'il s'était retourné et avait découvert que le bateau fonçait sur lui. Les crissements, quand les coques s'étaient heurtées, avaient été horribles. Il avait réparé et repeint la marque, mais ce bruit persisterait éternellement dans son esprit.

— Et tu t'es contenté de regarder, rétorqua Parker.

Elle soupira, gonflant ses joues.

— Ouais, j'étais en infériorité numérique. Je ne pensais pas que tu serais d'une grande aide. Donc, ouais, c'était nul, d'être à ta place, mais au moins, ça n'était pas moi. Enfin, te voilà. Mick est au fond de l'océan, là où il devrait être, tandis que toi tu es vivant et bien en forme. Je ne l'aurais jamais cru.

— C'est un compliment ?

— Oh que oui. Tu déchires carrément, mon salaud.

— Ah bon ?

Il n'en avait pas du tout l'impression. Pas même un peu. De plus, c'était la plus longue conversation qu'il avait eue avec Bethany depuis qu'elle l'avait tenu en joue.

— Tu plaisantes ? demanda-t-elle en haussant les sourcils. Tu es bien plus dur que je ne l'aurais imaginé. Et tu sais quoi ? Moi aussi. Ma mère n'a jamais cru que je valais grand-chose. Elle disait que j'étais trop extravagante. Que j'avais trop d'idées en tête. Que je sortais tout le temps alors que j'aurais dû rester à la maison pour faire mes corvées. Je ne sais pas si maman est en vie. Je l'espère. Je sais qu'elle voulait le meilleur pour moi.

Bethany inspira brusquement, ses yeux brillant dans la nuit. Parker la regarda, figé.

— J'ai eu une seconde chance, sur cette île. Bon sang, c'était plutôt la quatrième ou la cinquième. Quand Adam et toi, vous êtes arrivés, j'étais vraiment jalouse.

La gorge de Parker lui donna l'impression qu'il avait avalé du sable.

— Jalouse de quoi ?

— À ton avis ? De vous deux ? Vous êtes fous l'un de l'autre. Je vous regardais dans le mess et je *brûlais*. Je n'aurais jamais cru que quelqu'un me regarderait comme Adam te regarde.

La chaleur parcourut le corps de Parker, apaisant son cœur précipité.

— C'est le meilleur.

Elle hocha la tête.

— Et puis, un jour, Damian s'est assis à côté de moi au petit déjeuner. C'est comme ça que tout a commencé. Devant des œufs brouillés et des croquettes de poisson. Damian m'aime et je l'aime encore plus que je ne l'aurais cru possible. Il me rend tellement heureuse.

La mâchoire de Bethany se crispa.

— Je dois le sortir de là.

Elle leva ensuite son arme et Parker se retrouva subitement sur le bateau, lors de cette horrible journée, nu et impuissant. Cette petite voix persistante et cruelle qui nourrissait son anxiété dans son esprit siffla :

— *Tu vois* ?

La panique lui coupa le souffle. Son corps tout entier se mit à fourmiller. Il allait vomir. Il recula, ses mains glissant sur les feuilles. Bethany lui disait quelque chose, mais il n'arrivait pas à le comprendre à cause du sang qui affluait dans ses oreilles. Elle allait le tuer. Il était faible et inutile et…

Fermant les yeux, il s'imagina dessiner une ligne vers le haut. La craie crissait sur le tableau noir. Il dévia ensuite vers la droite, puis vers le bas, avant de tourner vers la gauche pour compléter la boîte. Il haleta, dessina une autre boîte, puis encore une autre, et une dernière jusqu'à ce que sa respiration soit synchronisée, lentement et régulièrement.

Lorsqu'il put ouvrir les yeux, Bethany était agenouillée à vingt centimètres et le regardait d'un air inquiet. Elle tenait toujours l'arme, abaissée contre sa cuisse.

— Je ne vais pas te tirer dessus ! lança-t-elle.

— Je sais, répondit-il d'une voix douloureusement rauque.

— Pourquoi n'as-tu pas flippé avant, quand j'avais l'arme ?

— Le syndrome de stress post-traumatique n'est pas toujours linéaire.

La sueur trempa les cheveux de Parker et il les écarta de son visage.

— Que disais-tu, à propos du fait que je déchirais ? Si seulement.

Bethany le regarda droit dans les yeux et se pencha en avant.

— Tu. Es. Toujours. Ici.

Parker soupira longuement, tremblant. Il était effectivement là. Plus que ça, il était *ici*, dans l'enceinte, alors qu'il avait été terrifié à l'idée de quitter l'île. Il avait réussi.

Il pouvait le faire.

Bethany retourna l'arme et lui offrit la crosse, mais Parker secoua la tête.

— Tu es plus douée que moi avec les armes.

— Il est presque l'heure, répondit-elle en levant les yeux vers le ciel avant de croiser le regard de Parker. Allons-y.

Restant baissé, il la suivit. La lumière rouge devenait de plus en plus forte, mais elle ne brillait pas. Parker vit du mouvement au-dessus d'eux et il arrêta Bethany en lui prenant la main.

— Là, souffla-t-il.

Elle plissa les yeux avant d'acquiescer, sa paume moite serrant la sienne.

Parker eut enfin l'occasion de voir tout le « centre de détention ». La cage était entourée de quatre gardiens portant des fusils d'assaut, ainsi qu'un cinquième dans une cabine en bois dépourvue de fenêtre. C'était de la cabine que devait provenir la haute fréquence. Il s'agissait de l'unique structure, en dehors de la cage. La caméra se trouvait au-dessus, avec sa faible lumière rouge.

La fréquence était censée être indétectable pour les humains, mais un bruit vibrait au travers des os de Parker. Bethany appuya ses doigts dans sa main. Il s'apprêtait à lui demander ce qu'ils entendaient quand il comprit que c'était la meute.

Dans la cage, ils gémissaient, pleuraient et *souffraient*. La torture avait été continue depuis des jours. Les gardiens, non loin, riaient et discutaient, ignorant complètement leurs prisonniers.

Entre l'enregistrement de l'enfant qui avait attiré les loups-garous et ce qui produisait cette fréquence les privant de toute leur force, Burton avait certainement inventé un système efficace.

Bethany émit un petit bruit, son regard rivé sur Damian qui était recroquevillé en position fœtale près des barreaux. Parker lui serra la main, profondément heureux qu'Adam ne soit pas aussi enfermé dans la cage.

— Prête pour l'Opération Nichons ? lui demanda-t-il en plaçant ses lèvres près de son oreille.

Elle acquiesça et détacha son gilet pour se débarrasser de son T-shirt, puis elle remit son pull à capuche au-dessus de son soutien-gorge. Le revolver était coincé à l'arrière de son jean.

Quelques minutes seulement s'écoulèrent avant que la garde de jour arrive d'un pas tranquille sur le chemin à droite. La clôture électrique se profilait à gauche. Bethany et Parker restèrent dissimulés dans les buissons. Une fois que les cinq gardes de remplacement furent passés, Bethany s'élança sur le chemin et disparut dans le feuillage.

Parker attendit qu'elle se faufile et rejoigne les gardes qui, effectivement, s'agitaient et discutaient. Il avait des crampes aux jambes et il aurait aimé qu'Adam soit à ses côtés. Enfin, s'il était là, il serait en train d'agoniser. Ainsi, Parker était heureux que son petit ami dorme à poings fermés dans leur lit.

— Bonjour ? Il y a quelqu'un ? Oh mon Dieu, aidez-moi !

Toutes les têtes se tournèrent vers le nord lorsque les gardes entendirent les cris de Bethany et Parker bondit. Son cœur tambourinait dans ses oreilles alors qu'il atteignait la cabine. Appuyé contre l'une de ses parois, il écouta. Il avait aperçu quelqu'un dans l'embrasure de la porte et il attendit donc.

— Mais d'où est-ce qu'elle vient ? s'enquit le gardien présent dans la cabine.

Il était à quelques centimètres seulement de Parker, vers l'avant de la structure. Parker ne bougea pas un seul muscle.

— S'il vous plaît, mon Dieu, aidez-moi !

— Seigneur, elle va bien ? demanda une voix qui devint plus faible sur le dernier mot.

Parker fut obligé de regarder.

Il se baissa et jeta un coup d'œil à l'intérieur de la cabine. Des gardes désordonnés s'étaient déplacés à cinq mètres, environ. La peau de Bethany était pâle et son soutien-gorge blanc était visible. Son pull à capuche était ouvert jusqu'à son nombril tandis que ses cheveux roux étaient détachés. Dans la cage, Damian hurla. Le gardien de la cabine était peut-être à un mètre cinquante de la porte.

C'est maintenant ou jamais.

Retenant son souffle, Parker contourna la cabine et entra par la porte ouverte. Il plissa les yeux sous le faible éclat rouge provenant de l'extérieur. L'endroit était meublé avec le strict minimum : une petite table et une chaise en bois. Plusieurs tasses de café tachées étaient posées sur la table, avec un grand thermos et une lampe-torche. Comme il n'y avait pas de fenêtres, Parker supposait que les gardes pouvaient utiliser la lampe-torche à l'intérieur de la cabine en toute sécurité. Des clés étaient pendues à des crochets, sur le mur. Un rouleau de papier toilette d'une réserve de l'ancien monde pendait à un autre crochet.

Rampant, il chercha. Si la haute fréquence ne provenait pas de la cabine, ils étaient foutus. Mais il ne voyait aucun équipement électronique.

Dehors, Bethany hurlait une histoire, dans laquelle elle avait semé un groupe d'hommes. Les loups s'agitaient dans la cage et les gardiens leur hurlaient d'arrêter. Il y avait tant de bruit.

Tandis que Parker s'agenouillait, tâtonnant sur les tasses posées sur la table, ses doigts touchèrent un métal lisse et froid. Il s'agissait d'un autre iPod. Non, attendez. C'était un lecteur MP3 sans marque.

Il n'était relié à aucune paire d'écouteurs. Il sentit les trous minuscules du haut-parleur externe sous le petit écran. Un câble de chargeur noir serpentait sous le lecteur jusqu'à une batterie externe rectangulaire. Sur l'île, les batteries externes fonctionnaient à l'énergie solaire, c'était donc grandement possible, ici, également. Il tira sur le cordon et l'écran étroit s'alluma.

Sur l'iPod qu'il possédait quand il était gamin, l'écran dévoilait le titre de la chanson ainsi que la couverture de l'album. Celui-ci annonçait simplement :

Contrôle.

Un texte blanc sur un fond bleu. Les boutons physiques *play*, *stop*, *retour en arrière* et *passe* se trouvaient entre l'écran et le haut-parleur. Le pouce de Parker s'immobilisa brusquement quand le canon solide d'une arme fut appuyé contre l'arrière de son crâne. Une main lui arracha le lecteur MP3.

— Eh bien, n'est-ce pas ce petit traître queer ? déclara Mike d'une voix traînante.

Chapitre 22

LA TÊTE D'ADAM palpitait.

Il avait conscience qu'Eric le regardait toujours nerveusement, alors qu'ils avançaient sur le chemin en bois. Les coups d'œil de Lauren étaient plus curieux, même si, bien sûr, elle ignorait pour l'instant qu'il était un loup-garou. Tout ce qui comptait, c'était de trouver Parker, de faire sortir la meute de la cage et...

Et puis quoi ?

— C'est quoi, cette fréquence paralysante ? demanda-t-il. Où l'avez-vous obtenue ? Comment est-elle diffusée ?

Lauren regarda Eric qui répondit.

— Je ne sais pas exactement où monsieur Burton se l'est procurée. Sur le marché noir, à Londres. Je sais qu'elle nous a coûté plus de la moitié de notre réserve de nourriture. Elle se trouve sur un vieux lecteur MP3. C'est pour ça que sa portée est limitée. Et il n'y a pas de port externe pour la brancher à un haut-parleur.

En parlant de portée limitée, alors qu'ils se rapprochaient, Adam put enfin sentir la présence de loups. Peut-être que la maladie de Carré, en période d'incubation, avait étouffé ses sens ? Peu importait, maintenant. Il sentait aussi le parfum de Parker — sa détermination, son anxiété, son adrénaline. Si seulement il pouvait le prendre dans ses bras et inhaler l'odeur de chacun de ses pores.

Et si je l'avais rendu malade ? Et si ce virus pouvait être transmis aux humains ?

En toute logique, Adam savait qu'il ne pouvait rien y faire. Pourtant, rien qu'y songer empirait la douleur dans son crâne.

— Alors, il n'y a qu'une copie de la fréquence ? s'enquit Lauren. Sur ce lecteur ?

— C'est ça, répondit Eric. Il est bloqué. Il ne peut que jouer sa fréquence, s'arrêter, et se recharger. La femme qui l'a vendu à monsieur Burton l'a prévenu que si nous essayions de le brancher sur un ordinateur pour copier le fichier, il s'effacerait.

— Je suis étonnée qu'il n'ait pas essayé quand même, dit Lauren.

— Oh, il a essayé. Il a mis son meilleur technicien sur le coup. Apparemment, cette femme était plus douée avec la technologie. Le lecteur était foutu.

— Mais si le but est d'arrêter les loups-garous, dit Lauren, pourquoi ne pas rendre le fichier reproductible à une large échelle ?

— Parce que le but, c'est le capitalisme, répondit tristement Eric. Le Dow Jones est mort et la monnaie a changé, mais le capitalisme existe encore bel et bien.

— Mon Dieu, c'est déprimant, marmonna Lauren. Attends, comment peut-il avoir la fréquence, alors ?

— C'est le second lecteur qu'il a dû acheter au même fournisseur. C'est pour ça que la fréquence a fini par nous coûter plus de la moitié de notre stock de nourriture, et c'était l'une des raisons principales pour lesquelles nous sommes venus ici. Les ressources étaient rares, à Londres.

Lauren rit d'un air ironique.

— C'est l'histoire vraie, hein ? J'aurais dû le savoir. Et c'est quoi, le plan, là ? On va juste débouler au centre de détention et leur demander gentiment d'éteindre la fréquence ?

— Et pour le hurlement ? demanda Adam. Comment a-t-il été diffusé ?

— Le hurlement ? répéta Lauren, clairement perplexe.

— Cet enregistrement venait d'un autre vendeur, expliqua Eric. Il est joué à quelques kilomètres, avec un gros radiocassette, hors de portée de voix de l'enceinte. Pour les humains, du moins, dit-il avant d'hésiter. Parker a dit que c'était un enfant en détresse ?

Adam frissonna à cause de son souvenir.

— C'était insupportable, répondit-il en hochant la tête.

— Attends, comment le sais-tu ? demanda Lauren avant de hausser les sourcils.

Elle ajusta ses lunettes.

— Oh. Oh ! Waouh.

Un vrombissement grave et une vibration parvinrent aux oreilles d'Adam et il se retourna vers le chemin qu'ils avaient emprunté. Au loin, il distinguait simplement le toit de la maison principale, au-delà des branches et des feuilles bruissant.

— Quelque chose arrive.

— Quoi ? demanda Eric.

Lauren et elle tournèrent brusquement la tête.

— Je ne vois…

Il se crispa et tendit l'oreille.

— Merde. Une voiturette de golf.

— Oh, merde, dit Lauren en poussant Adam. Cache-toi !

Il était incroyablement las de se cacher, mais il s'accroupit dans les buissons, au milieu des arbres. Sans surprise, c'était Burton qui conduisait la voiturette à laquelle était raccroché un grand panneau solaire. À vrai dire, il était peut-être surprenant qu'il n'ait pas de chauffeur.

— Eric ! cracha Burton. Dans quoi s'est fourré ton frère ? Je dormais à poings fermés, mais Mike m'a appelé sur le talkie-walkie. Ce comportement est inacceptable.

— J'en suis vraiment désolé, monsieur Burton, dit Eric en levant les mains. Nous étions en route pour l'arrêter. Je crains qu'il, euh…

— Oh, monsieur Burton, c'est ma faute, intervint Lauren dont la voix était montée de plusieurs octaves. Il était tellement curieux, après avoir vu le centre de détention au centre de communication. Je lui ai dit où il se trouvait, mais je ne m'étais pas rendu compte qu'il comptait le voir de ses propres yeux, avant qu'il soit trop tard. J'ai réveillé Eric et nous lui avons couru après. Je n'ai pas réfléchi.

Les narines de Burton se dilatèrent.

— Je m'attendais à mieux. Je pensais que tu étais une fille intelligente. Tu perdras des points, pour ça. Toi aussi ! hurla-t-il à Eric. C'est ton frère et il vaudrait mieux que tu t'assures qu'il ne fasse plus un seul écart.

Adam ne pouvait qu'imaginer ce qu'impliquait le système à points de ce tyran mesquin.

— Bien sûr, monsieur, répondit Eric en faisant un signe de tête vers la voiturette. Pouvez-vous nous y emmener ?

— Uniquement parce que c'est une urgence, répondit Burton avec mauvaise humeur.

Il accéléra avant même qu'ils soient assis à l'arrière de la voiturette, ce qui manqua de les faire tomber. Avec un peu de chance, Eric pouvait maîtriser Burton.

Pour le moment, Adam zigzaguait entre les arbres, repérant l'odeur de Parker. Une femme familière s'était trouvée avec lui, sûrement Bethany. Il ne sentait pas le parfum de Jacob, ce qui était un soulagement. Ils étaient avec Sean, dont le parfum s'intensifiait. Les sens d'Adam furent submergés quand il repéra Sean devant lui.

Nu et faisant les cent pas, l'alpha aurait aussi bien pu se trouver dans la cage.

— Elle est encore diffusée, grogna-t-il en guise de salut. Je suis prêt à me transformer, mais…

Il fit un grand pas en avant, puis tituba en arrière comme s'il avait touché une clôture électrique invisible. Il plissa les yeux en regardant Adam.

— Je croyais que tu étais malade.

— Je vais mieux. Mieux qu'avant, précisa-t-il quand Sean haussa un sourcil.

— Ils se sont fait choper, déclara impassiblement Sean.

— On dirait bien.

Ne pas savoir ce qu'il se passait torturait Adam plus que n'importe quelle fréquence ne le pourrait.

— Tu as relâché le frère, à ce que je vois.

— Je suis étonné que Parker t'ait laissé l'attacher.

Sean haussa les épaules.

— Il n'en avait pas envie, mais ton ord' – *Parker* – est fougueux. Je comprends ce que tu lui trouves.

Il leva une main.

— Ne t'inquiète pas, les hommes ne m'attirent pas.

— Je ne m'inquiète pas.

— En plus, je suis marié, ajouta Sean d'une petite voix.

Adam cligna des yeux.

— Oh. Je l'ignorais.

Sean haussa les épaules.

— Ça fait longtemps que je n'ai pas parlé d'elle. Caroline. Et de notre fils, Harry. Ma meute sait qu'il vaut mieux ne pas parler d'eux. Je l'ai dit à Connie et Theresa, mais…

Adam ne savait pas vraiment comment répondre.

— Maintenant, je les ai en tête, j'imagine. Ils sont toujours là. Mais prononcer leur nom a un impact différent.

— Je vois ce que tu veux dire.

Brusquement, Sean se retourna et avança avec le même résultat. Cette fois-ci, il tomba à genoux en se tenant la tête.

Adam se hâta de le rejoindre, même s'il ne pouvait rien faire.

— Que se passera-t-il quand la fréquence sera désactivée ?

— Nous prenons le contrôle. C'est l'enceinte de Connie. La création de son père. Les droits des squatteurs ne s'appliquent pas, je le crains, déclara Sean en souriant sans être amusé. Ne te fais pas de soucis. J'ai promis à Parker que je tuerais uniquement si j'y suis obligé. La plupart des humains présents ici sont innocents.

— Assure-toi que le frère de Parker et la femme avec qui il est ne soient pas blessés. Ils essaient d'aider.

Sean haussa les sourcils.

— Eric a changé d'avis ? Parker et lui ont eu une dispute assez houleuse. J'imagine qu'il a eu du temps pour y réfléchir. Et c'est intéressant, tu as dit « quand » la fréquence sera désactivée. Tu es terriblement confiant.

Adam pensa au jour où il s'était réveillé dans le labo du docteur Yamaguchi. Au désespoir qu'il avait ressenti en sachant qu'il ne s'en sortirait pas. À Parker qui l'avait encouragé et qui refusait de partir pour sauver sa propre vie.

— Oui, répondit-il simplement.

Chapitre 23

MIKE POUSSA PARKER à s'agenouiller à côté de Bethany dans la terre, devant la cage, et il adora ça. Dans la cage illuminée de rouge, coincé sous sa forme humaine, Damian hurlait furieusement et se rebellait, impuissant.

D'aussi près, Parker voyait que les membres de la meute avaient déjà maigri. Même si on leur donnait de l'eau et de la nourriture, comment pouvaient-ils avaler quoi que ce soit en étant torturés ?

— Écoutez, monsieur, j'ai besoin de votre aide ! tenta Bethany.

Mike pointa la lampe-torche dans sa direction.

— Regardez qui nous avons là. La pétasse arrogante qui prétendait avoir été leur prisonnière. Elle était plutôt leur traînée.

Alors que Damian s'agitait sur les barreaux en métal, Bethany fit tomber la lampe-torche, dont le faisceau éclaira frénétiquement la cime des arbres.

— Éloigne ça de mon visage.

Elle reçut un coup sur la tempe avec le canon de l'arme de Mike. Elle vacilla, mais resta consciente. Parker tendit automatiquement la main vers elle. Il effleura le revolver toujours rangé à l'arrière de son jean avant que Mike ne gronde :

— Les mains en l'air.

Curieusement, ils n'avaient pas fouillé Bethany pour savoir si elle était armée. Sous-estimaient-ils sincèrement à ce point-là une jolie femme ? Mike avait grossièrement palpé Parker, émettant des bruits qui annonçaient clairement qu'il était dégoûté de le toucher. Parker avait réussi à se retenir, de peu, et à ne pas lui répondre que le sentiment était mutuel, ce qui était une bonne chose. Ils n'avaient certainement pas besoin d'être tous les deux sur la touche, Bethany et lui, pour des blessures à la tête.

— C'est le frère du lèche-bottes, constata un gardien avec un accent américain.

— Ouaip.

Mike inspira avant de cracher dans la terre.

— Je savais qu'il nous attirerait des ennuis à la minute où je l'ai vu. Mais qu'est-ce que vous croyez faire, hein ?

— Ce n'était qu'un pari, tenta Parker. Une plaisanterie.

Il gardait les mains dans ses cheveux tandis que l'adrénaline montait en lui.

— Bien sûr, bien sûr, répondit Mike en retroussant ses lèvres. Je parie que vous étiez du genre à adhérer à Greenpeace, hein ? Ces salopards de végans.

Non, mais je suis un salaud qui déchire, se rappela Parker. Mon Dieu, il avait été à un centimètre du bouton. Désormais, le lecteur MP3 était rangé dans la poche du jean de Mike et seule l'extrémité dépassait.

Quelque chose approchait. Il fallut une minute à Parker pour se rendre compte qu'il s'agissait d'une voiturette de golf dans laquelle se trouvaient Burton et – son cœur bondit – Eric et Lauren. Burton hurlait. Damian et les loups étaient plus ou moins en train de rugir avec des voix humaines, et Eric se précipita vers son frère dans le chaos.

Qui l'avait libéré ? Lauren ? Peu importait. Eric s'approchait de lui quand Mike le bloqua avec son arme, lui hurlant dessus et lui balançant une injure homophobe. Il blâmait Parker pour tout, ce qui ne dérangeait pas l'intéressé. Il endosserait toute responsabilité, comme il faisait ce qu'il fallait.

Burton se pencha au-dessus de lui. Il portait un jean et des mocassins, mais sa chemise en soie ornée de pois était clairement un pyjama.

— Jeune homme, qu'as-tu à dire pour ta défense ?

Son regard dériva vers Bethany, qui avait réussi à lever les mains et à garder la tête haute. Du sang suintait sur sa joue. Son gilet était désormais totalement ouvert et exposait son soutien-gorge.

— Et tu as entraîné cette pauvre fille. Quel est ce genre de plan-à-argent-rapide ?

— De… quoi ? répondit Parker, perplexe. Parlez simplement de tour de passe-passe ! Seigneur, vous êtes odieux.

— Parker ! le reprit Eric en levant les mains. Je suis désolé, monsieur Burton. J'ignore ce qui lui a pris. Si je peux le ramener dans ma chambre, je suis sûr que nous pourrons régler ce malentendu.

Malentendu.

Parker avait tenté de se convaincre qu'il y avait effectivement un quiproquo avec Eric. Son frère prenait-il réellement la défense de Burton alors que des êtres en souffrance étaient entassés dans une cage à trois mètres de là ?

— Je crains qu'il soit trop tard, pour ça, répondit Burton qui fulminait. C'est inacceptable. C'est de la trahison. Tu connais la punition.

— C'est mon frère ! insista Eric. Il ne sait rien sur les loups-garous. Il ne sait pas ce qu'il fait !

Parker eut envie de le contredire. Les mots luttaient pour glisser sur sa langue. Il eut un goût de sang en se mordant l'intérieur de la joue. Le bruit tonitruait du côté des loups et les gardiens leur hurlaient aussi dessus pour qu'ils se taisent.

— Je peux le faire ? demanda Mike avec un sourire féroce, tout en pointant son arme devant le visage de Parker.

Cette peur était étrangement distante, alors que Parker se rendait compte que c'était sûrement la fin. Il croisa le regard paniqué et familier d'Eric. Il jeta ensuite un coup d'œil insistant vers le lecteur MP3 qui dépassait de la poche avant de Mike.

— Ne sois pas barbare, le réprimanda Burton. Nous avons des procédures. N'est-ce pas, Eric ? Tu comprends. Écoute cette cacophonie ! C'est la raison pour laquelle nous avons des règles. C'est la raison pour laquelle *je* suis aux commandes. Que feriez-vous sans moi ? Vous n'auriez pas même survécu un jour ! Et voilà comment on me remercie ?

Eric se figea sur place.

Les larmes inondèrent les yeux de Parker alors que le chagrin le submergeait. Le temps, la perte et ce nouveau monde brutal avaient-ils changé son frère à ce point ? Resterait-il immobile, sans rien faire ? Le pouls de Parker galopa dans ses oreilles. S'il mourait, il n'était pas certain de pouvoir d'abord survivre à son cœur brisé.

Eric bondit.

Alors qu'il arrachait le lecteur MP3 de la poche de Mike, Parker attrapa l'arme dans la ceinture de Bethany. Lauren jeta le fusil de Mike vers le ciel et Eric appuya sur le bouton « stop » du lecteur avant de l'écraser sous son talon. Les cris dans la cage se muèrent en *rugissements*.

Parker ne put profiter que d'une seconde de satisfaction avant que les zombies ne franchissent le mur.

Chapitre 24

ADAM ET SEAN comprirent que la fréquence avait cessé. Ils auraient entendu la meute s'échapper de la prison, même s'ils étaient à des kilomètres. Ils sentirent leur rage et leur libération alors qu'ils pouvaient enfin se transformer.

Sean se métamorphosa immédiatement, dans l'instant, et il s'en alla pour disparaître dans la nuit pâlissante.

Un hurlement étouffa Adam lorsqu'il faillit crier à Sean de l'attendre.

Il tenta, de toutes ses forces, tendu de la tête aux pieds. Ses crocs et ses griffes étaient apparus, mais la transformation finale était hors de portée.

Il se mit à courir, sa bouche douloureusement sèche. Il entendait le chaos absolu devant lui et, dans un sursaut, il se rendit compte que le fredonnement des monstres vibrait dans l'air et sur le sol tandis que le mur tremblait. Pourquoi l'électricité ne les affectait-elle pas ? Comment pouvaient-ils être indestructibles ?

Adam courut.

S'il arrivait quelque chose à Parker à cause de sa faiblesse, il ne pourrait y survivre. Il devait y aller, il devait être plus rapide…

Il tituba et continua d'avancer. S'il pouvait simplement être meilleur. S'il pouvait être assez bon, assez *fort*.

Ses genoux s'écrasèrent sur la terre et il eut un vertige.

Il n'arrivait pas à respirer. Appuyé sur ses mains, il crispa tant sa mâchoire qu'elle aurait pu craquer. Il allait se briser en d'innombrables morceaux. Ça ne fonctionnerait pas. Il ne pouvait franchir une nouvelle étape. Si seulement il pouvait se transformer totalement et accéder à ce puits profond de pouvoir…

Secoué par un sanglot, il ferma les yeux et s'effondra par terre. Les cailloux et les brindilles s'enfonçaient dans sa peau.

— Parker !

Son cri ne fut qu'un léger murmure alors que les souvenirs de son petit ami emplissaient son esprit. Des images de lui en train de sourire, de rire, de pleurer et de jouir. Son bel amant. Son amour. Son *compagnon*.

Une paix étrange le submergea.

Ses poumons se gonflèrent. Ses os fondaient et se reformaient. Il ne luttait pas et ne se crispait pas non plus. Son corps était devenu de l'eau, et il *flottait*.

Au loin, il entendit du tissu se déchirer.

Au-delà des feuilles et de la terre, l'odeur de Parker envahit entièrement ses sens. Adam ouvrit les yeux et le monde prit la plus pure des teintes dorées qu'il n'avait jamais vues.

Il courut – non, il *bondit* – en avant. Non pas sur deux jambes.

Sur quatre pattes.

Il vécut sa transformation à la fois intérieurement et à distance. Comme s'il regardait l'écran de sa caméra, tout en étant profondément ancré dans la fourrure, les tendons, les muscles, les os et la force vive du loup.

À travers une lentille dorée, Adam vit le chaos devant lui. Les loups et les humains se battaient et des dizaines de zombies infectés marmonnaient. Il réduisit la distance en une seconde. La voiturette de golf passa à toute vitesse à côté de lui, en direction de l'enceinte principale. Seul Burton était à bord, alors qu'elle aurait pu accueillir trois passagers.

Le vacarme s'estompa alors qu'Adam se concentrait sur Parker. Ce dernier et Eric luttaient avec l'homme qui s'appelait Mike, agrippé au canon de son fusil. Parker cria quelque chose pendant le bras de fer.

Mike le frappa au visage et Parker tituba avant de tomber par terre, du sang coulant de sa belle bouche.

Adam fonça sur lui, ses quatre pattes lui donnant plus de pouvoir qu'il n'aurait jamais pu rêver en avoir alors qu'il bondissait et déchiquetait la gorge de Mike. Le sang métallique recouvrit ses crocs.

Parker se retourna et tira avec le fusil d'assaut sur les zombies qui s'approchaient. Il poussa Bethany derrière lui tandis qu'un loup, qu'Adam reconnut comme Damian, sautait au-dessus d'eux et s'écrasait sur les monstres.

Les zombies vrombissaient, leurs yeux presque exorbités. Leurs doigts décharnés étaient tendus et essayaient de les attraper. L'un d'eux s'agrippa au pied de Parker et il se débattit sauvagement alors qu'Eric tirait sur ses bras.

Adam bondit. La colonne vertébrale du zombie se brisa dans sa gueule, et la tête retomba en arrière, à peine retenue par des tendons et de la peau.

— Seigneur ! s'exclama Eric en éloignant toujours son frère.

Toutefois, Parker planta ses talons dans le sol et dévisagea Adam. Au milieu de cette folie, un sourire se dessina sur son visage ensanglanté.

— *Chéri.*

Parker le reconnut sans l'ombre d'une hésitation et le hurlement d'Adam fut un triomphe, une joie et un amour qui ne mourraient jamais.

— Qu'est-ce que tu fais ? cria Eric en tirant le bras de son frère. Cours !

De nouveaux zombies franchirent le mur, le fredonnement de centaines d'autres se faisant entendre de l'autre côté. Adam se jeta sur eux. Parker était debout, avec l'arme, et aidait Bethany à se relever. Les sens d'Adam étaient envahis par le sang, la mort et l'odeur de la terreur de Parker.

Il garda un périmètre sûr autour de son petit ami, d'Eric et de

Lauren. Damian se retransforma à moitié pour porter Bethany sur le chemin, courant plus vite qu'un humain ne le ferait jamais. Sean et les autres loups mirent fin au flot de zombies.

Ils étaient encore trop nombreux et Parker leur tirait désormais dessus avec son arme, hurlant à Eric et à Lauren de courir. Les monstres se projetèrent vers l'avant, les vibrations de leur gorge devenant si aiguës et si fortes qu'Adam crut que la fréquence avait été remise en marche. Hurlant, il les abattit, sentant un peu plus le goût du sang. Il voyait les jets de rouge, d'un ton sépia, à travers le voile doré de ses yeux de loups.

— Merde, merde, merde !

Les mots de Parker étaient ponctués de coups de feu.

Même si Adam se frayait un chemin à travers les zombies, ils étaient trop nombreux. La cabine avait été renversée et Parker était coincé près des débris. Adam devait se retransformer. Il devait porter Parker loin d'ici comme Damian l'avait fait avec Bethany. Il se concentra, grognant, et ses griffes s'enfoncèrent dans la terre. Il s'était transformé partiellement des milliers de fois auparavant, mais à présent, il restait sur quatre pattes.

Ses crocs transperçaient les zombies, et il gardait Parker proche de lui. Il tenta de se transformer encore et encore. Si seulement il pouvait porter son petit ami sur son dos. Parker frappait la tête d'un zombie avec l'arme, tout en criant.

Le bruit d'un moteur fut douloureusement et merveilleusement familier. Il emplit Adam d'énergie lorsqu'il repéra le chrome rouge. Mariah s'arrêta dans un crissement, Jacob sur sa selle.

— Monte ! dit-il en tendant une main à Parker.

Adam le poussa avec son museau et Parker monta Mariah, regardant derrière lui alors qu'il disparaissait en sécurité, criant le nom de son petit ami et tendant la main.

Adam hurla pour son compagnon, puis il fit volte-face pour affronter le massacre.

Son boulot n'était pas terminé.

Chapitre 25

— Il faut qu'on y retourne ! cria Parker en s'accrochant à Jacob alors qu'il contournait un cadavre ou un garde blessé. C'était Adam !

— Il peut gérer !

— Mais…

Parker regarda derrière lui, même s'il ne voyait que des arbres. Adam s'était entièrement métamorphosé et la fierté qui enflait dans le cœur de Parker rendait sa respiration difficile. Il songea à cette nuit horrible, dans le désert, quand il avait conduit Mariah seul alors qu'Adam mourait pour lui.

Ce n'était pas une autoroute déserte. Son petit ami était revenu vers lui et il reviendrait encore. Parker n'était pas seul. Il était entouré par sa famille. Respirant pour faire passer le tourbillon d'inquiétude et d'anxiété, il enlaça le ventre de Jacob plus fort que nécessaire.

— Ralentis ! cria Parker. Tu vois à peine devant toi sans les phares.

— Ouais, ouais, marmonna Jacob en relâchant tout de même l'accélérateur.

— Comment as-tu réussi à sortir ?

— J'ai crocheté la serrure. C'est la seule chose utile que mon père m'a apprise.

Parker jeta un coup d'œil derrière lui, espérant apercevoir Adam, même s'ils étaient trop loin. Lorsqu'il regarda devant lui, il montra Eric et Lauren qui couraient sur le chemin. Jacob ralentit.

— Vous allez bien ? demanda Parker en sautant.

Personne ne les poursuivait. Les loups maintenaient apparemment les zombies à distance.

Le rire de Lauren fut teinté de folie.

— Pas vraiment, mon pote !

Elle s'agrippait à son flanc, du sang suintant entre ses doigts, et son autre bras était passé autour des épaules d'Eric.

L'estomac de Parker plongea dans ses talons et il sursauta en arrière.

— Mordue ?

Si elle avait été mordue, ils n'avaient plus beaucoup de temps. Seulement quelques minutes.

— Je me suis pris une balle, répondit-elle en grimaçant.

— Jacob, emmène-la, lui ordonna Parker. Directement à l'infirmerie.

Personne ne le contredit, encore moins Lauren, qui s'agrippa à Jacob alors qu'ils s'éloignaient à toute vitesse. Parker et Eric commencèrent à courir, pendant que le soleil se levait à l'horizon, ses rayons aveuglants filtrant à travers les arbres. Parker cria presque qu'il fallait éteindre la lumière.

Eric haleta.

— Ce loup. Le brun avec une tache blanche sur la tête ? C'était Adam ?

La fierté emplit Parker d'un éclat à la fois chaud et doux. Il aurait pu courir pendant des heures.

— Oui. Il nous a sauvés. Ils nous ont tous sauvés. Ils auraient pu laisser les zombies manger nos visages et je ne leur en aurais pas voulu.

— C'était *Adam*, marmonna Eric comme s'il se parlait à lui-même.

— Oui. C'était mon Adam. Si tu ne peux pas l'accepter…

Parker se tut, ne voulant toujours pas le dire à voix haute, même si ce qu'il souhaitait dire était clair.

— Je suis désolé, dit Eric en haletant alors qu'ils continuaient de courir.

Le ventre de Parker se contracta et il trébucha sur une racine avant de se redresser.

— Tu es désolé ?

De ne plus jamais parler à ton frère ?

S'arrêtant avec les mains sur les genoux, Eric inspira.

— De… ne… pas… avoir… écouté.

Il se redressa et se mit face à Parker, son visage et ses cheveux dorés tachés de sang.

— D'avoir eu trop peur de t'écouter. D'avoir cru que monsieur Burton savait quoi que ce soit. D'être resté planté là pendant qu'ils souffraient.

La peau de Parker était couverte de sueur, de sang et de terre, mais il étreignit férocement son frère.

— Je suis désolé que Pippa soit morte. Je suis vraiment désolé. Mais je te promets qu'il y a un moyen de vivre avec eux. De prospérer. Ensemble. Je t'amènerai sur notre île et tu verras.

— Votre île ?

Eric recula en fronçant les sourcils.

— L'île du Salut. Surprise ! Ce n'est pas une secte flippante, après tout. C'est…

Il se tut lorsqu'un nouveau rugissement résonna. Toutefois, celui-ci provenait de la demeure.

— Monsieur…

Eric secoua la tête, tout en recommençant à courir.

— C'était Burton.

Parker emboîta le pas de son frère.

— Il n'a pas l'air très content.

Ils croisèrent d'autres habitants stressés, fourmillant autour de l'entrée de la maison principale.

— Je dois m'assurer qu'aucun zombie n'a réussi à rentrer. Peter ! Suzanna ! cria-t-il.

Tandis qu'Eric donnait ses instructions pour qu'ils installent un périmètre armé, Parker entra dans le bâtiment. C'était un désastre – les meubles étaient retournés, les vases brisés. Des gens se regroupaient, choqués, et levaient les yeux vers Burton qui tenait salon en haut de l'escalier.

— Nous avons été trahis par l'un des nôtres ! Il a libéré les loups-garous prisonniers ! cria Burton.

Son visage était si rouge que Parker pensait que sa tête tomberait de son cou.

Il ne put réprimer un éclat de rire. Burton était absolument ridicule.

Ses yeux globuleux se rivèrent sur lui.

— *Toi* ! Le voilà ! Le Judas parmi nous !

Un cercle se forma autour de Parker. Les autres s'éloignaient, écarquillant les yeux en voyant dans quel état il se trouvait.

— Tu es responsable de tout ça. Je t'ai accueilli chez moi, tonna Burton en se frappant le torse. Mon enceinte ! Tu paieras pour ça. Attrapez-le !

Toutes les personnes présentes se regardèrent. Scott s'éclaircit la gorge.

— Euh, qui ?

— Lui !

Burton descendit la moitié des marches et pointa un doigt en direction de Parker.

— Cette pédale traîtresse.

— Personne ne posera un seul doigt sur mon frère, intervint Eric d'une voix forte et sereine en arrivant aux côtés de Parker.

— Je veux dire, qui est censé l'attraper ? s'enquit Scott. Je ne vois aucun de vos gorilles habituels.

— Je m'en fiche ! bafouilla Burton. N'importe qui !

Personne ne bougea.

La femme écossaise, dont Parker se souvenait depuis le dîner, dit :

— Je veux être sûre de bien comprendre. Vous avez capturé une meute de loups-garous et vous les gardez dans les locaux sans nous le dire, et vous nous demandez encore moins notre avis ?

— Vous demander votre avis ? répéta Burton, qui semblait sincèrement confus.

— Au lieu de les tenir éloignés, vous les avez amenés ici. Vous avez mis nos vies en danger, poursuivit-elle. Pour quelle raison ?

Burton soupira impatiemment.

— Pour construire notre réseau d'eau ! Pour le bien de notre communauté. Ce sont des animaux. Nous pouvons nous servir d'eux comme nous le ferions avec n'importe quelle bête de somme.

— Sauf que ce sont des gens comme nous, dit Parker. Ils ont juste un peu plus de poils.

Il avança, Eric à ses côtés. Ils montèrent les marches et s'arrêtèrent à quelques centimètres de Burton qui bouillonnait clairement.

— Vous les torturiez dans une cage, annonça Parker. Vous auriez pu vivre ici en paix. Nous aurions pu travailler ensemble sur un nouveau puits. Au lieu de ça, vous vous inquiétez tant à l'idée de contrôler les loups-garous que vous avez attiré les zombies. Ils ont franchi le mur. Ils sont si nombreux que l'électricité ne sert à rien. Ils montent les uns sur les autres et sautent par-dessus.

Un cri alarmé traversa la foule et des voix paniquées s'élevèrent à l'unisson.

Eric se tourna vers eux en levant les mains.

— Tout va bien. Les loups-garous nous protègent. Je les ai vus tuer les zombies. Malgré ce que Burton leur a fait, ils nous ont aidés.

— La menace a été contenue, annonça la voix familière d'une femme. Presque.

Parker se retourna et vit Connie entrer. Il aurait pu pleurer de soulagement.

— Comment ? demanda-t-il dans un souffle.

Son appel d'urgence n'avait été passé que la veille. Si Connie avait appris à voler, d'une manière ou d'une autre, il la croirait.

— Bonjour, Atticus, dit Connie.

Elle portait ses tennis, un jean moulant et un pull rose sur lequel il était écrit en lettres attachées : *Si tu crois que tu peux le faire, tu as parcouru la moitié du chemin.*

Burton la dévisagea, sa mâchoire se décrochant.

— Je... je... Connie ? bafouilla-t-il.

Il écarta les bras et la gratifia d'un sourire bien trop large.

— Mon Dieu, quel régal pour les yeux ! Tu es en vie ! C'est un miracle.

— Qu'avez-vous fait à l'enceinte de mon père ? demanda-t-elle calmement.

— Oh, eh bien, tu vois... Je pensais que tu avais disparu ! Que le pire s'était produit.

Burton se dépêcha de descendre l'escalier en poussant Parker et Eric.

— Je suis venu ici, espérant que tu accueillerais ma bande de voyageurs fatigués. Entre, entre ! Nous avons eu quelques soucis, mais...

Ses yeux luisant d'un éclat doré, ses crocs et ses griffes grandissant, Connie le souleva par la gorge. Son expression demeurait impassible. Alors que Burton se débattait, son visage rouge et ses yeux exorbités comme ceux d'un zombie, elle le tint au-dessus du sol.

Le mot eut du mal à sortir de sa gorge.

— *Toi* ?

— Eh oui, Atticus. Je suis un loup-garou. Tout comme mes parents l'étaient. Cet inutile de mari qui était le mien n'en était pas un, et j'imagine que c'est la raison pour laquelle vous êtes ici. Vous avez emprisonné mon peuple. Vous les avez torturés.

Elle le laissa tomber et il s'étala sur le sol.

— Mérites-tu ma pitié ? demanda Connie.

Ses griffes étaient teintées de rouge, à cause des minuscules entailles dans le cou de Burton.

— Je… je… bien sûr ! Connie, tu me connais. Je n'ai jamais voulu faire de mal. Demande-leur !

L'alpha observa le cercle silencieux autour d'eux.

— Parlez, s'il mérite ma pitié.

Le silence en dit long.

— Vous paierez pour ça ! hurla Burton en fusillant les autres du regard. Après tout ce que j'ai fait pour vous ! Après tout ce que j'ai sacrifié ! Voilà comment on me remercie !

Il plissa les yeux en regardant Connie et se releva.

— Espèce de pétasse. J'aurais dû savoir que tu étais un immonde animal.

Une exclamation s'éleva au-dessus de la foule.

Connie se contenta de sourire, ses crocs scintillant.

— Je vais te donner à boire et à manger, puis tu seras escorté jusqu'au portail. Les membres de ton peuple qui souhaitent se joindre à toi sont libres de le faire.

Elle fit un signe de tête et trois loups-garous de l'île apparurent au milieu de la foule pour traîner Burton loin de là. Il se débattit et jura, son regard affolé observant les alentours.

— Alors ? les supplia Burton. *Alors ?*

Son regard se posa sur Eric.

— Tu as toujours été faible ! Pathétique ! Tu te morfondais pour cette salope morte. Tu ne serais rien sans moi ! Rien !

Les délires de Burton s'estompèrent et Connie annonça calmement :

— Comme vous l'avez entendu, c'est mon enceinte. Comme vous le constatez, je suis un loup-garou. Le style de leadership va changer, ici. Vous avez tous le droit de rester, le temps que nous trouvions une façon d'avancer ensemble. Ou bien vous êtes libres de partir avec autant de denrées que vous pourrez en emporter.

Vous n'avez pas à vous décider aujourd'hui.

Connie posa les yeux sur Parker et sourit, des rides encadrant ses yeux alors qu'elle reprenait sa forme humaine.

— J'ai besoin de prendre des nouvelles de mon peuple.

Elle écarta les bras et Parker bondit quasiment de l'escalier pour l'étreindre. Elle sentait étrangement comme l'île – les oranges, le sel marin et sa famille.

— Tu as vu Adam ? demanda Parker en scrutant son visage affectueux et fatigué. Est-ce qu'il va bien ?

— Il va bien. Ne t'inquiète pas.

— Est-ce qu'il est toujours… Tu as vu ?

Malgré tout ce qu'il se passait, Parker ne put s'empêcher de sourire.

Connie lui sourit en retour.

— Oui, j'ai vu.

Parker s'affala contre elle, n'étant pas encore prêt à la relâcher.

— Comment es-tu arrivée ici ? demanda-t-il. Je ne vous ai contactés par radio qu'hier. Tu as entendu ?

— Non, mais Bethany a appelé il y a plusieurs jours.

— Oh, merci mon Dieu.

Elle avait dû le faire après s'être retrouvée seule sur le *Diana*.

— Tu as remonté le fleuve ? Et les bateaux de patrouille ?

— Il a fallu les convaincre. Heureusement que les balles ne nous font pas de mal, dit Connie en le serrant contre elle. Respire, d'accord ? Tu n'as pas à t'inquiéter de quoi que ce soit. Tu es en sécurité.

Elle regarda autour d'elle.

— Où est Bethany ?

— Je vais t'accompagner.

Parker guida Connie vers Eric, qui se tenait toujours sur les marches et les observait.

— Eric ?

Il prit la main de son frère, ravi qu'il ne tressaille pas et qu'il ne se dérobe pas non plus. Eric se contenta de s'agripper à Parker comme à une bouée de sauvetage.

— Je te présente Connie. Elle nous a accueillis, Adam et moi, sur l'île du Salut. Connie, je te présente mon frère.

— C'est un plaisir de vous rencontrer, Eric.

Elle tendit sa petite main usée par le travail.

S'agrippant toujours à son frère de sa main gauche, Eric serra la main de Connie.

— Vous ne l'avez pas tué. Il le mérite.

— J'admets que j'ai été grandement tentée. Mais ce n'est pas comme ça qu'on crée des liens.

Eric acquiesça alors qu'il semblait sortir de sa torpeur.

— Je vais m'assurer que tout va bien, ici, et je vous suis dans une minute pour aller voir Lauren. Vous êtes sûrs que les zombies ne sont pas une menace ? Une menace imminente, je veux dire ?

— J'en suis sûre, répondit Connie. Ils doivent être des centaines, pour pouvoir se faire la courte échelle et passer de l'autre côté du mur, et j'imagine que maintenant, nous savons qu'ils survivent aux électrocutions. Ils sont résilients, c'est le moins qu'on puisse dire. Mais la plupart sont partis se terrer quand le soleil s'est levé. Nous nous sommes occupés du reste.

Parker frissonna.

— Et s'ils reviennent, cette nuit ?

— Nous surveillerons, mais tant qu'il n'y a pas de vacarme, rien ne devrait les attirer.

— C'est vrai. D'accord. Ouais, il y avait une tonne de bruit et ce stupide Mike avait une lampe-torche…

Mike ne pouvait plus lui faire de mal, à présent. Les paumes de Parker étaient moites et il se concentra sur ses profondes inspirations, alors qu'Eric partait et que Connie hochait la tête pour l'encourager.

En chemin vers l'infirmerie, Parker lui demanda :

— Tu penses que Burton s'en sortira, dehors ?

Connie le gratifia d'un sourire malicieux.

— Je ne parierais même pas sur sa survie jusqu'à midi.

— Est-ce mal, si je souhaitais que tu l'étripes comme un poisson ?

— Non. Mais ça ne serait pas malin. Du moins, pas devant son peuple.

Elle haussa nonchalamment les épaules.

— Qui sait ? Peut-être que j'irais faire un tour, tout à l'heure. J'ai été coincée sur un bateau et j'ai besoin de me dégourdir les jambes. Tu sais, je vais peut-être croiser Atticus par hasard.

Parker ne put trouver la force d'être désolé pour lui. Pas même un peu.

— Eh bien, tu sais ce qu'on dit. Aujourd'hui n'arrive qu'une seule fois. Rends ta journée merveilleuse.

Connie sourit.

— Il est bien, ce dicton. Je vais demander à Devon de me faire une affiche pour l'accrocher dans mon bureau.

Une fois encore, Parker eut envie de ressentir de la culpabilité ou du regret pour Burton, mais il ne pouvait penser qu'aux souffrances extrêmes de la meute capturée. Non. Il devait s'inquiéter pour des personnes plus importantes.

Quelqu'un avait donné un survêtement à Damian et il n'était donc plus nu aux côtés de Bethany. Pourtant, Parker voyait tout de même tout le poids qu'il avait perdu, comme ses côtes ressortaient.

— Comment va ta tête ? demanda-t-il à Bethany.

— Plus dure que jamais.

Elle lui fit un clin d'œil, même si elle était pâle et que du sang tachait ses cheveux.

— Tu vas bien ?

— J'irai bien quand Adam sera de retour.

— Je comprends.

Elle embrassa la main de Damian.

— Connie, tu veux bien lui faire manger quelque chose ?

Connie était déjà en train de s'agiter, jouant le rôle de l'infirmière.

— Assurément. Laisse-moi juste ausculter cette jeune femme.

Sur un autre lit de camp, Lauren grimaça. Son T-shirt avait été coupé et la blessure bandée sur son flanc suintait de sang. Après s'être désinfecté les mains, Connie enfila des gants et l'examina.

— Je crois que c'est surtout la chair, qui a pris. Il n'y a pas de quoi s'inquiéter. Vous avez déjà retiré une balle ? demanda-t-elle à l'homme qui traitait Lauren.

Il leva les mains comme si elle le tenait en joue.

— Loin de là. Je distribue du paracétamol et des pansements.

— Vous êtes prêt à apprendre ? demanda Connie en remontant ses manches.

Dans l'embrasure de la porte, Eric répondit.

— Moi, je suis prêt.

Le sourire de Lauren transforma son visage pâle et couvert de sueur.

— Salut, Eric.

— Tu as besoin de plus d'aide ou…

— Non, va retrouver Adam, dit Connie en le chassant d'un geste de la main. N'est-il pas beau ? Ça valait la peine d'attendre.

Chapitre 26

— ENFIN ! s'exclama Parker quand il fonça sur Adam entrant péniblement dans la dépendance.

Adam s'agrippa à lui et prit une profonde inspiration. Parker était sale, couvert de terre et de sang, et sa sueur était acide à cause de son anxiété.

— Désolé.

— Tout va bien, marmonna Parker dans son cou. Je me suis dit que tu faisais des trucs de loup. Tout le monde va bien ?

Adam acquiesça.

— Sean s'est occupé de nous.

— Il t'a trouvé un pantalon aussi, c'est bien. Mais il faut que tu prennes une douche.

— Toi aussi.

Parker accompagna Adam jusqu'à la salle de bain. Un verre d'eau l'y attendait et Adam le but avec joie. Ils se serrèrent dans la cabine en verre, sous l'eau tiède. Adam laissa retomber sa tête, appréciant la sensation des doigts de Parker lui lavant les cheveux.

— Hmm, murmura Parker.

— Hmm ?

— Je pensais que, peut-être, tu avais des cheveux blancs. Tu as une tache blanche, quand tu es en loup.

Sa respiration se coupa.

— Ah bon ?

— Oui. Près de ton cou.

— Mon père avait une tache sur la tête.

— Sans déconner ? Rince.

Adam ferma les yeux sous le jet d'eau, puis ce fut à son tour de laver les cheveux de son petit ami.

— C'est trop cool que ton père ait aussi eu une tache.

Parker se rinça et enveloppa Adam par-derrière, bougeant les lèvres contre son omoplate.

— Je n'arrivais pas à le croire, quand je t'ai vu. Tu étais…

Adam retint son souffle.

— Si beau.

Le soupir d'Adam perfora quasiment ses poumons.

— Qu'y a-t-il ? demanda Parker en gigotant et en se plaçant devant lui pour prendre son visage entre ses mains. Tu as réussi. Je savais que tu pouvais le faire. Tu as ressenti quoi ? C'était merveilleux ?

— Oui.

Il effleura la joue enflée de son homme.

— Je vais bien, dit Parker avant de saisir les doigts d'Adam et de les embrasser. On est toujours là. Tu devrais dormir. Allons dormir.

Adam ne pensait pas en être capable, mais à en juger par la position du soleil, il se réveilla en fin d'après-midi. Le cœur de Parker battait régulièrement alors qu'il parlait à son frère, dehors. Parfois, Adam se demandait si son petit ami développait un sixième sens, en passant autant de temps avec des loups-garous. Effectivement, Adam avait seulement posé les pieds par terre, pour s'asseoir au bord du lit, quand Parker entra précipitamment.

— Tu es réveillé ! Comment te sens-tu ? Bois, lui intima-t-il en lui mettant un verre dans les mains.

— Bien. Mieux.

Eric arriva dans l'embrasure de la porte.

— Salut, dit-il en levant maladroitement une main. Je voulais juste te dire… Merci. Et je suis désolé. Tout ça a été…

— J'imagine, répondit Adam en acquiesçant. Moi aussi, je suis désolé.

— Il faut que j'aille reprendre des nouvelles de Lauren. Connie dit qu'elle va bien, mais je veux juste m'en assurer.

— Cool, dit Parker en acquiesçant. Euh, on se voit demain matin ?

— Je serai là.

Eric le gratifia d'un sourire crispé.

Parker ferma la porte et gonfla ses joues.

— C'est trop bizarre. De ne pas savoir quoi dire à mon frère. Enfin, je me suis excusé d'avoir laissé Sean l'attacher. Et le bâillonner. *C'est gênant.* Eric s'en remettra, non ?

— Absolument. Tu fais partie de sa famille.

Adam se leva et s'étira.

— Tu es partant pour faire un tour ?

Adam enfila un short et ils se promenèrent jusqu'au lac, puis sur le chemin qui partait du port, leurs doigts entrelacés. La journée était humide, les oiseaux chantaient et les insectes bourdonnaient paresseusement. Après la folie de la nuit précédente – les *cris* –, il semblait impossible que le monde soit aussi paisible.

— Tu peux le faire quand tu veux, maintenant ? demanda Parker.

L'estomac d'Adam se contracta. Et s'il ne le pouvait pas ? Et s'il ne connaissait plus jamais la liberté de courir sur quatre pattes ? Et si…

— Je t'entends, tu es en train de t'inquiéter. C'est moi qui suis censé tomber dans les spirales de l'angoisse.

Adam rit légèrement.

— J'imagine que la réponse, c'est : je ne suis pas sûr.

— Essayons.

— Ici ?

Adam regarda le chemin désert autour de lui. Aucun bateau ne passait sur le lac. Mais tout de même.

— N'importe qui pourrait venir.

— Et donc ? Laisse-les regarder.

Le sourire de Parker s'estompa.

— Mais je ne te mets pas la pression.

— Je sais. C'était le problème. J'essayais trop de me transformer. Je forçais. Je crois qu'être malade m'a naturellement aidé… à capituler. J'ai même eu du mal à me retransformer après. Je ne dois pas trop réfléchir.

— Est-ce que… Je peux regarder ?

Le désir enflamma les veines d'Adam. Il acquiesça avant de retirer son short et de le plier prudemment, comme sa caméra était dans sa poche. Il ferma les yeux.

Abandonne. Ne force pas. Flotte comme l'eau.

Lorsqu'il entendit le petit cri de surprise de Parker, il se rendit compte qu'il était plus proche du sol et que son champ de vision était nouveau. Il était transformé, métamorphosé. Il courut sur le chemin dans ce monde doré. Lorsqu'il revint, Parker tomba à genoux et tendit les mains vers lui.

Adam se frotta et se nicha contre lui. Même sous sa forme de loup, le désir de l'embrasser le brûlait. Il se retransforma, reprenant son corps d'humain en restant dans les bras de Parker. Emmêlés ensemble sur le sol, ils s'embrassèrent jusqu'à haleter.

— C'était incroyable, dit Parker en souriant. Merde alors, tu es un vrai loup, mais c'est *toi*. C'est toujours toi. J'aimerais que tu puisses le voir. Oh !

Il plongea sur le short d'Adam.

— Recommence. Je vais te filmer.

— Quoi ?

L'idée semblait étrangement choquante.

— Je n'en suis pas sûr.

— Pourquoi pas ?

Adam ne trouva pas une seule bonne raison.

— Allez, tu dois aussi apparaître dans ton film. Un caméo du réalisateur.

Adam se retransforma et Parker le filma. Puis une fois encore, sous un autre angle. Et une fois encore. Jusqu'à ce que son envie d'embrasser Parker soit trop forte et que la caméra soit oubliée.

— TU LE laisses faire tout le boulot ? demanda joyeusement Connie en retirant ses Birkenstocks et en rejoignant Adam assis au bout du quai.

Adam jeta un coup d'œil derrière lui, observant Parker sur le pont du *Bella*. Il la préparait à voguer, tout en fredonnant les chansons du CD de Dolly Parton.

— Il dit que c'est plus facile si je le laisse faire. Et que je devrais me reposer.

— Je ne vais pas le contredire.

— Je ne suis pas malade. J'ai l'impression d'être redevenu totalement normal. Ça fait des semaines, maintenant.

— Je sais. Mais un peu de repos n'a jamais fait de mal à personne, dit Connie en lui donnant un coup de coude malicieux.

— Parker devrait se reposer, lui aussi.

— Pour lui, travailler sur le bateau est relaxant.

Adam fut obligé de sourire.

— C'est vrai.

Il regarda un oiseau voler en rond, puis récupérer un poisson dans l'eau. L'animal battit désespérément des ailes en emportant sa récompense.

— Ça va faire du bien, de rentrer à la maison.

— C'est vrai.

— Combien de temps vas-tu rester ici ?

Connie ferma les yeux et inclina son visage vers le soleil.

— Encore un peu, pour m'assurer que tout le monde est bien installé. Damian, Bethany et Eric sont aux commandes. Je pensais que Gemma s'y opposerait, mais il s'avère qu'elle est très heureuse de ne pas être la patronne.

— Et Sean ?

— Il est parti hier soir.

Adam ne savait pas quoi ressentir. De la surprise. De la tristesse. Du regret.

— Tu crois qu'il les trouvera ?

Connie croisa son regard.

— Non. Mais des choses plus étranges se sont produites. Regarde Parker et son frère.

— J'aimerais qu'il vienne avec nous.

— Je lui ai fait comprendre clairement qu'il était le bienvenu. Je pense que nous le verrons sur l'île quand il sera prêt.

— Sean est-il toujours l'alpha de sa meute ?

— Officiellement. Je ne vois pas l'utilité d'un autre rite de séparation. Il sera toujours un alpha, mais sa meute est la mienne pendant son absence. C'est la nôtre.

— Je peux te poser une question ? demanda Adam après un moment.

— Toujours.

— Pourquoi penses-tu que mes parents nous ont isolés d'autres loups ?

Connie agita ses pieds nus, réfléchissant.

— Je ne les connaissais pas, bien sûr, mais je devine qu'ils pensaient vous protéger, tes sœurs et toi. C'était ce qu'ils connaissaient. C'est merveilleux qu'ils se soient trouvés. Avec la vie moderne, les meutes se sont éparpillées et nous nous sommes isolés. C'est arrivé lentement. C'était l'une des raisons pour lesquelles mon père a acheté l'île, pour que nous ayons un endroit où reprendre contact.

Ils restèrent silencieux un moment.

— Tu crois que nous saurons un jour ce qui a provoqué le virus ? demanda Adam.

— Fils, je suis peut-être une alpha, je ne suis pas une boule magique.

Adam s'esclaffa.

— Devrais-je te reposer la question plus tard ?

— Les signes indiquent que oui, répondit-elle avant que son sourire s'estompe. Mais non. Que ce soit le fantôme des Zacharies, une excentricité de la nature ou quelque chose d'autre, je ne pense pas que nous le découvrirons de notre vivant. Certainement pas moi.

Elle lui donna un autre coup de coude.

— N'aie pas l'air si abattu. Je ne vais nulle part, pour l'instant. Et avant que j'oublie, il y avait tant de micmac quand je suis arrivée que je ne suis pas sûr de te l'avoir dit.

— Quoi ?

— À quel point je suis fière de toi. Je savais que tu saurais le faire au bon moment. Tu étais prêt.

Le cœur d'Adam chantonna et il ne put qu'acquiescer alors que ses yeux le brûlaient.

— Hé ! cria Jacob. Tu veux m'aider à la charger ?

Adam se retourna et le trouva en train de pousser Mariah sur la jetée.

— J'arrive tout de suite !

Il sortit sa caméra.

— Est-ce que… Ça te dérangerait de répéter ça ?

— Comment sont mes cheveux ? demanda Connie en les brossant avec ses doigts. Je suis prête pour mon gros plan.

Adam se déplaça au bord du quai, afin de ne pas filmer sous le nez de Connie. Il focalisa l'image sur elle et hocha la tête. Elle parla en regardant directement l'objectif.

— Adam, je suis si fière de toi. Je savais que tu saurais le faire au bon moment. Tu étais prêt.

Il appuya sur *stop* et rangea prudemment sa caméra. Même s'il perdait les images, un jour, ce souvenir resterait toujours ancré en lui.

— J'EN AI marre du poisson, grommela Jacob allongé sur le banc. Les Big Mac me manquent. Ça ne vous manque pas, à vous, les Big Mac ?

— Bien sûr que si, répondit Parker en baissant la voile.

Le vent avait enfin pointé vers le nord et ils passèrent Cap Canaveral. Adam s'y était rendu avec sa famille, quand ils avaient conduit jusqu'à Disney World, un été. Il le filmait maintenant, alors qu'ils passaient devant. Où les fusées avaient un jour décollé, seules des tours de métal demeuraient.

Après quelques minutes de silence, Jacob demanda :

— Vous pensez que je… genre… manque, à Devon ?

Parker et Adam échangèrent un regard et ce dernier tenta de dissimuler son sourire. Son petit ami le réussit mieux que lui et répondit nonchalamment.

— Oui, probablement.

— Vous pensez que Craig est furieux ?

Parker ricana.

— Carrément, répondit-il avant de s'adoucir. Seulement parce qu'il s'inquiète.

— Je sais, marmonna Jacob. Et au cas où je ne l'aurais jamais dit, merci d'être venus me chercher.

Il observa ensuite Parker.

— Je sais que c'était très difficile pour toi de partir.

Parker se replaça derrière la barre, ajustant leur direction.

— Oui. Mais je suis ravi de l'avoir fait. Ce n'était pas si effrayant, après tout.

La voile se gonfla et il serra la corde.

— Enfin, quand même… Ne repartons pas avant un bon moment.

— Bonne idée, confirma Jacob. Bon d'accord, quel était le meilleur entre le Big Mac et le McChicken ?

— Le Filet-O-Fish, répondit Adam.

Alors que Jacob braillait sa désapprobation, Parker sourit avant de se remettre en mode capitaine et d'ajuster les voiles.

Adam ferma les yeux, inhalant profondément l'air marin alors que son petit ami traçait la voie qui les ramènerait chez eux.

Épilogue

Cinq ans plus tard

— DERNIÈRE CHANCE, Lil. Tu es sûre de ne pas vouloir participer à l'aventure ?

Jacob lui lança un sourire diabolique. Sa peau s'était assainie et il avait réussi à grandir sans que Parker ne le voie faire.

Lilly s'esclaffa.

— Oh, j'en suis sûre. Vous êtes tous fous, soit dit en passant. Je reste là où je n'ai pas à m'inquiéter des zombies, des crétins et parfois des *rats*.

Elle frissonna.

— Tu finiras par t'ennuyer, lui dit Jacob.

Lilly haussa un sourcil.

— Tu sais combien de livres nous avons sur cette île ? Je ne m'ennuierai pas. Mais il vaudrait mieux que vous me rapportiez quelque chose de cool.

— Vous avez la pression, dit Craig avec un sourire courageux alors qu'il essayait clairement de ne pas pleurer.

Il s'adressa alors à Jacob.

— Sois sage. Je suis fier de toi. Ta mère l'est aussi. Je sais qu'elle te regarde de là-haut.

Jacob acquiesça et déglutit difficilement. Il étreignit fermement Craig. Parker l'entendit chuchoter :

— Merci d'être un père génial.

Battant des paupières pour chasser ses larmes, Parker prit une longue inspiration et échangea un sourire avec Adam, qui lui serra la main. Non loin de là, Chris, Heather et quelques autres saluaient leurs amis et leur famille. L'expédition de dix personnes visiterait tout d'abord l'enceinte avant de partir vers le nord en direction d'une autre colonie. Parker n'aimait toujours pas ce petit con de Chris, même si Jacob et lui avaient enterré la hache de guerre depuis des années.

— Un message pour l'équipe de l'enceinte ? s'enquit Devon.

— Salue Bethany de ma part, dit Parker après un petit moment. J'espère que Damian, le bébé et elle vont bien et que le puits fonctionne bien. Oh, et si Sean est de retour, salue-le aussi.

Sean était venu et reparti au fil des ans. Il poursuivait ses recherches.

Devon acquiesça.

— Je le ferai.

— J'imagine que c'est le moment, dit Jacob.

Il partait vraiment et Parker ne pouvait l'obliger à rester. Il avait essayé, mais… Il était temps. Jacob devait explorer et vivre sa vie. Même si cela signifiait qu'il ne le reverrait peut-être jamais.

Parker supposa que cela avait toujours été ainsi. Il n'y avait jamais eu de garanties non plus dans l'ancien monde. Le danger se tapissait dans tous les coins. Et les jeunes avaient toujours eu besoin de trouver leur propre chemin.

Parker s'éclaircit la gorge.

— Sois prudent, lui ordonna-t-il.

— Attends, je devrais être *prudent* ? C'est révolutionnaire, dit Jacob en souriant. Et je le serai, mais seulement parce que tu me l'as dit. Adam, quelques paroles sages ?

Parker poussa le bras du jeune homme alors qu'Adam s'éclaircissait la voix.

— Le monde est vaste, mais vous pouvez compter l'un sur l'autre. Restez ensemble.

Ils avaient entendu des bribes d'informations, grâce aux transmissions radio toujours étranges et aux bateaux qui apparaissaient à l'horizon. Les monstres régnaient toujours la nuit, dans la plupart des lieux. Il existait quelques colonies supplémentaires avec lesquelles ils avaient établi des liens commerciaux, en plus de l'enceinte. Les loups-garous et les humains se faisaient la guerre dans certaines zones. Ils signaient ensuite une trêve. Et se déclaraient à nouveau la guerre.

Mais la paix régnait sur l'île du Salut.

— Oui, répondit Jacob avec confiance. Et Devon me protégera.

Même s'il ressemblait toujours à un ange, avec ses boucles dorées et ses traits délicats, Devon laissa ses yeux briller d'une lueur dorée quand il sourit et grogna. Parker ne doutait nullement qu'il éviscérerait n'importe qui ou n'importe quoi, si son petit ami était menacé.

Devon et Jacob partageaient un secret, un tendre sourire qui faisait chantonner le cœur de Parker.

— Vous avez tout ? demanda ce dernier.

Son regard se posa sur la colombe argentée posée contre la gorge de Jacob.

Celui-ci toucha le collier avec un petit sourire.

— Ouais, c'est bon.

— Tu vas vraiment, vraiment me manquer, répondit Parker d'une voix calme. Il vaudrait mieux que tu reviennes.

Jacob acquiesça alors que ses yeux brillaient.

— Je sais que tu me pourchasseras si je ne reviens pas.

— Oh que oui. Ce qui signifie qu'Adam sera obligé de venir avec moi, parce qu'il est mon gros méchant loup protecteur, et ce sera énorme. Alors, reviens et n'attends pas trop longtemps.

Ils s'étreignirent et Parker se rendit compte que Jacob était aussi grand que lui, à présent, et qu'il avait plus de muscles. Il n'avait pas vraiment remarqué la transformation, en le voyant tous les jours.

— Merci d'être mon ami, chuchota Jacob.

Parker réussit à sourire.

Ce fut au tour d'Adam d'étreindre Jacob. D'autres personnes voulurent lui dire au revoir. Theresa et Connie étreignirent les deux garçons – les jeunes hommes, à présent – avec force, tandis que Yolanda et les autres attendaient leur tour. Eric était présent. Il étreignit Jacob et Devon avant de leur lancer l'un de ses sourires les plus rassurants.

Dessinant une boîte sur le tableau blanc dans son esprit, Parker respira calmement. Adam filma les adieux avec sa caméra, qui fonctionnait toujours grâce à son entretien minutieux.

Parker écouta le clapotis de l'eau contre le quai, ravi d'avoir le bras musclé d'Adam autour de lui. Il glissa la main autour de la taille de son petit ami et ils restèrent plantés là, avec Craig et Lilly. Ils les observèrent jusqu'à ce que le bateau ne soit plus qu'un point à l'horizon.

La journée se poursuivit ensuite comme n'importe quelle autre.

Parker embrassa Adam pour lui dire au revoir pour la matinée et il partit cueillir des oranges avec Lauren pendant que son petit ami rejoignait l'équipe de construction pour bâtir le dernier bloc de chalets. Eric avança sur le chemin menant à la plantation et il récupéra une orange dans le panier de Parker.

— Hé ! dit son frère en la rattrapant. J'ai un quota.

— Et toi ? demanda Eric à Lauren en l'attirant vers lui pour l'embrasser. Tu as un quota ?

— On laisse les femmes enceintes tranquilles.

Elle lui passa une orange et lui fit un clin d'œil.

— Je ne vois pas pourquoi les oncles n'ont pas de dérogation particulière, grommela Parker.

Eric haussa un sourcil.

— Je ne vois pas Adam en demander une.

— Pff, lui et son éthique de travail.

Parker soupira d'un air dramatique en montant sur l'échelle

pour atteindre les branches les plus hautes.

— Vous venez toujours dîner, demain, avant le film ? Vous trois, devrais-je dire. À moins que vous attendiez des jumeaux. Ou des triplés. Vous pourriez être cinq à vous joindre à Lilly et Craig. Il faudra qu'on cuisine plus.

Ils mangeaient dans le mess, la plupart du temps, mais une fois de temps en temps un dîner en famille était agréable. Sachant que Jacob partait, Parker avait prévu un repas pour le lendemain. Il n'était pas le meilleur des cuisiniers, mais Adam n'était pas mauvais. Ils se débrouillaient.

Lauren lui lança un regard cinglant.

— Un bébé sera bien suffisant, merci bien. Au moins pour commencer. Oh, j'oublie toujours de dire merci. Je jure que j'ai un cerveau de femme enceinte.

— Merci pour quoi ? demanda Parker en tirant sur une orange et sentant l'odeur satisfaisante du fruit prêt à être récolté.

— Pour le coquillage des Bahamas. Il est parfait pour ma collection dans la chambre de bébé. Je ne sais pas comment Adam et toi, vous avez réussi à en trouver un violet.

— J'aimerais dire que c'est le talent, mais c'était un coup de bol.

Il savait que Lauren adorait écumer les plages pour trouver de petits trésors, et le coquillage violet était une belle trouvaille.

Ils étaient partis au sud avec le *Bella*, s'aventurant sur les plages de sable blanc de petits îlots inhabités en faisant leur tour.

— Merci quand même d'avoir pensé à nous, dit Lauren.

Eric serra l'épaule de son frangin.

— Ça, c'est mon petit frère. Il était toujours si doué pour les cadeaux. Enfin, quel genre d'enfant achète des cadeaux pour les autres ?

— Tu achetais des cartes cadeaux à tout le monde ? demanda Lauren en regardant Eric, les yeux plissés.

— Quel est le problème ? protesta-t-il. Comme ça, tu pouvais t'acheter exactement ce que tu voulais. Justice pour les cartes cadeaux !

À l'heure du déjeuner, Parker récupéra des tacos au poisson pour deux, dans le mess, et retourna dans le chalet, sachant qu'Adam serait captivé par son autre travail.

— Chéri ! l'appela-t-il en retirant ses chaussures.

Le parquet craqua aux mêmes endroits qu'avant, alors qu'il rejoignait Parker dans la cuisine.

Son homme se trouvait autour d'une table ronde, sa caméra branchée à un vieil ordinateur portable sur lequel se trouvait un logiciel d'édition qui ne cessait de faire apparaître une fenêtre pour télécharger une mise à jour qui n'arriverait jamais. Les chargeurs solaires de l'île étaient plus efficaces que jamais. Au moins, ils pouvaient faire fonctionner les anciennes technologies.

Parfois, Parker se demandait s'il serait en train de télécharger des textes directement dans son cerveau, si le monde n'avait pas pris fin avant de repartir de zéro. Il irait ensuite nager et penserait au soleil et aux vagues de l'océan en se disant comme il était chanceux.

Parker embrassa le sommet du crâne d'Adam et lui peigna les cheveux avec ses doigts.

Cliquant sur un cadre et ajoutant une vidéo, Adam demanda :

— Tu vois quelque chose ?

— Pas encore. Mais retiens bien ce que je te dis. Tu auras une tache de cheveux blancs, un jour.

Il passa les doigts derrière l'oreille gauche d'Adam.

— Par ici, je parie.

— Hmm. J'imagine que seul le temps nous le dira.

Parker prit une orange dans sa poche. Même s'il aurait dû la garder pour le dessert, il l'éplucha. L'odeur fraîche et poudrée envahit la cuisine. Theodore faisait toujours son tic-tac loyal sur le mur.

Parker détacha un quartier d'orange et le passa à son petit ami.

Du jus coula sur la barbe d'Adam et ils rirent tandis qu'il se léchait les doigts. Une goutte de jus coula sur le petit tatouage à l'intérieur de son poignet droit.

Damian avait tatoué le dessin d'Adam, représentant le loup circulaire avec sa queue recourbée. Un tatouage identique marquait le même endroit sur le poignet de Parker. Une ligne continue.

Derrière Adam, Parker lui passa un autre quartier. Son petit ami l'attira pour un autre baiser. Ses crocs s'allongèrent et Parker les lécha, alors qu'ils étaient fraîchement couverts de jus acide.

Lorsqu'il se redressa, il sourit en voyant les images sur l'écran. C'était lui, sur une plage de sable blanc déserte, quelques jours plus tôt, pendant l'heure magique. Une lumière dorée illuminait sa peau bronzée et il riait en essayant d'éviter les cailloux dans l'eau translucide.

Comment était-il devenu si vieux ? Cet étudiant de première année, irascible et anxieux, qui pensait qu'un C – était la fin du monde ne se reconnaîtrait même pas.

— Ton film doit être presque terminé, murmura Parker en posant son menton sur la tête d'Adam.

— Ce n'est que le début.

Fin

À propos de l'auteur

Keira cherche le parfait mélange de personnages, d'intrigue et de fougue dans ses romances MM. Elle écrit de tout, des pirates flamboyants aux escapades bouillantes et émouvantes. Ses sujets préférés sont les ennemis qui deviennent amants, la différence d'âge, la proximité forcée, et les vierges passionnés. Bien qu'elle aime une angoisse délicieuse en cours de route, Keira garantit les fins heureuses !

Lisez plus de romances MM torrides et émouvantes de Keira Andrews :
KeiraAndrews.com